Tracey Garvis Graves vit dans la banlieue de Des Moines, dans l'Iowa, avec son mari, ses deux enfants et un chien débordant d'énergie.
Tracey aime lire, écrire, boire du vin et regarder des séries – notamment *Lost*, dont elle est une fan inconditionnelle !
Une île est son premier roman. Il s'est rapidement classé parmi les meilleures ventes de *The New York Times*, *USA Today* et *Wall Street Journal*. Ce best-seller a donné lieu à une traduction dans plus d'une vingtaine de pays, et une adaptation cinématographique est également prévue.

Sur son blog, www.traceygarvisgraves.com, elle dépeint avec un langage coloré et un sens de l'humour caustique la culture pop, les émissions de télévision débiles et sa banlieue. Elle travaille actuellement à la rédaction de son deuxième roman.

Tracey Garvis Graves

UNE ÎLE

Traduit de l'anglais (États-Unis)
par Sophie Barthélémy

Milady Grande Romance

Milady est un label des éditions Bragelonne

Titre original : *On the Island*

ISBN : 978-2-8112-0989-6

Bragelonne – Milady
60-62, rue d'Hauteville – 75010 Paris

E-mail : info@milady.fr
Site Internet : www.milady.fr

À Meira.

Remerciements

Sans la contribution, l'aide et le soutien des personnes suivantes, *Une île* ne serait rien de plus qu'un fichier encombrant mon disque dur. Aucun mot ne peut exprimer à quel point je suis reconnaissante d'avoir dans ma vie des gens aussi merveilleux et enthousiastes.

Je dois une infinie gratitude à l'auteure Meira Pentermann. Meira a cru en mes capacités bien avant moi, et ses inestimables conseils ont concouru à faire d'*Une île* le roman qu'il est aujourd'hui. Elle est la meilleure critique, lectrice et sœur virtuelle dont on puisse rêver.

À ma sœur jumelle Trish, qui sera toujours la première à lire mes manuscrits.

À mon mari David, dont les encouragements signifient beaucoup plus pour moi que ce qu'il imagine.

À mes enfants, Matthew et Lauren. Merci pour votre patience alors que maman passe son temps sur son ordinateur portable. Je vous aime tous les deux.

À Elisa Abner-Taschwer, la meilleure publicitaire et pom-pom girl qu'un écrivain puisse espérer.

Je tiens particulièrement à remercier les lecteurs qui ont commenté les versions préliminaires du roman ainsi que les personnes qui l'ont lu en avant-première. Vos gentilles remarques m'ont fait sourire, et vous n'imaginez pas combien vous avez renforcé ma confiance en moi. Penne Heede Pojar, Beth Knipper, Elisa Abner-Taschwer, Lisa Green, Brooke Achenbach, Julie Gieseman, Trish Garvis, Trish Kallemeier, Noelle Zmolek, Stacy Alvarez, Stefani Blubaugh, Mindy Farrington, Taylor Kalander, David Green, Tami Cavanaugh, Amy Gulbranson, Stefanie Martin, Shellie Mollenhauer, Christy Cornwell, Missy Pomerantz et Jill LaBarre.

J'ai également eu la chance de travailler avec les personnes et les entreprises suivantes, dont la compétence a permis de faire d'*Une île* le roman que je voulais qu'il soit. J'espère pouvoir de nouveau collaborer avec elles.
Alison Dasho, gestion de projet éditorial.
Anne Victory, de Victory Editing, révision du manuscrit.
Guido Henkel, mise en forme numérique.
Getty Images, visuel de couverture.
Penne Heede-Pojar, conception de la couverture.

Chapitre premier

Anna

Juin 2001

J'avais trente ans quand l'hydravion que nous avions pris, T.J. Callahan et moi, s'est écrasé dans l'océan Indien. T.J. avait seize ans, et était depuis trois mois en rémission d'un lymphome de Hodgkin. Notre pilote, Mick, était déjà mort au moment où l'appareil a percuté la surface de l'eau.

C'est mon petit ami, John, qui m'a accompagnée à l'aéroport, même s'il ne figurait qu'en troisième position derrière ma mère et ma sœur Sarah sur la liste des personnes que j'avais envie d'avoir à mon côté à cet instant. Alors que nous nous frayions un chemin dans la foule, tous les deux tirant une imposante valise à roulettes, je me suis demandé si tous les habitants de Chicago avaient prévu de prendre l'avion ce jour-là. Lorsque j'ai enfin atteint le guichet de US Airways, l'employée m'a adressé un sourire, a étiqueté mes valises, puis m'a tendu ma carte d'embarquement.

— Merci, mademoiselle Emerson. Vos bagages sont enregistrés jusqu'à Malé. Je vous souhaite un bon voyage.

J'ai glissé la carte dans mon sac à main et me suis tournée vers John pour lui dire « au revoir ».

— Merci de m'avoir emmenée.

— Je vais attendre avec toi, Anna.

— Tu n'es pas obligé, ai-je protesté en secouant la tête.

Il a froncé les sourcils.

— Peut-être, mais j'en ai envie.

Nous avons avancé à petits pas côte à côte, au rythme de la file de passagers. À la porte, brisant le silence qui flottait entre nous, John m'a demandé :

— Comment est-il ?

— Maigre et chauve.

Scrutant la foule, j'ai esquissé un sourire en apercevant T.J., heureuse de constater que son crâne était à présent couvert de courts cheveux bruns. J'ai agité la main, et il m'a saluée d'un hochement de tête tandis que l'adolescent assis à son côté lui donnait un coup de coude dans les côtes.

— Qui est l'autre garçon ? s'est enquis John.

— Je pense que c'est son ami Ben.

Avachis dans leurs sièges, ils arboraient une tenue conforme au style de la plupart des adolescents de seize ans : bermuda ample, tee-shirt, et baskets aux lacets défaits.

— Tu es sûre que c'est ce que tu veux ? m'a demandé John.

Il a fourré les mains dans ses poches arrière, le regard rivé sur la moquette élimée de l'aéroport.

Il faut bien que l'un de nous deux fasse quelque chose.

— Oui.

— S'il te plaît, ne prends aucune décision définitive avant ton retour.

Je n'ai pas relevé l'ironie de sa requête.

— Je te l'ai déjà promis.

Il n'existait pourtant qu'une solution. J'avais simplement choisi de reporter l'échéance fatidique à la fin de l'été. John m'a enlacé la taille et m'a donné un baiser qui a duré quelques secondes de plus que le voulaient les convenances dans un lieu public tel que celui-ci. Gênée, je me suis écartée, et j'ai remarqué du coin de l'œil que Ben et T.J. nous observaient.

— Je t'aime, a dit John.

J'ai hoché la tête.

— Je sais.

Résigné, il s'est baissé pour prendre mon bagage à main et a passé la sangle sur mon épaule.

— Bon voyage. Appelle-moi quand tu seras arrivée.

— D'accord.

J'ai regardé John s'éloigner jusqu'à ce qu'il disparaisse dans la foule, puis j'ai lissé ma jupe et me suis dirigée vers les garçons. Ils ont baissé la tête à mon approche.

— Bonjour T.J., tu as l'air en forme. Tu es prêt ?

Il a brièvement levé ses yeux bruns sur moi.

— Oui, bien sûr.

Il avait pris du poids depuis notre dernière rencontre, et son teint n'avait plus la pâleur que je lui avais vue. Il portait un appareil dentaire, détail que je n'avais pas remarqué auparavant, et une petite cicatrice lui barrait le menton.

— Bonjour, je suis Anna, ai-je dit à l'adolescent assis à côté de lui. Tu dois être Ben. Comment s'est passée la fête ?

Embarrassé, il a jeté un coup d'œil à T.J.

— Euh…, bien.

J'ai consulté l'heure sur mon téléphone portable.

— Je reviens tout de suite, T.J. J'aimerais vérifier que notre vol n'a pas été retardé.

Tandis que je m'éloignais, j'ai entendu Ben lancer :

— Putain, ta baby-sitter est canon, mec !

— C'est ma prof, ducon.

Ces paroles m'ont laissée indifférente. Enseignante en lycée, j'avais l'habitude de côtoyer des adolescents aux hormones en ébullition et considérais leurs commentaires parfois déplacés comme des aléas du métier plutôt anodins.

Après m'être assurée que notre avion décollait à l'heure prévue, j'ai rejoint T.J. et me suis installée sur le siège libre à côté de lui.

— Ben est parti ?

— Oui. Sa mère en avait marre de tourner autour de l'aéroport. Il n'a pas voulu qu'elle entre avec nous.

— Est-ce que tu veux manger quelque chose ?

Il a secoué la tête.

— Je n'ai pas faim.

Un silence gêné a plané entre nous jusqu'au moment de l'embarquement. Une fois dans l'avion, T.J. m'a suivie dans l'étroite allée de première classe où se situaient nos sièges.

— Tu prends la place près du hublot ? lui ai-je demandé.

Il a haussé les épaules puis a répondu :

— Oui, je veux bien. Merci.

J'ai attendu qu'il se soit installé pour m'asseoir à côté de lui et attacher ma ceinture. Il a extirpé un lecteur de CD de son sac à dos avant de mettre les écouteurs sur ses oreilles, moyen subtil de me faire comprendre qu'il n'avait pas envie d'engager la conversation. J'ai sorti un livre de mon sac à main, l'avion a décollé, et nous nous sommes éloignés de Chicago.

Les ennuis ont commencé en Allemagne. Normalement, nous aurions dû rejoindre Malé, la capitale des Maldives, en un peu plus de dix-huit heures, mais une escale imprévue nous a retenus un jour entier et la moitié de la nuit suivante à l'aéroport international de Francfort ; la compagnie avait en effet modifié notre itinéraire en raison de problèmes mécaniques et d'aléas météorologiques. À 3 heures du matin, inconfortablement assis sur des chaises en plastique, nous avons enfin obtenu la confirmation que nous partirions par le prochain vol. Voyant T.J. se frotter les yeux, j'ai désigné une rangée de sièges libres.

— Allonge-toi, si tu veux.

— Ça va, a-t-il affirmé en étouffant un bâillement.

— Notre avion ne décollera pas avant plusieurs heures. Tu devrais essayer de dormir.

— Et toi, tu n'es pas fatiguée ?

J'étais épuisée, mais T.J. avait sans doute plus besoin de repos que moi.

— Ça va. Couche-toi.

— Tu en es sûre ?

— Certaine.

— D'accord, a-t-il finalement cédé en esquissant un mince sourire. Merci.

Il s'est étendu sur les sièges et a aussitôt sombré dans le sommeil.

J'ai regardé par la baie vitrée les avions atterrir et décoller, leurs lumières rouges clignotant dans le ciel nocturne. J'avais la chair de poule en raison de la fraîcheur qui régnait dans la salle climatisée et, avec ma jupe et mon chemisier sans manches, je frissonnais. Je me suis dirigée vers les toilettes les plus proches, où j'ai échangé ma tenue contre un jean et un tee-shirt à manches longues que j'avais emportés dans mon bagage à main, puis je me suis acheté un café. Quand j'ai regagné ma place, j'ai ouvert mon livre et, trois heures plus tard, entendant annoncer aux haut-parleurs l'embarquement de notre avion, j'ai réveillé T.J.

De nouveaux incidents nous ont retardés au Sri Lanka – équipage en sous-effectif, cette fois – et, lorsque nous avons atterri à l'aéroport international de Malé, dans les Maldives, à deux heures d'hydravion de la résidence d'été des Callahan, je n'avais pas dormi depuis trente heures. J'avais mal à la tête, et mes yeux secs me brûlaient. Quand les employés de la compagnie nous ont appris qu'ils n'avaient aucune réservation enregistrée à notre nom, j'ai failli fondre en larmes.

— Mais j'ai un numéro de confirmation ! ai-je protesté en glissant le morceau de papier sur le comptoir. J'ai modifié notre réservation avant de quitter le Sri Lanka. Deux sièges. Aux noms de T.J. Callahan et Anna Emerson. Est-ce que vous pourriez vérifier, s'il vous plaît ?

L'agent a consulté son ordinateur.

— Je suis désolé, s'est-il excusé. Vos noms ne figurent pas sur la liste. L'hydravion est complet.

— Quand part le suivant ?

— Il va bientôt faire nuit, et les hydravions ne volent pas après le coucher du soleil.

Me voyant accablée, il m'a adressé un regard compatissant puis a pianoté sur son clavier avant de décrocher son téléphone.

— Je vais voir ce que je peux faire.

— Merci.

Je me suis dirigée avec T.J. vers une petite boutique, où j'ai acheté deux bouteilles d'eau.

— Tu en veux une ? lui ai-je demandé.

— Non merci.

— Prends-en une, et garde-la dans ton sac à dos. Tu auras peut-être soif plus tard.

J'ai sorti de mon sac un tube de paracétamol et l'ai secoué pour faire tomber dans ma paume deux comprimés, que j'ai avalés avec un peu d'eau. Je me suis ensuite assise sur un banc à côté de T.J. et j'ai appelé sa mère, Jane, pour la prévenir que nous n'arriverions pas avant le lendemain matin.

— Il y a une chance pour qu'on nous trouve des places, mais certainement pas ce soir. Les hydravions ne volent pas après le coucher du soleil. Nous devrons sans doute passer la nuit à l'aéroport.

— Je suis désolée, Anna, a-t-elle répondu. Vous devez être épuisée.

— Ça va, ne vous en faites pas. Nous serons là demain. (J'ai couvert le combiné de la main.) Est-ce que tu veux parler à ta mère ?

Esquissant une grimace, T.J. a secoué la tête.

À cet instant, j'ai aperçu l'employé du guichet qui me faisait signe. Il souriait.

— Jane, écoutez, je crois qu'il est possible que...

La communication a été coupée. J'ai glissé mon téléphone dans mon sac à main et me suis approchée du comptoir en retenant mon souffle.

— Le pilote de l'un des vols charters est d'accord pour vous emmener, a annoncé l'agent. Les passagers qu'il devait prendre ont été retardés au Sri Lanka et n'arriveront pas avant demain matin.

J'ai poussé un soupir de soulagement, et un sourire s'est formé sur mes lèvres.

— C'est merveilleux ! Merci pour votre aide.

J'ai essayé de rappeler les parents de T.J., mais mon téléphone ne détectait aucun réseau auquel se connecter. Avec un peu de chance, il fonctionnerait de nouveau une fois que nous serions sur l'île.

— Tu es prêt, T.J. ?

— Oui, a-t-il lancé en s'emparant de son sac à dos.

Un minibus nous a déposés au terminal de taxis aériens. Là, un employé de la compagnie a vérifié nos billets au guichet puis nous a invités à sortir.

Le climat des Maldives m'a rappelé le sauna de ma salle de sport. Dès que je me suis trouvée à l'extérieur, des gouttelettes de transpiration ont perlé sur mon front et ma nuque. Sentant mon jean et mon tee-shirt à manches longues piéger la chaleur et l'humidité contre ma peau, j'ai regretté de ne pas avoir choisi une tenue plus légère.

L'air est-il toujours aussi étouffant, ici ?

Un agent de l'aéroport attendait sur le ponton, devant un hydravion qui tanguait doucement à la surface de l'eau. Il nous a fait signe d'approcher. Quand nous l'avons rejoint, il a ouvert la porte de l'appareil, à l'intérieur duquel nous avons pénétré en baissant la tête. Assis dans son siège, le pilote nous a adressé un sourire entre deux bouchées de cheeseburger.

— Bonjour, je m'appelle Mick, nous a-t-il salués, la bouche pleine, avant de déglutir. J'espère que ça ne vous dérange pas si je prends le temps de terminer mon dîner.

Âgé d'une cinquantaine d'années, il souffrait d'un tel embonpoint qu'il tenait à peine dans son fauteuil. Il portait le tee-shirt batik le plus large que j'avais jamais vu, au-dessus d'un bermuda, et était pieds nus. Sa lèvre supérieure et son front luisaient de transpiration. Après avoir avalé la dernière bouchée de son burger, il s'est essuyé le visage avec sa serviette en papier.

— Je suis Anna, et voici T.J., ai-je dit en souriant avant de lui serrer la main. Prenez le temps de finir votre repas, ça ne nous dérange pas du tout.

L'hydravion, un DHC-6 Twin Otter, comptait dix places et dégageait une odeur de kérosène et de moisissure. T.J. a bouclé sa ceinture avant de regarder par le hublot. Une fois assise de l'autre côté de l'allée, j'ai fourré mon sac à main et mon bagage de cabine sous mon siège, et me suis frotté les yeux. Mick a mis le moteur en route. Le bruit couvrait le son de sa voix mais, lorsqu'il a tourné la tête sur le côté, j'ai vu ses lèvres bouger, comme s'il communiquait avec quelqu'un par l'intermédiaire de son casque. L'appareil s'est éloigné du ponton, a pris de la vitesse, puis a décollé.

J'ai maudit mon incapacité à dormir dans les avions. J'ai toujours envié ceux qui ferment les yeux une minute après le décollage pour ne se réveiller qu'au moment où les roues entrent en contact avec la piste d'atterrissage. J'ai essayé de trouver le sommeil, mais la lumière qui se déversait par les hublots, ajoutée à mon horloge interne complètement déréglée, m'a empêchée de m'assoupir. Lorsque j'ai fini par abandonner et que j'ai rouvert les yeux, j'ai surpris le regard de T.J. posé sur moi. Une intense chaleur a envahi mes joues et, si j'en croyais son expression, il se sentait aussi gêné que moi. Il s'est détourné, a mis son sac à dos sous sa tête et s'est endormi au bout de quelques minutes.

Incapable de rester en place, j'ai détaché ma ceinture et suis allée demander à Mick dans combien de temps nous parviendrions à destination.

— Dans environ une heure, a-t-il répondu avant de désigner le siège du copilote. Asseyez-vous, si vous voulez.

Je me suis installée à son côté avant d'attacher ma ceinture. La main en visière pour me protéger des rayons aveuglants du soleil, j'ai admiré la vue. Le bleu cobalt du ciel dépourvu de nuages contrastait avec la palette de vert menthe et de turquoise de l'océan Indien, offrant un spectacle à couper le souffle.

Frottant son poing sur sa poitrine, Mick a tendu la main en direction d'un tube d'antiacides. Il a mis un comprimé dans sa bouche.

— Brûlures d'estomac. Voilà ce que c'est de manger des cheeseburgers… Mais c'est tellement meilleur que la salade ! (Il a éclaté de rire, et j'ai approuvé d'un hochement de tête.) D'où est-ce que vous êtes, tous les deux ?

— De Chicago.

— Et qu'est-ce que vous faites, là-bas ? a-t-il demandé avant d'avaler un nouveau comprimé d'antiacide.

— J'enseigne l'anglais dans un lycée.
— Ah, c'est les vacances d'été.
— Pas pour moi. J'ai l'habitude de donner des cours particuliers, en été. (J'ai esquissé un geste en direction de T.J.) Ses parents m'ont engagée pour l'aider à se remettre à niveau. Il a été atteint d'un lymphome de Hodgkin et a manqué une partie de l'année scolaire.
— Je me disais aussi que vous étiez bien trop jeune pour être sa mère.

Sa remarque m'a fait sourire.

— Ses parents et ses sœurs ont pris l'avion quelques jours avant nous.

Je n'avais pas pu partir en même temps que les Callahan car, dans le lycée public où j'enseignais, les vacances d'été commençaient quelques jours plus tard que dans l'établissement privé que fréquentait T.J. Lorsque ce dernier l'avait appris, il avait convaincu ses parents de l'autoriser à rester à Chicago pour le week-end et à prendre l'avion avec moi. Jane Callahan m'avait appelée pour savoir si ça ne me posait pas de problèmes.

— Son ami Ben organise une fête. Il a vraiment envie d'y aller. Vous êtes sûre que ça ne vous gêne pas ? s'était-elle enquise.
— Pas du tout, avais-je répondu. Ce sera l'occasion de faire plus ample connaissance.

Je n'avais rencontré T.J. qu'une fois, lors de l'entretien que m'avaient accordé ses parents. Il lui faudrait du temps pour se détendre en ma présence ; c'était toujours le cas pour les nouveaux élèves avec lesquels je travaillais, particulièrement les adolescents.

La voix de Mick a interrompu mes pensées.

— Combien de temps est-ce que vous comptez rester ?
— Tout l'été. Ils ont loué une maison sur l'île.
— Alors il va mieux, maintenant ?
— Oui. Ses parents m'ont dit qu'il avait été très malade, mais il est en rémission depuis quelques mois.
— C'est un endroit sympa pour travailler.

Un sourire s'est étiré sur mes lèvres.

— C'est sûr que ça fait plus envie que la bibliothèque. (Le silence est retombé quelques instants.) Il y a vraiment mille deux cents îles ?

Je n'en avais dénombré que trois ou quatre, éparpillées dans l'océan comme les pièces d'un puzzle géant. J'ai attendu sa réponse.

— Mick ?

— Quoi ? Oh… Oui, c'est à peu près ça. Seulement deux cents sont habitées mais, à mon avis, le développement économique va changer la donne. On inaugure chaque jour un nouvel hôtel ou une nouvelle station balnéaire. (Il a gloussé.) Tout le monde veut un petit bout de paradis.

Mick s'est de nouveau massé la poitrine et a lâché le manche pour étirer son bras gauche. J'ai remarqué que ses traits étaient crispés par la douleur et qu'un léger voile de transpiration couvrait son front.

— Ça va ?

— Ça va. C'est juste que je n'ai encore jamais eu de brûlures d'estomac aussi fortes.

Il a fourré deux nouveaux comprimés d'antiacide dans sa bouche puis a écrasé le tube vide dans sa paume.

Un vague malaise s'est emparé de moi.

— Vous voulez appeler quelqu'un ? Si vous me montrez comment utiliser la radio, je peux le faire pour vous.

— Non. Ça s'arrangera quand les antiacides commenceront à faire effet. (Il a pris une profonde inspiration, puis m'a adressé un sourire.) Merci quand même.

Durant un moment, il a paru aller mieux, mais, dix minutes plus tard, il a écarté sa main droite des commandes pour se masser l'épaule gauche. La sueur ruisselait sur son visage. Il respirait de manière saccadée et ne cessait de s'agiter sur son siège, comme s'il ne parvenait pas à trouver une position confortable. Mon malaise s'est transformé en pure panique.

T.J. s'est réveillé.

— Anna ! m'a-t-il appelée d'une voix assez puissante pour que je l'entende par-dessus le vrombissement du moteur. (Je me suis tournée vers lui.) Est-ce qu'on arrive bientôt ?

J'ai défait ma ceinture et suis retournée m'asseoir à côté de T.J. Ne voulant pas parler trop fort, je l'ai attiré vers moi et lui ai dit :

— Écoute, je suis quasiment certaine que Mick est en train de faire un infarctus. Il souffre de douleurs dans la poitrine et semble vraiment mal en point, mais il incrimine ses brûlures d'estomac.

— Quoi ? Tu es sérieuse ?

J'ai hoché la tête.

— Mon père a survécu à une grave attaque l'année dernière. Je connais les symptômes. Je pense qu'il a peur d'admettre que quelque chose ne va pas.

— Qu'est-ce qu'on va faire ? Il va pouvoir continuer à piloter ?

— Je ne sais pas.

T.J. m'a suivie en direction du cockpit. Les deux poings serrés contre la poitrine, Mick avait les yeux fermés. Son casque avait glissé, et son visage avait pris une teinte grisâtre. Je me suis accroupie près de son siège, affolée.

— Mick ! ai-je lancé d'un ton pressant. On doit appeler à l'aide.

Il a hoché la tête.

— Je vais d'abord me poser sur l'eau… puis l'un d'entre vous… devra utiliser la radio, a-t-il haleté d'une voix étouffée. Mettez des gilets de sauvetage… Ils sont dans le coffre à bagages… à côté de la porte. Ensuite, asseyez-vous… et attachez votre ceinture. (Une grimace de douleur a tordu ses traits.) Allez !

Le cœur battant à tout rompre, envahie par une bouffée d'adrénaline, je me suis précipitée vers le coffre à bagages, dans lequel j'ai fourragé avec nervosité.

— Pourquoi devrait-on mettre des gilets de sauvetage, Anna ? L'avion a des flotteurs, non ?

Parce que le pilote a peur de ne pas avoir le temps de se poser.

— Je ne sais pas. Peut-être qu'il s'agit d'une procédure standard. Après tout, on va amerrir au milieu de l'océan. (J'ai trouvé les gilets de sauvetage coincés entre une boîte de forme cylindrique portant l'inscription « radeau de survie » et plusieurs couvertures.) Mets ça, ai-je ordonné en en tendant un à T.J. avant d'enfiler le mien.

Puis nous sommes allés nous rasseoir. Mes mains tremblaient tellement que j'ai dû m'y reprendre à deux fois pour attacher ma ceinture.

— S'il perd connaissance, je devrai immédiatement lui faire un massage cardiaque. Toi, tu devras essayer de te servir de la radio, T.J., d'accord ?

Il a acquiescé, les yeux écarquillés.

— D'accord.

Agrippant les accoudoirs de mon siège, j'ai regardé la surface ondulante de l'océan se rapprocher par le hublot. Soudain, alors qu'il était censé ralentir, l'avion a pris de la vitesse et a piqué du nez. J'ai jeté un coup d'œil en direction du cockpit. Mick était avachi sur le tableau de commande, immobile. J'ai aussitôt défait ma ceinture pour me ruer vers lui.

— Anna ! a crié T.J.

L'ourlet de mon tee-shirt a glissé entre ses doigts.

Je n'avais pas encore atteint l'avant de l'appareil qu'un violent spasme a secoué Mick, qui s'est renversé sur son siège, les mains toujours serrées sur le manche. L'avion s'est redressé brutalement. Sa queue a percuté la surface de l'océan, puis il a rebondi de façon chaotique sur les vagues. L'extrémité d'une aile a plongé dans l'eau, et l'appareil s'est mis à tournoyer de manière incontrôlée. Sous la force de l'impact, j'ai été projetée au sol, comme si quelqu'un avait brusquement tiré sur une corde nouée autour de mes pieds. Un bruit de verre brisé a résonné dans mes oreilles, et j'ai eu la sensation de voler avant de ressentir une douleur fulgurante lorsque l'avion s'est désagrégé.

J'ai soudain sombré dans la mer. De l'eau s'est engouffrée dans ma gorge. J'étais totalement désorientée. Mon gilet de sauvetage m'a ramenée lentement vers le haut. Lorsque ma tête a percé la surface, j'ai toussé sans pouvoir me retenir, luttant pour aspirer de l'air et rejeter l'eau que j'avais avalée.

T.J. ! Oh, mon Dieu, où est T.J. ?

L'imaginant piégé dans son siège, incapable de détacher sa ceinture, j'ai scruté éperdument l'océan, en hurlant son nom. Juste au moment où j'avais abandonné tout espoir de le retrouver vivant, il a émergé à la surface, crachant et hoquetant.

J'ai aussitôt nagé dans sa direction. Ma bouche était emplie d'un goût de sang, et j'avais si mal à la tête qu'il me semblait que mon crâne était sur le point d'exploser. Lorsque j'ai rejoint T.J., j'ai saisi sa main avant d'essayer de lui dire à quel point j'étais heureuse de le voir en vie, mais je me suis trouvée incapable d'articuler le moindre mot. J'ai ensuite été engloutie dans un brouillard duquel je n'ai émergé que par intermittence.

T.J. m'a ordonné en criant de me réveiller. Je me rappelle avoir été secouée par des vagues puissantes, avoir encore avalé de l'eau… puis plus rien.

Chapitre 2

T.J.

L'EAU TOURBILLONNAIT AUTOUR DE MOI, S'ENGOUFFRAIT DANS mon nez, dans ma gorge, dans mes yeux. J'en avalais à chaque inspiration. Anna a nagé vers moi, pleurant et criant en même temps. Elle saignait. Elle m'a pris la main et a essayé de parler, mais je n'ai pas compris un mot du charabia qu'elle a prononcé. Sa tête a dodeliné, puis a plongé en avant. J'ai sorti son visage de l'eau en tirant sur ses cheveux.

—Réveille-toi, Anna, réveille-toi!

Craignant que les hautes vagues qui nous malmenaient ne nous séparent, j'ai glissé mon bras droit sous la sangle de son gilet de sauvetage pour la maintenir près de moi. Je lui ai relevé la tête.

—Anna! Anna!

Oh, mon Dieu!

Comme elle ne me répondait pas et gardait les yeux fermés, j'ai passé mon bras gauche sous l'autre sangle de son gilet et me suis penché en arrière de manière qu'elle repose sur ma poitrine.

Le courant nous éloignait de l'épave. L'océan a progressivement englouti les débris, et, en peu de temps, il n'est plus rien resté de l'avion. J'ai essayé de ne pas penser à Mick, attaché dans son siège.

Je me suis laissé porter par les flots, hébété, le cœur battant. Cerné par des vagues puissantes, je me suis efforcé de maintenir nos têtes hors de l'eau et de ne pas céder à la panique.

Est-ce que quelqu'un saura que notre avion s'est écrasé? Notre trajectoire était-elle suivie par radar?

Sans doute pas, car personne n'est venu à notre secours.

Le ciel a commencé à s'obscurcir, et le soleil s'est couché. Anna a marmonné. Alors que je pensais qu'elle allait peut-être se réveiller, un frisson l'a secouée et elle a vomi sur moi. Les vagues m'ont aussitôt lavé. La sentant trembler, je l'ai attirée encore plus près afin que nous partagions notre chaleur corporelle. J'avais froid, moi aussi, même si l'océan m'avait paru chaud les premiers instants qui avaient suivi le crash. C'était une nuit sans lune, et je distinguais à peine la surface de l'eau qui nous entourait, noire à présent, et non plus bleue.

J'ai pensé avec inquiétude aux requins. Dégageant un bras, j'ai soulevé avec la main le menton d'Anna, l'écartant de ma poitrine. J'avais senti quelque chose de chaud juste sous mon cou, là où reposait sa tête. Saignait-elle encore? J'ai tenté une nouvelle fois de la réveiller. Ce n'est qu'en lui tapotant le visage que j'ai obtenu une réaction. Elle n'a pas parlé, mais a poussé des gémissements. Je ne voulais pas lui faire de mal, je souhaitais simplement m'assurer qu'elle était en vie. Elle est restée un long moment immobile, ce qui m'a empli de panique, puis elle a vomi de nouveau et a frissonné dans mes bras.

J'ai essayé de garder mon calme et de respirer lentement. Trouvant plus facile d'affronter les vagues en flottant sur le dos, je me suis laissé ballotter en soutenant Anna tandis que le courant nous emportait. Je savais que les hydravions ne volaient pas la nuit, mais j'étais certain que quelqu'un viendrait une fois que le soleil se serait levé. La nouvelle de notre accident se serait sans doute répandue avant le matin.

Mes parents ne savent même pas que nous avons pris cet avion.

Les heures ont passé. Peut-être y avait-il des requins qui rôdaient, mais je n'en ai vu aucun. Épuisé, j'ai somnolé un moment, laissant pendre mes jambes au lieu de lutter pour les maintenir à la surface. Je me suis efforcé de ne pas songer aux requins susceptibles de tournoyer en dessous.

Lorsque j'ai de nouveau tapoté le visage d'Anna, elle n'a pas réagi. Je croyais sentir sa poitrine se soulever, mais je n'en étais pas sûr. Je me suis redressé brusquement en entendant un bruit d'éclaboussures. La tête d'Anna pendait mollement sur le côté ; je l'ai ramenée vers moi. Le son persistait, sur un rythme presque régulier. Imaginant non pas un seul requin, mais cinq, dix, peut-être plus encore, j'ai fait volte-face. Quelque chose émergeait de la surface de l'eau, et il m'a fallu une seconde pour déterminer ce dont il s'agissait. Le remous provenait des vagues qui se brisaient sur la barrière de corail entourant une île.

Je n'avais jamais ressenti un tel soulagement, même pas quand le médecin m'avait annoncé que le traitement avait enfin porté ses fruits et que mon cancer était en rémission.

Le courant nous rapprochait de l'île, mais ne nous y conduirait pas. Si je ne faisais rien, nous la dépasserions. Comme je tenais toujours Anna par les sangles de son gilet de sauvetage, je ne pouvais pas me servir de mes bras. Je suis donc resté sur le dos et j'ai battu des jambes. J'ai perdu mes chaussures, mais je m'en moquais. J'aurais déjà dû les enlever depuis des heures.

Nous nous trouvions encore à une cinquantaine de mètres du rivage. Nous dérivions de la trajectoire. N'ayant d'autre choix que de dégager un bras, je me suis mis à faire des mouvements de nage indienne, tout en maintenant le visage d'Anna hors de l'eau.

J'ai levé la tête. Nous n'étions plus très loin. Battant frénétiquement des jambes, les poumons en feu, j'ai déployé mes dernières forces.

J'ai enfin atteint les eaux plus calmes du lagon, au-delà de la barrière de corail, mais j'ai continué à nager jusqu'à ce que je sente le sable sous mes pieds. J'ai tout juste eu l'énergie de tirer Anna hors de l'eau, et de l'amener sur la plage avant de m'effondrer à côté d'elle et de perdre connaissance.

J'ai été réveillé par la lumière aveuglante du soleil. Raide et perclus de courbatures, je ne voyais que d'un œil. Je me suis assis, j'ai enlevé mon gilet de sauvetage puis me suis tourné vers Anna.

Sa figure était tuméfiée et couverte d'hématomes, et des cicatrices sillonnaient ses joues et son front. Elle ne bougeait pas. Mon cœur cognait dans ma poitrine, mais je me suis forcé à tendre la main vers son cou. Sa peau était chaude, et une nouvelle vague de soulagement m'a submergé lorsque j'ai senti son pouls sous mes doigts. Elle était en vie, mais j'étais quasiment sûr qu'elle souffrait d'un traumatisme crânien, même si je n'y connaissais rien. Et si elle ne se réveillait pas ?

Je l'ai secouée doucement.

— Anna, tu m'entends ?

Comme elle ne répondait pas, je l'ai secouée de nouveau.

J'ai prié pour qu'elle ouvre les yeux. Ils étaient magnifiques, très grands, d'un bleu foncé tirant sur le gris. C'était le premier détail que j'avais remarqué chez elle quand je l'avais rencontrée. Elle était venue dans notre appartement pour passer un entretien avec mes parents, et j'avais éprouvé de la gêne de la découvrir aussi belle, moi qui ressemblais encore à un cancéreux, chauve et maigrichon.

Allez, Anna, laisse-moi voir tes yeux.

Je l'ai secouée plus fort, retenant mon souffle, et, enfin, ses paupières se sont soulevées.

Chapitre 3

Anna

Deux images de T.J. vacillaient au-dessus de moi. J'ai cligné des yeux jusqu'à ce qu'elles n'en forment qu'une. Des coupures striaient son visage, et son œil gauche était si enflé que sa paupière restait fermée.

— Où sommes-nous ? ai-je demandé.

Ma voix était rêche, et un goût de sel emplissait ma bouche.

— Je ne sais pas. Sur une île.

— Et Mick ?

T.J. a secoué la tête.

— Ce qui restait de l'avion a vite coulé.

— Je ne me souviens de rien.

— Tu t'es évanouie dans l'eau. Je n'arrivais pas à te réveiller, et je t'ai crue morte.

Une douleur lancinante me vrillait le crâne. Portant les doigts à mon front, j'ai grimacé en effleurant une grosse bosse. Ma tempe était couverte d'une substance poisseuse.

— Je saigne ?

T.J. s'est penché vers moi et a écarté mes cheveux du bout des doigts, à la recherche d'une plaie. J'ai poussé un cri lorsqu'il l'a trouvée.

— Désolé, s'est-il excusé. Tu as une coupure assez profonde. Elle ne saigne plus beaucoup, maintenant. C'était bien pire quand nous étions dans l'eau.

Une vague de panique a déferlé en moi.

— Il y avait des requins ?

— Je ne sais pas. Je n'en ai vu aucun, mais j'avais peur.

J'ai pris une profonde inspiration, puis je me suis redressée. La plage s'est mise à tournoyer. J'ai posé les mains à plat sur le sable pour maintenir mon équilibre le temps que mon vertige s'atténue.

— Comment sommes-nous arrivés ici ? ai-je demandé.

— J'ai passé les bras sous les sangles de ton gilet de sauvetage, et on a dérivé avec le courant, jusqu'à ce que je voie le rivage. Ensuite, je t'ai tirée sur la plage.

Prenant conscience de ce qu'il venait d'accomplir, j'ai gardé le regard rivé sur l'océan pendant une minute sans rien dire. J'ai pensé à ce qui se serait passé s'il m'avait lâchée, si des requins nous avaient attaqués ou si nous n'avions pas trouvé cette île.

— Merci, T.J.

— De rien, a-t-il répondu avant de croiser mon regard et de se détourner aussitôt.

— Est-ce que tu es blessé ? me suis-je inquiétée.

— Ça va. Je crois que je me suis cogné la tête sur le siège de devant.

J'ai essayé de me lever, mais un nouveau vertige m'a obligée à me rasseoir. T.J. m'a offert son appui et, cette fois, j'ai réussi à tenir sur mes jambes. J'ai défait les sangles de mon gilet de sauvetage et l'ai laissé tomber sur le sable.

Me désintéressant de l'océan, j'ai observé l'île. Elle ressemblait exactement aux photos que j'avais vues sur Internet, excepté qu'elle ne comportait pas d'hôtels luxueux ni de bungalows. Sous la plante de mes pieds nus, le sable d'une blancheur cristalline évoquait du sucre. Je n'avais aucune idée de ce qu'il était advenu de mes chaussures. La grève cédait la place un peu plus loin à des buissons couverts de fleurs et des plantes tropicales, puis à une forêt densément boisée dont le feuillage formait une voûte d'un vert intense. Le soleil, haut dans le ciel, dardait des rayons brûlants. La brise qui provenait de l'océan ne suffisait pas à me rafraîchir, et la transpiration ruisselait sur mon visage. Mes vêtements étaient plaqués contre ma peau moite.

— Je dois me rasseoir.

Mon estomac s'est contracté, et j'ai pensé que j'allais vomir. T.J. s'est assis à côté de moi.

— Ne t'inquiète pas, lui ai-je assuré une fois la vague de nausée passée. Le personnel de l'aéroport doit savoir que nous avons eu un accident. On enverra un avion à notre recherche.

— Est-ce que tu as une idée de l'endroit où nous sommes ? m'a-t-il demandé.

— Pas vraiment. (J'ai esquissé du bout du doigt un schéma dans le sable.) Les îles des Maldives sont regroupées en vingt-six atolls qui forment une chaîne orientée nord-sud. Ici, c'est Malé, la ville d'où nous sommes partis.

J'ai désigné un point sur le dessin que je venais d'ébaucher, puis j'ai tracé une ligne jusqu'à un second point.

— Nous devions nous rendre là, ai-je poursuivi. Je suppose que nous nous trouvons quelque part entre les deux, à moins que le courant ne nous ait fait dériver vers l'est ou vers l'ouest. Je ne sais pas si Mick a dévié de sa trajectoire, et j'ignore si les hydravions fournissent un plan de vol ou s'ils sont suivis par radar.

— Mes parents doivent flipper.

— Sûrement.

Les parents de T.J. avaient sans doute essayé de m'appeler, mais mon portable devait reposer au fond de l'océan, à présent.

Est-ce que nous devrions faire un feu pour signaler notre présence ? N'est-ce pas ce qu'on est censé faire quand on est perdu ?

J'ignorais totalement comment m'y prendre pour allumer un feu. Mon expérience des techniques de survie se limitait à ce que j'avais vu à la télévision ou lu dans les livres. Si l'un de nous deux avait porté des lunettes, nous aurions pu utiliser les verres pour capter les rayons du soleil, mais ce n'était pas le cas. Nous n'avions pas non plus de briquet. Ce qui laissait la friction, mais frotter deux bouts de bois l'un contre l'autre fonctionnait-il vraiment ? Peut-être n'avions-nous pas besoin de nous préoccuper de faire du feu, du moins pas tout de suite. Si nous restions sur la plage, nous serions visibles depuis un avion volant à basse altitude.

Nous avons essayé d'écrire « SOS ». Nous avons tout d'abord tracé les lettres avec nos pieds, en aplatissant le sable, mais j'ai fini par douter que le résultat puisse se voir du ciel. Nous avons ensuite tenté d'utiliser des feuilles, mais la brise les a éparpillées avant que nous ayons pu former les lettres. Je n'ai aperçu aucune pierre d'une taille suffisante pour maintenir les feuilles en place ; je n'ai trouvé que des galets et des fragments de ce qui devait être du corail. L'agitation m'a donné encore plus chaud, et ma migraine s'est accentuée. Renonçant, je me suis assise, imitée par T.J.

Le soleil me brûlait la figure, et les bras et les jambes de T.J. rougissaient à vue d'œil. Il a très vite fallu nous résigner à nous éloigner du rivage pour nous abriter à l'ombre d'un cocotier. Le sol était jonché de noix de coco, des fruits qui, d'après ce que je savais, contenaient du jus. Nous en avons cogné quelques-unes contre le tronc dans l'espoir de les ouvrir, en vain.

La sueur ruisselait sur mon visage. J'ai rassemblé mes cheveux et les ai maintenus en chignon au-dessus de ma tête. La langue enflée et la bouche sèche, j'éprouvais des difficultés à déglutir.

— Je vais explorer un peu les environs, a proposé T.J. Peut-être qu'il y a de l'eau quelque part.

Il est revenu au pied du cocotier quelques instants plus tard, un fruit dans la main.

— Je n'ai pas vu d'eau, mais j'ai trouvé ça.

Ce qu'il avait rapporté avait la taille d'un pamplemousse et une peau verte bosselée hérissée de piquants.

— Qu'est-ce que c'est ? ai-je demandé.

— Je ne sais pas, mais peut-être que ça contient du jus, comme les noix de coco.

Il a entrepris de le peler à l'aide de ses ongles. Les insectes avaient découvert ce mystérieux fruit avant nous, et T.J. l'a laissé tomber au sol avant de l'éloigner d'un coup de pied.

— Je l'ai déniché sous un arbre, a-t-il annoncé. Il y en avait beaucoup sur les branches, mais c'était trop haut pour moi. Si tu montes sur mes épaules, tu réussiras peut-être à en faire tomber un. Tu te sens capable de marcher ?

J'ai hoché la tête.

— Si on ne va pas trop vite, ça ira.

Quand nous sommes arrivés au pied de l'arbre, T.J. m'a saisi la main et m'a aidé à grimper sur ses épaules. Je pesais cinquante-cinq kilos pour un mètre soixante-dix, soit une quinzaine de kilos et dix bons centimètres de moins que T.J., ce qui ne l'a pas empêché de vaciller légèrement sous mon poids. Je me suis étirée au maximum, les doigts tendus vers l'un des fruits. Incapable de le cueillir, je l'ai frappé avec le poing. Après deux coups qui n'ont produit aucun effet, j'ai tapé un peu plus fort, et le fruit a volé. Une fois redescendue à terre, je l'ai ramassé.

— Je ne vois toujours pas ce que ça peut être, a déclaré T.J. après l'avoir inspecté.

— C'est peut-être un fruit à pain.

— Qu'est-ce que c'est que ça ?

— Un fruit qui est censé avoir un goût de pain.

Lorsque T.J. l'a pelé, le parfum qui en a émané m'a rappelé celui de la goyave. Il m'en a donné la moitié, et j'ai sucé la chair, recueillant le jus dans ma bouche desséchée. J'ai mâché les morceaux, puis les ai avalés. La texture caoutchouteuse signifiait sans doute que le fruit n'était pas tout à fait mûr, mais je l'ai mangé malgré tout.

— Je ne trouve pas que ça ait un goût de pain, a remarqué T.J.

— Peut-être qu'il faudrait le cuire.

Après la dernière bouchée, je suis remontée sur les épaules de T.J. et j'ai fait tomber deux autres fruits, que l'on a mangés aussitôt. Nous sommes ensuite retournés au pied du cocotier, où nous nous sommes assis pour attendre encore.

En fin d'après-midi, le ciel s'est brusquement obscurci, et une pluie torrentielle s'est abattue sur nous. Nous avons quitté l'abri formé par le cocotier pour tourner le visage vers le ciel, bouche ouverte, mais l'averse a cessé au bout de dix minutes.

—C'est la saison des pluies, ai-je avancé. Il devrait pleuvoir au moins une fois par jour.

Nous n'avions aucun récipient pour collecter l'eau, et les gouttes que j'avais réussi à recueillir sur ma langue n'avaient fait qu'accentuer ma soif.

—Qu'est-ce qu'ils font? a questionné T.J. quand le soleil a disparu à l'horizon.

Le désespoir qui perçait dans sa voix reflétait mon propre état émotionnel. Pour des raisons que j'ignorais, l'avion que nous attendions n'était pas venu.

—Je ne sais pas. Ils nous trouveront demain.

Imitant T.J., je me suis dirigée vers la plage et me suis étendue sur le sable, mon gilet de sauvetage posé sous ma tête. L'air s'est rafraîchi, et la brise marine m'a fait frissonner. Je me suis enveloppée dans mes bras et me suis roulée en boule en écoutant le bruit régulier des vagues qui s'écrasaient sur la barrière de corail.

Je les ai entendues avant de savoir de quoi il s'agissait. Des claquements d'ailes ont empli la nuit, suivis de l'apparition de centaines, peut-être de milliers, de chauves-souris. Elles ont masqué la lueur du croissant de lune, et je me suis demandé si elles étaient accrochées quelque part au-dessus de nos têtes quand nous avions marché vers l'arbre à pain.

T.J. s'est assis.

—Je n'avais jamais vu autant de chauves-souris, a-t-il soufflé.

Nous les avons observées un moment, puis elles ont fini par se disperser, sans doute en quête d'un autre terrain de chasse. Quelques minutes plus tard, T.J. s'est endormi. J'ai levé les yeux vers le ciel, consciente que personne ne partirait à notre recherche dans la nuit. Si une mission de sauvetage avait été entreprise dans la journée, elle ne reprendrait pas avant l'aube. Je me suis imaginé les parents de T.J. désemparés, attendant que le soleil se lève. À l'idée de l'appel téléphonique que ma famille avait peut-être reçu, les larmes me sont montées aux yeux.

J'ai pensé à ma sœur, Sarah, et à une conversation que j'avais eue avec elle deux mois auparavant. Nous nous étions donné rendez-vous pour dîner dans un restaurant mexicain. Quand le serveur avait apporté nos verres, j'avais bu une gorgée de margarita et avais déclaré :

— J'ai accepté le job dont je t'ai parlé. Les cours particuliers pour le gamin qui a eu un cancer.

J'avais reposé mon verre et porté à ma bouche une tortilla trempée dans la sauce.

— C'est celui avec qui tu dois partir en vacances, c'est ça ?

— Oui.

— Tu vas être absente pendant si longtemps… Qu'en pense John ?

— Je lui ai de nouveau parlé de mariage. Mais cette fois, je lui ai aussi annoncé que je voulais un bébé. (J'avais haussé les épaules.) Après tout, pourquoi ne pas rompre ?

— Oh, Anna…, avait soufflé Sarah.

Je n'avais commencé que tout récemment à penser à un bébé. Jusque-là, m'occuper des enfants de Sarah – Chloe, ma nièce de deux ans, et Joe, mon neveu de cinq ans – me contentait tout à fait. Mais toutes les personnes de mon entourage s'étaient mises à me fourrer dans les bras d'adorables bébés emmitouflés dans leur couverture, ce qui m'avait fait prendre conscience que j'en voulais un, moi aussi. Et mon désir d'enfant m'avait brusquement rappelé que mon horloge biologique tournait. J'avais été surprise. J'avais toujours cru que l'envie d'avoir des enfants venait peu à peu, mais elle m'avait saisie d'un coup, sans crier gare.

— Je ne peux pas continuer comme ça, Sarah, avais-je poursuivi. Comment pourrait-il accepter un bébé alors qu'il est incapable de s'engager ? (J'avais secoué la tête.) Ça semble si facile, quand je regarde les autres femmes… Elles rencontrent un homme, tombent amoureuses et se marient. Un an ou deux après, elles fondent une famille. C'est simple, non ? Quand John et moi évoquons notre avenir, c'est à peu près aussi romantique qu'une transaction immobilière, avec presque autant de négociations.

Je m'étais emparée de ma serviette de table pour m'essuyer les yeux.

— Je suis désolée, Anna. Franchement, je ne sais pas comment tu as fait pour tenir aussi longtemps. Au bout de sept ans, John devrait savoir ce qu'il veut.

— Huit, Sarah. Ça fait huit ans.

J'avais porté mon verre à mes lèvres et l'avais fini en deux gorgées.

— Oh... j'ai dû mal compter.

Le serveur s'était arrêté à notre table et nous avait demandé si nous désirions boire autre chose.

— Vous devriez nous apporter un stock de margaritas, lui avait répondu Sarah. Et alors, comment s'est terminée votre conversation ?

— Je lui ai annoncé que je partais pour tout l'été, que j'avais besoin d'être seule un moment, le temps de réfléchir à ce que je voulais.

— Et qu'est-ce qu'il a dit ?

— La même chose que d'habitude : qu'il m'aimait, mais qu'il ne se sentait pas encore prêt. Il s'est toujours montré honnête, mais je crois que, pour la première fois, il a pris conscience qu'il ne décidait pas tout seul.

— Est-ce que tu en as parlé à maman ?

— Oui. Elle m'a dit que je devais me demander si j'étais plus heureuse avec ou sans lui.

Sarah et moi avions beaucoup de chance. Notre mère excellait dans l'art de donner des conseils simples, mais avisés. Elle restait neutre, sans jamais porter de jugement. Elle faisait figure d'exception chez les parents, si j'en croyais une bonne partie de nos amies.

— Et quelle est ta réponse ?

— Je ne sais pas trop, Sarah. Je l'aime, mais je pense que ça ne suffira pas.

J'avais besoin de temps pour réfléchir ; Tom et Jane Callahan m'avaient fourni l'occasion rêvée de m'éloigner. De prendre de la distance, au sens littéral.

— Il doit le considérer comme un ultimatum, avait avancé Sarah.

— Bien sûr.

J'avais pris une nouvelle gorgée de margarita.

— Tu as l'air de plutôt bien gérer la situation.

— C'est parce que je n'ai pas encore vraiment rompu avec lui.

— Peut-être que c'est une bonne idée de rester seule un moment, Anna. Tu pourras réfléchir à ce que tu veux faire de ta vie.

— Je ne suis pas obligée de l'attendre, Sarah. J'ai largement le temps de trouver quelqu'un qui ait envie des mêmes choses que moi.

— Tu as tout à fait raison, avait-elle approuvé avant de terminer sa margarita et de m'adresser un sourire. Tu te rends compte de la chance que tu as, de pouvoir décider du jour au lendemain de t'envoler vers une destination exotique ? (Elle avait poussé un soupir.) J'aimerais bien t'accompagner. Les seules vacances que j'ai eues cette année, ça a été quand David et moi avons emmené les petits voir les poissons tropicaux à l'aquarium Shedd.

Sarah gérait de front son couple, ses enfants et un travail à plein temps. Pour elle, un séjour en célibataire sur une île tropicale devait représenter le paradis.

En marchant en direction de la gare après avoir payé la note, j'avais songé que, peut-être, pour une fois, l'herbe était plus verte chez moi. Ma situation comportait au moins un avantage : j'étais libre de passer l'été sur une île de rêve si j'en avais envie.

Le moins que l'on puisse dire, c'est que tout ne s'était pas déroulé comme je l'avais prévu.

Une douleur lancinante me vrillait le crâne, mon estomac vide grondait, et je mourais de soif. Parcourue de frissons, la tête posée sur mon gilet de sauvetage, j'ai essayé de ne pas penser au temps qu'il faudrait aux secours pour nous retrouver.

Chapitre 4

T.J.

Deuxième jour

JE ME SUIS RÉVEILLÉ AUX PREMIÈRES LUEURS DE L'AUBE. ANNA s'était déjà levée. Assise à côté de moi sur le sable, elle avait les yeux tournés vers le ciel. Mon estomac gargouillait, et j'avais l'impression de ne plus avoir de salive dans la bouche.

Je me suis redressé.

— Salut. Comment va ta tête ?

— J'ai encore mal, a-t-elle répondu.

Son visage faisait un peu peur à voir. Ses joues tuméfiées étaient couvertes d'hématomes violacés, et des croûtes de sang séché bordaient la racine de ses cheveux.

Nous avons marché jusqu'à l'arbre à pain. Anna est montée sur mes épaules et a fait tomber deux fruits. Je me sentais si faible que je chancelais sous son poids. Quand elle est descendue, un autre fruit a chuté à nos pieds. J'ai échangé un regard avec elle.

— Ça nous facilite la tâche, a-t-elle déclaré.

Je l'ai aidée à enlever tous les fruits pourris éparpillés au pied de l'arbre afin que nous soyons sûrs de pouvoir manger ceux que nous trouverions à terre. J'ai ramassé celui qui venait de tomber et l'ai pelé. Le jus m'a paru plus sucré que la veille, et la chair moins caoutchouteuse.

Il nous fallait absolument des récipients dans lesquels nous pourrions collecter de l'eau. Aussi avons-nous entrepris de longer le rivage en quête de boîtes vides, de bouteilles ou de quoi que ce soit d'étanche susceptible de retenir l'eau de pluie. Nous avons découvert des débris, provenant sans doute de la carcasse de l'avion, mais rien d'autre. L'absence de tout déchet d'origine humaine m'a amené à me demander où nous pouvions bien nous trouver.

Nous nous sommes dirigés vers l'intérieur de l'île. Les arbres interceptaient la lumière du soleil, et des nuées de moustiques bourdonnaient autour de nous. J'ai écrasé ceux qui m'attaquaient du plat de la main et essuyé à l'aide de mon bras la sueur qui perlait sur mon front. J'ai aperçu la mare en arrivant à une petite clairière. En fait, ce n'était guère plus qu'une grande flaque boueuse, mais, à la vue de l'eau, ma soif a redoublé d'intensité.

— On peut la boire, à ton avis ? ai-je demandé.

Anna s'est agenouillée et a plongé la main dans la mare avant d'agiter l'eau. L'odeur qui s'en est dégagée lui a fait plisser le nez.

— Non. C'est de l'eau stagnante. Ce serait certainement risqué de la boire.

Nous avons continué à marcher, mais, ne trouvant aucun objet susceptible de servir de récipient, nous sommes retournés sous le cocotier. J'ai ramassé l'une des noix de coco qui jonchaient le sol et l'ai lancée de toutes mes forces contre le tronc avant de la jeter, furieux de ne pas avoir réussi à la briser. J'ai décoché un coup de pied dans l'arbre, et je me suis fait mal.

— Putain de merde !

Si je parvenais à ouvrir une noix de coco, nous pourrions boire le liquide qu'elle renfermait, manger la chair, et utiliser l'écorce pour recueillir l'eau de pluie.

Anna n'a pas semblé remarquer mon accès de colère.

— Je ne comprends pas pourquoi nous n'avons encore pas vu d'avion, a-t-elle dit en secouant la tête. Qu'est-ce que les secours fabriquent ?

Je me suis assis à côté d'elle, haletant et couvert de sueur.

— Je ne sais pas.

Perdus dans nos pensées, nous avons gardé le silence un moment. Finalement, j'ai proposé :

— Et si on faisait un feu ?

— Tu sais comment t'y prendre ?

— Non.

J'avais habité en ville toute ma vie, et les doigts d'une main auraient été de trop pour compter le nombre de fois où j'avais campé. En plus, à ces occasions, nous avions allumé le feu avec un briquet.

— Et toi ? ai-je demandé.

— Non.

— On pourrait essayer, ai-je proposé. Apparemment, on a le temps.

Ma lamentable tentative de blague lui a arraché un sourire.

— D'accord.

J'ai passé l'heure suivante à frotter deux bouts de bois l'un contre l'autre. Anna a réussi à échauffer suffisamment les siens pour se brûler le doigt avant de renoncer. J'ai fait un peu mieux – il m'a semblé voir un filet de fumée –, mais je ne suis parvenu à produire aucune flamme.

— J'abandonne, ai-je déclaré, les bras endoloris.

J'ai laissé tomber mes bouts de bois et utilisé mon tee-shirt pour m'essuyer le front avant que la transpiration me coule dans les yeux.

Il s'est mis à pleuvoir. Je me suis efforcé de recueillir un maximum de gouttes sur la langue, reconnaissant de la petite quantité d'eau que je pouvais avaler. La pluie a cessé au bout de quelques minutes.

Toujours en sueur, je me suis dirigé vers le rivage, j'ai enlevé mon tee-shirt et suis entré dans l'océan, uniquement vêtu de mon bermuda. La température du lagon m'a donné l'impression de pénétrer dans un bain chaud, mais je suis tout de même arrivé à me rafraîchir en plongeant la tête sous l'eau. Anna m'a suivi, s'arrêtant sur la plage. Elle s'est assise, ses longs cheveux rassemblés dans une main. Elle devait rôtir, en pantalon et tee-shirt à manches longues. Quelques minutes plus tard, elle s'est levée et, après un instant d'hésitation, a passé son tee-shirt par-dessus sa tête. Elle a ensuite défait les boutons et la fermeture Éclair de son jean, qu'elle a enlevé, puis elle s'est dirigée vers moi, portant en tout et pour tout un soutien-gorge noir et un slip assorti.

— Fais comme si j'étais en maillot de bain, d'accord ? a-t-elle lancé en me rejoignant dans l'eau.

Elle avait les joues rouges, et évitait mon regard.

— D'accord, ai-je peiné à articuler tant j'étais ébahi.

Elle avait un corps de rêve. De longues jambes, un ventre plat, et des seins superbes. Son physique aurait dû constituer la dernière de mes préoccupations, mais je n'ai pu m'empêcher de la mater à la dérobée. Étant donné notre situation merdique et vu à quel point j'avais faim et soif, je ne me pensais pas non plus capable d'avoir une érection, mais je me trompais. Je me suis éloigné d'elle à la nage jusqu'à ce que je reprenne la maîtrise de mes sens.

Après être restée un long moment dans l'eau avec moi, Anna est sortie et m'a tourné le dos pour se rhabiller. Je me suis rendu avec elle au pied de l'arbre à pain, mais le sol était dépourvu de fruit. Anna est montée sur mes épaules et, lorsque je l'ai stabilisée en posant les mains sur ses cuisses, l'image de ses jambes nues m'est aussitôt venue à l'esprit.

Elle a fait tomber deux fruits à pain. J'aurais dû mourir de faim, et pourtant, bizarrement, ce n'était pas le cas. Anna ne devait pas avoir très envie de manger non plus, car elle a délaissé la chair après en avoir extrait tout le jus.

Après le coucher du soleil, allongés sur la plage, nous avons regardé les chauves-souris envahir le ciel.

— Mon cœur bat vraiment vite, ai-je remarqué.

— C'est un signe de déshydratation, a répondu Anna.

— Quels sont les autres signes ?

— Perte d'appétit. Absence d'urines. Bouche sèche.

— J'ai tous ces symptômes.

— Moi aussi.

— Combien de temps peut-on survivre sans eau ?

— Trois jours, peut-être moins.

J'ai essayé de me rappeler quand j'avais bu pour la dernière fois. À l'aéroport au Sri Lanka, peut-être ? Nous parvenions à avaler quelques gouttes de pluie, mais ça ne suffirait pas à nous maintenir en vie.

J'ai soudain eu une trouille bleue en prenant conscience que le temps nous était compté.

— C'est une mauvaise idée, a-t-elle déclaré.

Aucun de nous n'a avoué à quoi il pensait. Si l'unique alternative qui nous restait consistait à boire l'eau de la mare ou mourir de déshydratation, nous n'aurions pas le choix.

— Les secours viendront demain, a-t-elle assuré.

Elle ne semblait pas vraiment y croire, cependant.

— J'espère.

— J'ai peur, a-t-elle murmuré.

— Moi aussi.

Je me suis tourné sur le côté, mais je n'ai pas réussi à m'endormir avant un long moment.

Chapitre 5

Anna

Troisième jour

Au réveil, T.J. et moi souffrions de maux de tête et de nausée. Après avoir mangé un peu de fruit à pain, j'ai cru que j'allais vomir, mais rien ne s'est passé. Bien qu'à bout de forces, nous sommes retournés sur la plage dans l'intention de réessayer d'allumer un feu. J'étais convaincue qu'un avion survolerait les environs dans la journée, et je savais que les flammes constituaient notre meilleure chance de nous faire repérer.

—On s'y est mal pris, hier, a affirmé T.J. J'y ai repensé avant de m'endormir, et je me suis souvenu d'une émission que j'avais regardée à la télévision, où un type devait faire du feu. Il avait fait tourner un bout de bois sur un autre au lieu de les frotter. J'ai une idée. Je vais voir si je trouve ce dont j'ai besoin.

En attendant qu'il revienne, j'ai récolté tout ce qui était susceptible de brûler au cas où nous parviendrions à produire une flamme. L'air était si humide que seul l'intérieur de ma bouche devait être sec sur cette île. Tout ce que je ramassais me semblait mouillé, mais j'ai fini par dénicher quelques feuilles sèches au pied d'une plante à fleurs. En retournant les poches de mon jean, j'ai également trouvé quelques fibres de tissu, que j'ai ajoutées au petit tas de feuilles dans ma paume.

T.J. a reparu, muni d'un bâton et d'un petit morceau de bois.

—Est-ce que tu aurais des peluches dans tes poches? lui ai-je demandé. (Il les a retournées, et m'a tendu les fibres qu'il y a récoltées.) Merci.

J'ai formé un petit nid avec les restes de tissu et les feuilles. J'ai ensuite ramassé quelques brindilles et des feuilles vertes que nous pourrions brûler pour produire de la fumée.

T.J. s'est assis et a placé son bâton à la verticale, perpendiculaire à l'autre morceau de bois.

— Qu'est-ce que tu fais ? lui ai-je demandé.

— Je réfléchis à la façon de faire tourner le bâton. (Il l'a étudié du regard pendant un moment.) Je crois que le type que j'avais vu s'était servi d'une ficelle. Je regrette de m'être débarrassé de mes chaussures ; j'aurais pu utiliser les lacets.

Il a fait tourner le bâton d'une main, mais la vitesse de rotation qu'il a atteinte ne permettait pas de provoquer une friction suffisante. La sueur ruisselait sur son visage.

— C'est impossible, bordel ! a-t-il soupiré avant de se reposer quelques minutes.

Avec un regain d'énergie, il a frotté ses deux mains l'une contre l'autre, le bâton entre ses paumes. Il a réussi cette fois à le faire tourner bien plus vite, et a bientôt trouvé un rythme. Au bout de vingt minutes, la baguette avait produit un petit tas de sciure noire dans l'encoche qui s'était creusée dans le morceau de bois.

— Regarde ! s'est-il écrié lorsqu'une volute de fumée s'est élevée.

Peu après, la fumée s'est épaissie. En dépit de la transpiration qui lui coulait dans les yeux, T.J. a continué de faire tourner son bâton.

— J'ai besoin du nid.

Je l'ai posé à côté de lui et, retenant ma respiration, je l'ai observé souffler doucement sur le creux formé dans la pièce de bois. Il a utilisé la baguette pour recueillir la braise rougeoyante et la transférer sur le tas de feuilles sèches et de fibres de tissu. Le soulevant à hauteur de ses lèvres, il a soufflé légèrement sur le nid, qui s'est enflammé dans ses mains. Il l'a aussitôt lâché.

— Oh, mon Dieu ! me suis-je exclamée. Tu as réussi !

Il a placé au-dessus du nid un peu de brindilles. Le feu a rapidement grossi, et, bientôt, T.J. l'a alimenté grâce aux bouts de bois que j'avais ramassés. Nous sommes partis en courant en chercher d'autres, et, alors que nous nous précipitions tous les deux vers le foyer, les bras chargés, un déluge s'est abattu sur nous. En l'espace de quelques secondes, notre feu s'est réduit à un amas spongieux de bois calciné.

J'ai fixé les yeux sur ce qu'il en restait, au bord des larmes. T.J. s'est effondré sur les genoux. Je me suis assise à côté de lui, levant la tête pour recueillir quelques gouttes. L'averse a duré un long moment, et je suis parvenue à avaler un peu de pluie, mais je ne pensais qu'à l'eau qui s'infiltrait dans le sable autour de nous.

Je ne savais pas quoi dire à T.J. Quand l'averse s'est arrêtée, nous nous sommes allongés en silence sous le cocotier. Comme tout était trempé, il était inutile d'essayer de refaire un feu tout de suite, aussi, nous nous sommes mis à somnoler, léthargiques, submergés par le découragement.

Quand nous nous sommes réveillés en fin d'après-midi, aucun de nous deux n'avait envie de manger de fruit à pain. T.J. n'avait plus assez d'énergie pour allumer un nouveau feu et, de toute manière, sans un abri quelconque pour le protéger, les flammes finiraient par s'éteindre. Mon cœur cognait dans ma poitrine, et je sentais un picotement dans les bras et les jambes. J'avais cessé de transpirer.

Lorsque T.J. s'est levé et s'est éloigné, je lui ai emboîté le pas. Je savais où il allait, mais je n'ai pas eu la force de l'en empêcher. Moi aussi, je brûlais de m'y rendre.

Arrivée au bord de la mare, je me suis accroupie, j'ai pris un peu d'eau dans le creux de ma paume et l'ai portée à mes lèvres. Elle était chaude et avait un goût horrible, légèrement saumâtre, mais j'en ai aussitôt voulu davantage. T.J. s'est agenouillé à côté de moi pour boire directement dans la flaque. Une fois la première gorgée avalée, aucun de nous n'a pu s'arrêter. Après avoir absorbé tout ce que nous pouvions, nous nous sommes effondrés au sol. J'ai cru que mon estomac allait tout rejeter, mais je n'ai pas vomi. J'ai chassé de la main les moustiques qui m'assaillaient.

Nous sommes lentement retournés vers la plage. Quand nous sommes arrivés, il faisait presque nuit. En m'allongeant sur le sable à côté de T.J., ma tête sur le gilet de sauvetage, je me suis dit que tout irait bien. Nous avions gagné un peu de temps. Les secours arriveraient certainement le lendemain matin.

—Je suis désolée pour le feu, T.J. Tu as fait de gros efforts, et tu t'es vraiment bien débrouillé. Je n'aurais jamais eu cette idée toute seule.

—Merci, Anna.

Je me suis endormie, mais me suis réveillée un peu plus tard. Ce devait être le milieu de la nuit, vu la noirceur du ciel. Une crampe m'a tordu l'estomac. Sans en tenir compte, je me suis tournée sur le flanc. Un nouveau spasme m'a saisie, plus violent que le précédent. Je me suis assise en gémissant. Des gouttelettes de sueur ont perlé sur mon front.

T.J. s'est réveillé.

—Qu'est-ce qui ne va pas ?

—J'ai mal au ventre. (J'ai prié pour que les crampes cessent, mais elles ont empiré, et j'ai su ce qui allait se passer.) Ne me suis pas.

Je me suis dirigée en chancelant vers la forêt. À peine avais-je descendu mon jean et ma culotte que mon corps s'est purgé. Quand je n'ai plus rien eu à éliminer, je me suis contorsionnée sur le sol, victime de spasmes qui m'envahissaient par vagues successives. J'étais trempée de sueur, et la douleur irradiait de mon ventre jusqu'à mes jambes. Je suis demeurée immobile un long moment, redoutant que le moindre geste n'entraîne davantage de souffrances. Les moustiques vrombissaient devant mon visage.

Puis les rats ont fait leur apparition.

Partout où se posait mon regard, des paires d'yeux rouges transperçaient l'obscurité. J'ai hurlé quand l'une de ces créatures est passée sur mon pied. Je me suis relevée en vacillant et j'ai remonté en hâte mon slip et mon pantalon, mais, sous l'effet de la douleur provoquée par ce mouvement, je me suis effondrée de nouveau. J'ai pensé que j'étais peut-être en train de mourir, condamnée par ce qui contaminait l'eau de la mare. Après cela, j'ai cessé de bouger. Épuisée et à bout de forces, ignorant où se trouvait T.J., j'ai perdu connaissance.

Un bourdonnement m'a tirée de ma léthargie. *Des moustiques.* Mais il faisait jour, et la plupart des insectes, ainsi que les rats, avaient disparu. Allongée sur le côté, les genoux remontés sur la poitrine, j'ai levé la tête avec peine.

C'était le vrombissement d'un avion.

Je me suis hissée sur les coudes et les genoux avant de ramper vers la plage en appelant T.J. Me relevant, j'ai titubé en direction du rivage, déployant mes dernières forces pour agiter les bras au-dessus de ma tête. Je ne voyais pas l'avion, mais je l'entendais, et le bruit de moteur s'éloignait.

Ils nous cherchent. Ils vont faire demi-tour d'une minute à l'autre.

Le vrombissement a faibli, et, bientôt, le silence est retombé. Mes jambes ont cédé. Affalée sur le sable, j'ai pleuré au point de me trouver en hyperventilation. Couchée sur le flanc, poussant des sanglots de plus en plus étouffés, je fixais mon regard sur l'eau, hébétée.

J'avais perdu toute notion du temps mais, quand j'ai tourné les yeux, j'ai découvert T.J. allongé à côté de moi.

— Un avion est passé, ai-je soufflé.

— Je l'ai entendu. Je ne pouvais pas bouger.

— Il va revenir.

Mais il n'est pas revenu.

J'ai pleuré toute la journée. T.J., lui, demeurait silencieux, les paupières fermées. J'ignorais s'il dormait ou s'il n'avait tout simplement pas le courage de parler. Il n'a pas allumé d'autre feu, et aucun de nous n'a mangé de fruit à pain. Je suis restée au pied du cocotier, d'où je n'ai bougé que lorsqu'il s'est mis à pleuvoir.

N'ayant aucune envie de me trouver à proximité de la forêt après le crépuscule, je suis retournée sur la plage. Allongée sur le sable à côté de T.J., je ne pensais plus qu'à une chose : si aucun avion ne revenait ou si nous ne découvrions pas très vite un moyen de collecter de l'eau, T.J. et moi allions mourir.

J'ai somnolé par intermittence une bonne partie de la nuit et, alors que je commençais à sombrer dans un sommeil plus profond, je me suis réveillée en hurlant, croyant qu'un rat me mordait le pied.

Chapitre 6

T.J.

Quatrième jour

QUAND LE SOLEIL EST APPARU À L'HORIZON, J'AI LEVÉ PÉNIBLEMENT la tête. Pendant la nuit, les vagues avaient rejeté sur le sable deux coussins provenant des sièges de l'avion. Juste à côté, un objet bleu a attiré mon regard. Je me suis tourné vers Anna et l'ai secouée pour la réveiller. Elle a ouvert les paupières. Ses yeux étaient enfoncés dans leurs orbites, et ses lèvres craquelées saignaient.

— Qu'est-ce que c'est ? l'ai-je interrogée en pointant le doigt vers le truc bleu.

Tendre le bras me demandait trop d'efforts : j'ai laissé retomber ma main sur le sable.

— Quoi ?

— Ça, là-bas. À côté des coussins.

— Je ne sais pas, a-t-elle répondu.

Je me suis redressé un peu, mettant ma main en visière pour me protéger de la lumière du soleil. La forme de l'objet me rappelait quelque chose, et, brusquement, j'ai compris de quoi il s'agissait.

— C'est mon sac à dos ! Anna, c'est mon sac à dos !

Je me suis levé et j'ai traversé la plage en vacillant pour aller le ramasser. Une fois de retour près d'Anna, je me suis agenouillé, j'ai ouvert mon sac et en ai sorti la bouteille d'eau qu'elle m'avait donnée à l'aéroport de Malé.

— Oh, mon Dieu ! s'est-elle écriée en s'asseyant.

J'ai dévissé le bouchon, et nous avons bu à tour de rôle, prenant garde d'avaler lentement, par petites gorgées. Il n'est bientôt plus resté une goutte, mais ma soif n'était toujours pas assouvie.

— En se servant d'une feuille comme entonnoir, on pourra collecter de l'eau de pluie, a avancé Anna en soulevant la bouteille vide.

Faibles, les jambes en coton, nous avons marché jusqu'à l'arbre à pain pour cueillir une grande feuille sur l'une des branches inférieures. Anna l'a déchirée de manière à obtenir la taille adéquate et l'a engouffrée dans le goulot de la bouteille vide en ménageant une ouverture aussi large que possible. Quatre fruits à pain étaient tombés au sol. Nous les avons emportés sur la plage, où nous les avons tous mangés.

J'ai secoué mon sac au-dessus du sable. Ma casquette de base-ball des Cubs de Chicago était totalement trempée, mais je l'ai mise tout de même. J'ai également trouvé un pull gris à capuche, deux tee-shirts, deux bermudas, un jean, des caleçons et des chaussettes, une brosse à dents, du dentifrice et mon lecteur de CD. Je me suis emparé de ma brosse à dents et du tube de dentifrice. J'avais dans la bouche un goût que j'aurais été incapable de décrire. J'ai dévissé le bouchon du tube de dentifrice et en ai déposé un peu sur la brosse à dents, que j'ai tendue à Anna.

— Si ça ne te dérange pas, on peut partager la brosse à dents.

Elle a esquissé un sourire.

— Ça ne me dérange pas, T.J. Mais vas-y d'abord. C'est la tienne.

Je me suis lavé les dents, ai rincé la brosse dans l'océan, puis l'ai donnée à Anna. Elle y a mis du dentifrice et, quand elle a fini de se laver les dents, elle a rincé la brosse et me l'a rendue.

— Merci.

Nous avons attendu la pluie, et, quand notre patience a enfin été récompensée, en fin d'après-midi, nous avons observé la bouteille se remplir d'eau. Je l'ai tendue à Anna. Elle me l'a redonnée après en avoir bu la moitié. Lorsque je l'ai terminée, j'ai repositionné la feuille dans le goulot, et la bouteille s'est de nouveau remplie. Nous en avons bu la totalité, encore une fois. Nous avions sans doute besoin de plus, de beaucoup plus, mais je commençais à croire que nous n'allions peut-être pas mourir, après tout.

Nous avions désormais la possibilité de collecter de l'eau, nous avions des fruits à pain, et savions comment faire du feu. À présent, il nous fallait un abri car, sans cela, les flammes s'éteindraient très vite.

Par peur des rats, Anna a préféré le construire sur la plage. Nous avons cassé deux branches en forme de « Y » que nous avons plantées dans le sable, puis avons posé dessus le plus long bout de bois que nous avons pu trouver. Disposant des branches de chaque côté, nous avons formé une hutte rudimentaire dont nous avons couvert le sol de feuilles d'arbre à pain, à l'exception d'un rond pour l'emplacement du feu. Anna a ramassé des galets pour délimiter le foyer. La fumée ne s'évacuerait pas totalement, mais elle contribuerait sans doute à éloigner les moustiques.

Nous avons décidé d'attendre le lendemain matin pour réessayer de faire du feu. À présent que nous avions un abri, nous pourrions stocker du bois à l'intérieur afin de le faire sécher.

La pluie est tombée de nouveau, ce qui nous a permis de remplir la bouteille à trois reprises. Rien ne m'avait jamais paru aussi bon de toute ma vie.

Quand le soleil a baissé à l'horizon, Anna m'a aidé à porter les coussins, les gilets de sauvetage et mon sac à dos sous la cahute.

— Bonne nuit, T.J., a déclaré Anna en s'allongeant de l'autre côté du foyer, la tête sur l'un des coussins.

— Bonne nuit, Anna.

Chapitre 7

Anna

Cinquième jour

J'ai ouvert les yeux. La lumière du soleil filtrait à travers les interstices de l'abri. La pression que je ressentais au niveau de la vessie – une sensation que je n'avais pas éprouvée depuis un moment – m'a perturbée une seconde, puis j'ai souri.

Il faut que j'aille aux toilettes.

Je suis sortie sans réveiller T.J. et me suis dirigée vers la forêt. Accroupie derrière un arbre, j'ai plissé le nez en sentant la forte odeur d'ammoniaque que dégageait mon urine. Lorsque j'ai remonté mon pantalon, l'humidité de mon entrejambe m'a arraché une grimace.

Quand je suis retournée sur la plage, T.J. se tenait à côté de l'abri.

— Où est-ce que tu étais ? m'a-t-il demandé.

— Je suis allée faire pipi, ai-je répondu avec un grand sourire.

Il m'a tapé dans la main.

— Il faut que j'y aille aussi.

À son retour, nous nous sommes rendus au pied de l'arbre à pain, où trois fruits gisaient. Nous nous sommes assis pour manger notre petit déjeuner.

— Montre-moi ta tête, m'a pressée T.J.

Je me suis penchée, et il a écarté mes cheveux du bout des doigts jusqu'à ce qu'il trouve la plaie.

— Ça guérit, même s'il t'aurait certainement fallu des points de suture. Je ne vois pas de sang séché, mais avec tes cheveux bruns, c'est difficile à dire. (Il a désigné ma joue.) Les hématomes s'estompent. Celui-là est en train de jaunir.

T.J. avait meilleure mine, lui aussi. Son œil n'était plus enflé, et ses coupures cicatrisaient bien. Retenu par sa ceinture, il avait subi un choc moins violent que moi. Son visage – très séduisant, bien qu'encore juvénile – ne garderait aucune trace de l'accident. J'ignorais si je pouvais affirmer la même chose, mais ça ne me préoccupait pas vraiment à cet instant.

Après le petit déjeuner, T.J. a encore tenté de faire du feu. Avec succès cette fois.

— Impressionnant, monsieur le citadin ! l'ai-je félicité en exerçant une pression sur son épaule.

Un sourire s'est étiré sur ses lèvres, et il a ajouté du petit bois pour alimenter le feu, visiblement fier de lui.

— Merci, a-t-il répondu en essuyant la transpiration qui perlait sur son front.

— Montre-moi tes mains.

Il les a tendues devant moi, paumes vers le haut. Sa peau abîmée et calleuse était couverte d'ampoules. Il a grimacé lorsque je les ai touchées.

— Tu dois avoir mal.

— Un peu, a-t-il admis.

La fumée a envahi l'intérieur de notre hutte, mais, au moins, le feu ne s'éteindrait pas quand arriverait la pluie. Si nous entendions un avion, nous pourrions rapidement démolir l'abri et jeter des feuilles vertes dans les flammes pour produire de la fumée.

Je n'avais jamais passé tant de jours sans prendre de douche, et je ne sentais pas la rose.

— Je vais essayer de me laver, ai-je déclaré. Toi, tu ne bouges pas d'ici, d'accord ?

Il a hoché la tête et a tiré de son sac un tee-shirt à manches courtes, qu'il m'a tendu.

— Tu veux mettre ça, au lieu de ton haut à manches longues ?

— Je veux bien, merci.

Sur moi, son tee-shirt ferait office de robe, mais je m'en moquais.

— Je te prêterais bien un de mes bermudas, mais je suis sûr qu'ils sont trop larges pour toi.

— Ne t'en fais pas. Ton tee-shirt me suffira, ai-je assuré.

J'ai marché le long du rivage jusqu'à ce que je ne voie plus ni T.J. ni l'abri. J'ai scruté le ciel bleu parfaitement dégagé.

Ce serait le moment idéal pour qu'un avion survole l'île. Le pilote remarquerait certainement une femme nue sur la plage.

Lorsque j'ai pénétré dans le lagon, les poissons se sont éparpillés devant moi. Les coups de soleil sur mes mains et mes pieds avaient laissé place à un bronzage qui contrastait avec la blancheur de mes bras et de mes jambes. Mes cheveux, qui m'arrivaient sous les épaules, formaient un sac de nœuds indescriptible.

Je me suis lavée en me frottant le corps avec les mains, puis suis retournée prendre mes vêtements sur le sable pour les rincer dans l'océan. Je me suis ensuite peignée à l'aide de mes doigts, regrettant de ne pas avoir d'élastique pour m'attacher les cheveux.

Lorsque je suis sortie de l'eau, me sentant légèrement plus propre, j'ai enfilé ma culotte et mon soutien-gorge mouillés, puis j'ai passé le tee-shirt de T.J. par-dessus ma tête. Comme il m'arrivait à mi-cuisses, je n'ai pas pris la peine de mettre mon jean.

— Je sais, je ne porte pas de pantalon, ai-je expliqué une fois de retour à la hutte. Mais j'ai chaud, et je préfère le laisser sécher.

— Ça ne me dérange pas.

— Dommage qu'on n'ait rien pour attraper les poissons. Le lagon en est plein.

Je salivais, et mon estomac grondait.

— On pourrait essayer de les chasser au harpon. Quand je me serai lavé, on ira chercher des bâtons pour faire des lances. De toute manière, on sera bientôt à court de bois pour le feu.

T.J. est revenu à l'abri cinq minutes plus tard, les cheveux mouillés, vêtu de propre. Il portait dans les bras un paquet volumineux.

— Regarde ce que j'ai trouvé dans l'eau !

— Qu'est-ce que c'est ?

Il a posé l'objet et l'a tourné vers moi afin que je puisse lire l'inscription qui figurait sur le côté.

— C'est le radeau de survie de l'avion, ai-je déclaré en m'agenouillant. Je me rappelle l'avoir vu quand je cherchais les gilets de sauvetage.

T.J. a ouvert la boîte, de laquelle il a sorti le canot. J'ai déchiré la pochette étanche qui y était attachée et en ai extirpé une feuille de papier détaillant le contenu. J'ai lu à voix haute :

— « La tente présente dans le sac d'accessoires comporte deux portes déroulantes et un récupérateur d'eau de pluie destiné à être placé au centre du toit. Des kits comprenant radiobalise et émetteur de localisation d'urgence sont disponibles en option. » (Une bouffée d'espoir m'a envahie.) T.J., où est le sac d'accessoires ?

T.J. a regardé dans la boîte du canot et en a extrait une seconde poche étanche. Les doigts tremblants, j'ai déchiré le plastique et, dès que j'ai obtenu un trou d'une taille suffisante, je l'ai retourné pour en faire tomber le contenu à terre. J'ai fouillé avec fébrilité parmi les objets éparpillés au sol, mes mains heurtant celles de T.J. qui, comme moi, cherchait quelque chose susceptible de nous sauver.

Mais il n'y avait rien de tel.

Pas de balise de détresse. Pas d'émetteur radio ni de téléphone satellite.

Tous mes espoirs se sont évanouis.

— Je suppose que le kit optionnel représentait un luxe inutile, ai-je soupiré.

T.J. a secoué lentement la tête.

J'ai pensé à ce qui se serait passé si nous avions trouvé une balise. *Est-ce qu'il suffit de la déclencher et d'attendre les secours ?*

Mes yeux se sont emplis de larmes. Les refoulant d'un clignement de paupières, j'ai entrepris d'inventorier le contenu du sac d'accessoires : un couteau, une trousse de premiers secours, une bâche, deux couvertures, de la corde et deux récipients en plastique pliables d'une capacité de deux litres.

J'ai ouvert la trousse de premiers secours. Elle renfermait du paracétamol, du Benadryl, de la pommade antibiotique, de la crème à la cortisone, des pansements, des lingettes désinfectantes et de l'Imodium.

— Montre-moi tes mains, ai-je ordonné à T.J.

Lorsqu'il les a tendues, j'ai appliqué de la pommade antibiotique sur ses ampoules, puis y ai apposé des pansements.

— Merci.

J'ai soulevé le flacon de Benadryl.

— Ça, ça peut te sauver la vie.

— Qu'est-ce que c'est ?

— Ça arrête les réactions allergiques.

— Et ça, là ? a-t-il questionné en désignant du doigt un flacon blanc.

J'ai lancé à T.J. un regard furtif avant de détourner les yeux.

— C'est de l'Imodium, un antidiarrhéique.

Il a émis un son étouffé en entendant ma réponse.

Le radeau se gonflait grâce à une cartouche de dioxyde de carbone. Lorsque j'ai appuyé sur le bouton, il s'est rempli de gaz si vite que j'ai dû m'écarter d'un bond.

Nous avons fixé la tente qui constituait le toit, puis avons installé le récupérateur d'eau de pluie. Une fois monté, le radeau de survie ressemblait aux maisons gonflables dans lesquelles mon neveu et ma nièce adoraient sauter, en un peu moins grand.

— Ça devrait contenir une dizaine de litres, ai-je déclaré en désignant le collecteur d'eau de pluie.

De nouveau assoiffée, j'espérais qu'il pleuvrait en début d'après-midi.

La tente du radeau de survie était équipée sur le côté d'auvents en Nylon qui se fermaient avec du Velcro. Si nous les laissions ouverts pendant la journée, l'air et la lumière pénétreraient à l'intérieur. Une moustiquaire déroulante formait une petite porte d'entrée.

Nous avons poussé le radeau à côté de l'abri, puis, après avoir remis du bois dans le feu, nous nous sommes dirigés vers le cocotier.

T.J. a enlevé l'enveloppe d'une noix de coco, qu'il a ouverte en enfonçant la lame du couteau dans l'écorce avant de frapper le manche à l'aide de son poing. J'ai recueilli le liquide qui s'en est écoulé dans l'un des récipients en plastique.

— Je m'attendais à ce que ce soit plus sucré, a fait remarquer T.J. après en avoir bu une gorgée.

— Moi aussi.

En dépit d'une légère amertume, ce n'était pas mauvais.

T.J. a raclé la chair avec la lame du couteau. J'étais si affamée que j'avais envie de dévorer toutes les noix de coco qui se trouvaient par terre. Ce n'est qu'après que nous en avons partagé cinq que je me suis sentie un tant soit peu rassasiée. Au moment où T.J. en a entamé une sixième, je me suis demandé quelle quantité de nourriture il fallait pour satisfaire l'appétit d'un adolescent de seize ans.

La pluie s'est mise à tomber une heure plus tard. Le sourire aux lèvres, nous nous sommes laissé tremper en poussant des cris de joie, observant avec bonheur nos divers récipients se remplir à ras bord. Reconnaissante pour cette abondance, j'ai bu jusqu'à ce que je ne puisse plus avaler la moindre gorgée, l'eau clapotant dans mon estomac à chacun de mes mouvements.

J'ai uriné de nouveau dans l'heure qui a suivi, comme ça a été le cas pour T.J. Nous avons fêté l'événement en mangeant une autre noix de coco et deux fruits à pain.

— Je trouve le fruit à pain moins bon que la noix de coco, ai-je déclaré.

— Moi aussi. Mais maintenant que nous avons du feu, nous pourrions essayer de voir si c'est meilleur une fois grillé.

En ramassant davantage de bois, nous avons découvert de longs bâtons susceptibles de nous servir de harpons. Afin de mieux nous protéger de la pluie, nous avons déployé la bâche sur le toit de la hutte avant de l'attacher à l'aide de la corde.

T.J. a gravé cinq traits verticaux sur le tronc d'un arbre. Aucun de nous n'a évoqué la venue d'un autre avion.

Avant de se coucher, T.J. a alimenté le feu autant qu'il était possible sans risquer de brûler l'abri, puis il est entré à quatre pattes à l'intérieur du radeau de survie. Je l'ai suivi, conservant le tee-shirt qu'il m'avait prêté en guise de chemise de nuit. J'ai fermé la porte déroulante derrière moi ; au moins, elle nous fournirait une protection contre les moustiques.

J'ai abaissé les auvents en Nylon avant de les fixer grâce au Velcro, puis j'ai déplié les couvertures et disposé les coussins provenant des sièges à leur tête pour nous en servir comme oreillers. Les couvertures étaient rêches, mais elles nous tiendraient chaud quand la température chuterait, une fois le soleil disparu. Les coussins avaient beau être minces et sentir le moisi, après les nuits que j'avais passées couchée à même le sol, ils m'ont paru incroyablement confortables.

— C'est génial ! s'est exclamé T.J.

— Tu l'as dit.

Le radeau de survie étant légèrement plus petit qu'un lit double, seuls quelques centimètres me séparaient de T.J., mais j'étais trop fatiguée pour y accorder de l'importance.

— Bonne nuit, T.J.

— Bonne nuit, Anna.

Sa voix était déjà ensommeillée et, dès qu'il s'est couché sur le côté, il s'est endormi.

Quelques secondes plus tard, je me suis à mon tour assoupie.

Je me suis levée au milieu de la nuit pour jeter un coup d'œil au feu. Comme il ne restait plus que quelques morceaux rougeoyants, j'ai ajouté du bois et ravivé les braises avec un bâton, faisant voltiger des étincelles. Lorsque des flammes ont crépité de nouveau, je suis retournée me coucher.

T.J. s'est réveillé quand je me suis allongée à côté de lui.

— Qu'est-ce qu'il y a ? s'est-il inquiété.

— Rien. J'ai remis du bois au feu. Rendors-toi.

J'ai fermé les yeux, et j'ai dormi jusqu'au lever du soleil.

Chapitre 8

T.J.

Au réveil, j'avais une érection.

Ça n'avait rien d'inhabituel, et ce n'était pas comme si je pouvais me maîtriser. Sentant que je n'étais plus sur le point de mourir, mon corps avait dû reprendre du poil de la bête. Et en dormant à proximité d'une fille, surtout quelqu'un d'aussi canon qu'Anna, j'étais à peu près sûr de bander au matin.

Couchée sur le côté, face à moi, elle dormait encore. Les plaies de son visage guérissaient et, heureusement pour elle, aucune d'entre elles ne semblait assez profonde pour laisser de cicatrices. Elle avait écarté sa couverture pendant son sommeil, et j'ai reluqué ses jambes, ce qui n'était sans doute pas la meilleure chose à faire, vu ce qui se passait dans mon bermuda. Si elle ouvrait les yeux, elle me surprendrait en train de l'observer ; je suis donc sorti du radeau de survie à quatre pattes et j'ai réfléchi à des problèmes de géométrie jusqu'à ce que mon érection disparaisse.

Anna s'est réveillée dix minutes plus tard. Après avoir mangé de la noix de coco et du fruit à pain pour le petit déjeuner, je me suis lavé les dents puis me suis rincé la bouche à l'eau de pluie.

— Tiens, ai-je dit en tendant à Anna la brosse à dents et le tube de dentifrice.

— Merci.

Elle a déposé de la pâte sur la brosse et s'est lavé les dents à son tour.

— Peut-être qu'un autre avion va passer, aujourd'hui, ai-je avancé.

— Peut-être, a répondu Anna, en évitant mon regard.

— J'ai envie de partir un peu en exploration, pour voir ce qu'il y a sur cette île.

— Il faudra faire attention, a-t-elle souligné. Nous n'avons pas de chaussures.

Je lui ai donné l'une de mes paires de chaussettes pour qu'elle ne marche pas pieds nus. Accroupi derrière l'abri, j'ai enfilé un jean afin de protéger mes jambes des moustiques, puis nous nous sommes aventurés dans la forêt.

Un voile moite s'est formé sur ma peau au contact de l'air humide. Passant au milieu d'un nuage de moucherons, j'ai fermé la bouche et les ai chassés en agitant les mains. Une odeur de végétaux en décomposition nous entourait, plus intense à mesure que nous nous enfoncions dans l'île. Le feuillage empêchait la lumière du soleil de pénétrer sous les arbres, et nous n'entendions pas d'autre son que le craquement des branches et le bruit saccadé de notre respiration rendue difficile par cette atmosphère étouffante. Mes vêtements étaient trempés de sueur. Tandis que nous progressions en silence, je me suis demandé dans combien de temps nous allions déboucher de l'autre côté de la forêt.

Je suis tombé dessus un quart d'heure plus tard. Comme je marchais légèrement devant Anna, je l'ai aperçue en premier. Je me suis arrêté net, me suis tourné vers elle et lui ai fait signe de se dépêcher.

Elle m'a rejoint et a murmuré :

— Qu'est-ce que c'est que ça ?

— Je ne sais pas.

À une quinzaine de mètres devant nous se dressait une cabane en bois, sensiblement de la taille d'un mobile home. Peut-être que quelqu'un d'autre vivait sur l'île. Quelqu'un qui n'avait pas pris la peine de venir se présenter. Nous nous sommes approchés prudemment. La porte d'entrée pendait sur des gonds rouillés, légèrement entrebâillée. Nous avons jeté un coup d'œil à l'intérieur.

— Il y a quelqu'un ? a lancé Anna.

Comme personne n'a répondu, nous avons franchi le seuil. Nous avons pénétré dans une pièce dépourvue de fenêtres, au sol recouvert d'un plancher. Le mur opposé comportait une autre porte, mais elle était fermée. Il n'y avait aucun meuble. J'ai touché une pile de couvertures dans un coin, et j'ai sursauté quand des insectes en ont jailli.

Quand mes yeux se sont accoutumés à l'obscurité, j'ai remarqué une grosse boîte à outils métallique par terre. Je me suis baissé pour l'ouvrir. Elle contenait un marteau, plusieurs paquets de clous et de vis, un ruban à mesurer, des pinces et une scie égoïne. Anna a trouvé des vêtements. Lorsqu'elle a soulevé un pull, l'une des manches s'est détachée.

—Je pensais que ça pourrait nous servir, mais on s'en passera, a-t-elle dit avec une grimace.

J'ai ouvert la seconde porte et me suis prudemment glissé de l'autre côté. J'ai accédé à une pièce au sol jonché de sachets de chips vides et d'emballages de barres chocolatées. Au milieu des détritus reposait un récipient en plastique muni d'une large ouverture. Je l'ai ramassé avant de jeter un coup d'œil à l'intérieur. *Vide*. Celui, ou celle, qui avait vécu là s'en était sans doute servi de récupérateur d'eau de pluie. Peut-être que si nous avions pris la peine d'explorer l'île plus tôt, nous aurions découvert cette cabane et n'aurions pas été forcés de boire l'eau de la mare. Alors, nous nous serions certainement trouvés sur la plage au moment où l'avion était passé.

Anna a observé le récipient que je tenais à la main. Elle avait dû penser à la même chose que moi, car elle a déclaré :

—Ce qui est fait est fait, T.J. On ne peut plus rien y changer, maintenant.

Un sac de couchage moisi gisait au sol, roulé en boule. Une valise noire était appuyée contre le mur, dans un coin. J'ai soulevé les fermoirs et l'ai ouverte. Elle renfermait une guitare acoustique en bon état.

—C'est bizarre, a soufflé Anna.

— Tu crois que cette cabane a été habitée ?
— On dirait bien.
— Que pouvait bien faire celui qui vivait là ?
— À part se prendre pour Jimmy Buffett ? (Anna a secoué la tête.) Je n'en ai aucune idée. En tout cas, personne n'est venu ici depuis un moment.
— Ce n'est pas du bois de récupération, ai-je remarqué. Les planches proviennent d'une scierie. Je ne sais pas comment le type qui habitait ici les a acheminées, sans doute par bateau ou par avion, mais il était déterminé. Où est-il parti ?
— T.J. ! a soufflé Anna, les yeux écarquillés. Peut-être qu'il va revenir.
— J'espère.
J'ai reposé la guitare dans la valise, que j'ai donnée à Anna. J'ai pris la boîte à outils, puis nous sommes retournés sur nos pas jusqu'à la plage.
Pour le déjeuner, Anna a fait cuire du fruit à pain sur une pierre plate près du feu tandis que j'ouvrais des noix de coco. Nous avons tout mangé jusqu'à la dernière miette – je ne trouvais toujours pas que le fruit à pain avait un goût de pain – en buvant du jus de noix de coco. Avec la chaleur des flammes, plus une température qui devait avoisiner les 35 °C, il était difficile de rester très longtemps à l'intérieur de l'abri. La sueur ruisselait sur le visage rougi d'Anna, et ses cheveux lui collaient à la nuque.
— Tu n'as pas envie d'aller te baigner ?
J'ai regretté mes paroles au moment même où je les ai prononcées. Elle penserait certainement que je voulais juste la voir se déshabiller une nouvelle fois.
— Oui, a-t-elle répondu après un instant d'hésitation. Je suis en train de rôtir.
Nous nous sommes dirigés vers le rivage. Je n'avais pas remis mon bermuda. Aussi, après avoir enlevé mes chaussettes et mon tee-shirt, j'ai ôté mon jean. Je portais un caleçon gris en dessous.
— Fais comme si c'était mon maillot de bain, ai-je lancé à Anna.

Elle a jeté un coup d'œil à ma tenue et a esquissé un sourire.

— D'accord.

Je l'ai attendue dans le lagon, résistant à l'envie de la regarder enlever ses vêtements. Après tout, elle avait le cran de se déshabiller devant moi ; je n'avais pas le droit de me comporter comme un crétin.

J'ai pourtant eu une nouvelle érection, et j'ai espéré qu'Anna ne remarquerait rien.

Après avoir nagé un moment, nous avons regagné la plage. Une fois rhabillés, nous nous sommes assis sur le sable. Anna a levé les yeux vers le ciel.

— J'étais persuadée que cet avion repasserait, a-t-elle déclaré.

De retour à l'abri, j'ai mis du bois dans le feu. Anna a sorti l'une des couvertures du radeau de survie, l'a étendue au sol et s'est assise dessus. Je me suis emparé de la guitare et me suis installé à côté d'elle.

— Tu sais en jouer ? m'a-t-elle demandé.

— Non. Enfin... L'un de mes amis m'a appris le début d'une chanson.

J'ai joué quelques notes avant d'entonner les premiers accords de *Wish you were here*.

Un sourire s'est dessiné sur les lèvres d'Anna.

— Pink Floyd, a-t-elle deviné.

— Tu aimes Pink Floyd ?

Elle a hoché la tête.

— J'adore cette chanson.

— C'est vrai ? C'est génial ! Je ne l'aurais jamais cru.

— Ah bon ? Tu pensais que j'écoutais quel genre de musique ?

— Je ne sais pas. Mariah Carey ?

— Non, je préfère les trucs un peu plus anciens. (Elle a haussé les épaules.) Qu'est-ce que tu veux que je te dise ? Je suis née en 1971.

J'ai calculé son âge.

— Tu as trente ans ?

— Oui.

— Je croyais que tu en avais vingt-quatre ou vingt-cinq.

— Non.

— À ton comportement, je ne t'aurais pas donné trente ans.

Elle a secoué la tête avec un petit rire.

— Je ne sais pas si c'est un compliment.

— Je veux juste dire que c'est facile de parler avec toi.

Elle m'a adressé un sourire. J'ai gratté les cordes, jouant de nouveau le riff de Pink Floyd, mais j'ai dû arrêter ; les ampoules que j'avais aux mains me faisaient encore mal.

— Si on avait quelque chose qui puisse servir d'hameçon, je pourrais fabriquer une canne à pêche, ai-je avancé. Les cordes de la guitare feraient du fil correct.

J'ai pensé à utiliser l'un des clous de la boîte à outils mais, vu la taille des poissons, il me fallait quelque chose de plus petit et de plus léger.

Plus tard, au moment où nous allions nous coucher, Anna m'a dit :

— J'espère que la fête pour laquelle tu es resté valait le coup.

— Ce n'était pas une fête. C'est juste l'excuse que j'ai donnée à mes parents.

— Qu'est-ce que c'était, alors ?

— Les parents de Ben étaient partis. Son cousin venait de revenir de la fac pour les vacances d'été, et il était censé passer avec sa copine. Elle devait amener deux de ses amies. Ben s'imaginait qu'il réussirait à sortir avec l'une d'elles. J'ai parié vingt dollars qu'il n'y arriverait pas.

Je n'ai pas avoué à Anna que j'avais prévu de tenter ma chance, moi aussi.

— Et alors, tu as gagné ton pari ?

— Ils ne sont jamais venus. On a passé la soirée à boire des bières et à jouer à la console. Deux jours plus tard, j'ai pris l'avion avec toi.

— Oh, T.J., je suis désolée.

— Ouais.

J'ai attendu une minute, puis lui ai demandé :

— C'était qui, le type avec toi, à l'aéroport ?

— Mon petit ami, John.

Je me suis remémoré la manière dont il l'avait embrassée. Il avait semblé vouloir enfoncer sa langue le plus loin possible dans la gorge d'Anna.

— Il doit te manquer.

Elle a marqué une hésitation, puis a fini par répondre :

— Sans doute pas autant qu'il le devrait.

— Qu'est-ce que tu veux dire ?

— Rien. C'est compliqué.

Je me suis tourné sur le côté et j'ai glissé le coussin sous ma tête.

— Pourquoi est-ce que l'avion n'est pas revenu, à ton avis ? ai-je interrogé.

— Je ne sais pas.

Mais j'étais persuadé qu'elle connaissait la réponse.

— Ils nous croient morts, c'est ça ?

— J'espère que non. Car si c'est le cas, ils arrêteront de nous chercher.

Chapitre 9

Anna

Le lendemain matin, T.J. a taillé en pointe l'extrémité de deux longs bâtons à l'aide du couteau.

— Tu es prête à aller harponner des poissons ? a-t-il lancé.

— Et comment !

Une fois au bord de l'eau, il s'est agenouillé pour ramasser quelque chose.

— Ça doit être à toi, a-t-il déclaré en me tendant une ballerine bleu foncé.

— C'est à moi, oui, ai-je confirmé avant de scruter l'océan. Peut-être que les vagues rejetteront la seconde plus tard.

Nous nous sommes avancés dans le lagon jusqu'à ce que l'eau nous arrive au niveau des hanches. La chaleur étant plus supportable à cette heure de la matinée, je portais le tee-shirt de T.J. en plus de ma culotte et de mon soutien-gorge. Le bas du tissu s'est imprégné d'eau à la manière d'une éponge et s'est plaqué contre mes cuisses. Nous avons passé une heure à tenter d'attraper des poissons au harpon, en vain. Petits et vifs comme l'éclair, ils s'éparpillaient au moindre mouvement de notre part.

— Tu crois que nous aurions plus de chance un peu plus loin ?

— Je ne sais pas, a répondu T.J. Les poissons seront certainement plus gros, mais ce sera peut-être plus difficile d'utiliser le harpon.

C'est alors que j'ai aperçu quelque chose qui apparaissait et disparaissait au gré des vagues.

— Qu'est-ce que c'est, à ton avis ? ai-je demandé en mettant la main en visière devant mes yeux.

— Quoi ?

— Ça, là-bas, droit devant nous, ai-je répondu en pointant mon doigt dans cette direction. Tu vois ce truc ballotté par les vagues ?

T.J. a plissé les yeux.

— Oh, merde ! Anna, ne regarde pas.

Trop tard.

Je venais juste de comprendre ce que c'était. J'ai lâché mon harpon avant de vomir dans l'eau.

— Il va finir par s'échouer. On ferait mieux de retourner sur la plage, a proposé T.J.

Je l'ai suivi vers le rivage. Quand j'ai atteint le sable, mon estomac s'est de nouveau soulevé.

— Il arrive ? ai-je demandé en m'essuyant la bouche du revers de la main.

— Il n'est plus très loin.

— Qu'est-ce qu'on va faire ?

— Il faudra qu'on l'enterre quelque part, a répondu T.J. d'une voix tremblante. On pourrait utiliser l'une de nos couvertures, si tu es d'accord.

Même si l'idée de nous séparer de l'une de nos maigres possessions me répugnait, envelopper la dépouille dans une couverture me semblait la moindre des marques de respect. Et si je voulais me montrer honnête, je devais avouer que je n'avais aucune envie de toucher son cadavre.

— Je vais la chercher, ai-je déclaré, reconnaissante d'avoir une excuse pour ne pas le voir s'échouer sur la plage.

À mon retour, j'ai tendu la couverture à T.J. et l'ai aidé à rouler le corps dedans en le poussant avec les pieds. Lorsque les relents de chair en décomposition ont empli mes narines, j'ai réprimé un haut-le-cœur, enfouissant mon visage dans le creux de mon coude.

— On ne peut pas l'enterrer sur la plage, ai-je dit.

T.J. a secoué la tête.

— Non.

Après avoir porté notre choix sur un endroit situé au pied d'un arbre, loin de notre abri, nous avons entrepris de creuser la terre meuble avec nos mains.

— Est-ce que ça suffira ? a demandé T.J. en étudiant le trou.

— Je pense que oui.

La tombe n'avait pas besoin d'être très grande, car les requins avaient dévoré les jambes et une partie du torse de Mick. Et un bras. Quelque chose d'autre s'était attaqué à son visage livide et gonflé. Des lambeaux de son tee-shirt en batik pendaient encore à son cou.

T.J. a attendu pendant que je me pliais en deux, victime d'une nouvelle vague de nausée, puis j'ai saisi l'un des coins de la couverture pour l'aider à traîner Mick jusqu'au bord du trou et le faire descendre à l'intérieur. Nous l'avons ensuite recouvert de terre.

Je me suis relevée, versant des larmes silencieuses.

— Il était déjà mort quand l'avion s'est écrasé, ai-je déclaré d'une voix ferme, comme si j'énonçais une affirmation.

— Tu as raison, a approuvé T.J.

Comme il commençait à pleuvoir, nous sommes partis nous réfugier dans le radeau de survie. Malgré la tente qui nous permettait de rester au sec, je frissonnais. J'ai remonté la couverture sur nous – celle que nous devrions désormais partager –, et nous nous sommes endormis.

Une fois réveillés, nous avons ramassé des fruits à pain et des noix de coco. Ni T.J. ni moi n'avions vraiment envie de parler.

— Tiens, a-t-il dit en me tendant un morceau de noix de coco.

J'ai repoussé sa main.

— Non merci, je ne peux rien avaler. Mange-la, toi.

La nausée ne m'avait pas quittée. J'avais l'impression que mon esprit resterait à jamais hanté par l'image du cadavre de Mick.

— Tu as encore envie de vomir ?

— Oui.

— Essaie de boire un peu de jus de noix de coco, a-t-il proposé en me tendant une bouteille, que j'ai portée à mes lèvres.

J'ai bu une gorgée.

— Est-ce que c'est passé ? m'a demandé T.J.

J'ai hoché la tête.

— Peut-être que je vais me contenter de ça pour un moment, ai-je déclaré.

— Je vais chercher du bois.

— D'accord.

Il n'était parti que depuis quelques minutes lorsque j'ai éprouvé une sensation d'humidité.

Oh, non, pas ça !

Espérant qu'il ne s'agissait que d'une fausse alerte, j'ai marché dans la direction opposée à celle que T.J. avait empruntée et j'ai baissé mon jean. La doublure en coton de mon slip portait une tache qui confirmait que j'avais mes règles.

Je me suis dépêchée de regagner le canot pour m'emparer de mon tee-shirt à manches longues. Une fois de nouveau à l'abri des arbres, je l'ai déchiré, puis j'ai plié la bande de tissu ainsi obtenue avant de la placer dans ma culotte.

Vivement que cette sale journée soit finie !

Lorsque le soleil s'est abaissé à l'horizon, les moustiques m'ont dévoré les bras.

— Tu t'es dit que ça valait le coup de supporter quelques piqûres pour avoir moins chaud ? s'est étonné T.J. lorsqu'il m'a vue écraser les insectes du plat de la main.

Il avait enfilé son pull et son jean dès que les moustiques avaient fait leur apparition.

J'ai pensé à mon tee-shirt à manches longues, caché sous un buisson que j'espérais être en mesure de reconnaître.

— C'est plus ou moins ça, oui.

Chapitre 10

T.J.

Nous n'avons rien mangé d'autre que des noix de coco et des fruits à pain pendant les dix-huit jours suivants. Nous flottions dans nos vêtements. L'estomac d'Anna grondait pendant son sommeil, et le mien criait famine en permanence. À mon avis, les secours avaient cessé de nous chercher, et un sentiment de vide qui n'avait rien à voir avec la faim accentuait la douleur que je ressentais lorsque je pensais à ma famille et mes amis. Je m'étais dit que, si j'attrapais un poisson, je parviendrais à impressionner Anna. Tout ce que j'ai réussi à faire, c'est me planter la pointe du harpon dans le pied, ce qui m'a fait un mal de chien, même si je n'ai rien laissé paraître.

— Il vaut mieux te mettre de la pommade antibiotique, a déclaré Anna.

Elle en a appliqué par petites touches sur la plaie, qu'elle a ensuite couverte d'un pansement. D'après elle, l'humidité de l'île favorisait le développement des germes, et elle avait la trouille que l'un de nous deux contracte une infection.

— Tu ne devras pas aller dans l'eau jusqu'à ce que ça guérisse, T.J. Il faut que la blessure reste sèche.

Super. Je ne pourrai ni me baigner ni pêcher.

Les journées s'écoulaient lentement. Anna se repliait sur elle-même. Elle passait de plus en plus de temps couchée dans le canot, et je la surprenais parfois en train de s'essuyer les yeux quand je rentrais après avoir exploré l'île ou être allé chercher du bois. Un jour, je l'ai trouvée assise sur la plage, la tête levée vers le ciel.

— C'est plus facile quand on arrête d'espérer la venue des secours, lui ai-je dit.

Elle s'est tournée vers moi.

— Alors, je devrais simplement attendre qu'un avion passe par là, un jour, par hasard ?

— Je ne sais pas, ai-je répondu avant de m'asseoir à côté d'elle. Et si on partait avec le radeau ? On pourrait le charger de nourriture et utiliser les bouteilles en plastique pour récupérer l'eau de pluie. Il suffirait de pagayer.

— Et qu'est-ce qui se passerait si on arrivait à court de vivres ou si le canot venait à être endommagé ? Ce serait du suicide, T.J. Apparemment, nous ne sommes pas sur l'itinéraire des avions qui relient les îles habitées. Rien ne garantit qu'on nous sauverait. L'archipel s'étend sur des milliers de kilomètres. Je ne veux pas me retrouver au milieu de l'océan. Pas après avoir vu Mick. Je me sens plus en sécurité ici, sur la terre ferme. Et je sais que les secours ne viendront pas, mais le dire à voix haute me donne le sentiment d'abandonner tout espoir.

— J'avais la même impression, mais plus maintenant.

Anna m'a dévisagé un moment.

— Tu t'adaptes très facilement.

J'ai hoché la tête.

— On vit ici, désormais.

Chapitre 11

Anna

J'ÉTAIS ASSISE À CÔTÉ DE L'ABRI, LES YEUX PERDUS DANS LE VIDE, quand T.J. m'a appelée à grands cris. Il a couru vers moi, traînant une valise derrière lui.

—Anna, c'est la tienne?

Je me suis levée pour me précipiter à sa rencontre.

—Oui!

S'il vous plaît, faites que ce soit la bonne…

Me jetant à genoux sur le sable, j'ai tiré d'un coup sec sur la fermeture Éclair avant de soulever le couvercle. J'ai souri.

Écartant les vêtements trempés, j'ai cherché mes bijoux. Après avoir trouvé le sachet en plastique, je l'ai ouvert et en ai déversé le contenu à terre. Tandis que je fourrageais parmi les objets, mes doigts se sont refermés autour d'une boucle d'oreille pendante, que j'ai montrée à T.J. d'un geste triomphant.

Un sourire s'est étiré sur ses lèvres lorsqu'il a aperçu l'attache métallique recourbée.

—Ça fera un super hameçon, Anna!

J'ai sorti tout ce qu'il y avait dans ma valise: une brosse à dents et deux tubes de dentifrice, plus une boîte de produit destiné à blanchir les dents, quatre savonnettes, deux bouteilles de gel douche, du shampoing et de l'après-shampoing, de la lotion hydratante, de la crème à raser, un rasoir avec deux paquets de lames de rechange, trois déodorants – deux sticks et un spray –, de l'huile de massage, des cotons à démaquiller, un baume à lèvres à la cerise et – *merci, mon Dieu!* – deux boîtes de tampons, un flacon de vernis à ongles et du dissolvant, une pince à épiler, des cotons-tiges, des mouchoirs en papier, une bouteille de lessive que j'avais emportée pour laver mes maillots de bain à la main, et deux tubes de crème solaire indice de protection 30. T.J. et moi avions déjà tellement bronzé que ceux-ci ne nous seraient certainement d'aucune utilité.

— Waouh! s'est exclamé T.J. en contemplant l'étalage de produits cosmétiques.

— Il n'y a pas de supérette sur l'île où nous devions aller, lui ai-je expliqué. J'avais vérifié.

J'avais également rangé dans la valise un peigne et une brosse, des pinces à cheveux et des élastiques, un jeu de cartes, un agenda et un stylo, deux paires de lunettes – des Ray Ban aviateur et un modèle à monture épaisse noire – ainsi qu'un chapeau de cow-boy en paille que j'avais l'habitude de mettre pour aller à la piscine. J'ai essoré mes habits les uns après les autres, les étendant au fur et à mesure sur le sable afin de les faire sécher. J'avais emporté quatre maillots de bain, un pantalon de yoga en coton, des shorts, des débardeurs, des hauts à manches courtes et une robe légère à bretelles, des baskets et plusieurs paires de chaussettes, un tee-shirt bleu à l'effigie du groupe REO Speedwagon, et un tee-shirt Nike gris portant le logo et l'inscription « Just Do It » en rouge sur le devant. C'étaient des vêtements grande taille qui me servaient de chemises de nuit.

J'ai fourré de nouveau mes slips et soutiens-gorge dans la valise avant de la refermer. Je m'occuperais de ça plus tard.

— Heureusement que c'est ce bagage qui s'est échoué, ai-je déclaré.

— Qu'est-ce qu'il y avait dans l'autre ?

— Les livres et les devoirs que j'avais pris pour toi.

J'avais soigneusement planifié et préparé tous les cours de T.J. J'ai pensé avec regret aux romans que j'avais prévu de lire pendant l'été, restés avec les manuels ; ils m'auraient permis de passer le temps.

— Peut-être qu'on retrouvera aussi ta valise, ai-je lancé, pleine d'espoir.

—Aucune chance. Mes parents l'ont prise avec eux. C'est pour ça que j'avais mis quelques habits et ma brosse à dents dans mon sac à dos. Ma mère voulait que j'emporte quelques affaires, si jamais on avait du retard et qu'on était obligés de passer la nuit quelque part.

—Vraiment ?

—Ouais.

—Tiens donc.

—Je vais me laver, ai-je annoncé en rassemblant tout ce dont j'avais besoin. Tu ne dois pas t'approcher du lagon. Est-ce que c'est bien clair ?

T.J. a hoché la tête.

—Je ne bougerai pas d'ici, je te le promets. Je vais en profiter pour essayer de fabriquer une canne à pêche. J'irai me laver quand tu reviendras.

—Très bien.

Une fois sur le rivage, je me suis déshabillée avant d'entrer dans l'eau et de plonger la tête sous la surface. Je me suis lavé les cheveux, les ai rincés, puis les ai lavés de nouveau. Le shampoing dégageait une odeur merveilleuse, mais peut-être n'éprouvais-je cette impression que parce que je sentais moi-même affreusement mauvais. Après avoir appliqué l'après-shampoing, je me suis savonnée de la tête aux pieds, puis suis allée m'asseoir sur la plage pour me raser les jambes et les aisselles. Je suis ensuite retournée me rincer dans l'eau et me suis laissée flotter sur le dos un moment, propre et emplie d'un sentiment de bien-être.

Lorsque je suis sortie du lagon, j'ai enfilé mon Bikini jaune, me suis mis du déodorant et, après avoir démêlé mes cheveux, j'ai formé un chignon que j'ai fixé à l'aide d'une pince. J'ai choisi de garder les lunettes à monture noire, pensant donner les Ray Ban à T.J.

Il a écarquillé les yeux en me voyant arriver. Quand je me suis assise à côté de lui, il s'est penché vers moi, a humé mon parfum et a décrété :

— Les moustiques vont te dévorer.

— Je me sens tellement bien que je m'en moque.

— Qu'est-ce que tu en dis ? a-t-il demandé en me montrant la canne à pêche qu'il avait fabriquée.

Il avait percé un trou au bout d'un long bâton, dans lequel il avait passé une corde de guitare nouée à l'autre extrémité autour de l'attache de ma boucle d'oreille.

— Ça me semble très bien. Quand tu te seras lavé, on ira l'essayer. J'ai tout laissé au bord de l'eau. Sers-toi de ce que tu veux.

Lorsque T.J. a reparu, il était propre et sentait aussi bon que moi. Je lui ai donné les Ray Ban.

— Super, merci ! s'est-il écrié en se les mettant sur le nez. Elles sont cool.

Il s'est emparé de la canne à pêche.

— Qu'est-ce qu'on pourrait utiliser comme appât ? ai-je demandé.

— Des vers, peut-être ?

Nous avons creusé au pied des arbres jusqu'à en trouver. En fait de vers, il s'agissait plutôt de gros asticots blancs, et j'ai frissonné en les voyant se tortiller. T.J. en a pris une poignée, puis nous nous sommes dirigés vers l'océan.

— La ligne n'est pas très longue, a fait remarquer T.J. Comme j'avais peur que le fil se casse ou qu'on perde la canne à pêche, je n'ai pas voulu utiliser toutes les cordes de la guitare.

Lorsqu'il a eu de l'eau jusqu'à la taille, il a lancé la ligne. Nous n'osions plus bouger.

— Ça mord, a soufflé T.J.

Il a relevé la canne à pêche et a remonté le fil. J'ai poussé un cri de joie en apercevant le poisson accroché à l'hameçon.

— Hé, ça a marché ! s'est-il exclamé.

T.J. a fait huit prises en moins d'une demi-heure. Après que nous avons regagné notre abri, il est parti ramasser du bois pendant que je nettoyais le poisson à l'aide du couteau.

— Qui t'a appris à faire ça ? s'est-il enquis à son retour.

Il a vidé son sac à dos sur le tas de bois, à l'intérieur de l'abri.

— Mon père. Notre famille avait une maison au bord du lac, quand j'étais petite, et mon père nous emmenait souvent à la pêche, Sarah et moi. Je revois encore le chapeau qu'il mettait toujours, un bob auquel il accrochait tous ses leurres. Je l'aidais à vider les poissons qu'il attrapait.

T.J. m'a observée ôter les écailles avec le couteau puis couper la tête. J'ai ensuite passé la lame horizontalement sur toute la longueur afin de dégager les filets. Après avoir nettoyé à l'eau le sang et les tripes qui poissaient mes mains, j'ai fait cuire la chair sur la pierre plate que j'utilisais pour faire griller les fruits à pain. Nous avons dévoré les huit poissons, l'un après l'autre. Je n'en avais jamais mangé d'aussi bon.

— C'est quelle espèce, à ton avis ? ai-je demandé.

— Je ne sais pas, mais c'est excellent.

Après le dîner, je me suis assise sur la couverture à côté de T.J., l'estomac plein pour la première fois depuis des semaines. J'ai sorti mon agenda de ma valise avant d'en lisser les pages gondolées.

— Ça fait combien de jours que nous sommes là ? ai-je questionné T.J.

Il s'est dirigé vers l'arbre sur lequel il avait gravé au couteau plusieurs marques verticales.

— Vingt-trois.

J'ai entouré la date sur le calendrier. Nous étions presque en juillet.

— À partir de maintenant, je compterai les jours, ai-je déclaré.

Une pensée m'a soudain traversé l'esprit, et j'ai ajouté :

— Quand dois-tu retourner voir le médecin ?

— À la fin du mois d'août. Je suis censé passer un scanner.

— D'ici là, on sera rentrés.

Je n'y croyais pas vraiment. T.J. non plus, d'après l'expression qu'il affichait.

J'étais en train de me soulager derrière un arbre quand j'ai entendu un battement d'ailes. Surprise, j'ai failli tomber dans ma flaque d'urine. Je me suis redressée, j'ai remonté mon slip et mon short, puis j'ai tendu l'oreille, mais le son ne s'est pas reproduit.

—Je crois que j'ai entendu un animal, ai-je annoncé à T.J. quand je l'ai rejoint.

—Quel genre d'animal ?

—Je ne sais pas. Ça faisait un bruit de battement d'ailes. Tu n'as rien entendu ?

—Si, j'ai entendu la même chose.

T.J. m'a accompagnée à l'endroit où je me tenais quand le bruit s'était produit, mais il n'y avait aucune trace d'animal. Sur le chemin du retour, nous avons ramassé tout le bois que nous pouvions porter, puis l'avons déposé sur le tas dans l'abri.

—Ça te dit d'aller te baigner ? a demandé T.J.

—Oui, pourquoi pas ?

À présent que j'avais un maillot de bain, nager me faisait envie. L'eau limpide du lagon se serait bien prêtée à l'exploration avec masque et tuba. Au bout d'une demi-heure, alors qu'il se dirigeait vers le rivage, T.J. a posé le pied sur quelque chose. Il a plongé. Lorsqu'il a refait surface, il tenait une basket dans sa main.

—C'est à toi ? ai-je questionné.

—Oui. Je me disais que mes chaussures finiraient par reparaître.

Nous nous sommes assis sur la plage, laissant la brise marine nous sécher.

—Pourquoi tes parents avaient-ils choisi ces îles ? l'ai-je interrogé. C'est tellement loin de chez vous.

—Pour la plongée. Les fonds sous-marins des Maldives sont réputés être parmi les plus beaux du monde. Nous sommes tous les deux des plongeurs confirmés, mon père et moi. (T.J. a enfoui ses orteils dans le sable blanc.) Quand j'étais très malade, il s'évertuait à répéter à qui voulait l'entendre que, dès que je me sentirais mieux, on partirait pour des vacances de rêve. Comme si j'en avais quelque chose à foutre.

—Tu n'avais pas envie de venir ? (T.J. a secoué la tête.) Pourquoi pas ?

—Qui voudrait passer tout l'été avec ses parents ? J'aurais préféré rester à la maison et traîner avec mes copains. Quand ils m'ont dit que tu venais et que je devais rattraper tous les cours que j'avais manqués si je ne voulais pas redoubler ma seconde, ça m'a vraiment rendu furax. (Il m'a adressé un regard contrit.) Sans vouloir te vexer.

— Ça ne me vexe pas.

— Mais ils ne m'ont pas écouté. Mes parents s'étaient mis dans la tête que ce voyage serait la meilleure chose qui soit jamais arrivée à notre famille. Mais même mes sœurs étaient furieuses. Elles avaient envie d'aller à Disney World.

— Je suis désolée, T.J.

— Ça va.

— Quel âge ont tes sœurs ?

— Alexis a neuf ans et Grace onze ans. Parfois, elles me rendent dingue. Ce sont de vrais moulins à paroles, mais je les aime bien quand même. Tu as des frères et sœurs ?

— J'ai une sœur, Sarah. Elle a trois ans de plus que moi, et elle est mariée. Son époux s'appelle David. Ils ont deux enfants : Joe, cinq ans, et Chloe, deux ans. Ils me manquent tous beaucoup. Ça doit être très dur pour eux, surtout pour mes parents.

— Ma famille me manque aussi, a avoué T.J.

J'ai levé les yeux vers le ciel d'un bleu lumineux avant de reporter mon regard sur l'eau turquoise, écoutant le son apaisant des vagues qui s'écrasaient contre la barrière de corail.

— C'est magnifique, ici, ai-je déclaré.

— Oui, c'est vrai, a approuvé T.J.

Chapitre 12

T.J.

Le plus difficile à supporter sur l'île, c'était l'ennui. Même si ramasser des fruits, aller chercher du bois et pêcher deux ou trois fois par jour prenait du temps, il nous restait de longues heures à meubler. En plus de nous promener et nous baigner, nous discutions beaucoup et, bientôt, je me suis senti aussi à l'aise avec Anna qu'avec mes amis ; elle écoutait ce que j'avais à dire.

Un jour, elle m'a demandé comment j'allais, d'un point de vue psychologique. Les mecs sont censés être costauds, et Ben et moi n'avions jamais, jamais parlé de nos sentiments, mais j'ai avoué à Anna qu'une drôle de sensation me tordait l'estomac quand je pensais à l'éventualité que personne ne nous retrouve. Je lui ai confié que, parfois, j'avais peur, et que je ne dormais pas toujours très bien. Elle m'a répondu qu'elle aussi éprouvait des difficultés à trouver le sommeil.

Pourtant, j'aimais dormir à côté d'Anna. Il lui arrivait de se blottir contre moi, la tête sur mon épaule et, une fois, alors que j'étais allongé sur le côté, elle avait pressé sa poitrine contre mon dos et niché ses genoux dans le creux de mes jambes. Elle l'avait fait dans son sommeil, et cela ne signifiait rien du tout, mais j'avais trouvé ça très agréable. Je n'avais jamais passé une nuit entière avec une fille. Je n'avais partagé le lit d'Emma que pendant quelques heures, et encore cela ne s'était-il produit que parce qu'elle était très malade.

J'appréciais Anna. Vraiment. Sans elle, la vie sur l'île aurait vraiment été nulle.

Personne n'est venu à notre secours, aussi ai-je manqué le rendez-vous qui était fixé avec mon cancérologue à la fin du mois d'août. Anna en a parlé un matin, au petit déjeuner.

— Ça m'inquiète que tu ne puisses pas voir de médecin, a-t-elle déclaré en me tendant un morceau de poisson. Attention, c'est chaud.

— Je me sens bien, lui ai-je assuré en soufflant sur le poisson pour le refroidir avant de le mettre dans ma bouche.

— Oui, mais tu étais gravement malade, non ?

— Ouais.

Elle m'a passé la bouteille d'eau. Je l'ai reposée après avoir bu une gorgée.

— Raconte-moi, m'a-t-elle pressé.

— Au début, ma mère a pensé que j'avais la grippe. J'avais de la fièvre, et je transpirais la nuit. J'avais perdu du poids. Et puis le médecin a découvert une grosseur dans mon cou, qui s'est révélée être un ganglion enflé. Après ça, on m'a fait passer des examens : rayons X, biopsie, IRM et scintigraphie. Ensuite, on m'a annoncé que j'avais un lymphome de Hodgkin au stade trois.

— Tu as tout de suite commencé la chimio ?

— Oui. Mais ça n'a pas marché. Comme on m'a aussi trouvé une tumeur dans la poitrine, j'ai dû avoir des rayons.

— Ça a dû être terrible.

Elle s'est coupé un bout de fruit à pain, puis m'a donné le reste.

— Ce n'était pas marrant. J'ai fait beaucoup d'allers et retours à l'hôpital.

— Combien de temps est-ce que tu as été malade ?

— Environ un an et demi. À un moment, j'allais vraiment mal. Les médecins ne savaient pas quoi penser.

— Tu devais vraiment avoir peur.

— En fait, tout le monde essayait de me cacher la gravité de mon état. J'ai deviné que c'était sérieux quand les gens ont commencé à détourner les yeux ou à changer de sujet dès que je posais des questions. Ça, ça faisait peur.

— Tu m'étonnes.

— Au début, mes copains venaient souvent me voir, et puis, comme je ne guérissais pas, la plupart ont cessé leurs visites. (J'ai pris une nouvelle gorgée d'eau avant de tendre la bouteille à Anna.) Tu te souviens de mon ami Ben ?

— Oui.

— Il est venu tous les jours, sans exception. Il a passé des heures à regarder la télé avec moi, ou juste assis sur une chaise à côté de mon lit quand je me sentais trop mal pour me lever ou parler. Mes parents avaient souvent de longues conversations dans le couloir avec les médecins, et je demandais à Ben d'écouter. Il me répétait absolument tout. Il savait que je voulais entendre la vérité, tu vois ?

— Bien sûr, a-t-elle répondu. Il a l'air d'être un ami exceptionnel.

— C'en est un. Tu as une amie comme ça ?

— Oui. Elle s'appelle Stefani. On se connaît depuis la maternelle.

— Ça remonte à loin.

Elle a hoché la tête.

— Les amis sont importants. Je comprends que tu aies voulu passer l'été avec eux.

— Ouais, ai-je lâché en pensant aux personnes que j'avais laissées à Chicago.

Tout le monde devait me croire mort.

Anna s'est levée et s'est dirigée vers le tas de bois.

— Tu me le diras, si tu détectes des symptômes ?

Elle a pris quelques branches, qu'elle a jetées au feu.

— D'accord. Mais ne me demande pas sans arrêt si je me sens bien. C'est ce que faisait ma mère, et ça me rendait fou.

— Je ne le ferai pas. Mais je m'inquiéterai quand même un peu.

— Ouais. Moi aussi.

Chapitre 13

Anna

J'ai été tirée du sommeil par la lumière vive du soleil qui illuminait l'intérieur du radeau de survie. T.J. était déjà parti, sans doute pour pêcher ou ramasser du bois. En bâillant, je me suis étiré les bras et les jambes puis me suis extirpée du lit. Je suis allée chercher un Bikini dans ma valise qui se trouvait dans l'abri, et suis retournée me changer dans le canot. Une fois habillée, j'ai ouvert les auvents en Nylon afin de laisser entrer un peu d'air frais.

T.J. est revenu avec le poisson qu'il avait attrapé pour le petit déjeuner.

— Salut, a-t-il lancé avec un sourire.

— Salut.

Je suis partie ramasser les noix de coco et les fruits à pain qui étaient tombés au pied des arbres, et les ai rapportés à la hutte. T.J. a ouvert les noix de coco pendant que je me chargeais de vider et faire cuire le poisson.

Après le petit déjeuner, je me suis brossé les dents avant de me rincer la bouche à l'eau de pluie, puis j'ai entouré la date sur mon agenda. *Déjà le mois de septembre. Difficile à croire…*

— Tu veux aller te baigner ? ai-je demandé à T.J.

— Pourquoi pas ?

La semaine précédente, T.J. avait cru apercevoir deux requins, juste derrière la barrière de corail. Cédant à la panique, nous avions aussitôt regagné la plage et avions observé les nageoires avancer dans le lagon. C'étaient des dauphins. Nous étions alors retournés dans l'eau pour les approcher, et ils nous avaient patiemment attendus.

— On dirait qu'ils veulent se présenter ! m'étais-je exclamée, ébahie.

T.J. en avait caressé un, et avait éclaté de rire lorsque le dauphin avait craché de l'eau par son évent. Je n'avais jamais vu d'animaux aussi sociables. Ils avaient nagé un moment avec nous, puis étaient partis brusquement, comme si l'océan leur en avait donné le signal.

— Peut-être que les dauphins vont revenir, aujourd'hui, ai-je déclaré en suivant T.J. vers le rivage.

Il a enlevé son tee-shirt avant de pénétrer dans l'eau.

— Ce serait cool. J'aimerais bien leur monter sur le dos.

Nous avions trouvé une nouvelle occupation : explorer le lagon en utilisant l'un des récipients en plastique pliables comme masque de plongée. L'eau regorgeait de poissons de toutes les couleurs : violets, bleus, orange, ou encore jaunes avec des rayures noires. J'ai aperçu une tortue marine et une murène, qui pointait la tête hors du sable, au fond de l'océan. Je me suis aussitôt enfuie.

— Pas de dauphins, ai-je dit à T.J. au bout d'une bonne heure. On doit les avoir manqués.

— On peut revenir après la sieste. (Soudain, il a désigné le rivage du doigt.) Anna, regarde ça !

Une patte de crabe émergeait du sable, la pince ne cessant de s'ouvrir et se fermer. Nous nous sommes précipités hors de l'eau.

— Je vais chercher mon pull ! a crié T.J.

— Dépêche-toi, il est en train de s'enterrer !

Revenu en un temps record, T.J. a enroulé son vêtement autour du crabe pour l'extirper du sable. De retour à l'abri, il a secoué la main pour le faire tomber dans les flammes.

Pensant à la fin violente du crustacé, j'ai émis un gémissement étouffé.

Je m'en suis rapidement remise.

Après avoir cassé les pattes à l'aide des pinces de la boîte à outils, nous nous sommes régalés. La chair de crabe, même sans beurre, était meilleure que tout ce que j'avais mangé depuis notre arrivée sur l'île. À présent que nous savions à quel endroit ils se cachaient, nous devrions aller y faire un tour tous les jours. J'étais si écœurée par le poisson, les noix de coco et les fruits à pain que je devais parfois me forcer à avaler ; la chair de crabe apporterait un peu de variété à notre régime alimentaire qui en manquait cruellement.

Lorsqu'il n'est plus resté de notre repas qu'un tas de morceaux de carapace, je suis allée chercher la couverture dans le radeau de survie et l'ai étendue sous le cocotier. T.J. s'est allongé à côté de moi. L'ombre de l'arbre nous procurait un peu de fraîcheur pendant les heures les plus chaudes de la journée, et c'était devenu notre endroit préféré pour faire la sieste.

J'ai chassé d'une chiquenaude une grosse araignée velue – son corps atteignait à lui seul la taille d'une pièce de monnaie – qui montait paresseusement sur l'épaule de T.J.

— Celle-là a de quoi faire peur, ai-je observé.

T.J. a frissonné. Il détestait les araignées, au point qu'il secouait notre couverture dehors tous les soirs avant de dormir afin de s'assurer de ne pas en avoir dans le lit. Quant à moi, j'avais la phobie des serpents. J'avais déjà marché sur un de ces affreux reptiles, et la seule chose qui m'avait empêchée de paniquer, c'était que je portais mes baskets. Je préférais éviter de penser à ce qui se serait passé si j'avais été pieds nus ; l'éventualité de rencontrer une espèce venimeuse me rendait trop nerveuse. Alors que je croyais T.J. endormi, il a demandé d'une voix ensommeillée :

— Qu'est-ce qu'on va devenir, à ton avis ?

— Je ne sais pas. Je suppose qu'on doit continuer comme ça et essayer de tenir bon jusqu'à ce que quelqu'un nous retrouve.

— On ne se débrouille pas si mal que ça, a-t-il déclaré en roulant sur le ventre. Je parie que ça surprendrait beaucoup de gens.

— Ça me surprend moi-même. (L'estomac plein, je commençais à somnoler, moi aussi.) Ce n'est pas comme si nous avions le choix, T.J. Soit on trouve le moyen de résister, soit on meurt.

T.J. a tourné la tête vers moi, l'air songeur.

— Tu crois qu'on a organisé une cérémonie d'enterrement pour nous, à la maison ?

— Certainement.

Penser à nos familles en train de célébrer nos funérailles m'était si pénible que j'ai fermé les yeux très fort en priant pour m'endormir rapidement, pressée d'échapper aux images d'une église bondée, d'un cercueil vide et des visages baignés de larmes de mes parents qui s'étaient formées dans mon esprit.

Après la sieste, nous sommes partis ramasser du bois, tâche fastidieuse et sans fin. Nous laissions le feu brûler en permanence, en partie pour éviter à T.J. d'avoir à le rallumer, et en partie parce que nous nourrissions toujours l'espoir qu'un avion survole l'île un jour. Lorsque ce moment arriverait, nous serions prêts à jeter le tas de feuilles vertes que nous avions préparé dans les flammes afin de signaler notre présence par la fumée.

Nous avons rangé le bois que nous avions ramassé sur la pile dans l'abri. J'ai ensuite rempli la boîte du radeau de survie d'eau de mer, dans laquelle j'ai versé un bouchon de lessive. J'y ai trempé nos vêtements sales, que j'ai fait tourner.

— C'est jour de lessive ? a questionné T.J.

— Eh oui.

Nous avons tendu une corde entre deux arbres pour y suspendre nos habits. Nous n'avions pas grand-chose à faire sécher. T.J. ne portait rien d'autre que son bermuda ; quant à moi, je passais mes journées en Bikini et dormais en short, avec le tee-shirt qu'il m'avait prêté.

Plus tard ce soir-là, après le dîner, T.J. m'a demandé si je voulais jouer aux cartes.

— Au poker ?

Il a éclaté de rire.

— Ah bon ? La raclée que je t'ai flanquée la dernière fois ne t'a pas suffi ?

T.J. m'avait appris à jouer, mais je n'étais pas très douée. Du moins, c'était ce qu'il croyait. En fait, je commençais à prendre le coup de main, et j'avais bien l'intention de l'écraser à plate couture.

Après six parties – dont quatre à mon avantage –, il a soupiré.

— Bon, ce n'est pas mon jour, on dirait. Tu n'aurais pas envie de jouer aux dames, plutôt ?

— D'accord.

Il a dessiné un damier dans le sable pendant que je rassemblais les galets qui nous servaient de pions.

— Encore une ? a proposé T.J. au bout de trois parties.

— Non, j'aimerais aller prendre un bain.

Je m'inquiétais déjà de la diminution de nos réserves de savon et de shampoing. Même si j'en avais emporté beaucoup, T.J. et moi nous étions mis d'accord pour nous laver seulement un jour sur deux. Juste au cas où. Nos fréquentes baignades dans le lagon nous permettaient de rester plus ou moins propres, mais nous ne sentions pas toujours la rose.

— À toi, ai-je dit en revenant de l'océan.

— Les douches me manquent, a soupiré T.J.

Après notre toilette, nous sommes allés nous coucher. T.J. a fermé la porte déroulante du radeau de survie avant de s'allonger à côté de moi.

— Je ferais n'importe quoi pour un Coca, a-t-il lancé.

— Moi aussi. Un grand, avec une tonne de glaçons.

— Et du pain. Pas des fruits à pain. Du vrai pain. Genre un gros sandwich, avec des cornichons et des frites.

— Une pizza géante, ai-je ajouté.

— Un gros cheeseburger dégoulinant de sauce.

— Un steak. Et une patate au four avec du fromage et de la crème.

— Et une tarte au chocolat en dessert.

— Je sais faire les tartes au chocolat. Ma mère m'a appris.

— Avec des copeaux de chocolat dessus ?

— Oui. Quand on aura quitté cette île, je t'en ferai une. (J'ai poussé un soupir.) On ne fait que se torturer.

— Tu l'as dit. Maintenant, j'ai faim. Bon, en fait, j'avais déjà un peu faim avant.

Je me suis tournée sur le côté pour adopter une position plus confortable.

— Bonne nuit, T.J.
— Bonne nuit.

T.J. a déposé le poisson qu'il avait pêché près de moi avant de s'asseoir.
— L'école a repris il y a deux semaines, ai-je annoncé.
J'ai rangé mon agenda après avoir fait une croix sur le calendrier, et j'ai commencé à préparer notre petit déjeuner.
Mes sentiments devaient se lire sur mon visage, car T.J. a lancé :
— Tu as l'air triste.
J'ai hoché la tête.
— C'est dur de penser que quelqu'un d'autre fait cours à mes élèves à ma place.
J'enseignais l'anglais en classe de seconde, et prenais un grand plaisir à parcourir les magasins avant la rentrée pour acheter les fournitures scolaires et choisir les livres qui garniraient ma bibliothèque. Je remplissais toujours de stylos une grosse tasse que je posais sur mon bureau, et celle-ci finissait généralement vide à la fin de l'année.
— Tu aimes ton métier, on dirait.
— Je l'adore. Ma mère était enseignante – elle a pris sa retraite l'année dernière –, et j'ai toujours su que je deviendrais prof, moi aussi. Quand j'étais petite, je jouais souvent à l'institutrice, et elle me donnait des étoiles dorées qui me servaient à noter mes peluches.
— Je suis sûr que tu es une excellente prof.
J'ai esquissé un sourire.
— J'essaie, ai-je répondu en posant les filets de poisson sur la pierre plate avant de rapprocher celle-ci des flammes. Tu te rends compte que tu devrais être en première ?
— Non. J'ai l'impression de ne pas être allé au lycée depuis très longtemps.
— Tu aimes l'école ? Ta mère m'a dit que tu étais bon élève.
— Ça va. J'avais envie de rattraper les cours que j'avais manqués. J'espérais aussi reprendre ma place dans l'équipe de foot. Je l'avais quittée quand je suis tombé malade.

— Alors, tu aimes le sport ?

Il a hoché la tête.

— Surtout le foot et le basket. Et toi, tu aimes le sport ?

— Beaucoup, ai-je affirmé.

— Qu'est-ce que tu fais ?

— Eh bien, je cours. J'ai participé à deux semi-marathons l'année dernière. J'ai fait de l'athlétisme et du basket au lycée, et parfois, je pratique le yoga. (J'ai vérifié la cuisson du poisson avant d'éloigner la pierre du feu pour que les filets refroidissent.) L'exercice physique me manque.

Je ne m'imaginais pas faire des footings ici. Même si la quantité de nourriture dont nous disposions l'aurait permis, courir autour de l'île m'aurait donné l'impression d'être un hamster dans une roue ; d'avancer, mais sans jamais arriver nulle part.

— Bon anniversaire ! ai-je lancé à T.J. quand il a reparu avec son sac à dos rempli de bois.

— On est le 20 septembre ? a-t-il demandé en alimentant le feu avant de s'asseoir à côté de moi.

J'ai acquiescé de la tête.

— Désolée, je ne t'ai pas acheté de cadeau. Le centre commercial de l'île est vraiment nul.

T.J. a éclaté de rire.

— Ça ne fait rien. Je n'ai pas besoin de cadeau.

— Tu pourras peut-être organiser une grande fête quand on aura quitté cette île.

— Peut-être, a-t-il dit avec un haussement d'épaules.

T.J. faisait plus que ses dix-sept ans. C'était un jeune homme posé. Affronter de graves problèmes de santé l'avait sans doute forcé à mûrir plus vite que les adolescents qui n'ont à se soucier que d'obtenir leur permis de conduire, sécher les cours ou faire le mur.

— Je n'arrive pas à croire que nous serons bientôt en octobre, ai-je déclaré. Les feuilles doivent déjà commencer à changer de couleur, chez nous.

J'adorais l'automne. Les matchs de football, emmener Chloe et Joe ramasser les citrouilles dans le jardin, les premiers froids faisaient partie de ce que j'aimais le plus.

J'ai observé les cocotiers, dont les palmes vertes ondulaient au gré de la brise. Des gouttelettes de sueur roulaient lentement sur mon visage, et le parfum de noix de coco qui imprégnait mes mains en permanence me rappelait l'odeur de la crème solaire.

Ce serait toujours l'été, sur l'île.

Chapitre 14

T.J.

La pluie tombait presque à l'horizontale. Le tonnerre grondait, et des éclairs déchiraient le ciel. Le vent secouait notre abri de fortune avec une telle force que je me suis demandé avec inquiétude si une rafale ne finirait pas par nous emporter en bas de la plage. Il faudrait trouver un moyen de fixer la tente au matin, me suis-je dit.

— Tu es réveillé ? a soufflé Anna.

— Oui.

La tempête a fait rage pendant des heures. Nous sommes restés blottis l'un contre l'autre, la tête sous la couverture. Seule la fine tente en Nylon nous protégeait de la foudre, autant dire rien du tout. Nous avons attendu en silence que ça s'arrête et, lorsque ce moment est enfin arrivé, nous nous sommes endormis, épuisés.

Le lendemain matin, Anna a rapporté plusieurs petites noix de coco vertes que le vent avait fait tomber. Je les ai ouvertes. Leur chair était plus tendre que celle des noix de coco brunes, et leur jus moins amer.

— Elles sont délicieuses ! s'est exclamée Anna.

Notre refuge s'était effondré et le feu s'était éteint, aussi en ai-je rallumé un. Cette fois, j'ai utilisé mon lacet, que j'ai noué aux deux extrémités d'une baguette incurvée. J'ai ensuite formé une boucle, dans laquelle j'ai passé une autre baguette, de manière que celle-ci frotte perpendiculairement au morceau de bois que j'avais posé au sol.

— Qu'est-ce que tu fais ? s'est étonnée Anna.

— Je vais me servir de ça pour faire tourner le bout de bois. C'est ce qu'avait fait le type à la télé.

J'ai ajusté la tension du lacet avant de tester différents angles d'orientation de la baguette. Il m'a fallu du temps pour faire tourner le bout de bois à une vitesse suffisante, mais j'ai fini par trouver un rythme, et de la fumée s'est élevée dans le quart d'heure qui a suivi. Des flammes sont apparues peu après.

— Hé, c'était une bonne idée ! s'est écriée Anna.

— Merci.

J'ai ajouté du petit bois et regardé le feu grossir. Ensuite, Anna m'a aidé à remonter l'abri.

— J'espère que nous n'aurons plus de tempête aussi violente, ai-je déclaré en essuyant la transpiration qui me coulait sur le front avant de caler la dernière branche contre la charpente de la hutte. Sinon, je ne sais pas où nous pourrons nous réfugier.

Quand Anna est partie se laver, j'ai cherché dans sa valise son tee-shirt des REO Speedwagon. Elle m'avait dit que je pouvais le porter, ainsi que le Nike, puisqu'ils étaient tous les deux à ma taille. Ne le voyant pas, j'ai fouillé sous les piles de vêtements.

Deux boîtes de tampons étaient cachées sous des shorts.

Comment fera-t-elle quand elle n'en aura plus ?

Déplaçant quelques affaires, j'ai aperçu ses soutiens-gorge, soigneusement rangés et pliés. Le noir se trouvait en haut de la pile. Je me suis emparé d'un flacon de lotion à la vanille, que j'ai débouché avant de prendre une inspiration.

Je comprends maintenant pourquoi elle sent parfois si bon le gâteau.

J'ai ouvert une petite boîte en plastique ronde. Elle contenait de minuscules comprimés dans une tablette circulaire sur laquelle étaient inscrits les jours de la semaine. Il restait cinq comprimés. Il m'a fallu un moment pour saisir qu'il s'agissait de pilules contraceptives. J'ai trouvé deux autres plaquettes qui n'avaient pas été entamées.

Anna ne se formaliserait pas de me voir fouiller dans sa valise – comme nous utilisions mon sac à dos pour porter le bois, c'était là que je rangeais mes habits –, mais elle n'apprécierait certainement pas que je touche à ses affaires. Je m'apprêtais à refermer le couvercle quand j'ai aperçu ses petites culottes. Elles se trouvaient au fond, à côté de ses baskets. Après avoir jeté un coup d'œil par-dessus mon épaule, j'en ai pris une rose, que j'ai soulevée à hauteur de mes yeux.

Je me demande si on voit à travers, quand elle l'a sur elle.

Je l'ai reposée pour observer de plus près un string noir.

Très sexy. Mais je parie que c'est super inconfortable.

J'ai effleuré un string rouge, et j'ai regardé de plus près la fine ficelle noire reliée à la ceinture.

Waouh ! Ça, ça doit être son petit copain qui le lui a offert.

Puis j'en ai pris cinq ou six dans la main et y ai enfoui mon visage en inspirant.

— Qu'est-ce que tu fais ? s'est écriée Anna.

J'ai fait volte-face.

— Bon sang, tu m'as fait peur !

Mon cœur battait la chamade, et je sentais mes joues s'enflammer.

Depuis combien de temps est-ce qu'elle est là ?

— Je cherche ton tee-shirt des REO Speedwagon.

J'ai précipitamment remis dans la valise le dessous que je tenais encore dans ma main.

— Vraiment ? Parce que j'ai plutôt l'impression que tu joues avec mes petites culottes, a-t-elle répliqué avant de ranger le savon et le shampoing.

Comme elle ne semblait pas fâchée, j'ai ressorti le string et le lui ai montré.

— Ça a vraiment l'air inconfortable.

— Donne-moi ça !

Elle me l'a arraché des mains et l'a fourré dans sa valise, pinçant les lèvres pour ne pas rire.

Lorsque je me suis rendu compte qu'elle n'était pas furieuse contre moi, j'ai esquissé un sourire et lui ai dit :

— Tu sais quoi, Anna ? Tu es vraiment cool, comme fille.

— Je suis contente que tu me voies comme ça.

— Sans blague, je cherchais vraiment ton tee-shirt des REO Speedwagon, mais je ne l'ai pas trouvé.

— Il est sur la corde à linge. Il doit être sec, maintenant.

— Merci.

— De rien. Mais que je ne te reprenne plus à renifler mes sous-vêtements, d'accord ?

— Oh, tu m'as vu ?

— Ouais.

Chapitre 15

Anna

Les dauphins nageaient avec moi dans le lagon. Ils plongeaient, me passaient dessous et refaisaient surface de l'autre côté. Ils poussaient de petits cris perçants qui m'amusaient beaucoup, et, lorsque je leur parlais, ils semblaient me comprendre. T.J. et moi adorions nous accrocher à leur nageoire, et éclations de rire quand ils nous laissaient monter sur leur dos. Je pouvais jouer avec eux pendant des heures.

—Anna ! a crié T.J. en courant vers le lagon. Devine ce que j'ai trouvé !

La seconde basket de T.J. avait été rejetée par les vagues et, comme il ne risquait plus de se blesser les pieds, il passait des heures dans la forêt, dans l'espoir de faire une découverte intéressante. Jusqu'à présent, il n'avait rapporté de ses explorations que des piqûres de moustique, mais il persévérait. Ça l'occupait.

—Qu'est-ce que tu as trouvé ? ai-je demandé en caressant l'un des dauphins.

—Mets tes chaussures et suis-moi.

J'ai dit « au revoir » à mes compagnons de jeux, puis nous avons regagné l'abri, où j'ai enfilé mes chaussettes et mes tennis.

—Bon, tu as éveillé ma curiosité. Qu'est-ce que tu veux me montrer ?

—Une grotte. J'avais vu des branches mortes, et quand je les ai soulevées, j'ai découvert un trou. J'ai envie de voir ce qu'il y a à l'intérieur.

Il ne nous a fallu que quelques minutes pour arriver à la grotte. T.J. s'est mis à genoux devant l'entrée et a avancé à quatre pattes.

—C'est plus étroit que ce que je ne pensais ! a-t-il crié. Mets-toi à plat ventre. Ce n'est pas large, mais suffisamment pour passer en rampant. Viens.

—Pas question ! ai-je crié à mon tour. Je n'irai pas dans cette grotte.

Les battements de mon cœur s'étaient accélérés, et j'avais commencé à transpirer rien qu'à l'idée de pénétrer à l'intérieur.

—Je suis obligé d'y aller à tâtons, je ne vois rien.

—Tu es fou ! Et s'il y avait des rats, ou une énorme araignée velue ?

—Quoi ? Tu penses qu'il pourrait y avoir des araignées ?

—Non. Oublie ce que j'ai dit.

—Je crois qu'il n'y a rien d'autre que des pierres et des bouts de bois. Mais je ne suis sûr de rien.

—Si les bouts de bois sont secs, prends-les. Nous les ajouterons à notre réserve.

—D'accord.

T.J. est sorti de la grotte en rampant et s'est relevé, avec dans une main un os qui ressemblait à un tibia, et ce qui était sans conteste un crâne dans l'autre.

—Putain de merde ! s'est-il écrié en les lâchant.

—Oh, mon Dieu ! ai-je soufflé. Je ne sais pas qui c'était, mais ça ne s'est pas bien terminé pour lui.

—Tu crois que c'est la personne qui a construit la cabane ? s'est enquis T.J.

J'ai observé le crâne, puis j'ai hoché la tête.

—Ça me semble probable.

Nous sommes retournés à l'abri pour tirer du feu un bout de bois susceptible de nous servir de torche. Nous nous sommes ensuite empressés de regagner la grotte. T.J. s'est allongé au sol puis a rampé à l'intérieur en tenant le brandon devant lui.

—Ne te brûle pas, lui ai-je recommandé.

—Ne t'inquiète pas.

— Tu y es ?

— Oui.

— Qu'est-ce que tu vois ?

— C'est bien un squelette. Mais il n'y a rien d'autre. (T.J. est sorti, puis m'a tendu la torche.) Je vais remettre les os dans la grotte.

— Bonne idée, ai-je approuvé.

— Eh bien, c'était plutôt horrible, ai-je dit tandis que nous retournions vers l'abri.

— Il faut combien de temps pour qu'un corps se transforme en squelette ?

— Dans cet environnement chaud et humide, sans doute pas longtemps.

— Je suis persuadé que c'est le type de la cabane.

— Tu as certainement raison. Et si c'est bien lui, l'une de nos chances de quitter cette île s'envole en fumée. (J'ai secoué la tête.) Il ne reviendra pas, car il n'est jamais parti. Mais de quoi a-t-il pu mourir ?

— Je ne sais pas, a répondu T.J. en jetant un morceau de bois au feu avant de s'asseoir à côté de moi. Pourquoi tu n'as pas voulu entrer dans la grotte ? Avant que je trouve le squelette, je veux dire.

— Je ne supporte pas les endroits aussi confinés. Ça me terrifie. Tu te souviens de la maison du lac dont je t'ai parlé ? Là où j'allais pêcher avec mon père ?

— Oui.

— Sarah et moi, on jouait toujours avec les autres enfants qui étaient là en vacances avec leur famille. Une route faisait tout le tour du lac, et il y avait une longue conduite d'évacuation, en dessous. Tous les gamins se lançaient sans arrêt le défi de ramper à l'intérieur jusqu'à l'autre bout. Un jour, Sarah et moi avons décidé de le faire, et on a convaincu les autres de venir avec nous. Une fois au milieu, j'ai paniqué. Je n'arrivais plus à respirer, et la personne devant moi n'avançait pas. Je ne pouvais pas faire demi-tour, parce qu'il y avait d'autres enfants derrière moi. Je devais avoir sept ans, et je n'étais pas bien grosse, mais la conduite était très étroite. On a tout de même réussi à atteindre la sortie, mais je pleurais tellement que Sarah a dû aller chercher notre mère. Je m'en souviens comme si c'était hier.

— Pas étonnant que tu n'aies pas voulu entrer.

— Ce que je ne comprends pas, c'est pourquoi Oscar serait allé dans cette grotte pour y mourir.

— Oscar ?

— Je pense que nous devrions lui donner un nom. Oscar, ça sonne mieux que « le type de la cabane ».

— Ça me va, a déclaré T.J.

Je jouais au solitaire, assise à côté de l'abri, quand T.J. s'est approché. J'ai tout de suite su que quelque chose clochait, car il tenait d'une main son bras plaqué contre son corps. Son épaule semblait s'être affaissée.

Je me suis levée.

— Qu'est-ce qui s'est passé ?

— Je suis tombé du cocotier.

— Viens.

J'ai glissé mon bras autour de sa taille et l'ai lentement conduit jusqu'au radeau de survie. Il grimaçait à chaque mouvement, et il a essayé, sans succès, de réprimer un gémissement lorsque je l'ai aidé à s'allonger. J'ai été surprise par l'impérieux besoin qui m'a saisie de prendre soin de lui, d'apaiser ses souffrances.

— Je reviens. Je vais chercher du paracétamol.

J'ai secoué le tube pour faire tomber deux comprimés dans ma paume, puis je me suis emparée d'une bouteille que j'ai remplie au récupérateur d'eau de pluie. Après avoir introduit les médicaments dans la bouche de T.J., je lui ai soulevé la tête afin qu'il puisse boire. Il a dégluti, puis a inspiré et expiré lentement.

— Pourquoi étais-tu monté dans cet arbre ?

— Je voulais cueillir les petites noix de coco vertes que tu aimes bien.

J'ai esquissé un sourire.

— C'était très gentil de ta part, mais je crois que tu as la clavicule cassée. Je vais attendre que le paracétamol fasse effet, et j'essaierai de te fabriquer une sorte d'écharpe.

— D'accord, a-t-il soufflé en fermant les yeux.

J'ai fouillé dans ma valise et en ai extrait un long débardeur blanc. Au bout de vingt minutes, j'ai aidé T.J. à s'asseoir.

— Je suis désolée, je sais que ça fait mal.

Je lui ai plié le bras, et j'ai glissé mon débardeur par-dessous avant de le nouer délicatement sur son épaule. Après avoir doucement rallongé T.J., j'ai écarté les cheveux de son visage et lui ai déposé un baiser sur le front.

— Essaie de ne pas bouger.

— D'accord, Anna.

Peut-être n'avait-il pas si mal que ça, après tout, car, lorsque je lui ai jeté un coup d'œil avant de quitter le radeau, un sourire flottait sur ses lèvres.

Je me suis réveillée dans la nuit pour remettre du bois au feu.

— Anna ?

La voix de T.J. m'a fait sursauter.

— Oui ?

— Tu pourrais m'aider à sortir ? Je dois aller pisser.

— Bien sûr.

Je l'ai aidé à passer par la petite porte du canot, puis j'ai alimenté le feu. Quand T.J. est revenu, je lui ai administré une nouvelle dose de paracétamol.

— Tu as réussi à dormir ? ai-je demandé.

— Pas vraiment.

Au matin, une bosse et un hématome violacé marquaient l'endroit où l'os s'était brisé. T.J. a grimacé lorsque j'ai retendu l'écharpe, et je lui ai redonné du paracétamol.

Après cela, il n'a plus accepté aucun comprimé.

— Je ne veux pas en prendre trop. On en aura peut-être besoin un jour, m'a-t-il expliqué.

Au bout de trois jours, il se sentait mieux et me suivait comme mon ombre. Il m'a accompagnée à la plage lorsque je suis partie pêcher, est venu avec moi chercher des fruits à pain, et a insisté pour participer lorsque j'ai vidé le récupérateur d'eau de pluie. Quand je me suis éloignée pour ramasser du bois et qu'il a fait mine de m'emboîter le pas, je lui ai ordonné de retourner s'allonger sur la couverture, sous le cocotier.

— Tu ne guériras pas si tu ne restes pas un peu tranquille, T.J.

— Je m'ennuie. Et j'ai vraiment besoin de me laver. Tu m'aideras, quand tu reviendras ?

— Quoi ? Non, je ne te laverai pas.

Oups.

— Si tu ne m'aides pas, tu devras supporter ma puanteur.

Je me suis penchée pour le renifler.

— C'est vrai que tu ne sens pas très bon. D'accord, je vais le faire, mais je ne laverai que certaines zones, et c'est seulement parce que tu pues.

Un grand sourire est apparu sur ses lèvres.

— Merci.

Nous nous sommes dirigés vers le lagon dès que j'ai rapporté le bois à l'abri. T.J. a gardé son bermuda et s'est assis dans l'eau de manière à s'immerger jusqu'à la taille. Je me suis agenouillée à côté de lui avant de frotter le savon entre mes mains.

— Tiens-moi ça, ai-je ordonné en lui tendant le savon.

J'ai commencé par lui passer doucement mes mains pleines de mousse sur le visage, puis j'ai pris de l'eau dans le creux de ma paume pour le rincer, effleurant des doigts la barbe naissante qui lui couvrait les joues, la mâchoire et la lèvre supérieure.

— Ça fait du bien, a soupiré T.J.

J'ai rempli d'eau le récipient en plastique que j'avais apporté, puis l'ai vidé sur sa tête avant de lui laver les cheveux. Ils avaient beaucoup poussé, et T.J. devait sans cesse les écarter de devant ses yeux. Pour s'épargner cette gêne, il avait pris l'habitude de porter mon chapeau de cow-boy, ce qui me convenait parfaitement ; j'avais depuis longtemps adopté sa casquette de base-ball.

— Dommage que nous n'ayons pas de ciseaux, ai-je déploré. Je t'aurais coupé les cheveux.

Il m'a tendu le savon, que j'ai de nouveau fait mousser entre mes mains. Après lui avoir lavé le cou, je suis descendue vers sa poitrine, frôlant des doigts ses tétons durcis. Il m'observait en silence.

Je me suis ensuite occupée de son dos, puis de son bras valide. Comme il ne pouvait pas lever l'autre, j'ai fait de mon mieux, tâchant de faire preuve du plus de douceur possible autour de son hématome.

— Pardon, me suis-je excusée quand T.J. a tressailli.

Au moment de passer à ses jambes, j'ai commis l'erreur de baisser les yeux. L'eau claire du lagon laissait voir l'érection qui tendait son bermuda.

— T.J. !

— Désolé, a-t-il lancé en me regardant d'un air penaud. Je ne peux pas la cacher, celle-là.

Attends… Il en a eu d'autres ?

Soudain, je n'ai plus su où me mettre. Ce n'était pourtant pas sa faute ; j'avais oublié qu'un adolescent de dix-sept ans ne reste pas insensible quand une femme promène les mains sur son corps.

Comme n'importe quel homme, d'ailleurs.

— Ça ne fait rien. J'ai été surprise, c'est tout. Je croyais que tu avais mal.

En apparence sincèrement confus, il a répliqué :

— Eh bien… ce n'est pas là que je me suis blessé.

Bon, vite, passons.

Je lui ai lavé les jambes puis, en descendant plus bas, j'ai découvert qu'il était chatouilleux. Il a vivement retiré son pied, et a poussé un cri de douleur lorsque son mouvement s'est répercuté dans son épaule.

— Désolée. Bon, tu es à peu près propre.

— Tu ne vas pas me sécher ? a-t-il demandé en m'adressant un sourire plein d'espoir.

— Très drôle. Tu dois nous confondre avec d'autres personnes qui ont des serviettes.

— Merci, Anna.

— De rien.

Je l'ai aidé à se laver pendant les deux semaines suivantes, jusqu'à ce qu'il se soit suffisamment rétabli pour s'en charger seul. Mon embarras a diminué au fil du temps. Je n'ai plus jamais baissé les yeux pour voir comment mes mains l'affectaient.

— Ce n'est pas si désagréable que ça pour toi, si ? ai-je demandé un jour, alors que je lui lavais les cheveux.

— Ce n'est pas désagréable du tout, a-t-il répondu, un grand sourire aux lèvres. Mais ne t'inquiète pas, a-t-il ajouté avec une gravité feinte. Un jour, je te revaudrai ça. Si jamais tu te blesses, je t'aiderai à te laver sans la moindre hésitation.

— Je m'en souviendrai.

Je me suis dit qu'il faudrait que je redouble de prudence. Si laver T.J. m'avait embarrassée, ce n'était rien comparé à ce que je ressentirais si c'était lui qui promenait ses mains savonneuses sur ma peau.

Chapitre 16

T.J.

J'ai tendu le poisson que j'avais attrapé à Anna, qui se tenait à côté du radeau de survie, puis j'ai rangé ma canne à pêche dans l'abri.

— Est-ce qu'il y a encore quelque chose dans le récupérateur d'eau de pluie ? ai-je demandé.

— Non.

— Peut-être qu'il pleuvra plus tard.

Elle a levé les yeux vers le ciel, anxieuse, et a entrepris de nettoyer le poisson.

— J'espère.

Nous étions en novembre. Cela faisait six mois que nous avions échoué sur l'île. D'après Anna, la saison des pluies ne recommencerait pas avant mai. Il pleuvait encore environ un jour sur deux, mais les averses ne duraient pas très longtemps. Malgré le jus de noix de coco, nous avions souvent soif.

— Au moins, on sait qu'il ne faut pas boire l'eau de la mare, a ajouté Anna en frissonnant. C'était horrible.

— Tu l'as dit. J'ai bien cru que j'allais crever.

Nous ne pouvions pas maîtriser la pluie, mais les Maldives regorgeaient de vie marine. Si noix de coco et fruits à pain ne suffisaient pas à nous rassasier, les poissons aux couleurs vives que je pêchais dans le lagon nous empêchaient de mourir de faim.

Dans l'eau jusqu'à la taille, je les capturais les uns après les autres. Je n'en avais jamais remonté aucun mesurant plus de quinze centimètres. Une boucle d'oreille et une corde de guitare ne pouvaient pas supporter bien plus, et je craignais de ferrer un gros poisson qui briserait la ligne. Heureusement qu'Anna avait emporté dans sa valise plusieurs paires de boucles d'oreilles, car j'en avais déjà perdu une.

Même si nous mangions en quantités suffisantes, Anna affirmait que notre régime alimentaire manquait d'un tas de trucs essentiels.

— Je suis inquiète pour toi, T.J. Tu n'as pas terminé ta croissance.

— Je grandis très bien.

Nous ne devions pas être si carencés que ça, car mon bermuda, qui m'arrivait aux genoux quand nous nous étions écrasés, m'arrivait à présent au moins deux centimètres au-dessus.

— Les fruits à pain doivent contenir de la vitamine C, sinon nous aurions probablement déjà le scorbut, a-t-elle marmonné.

— C'est quoi, le scorbut ? l'ai-je interrogée. Rien qu'au nom, ça a l'air dégoûtant.

— C'est une maladie due à un déficit en vitamine C. Les pirates et les marins qui effectuaient de longs voyages en souffraient souvent. Ce n'est pas très agréable.

Anna aurait dû s'inquiéter pour elle, au lieu de se soucier de moi. Son maillot de bain bâillait sur ses fesses, et ses seins ne remplissaient plus autant son soutien-gorge qu'avant. Ses côtes et sa clavicule saillaient. J'essayais de la forcer à s'alimenter davantage, mais elle avait beau faire des efforts, je finissais ses repas la moitié du temps. Contrairement à elle, manger la même chose tous les jours ne me dérangeait pas, et je grignotais dès que j'avais faim.

— C'est Thanksgiving, aujourd'hui, a déclaré Anna un matin, quelques semaines plus tard.

— Ah bon ?

Je ne prêtais pas attention aux dates, mais Anna tenait un calendrier précis.

— Oui, a-t-elle affirmé avant de fermer son agenda, qu'elle a posé par terre à côté d'elle. Je crois que je n'avais encore jamais mangé de poisson à Thanksgiving.

— Ni de noix de coco ni de fruits à pain, ai-je ajouté.

— Peu importe ce que nous mangeons. L'esprit de Thanksgiving, c'est d'être reconnaissants pour ce que nous avons.

Elle s'était efforcée de parler d'un ton enjoué, mais elle s'est aussitôt essuyé les yeux du revers de la main avant de mettre ses lunettes de soleil.

Aucun de nous deux n'a plus mentionné cette fête de la journée. Je n'avais pas pensé à Thanksgiving ; je m'étais dit qu'on nous aurait retrouvés avant. Anna et moi n'évoquions cependant plus que très rarement la possibilité d'être secourus ; ça nous déprimait trop. Nous ne pouvions qu'attendre, en espérant qu'un avion survole l'île un jour. Le plus difficile, c'était sans doute de n'avoir aucune maîtrise de notre situation. À moins de partir avec le radeau de survie, mais Anna ne serait jamais d'accord. Et elle avait raison. Ce serait certainement du suicide.

Cette nuit-là, allongée dans le lit, elle a chuchoté :

— Je suis contente que tu sois là avec moi, T.J.

— Moi aussi, je suis content que tu sois là.

Si Anna était morte dans l'accident et que j'avais échoué seul sur l'île, je n'étais pas sûr que j'aurais survécu.

Nous avons passé le jour de Noël à pourchasser une poule.

Alors que je me baissais pour ramasser du bois, au petit matin, quelque chose a jailli d'un buisson à proximité. Effrayé, j'ai poussé un cri aigu avant de me rendre compte qu'il s'agissait d'une poule sauvage.

Je me suis aussitôt lancé à sa poursuite, mais elle a disparu sous un autre buisson. J'ai eu beau plonger la main dans le feuillage et tâtonner, je ne l'ai pas retrouvée.

— Anna, ce bruit de battement d'ailes qu'on entend sans arrêt, c'est une poule, ai-je annoncé en rentrant à l'abri, le sac à dos rempli de bois.

— Il y a des poules ici ?

— Oui. J'en ai poursuivi une, mais elle a réussi à s'enfuir. Mets tes baskets. On aura de la volaille pour le repas de Noël.

— Elle est là. Je l'entends. Je vais donner un coup de pied dans le buisson. Tiens-toi prêt à l'attraper quand elle sortira, a ordonné Anna.

Le suspense de notre chasse à la poule était à son comble. Après une course-poursuite d'une heure d'un bout à l'autre de l'île, nous étions enfin sur le point de la capturer.

— La voilà ! a crié Anna lorsqu'elle a jailli du fourré en battant des ailes.

J'ai essayé de la plaquer au sol, mais n'ai récolté rien de plus qu'une poignée de plumes.

— Viens par là, saloperie ! ai-je lâché.

Je me suis lancé à ses trousses. Anna m'a rattrapé et m'a aidé à la coincer au milieu d'un taillis. Elle a tenté de s'échapper en se glissant dans un trou du feuillage, mais Anna a plongé sur elle. Je l'ai aussitôt saisie par les pattes, l'ai tirée du buisson et l'ai assommée contre le sol.

— Bien joué, T.J. ! m'a félicité Anna avec excitation en me tapant dans le dos.

Après l'avoir égorgé, j'ai pendu le volatile par les pattes jusqu'à ce qu'il se soit vidé de presque tout son sang, puis je l'ai plumé en évitant soigneusement de regarder sa tête.

Ensuite, Anna l'a découpé à l'aide du couteau.

— Les filets de la boucherie ne ressemblent pas vraiment à ça.

— C'est très bien, lui ai-je assuré, même si, en fait, elle avait totalement massacré la viande.

Nous avons disposé les morceaux sur plusieurs pierres, que nous avons placées près du feu.

— Ça sent bon ! s'est exclamée Anna en humant les effluves de cuisson.

Quand la viande nous a paru prête, nous l'avons laissée refroidir avant de la déchirer avec les doigts. Certaines parties avaient brûlé, et d'autres n'avaient pas assez cuit, mais c'était excellent.

— C'est de la bombe, cette poule ! ai-je affirmé en me léchant les doigts.

— Tu l'as dit, a renchéri Anna après avoir terminé le pilon qu'elle était en train de sucer. (Elle a jeté l'os sur le tas qui s'était accumulé près du feu et s'est essuyé la bouche du revers de la main.) Je me demande s'il y en a beaucoup d'autres.

— Je ne sais pas combien il y en a, mais on les trouvera toutes.

— C'est la meilleure volaille que j'aie jamais mangée.

J'ai roté, et j'ai éclaté de rire.

— Aucun doute.

Après avoir enlevé les os, nous avons étalé notre couverture au sol, loin du feu.

— Chez toi, vous ouvrez les cadeaux le 24, ou le 25 décembre ? lui ai-je demandé.

— Le 24. Et chez toi ?

— Même chose. Quelquefois, Grace et Alexis insistent pour les ouvrir le 23, mais ma mère les oblige à patienter.

Nous nous sommes reposés, allongés côte à côte. J'ai pensé à Grace et Alexis, ainsi qu'à mes parents. Fêter le premier Noël sans moi devait représenter une épreuve pour eux.

Si seulement ils savaient qu'Anna et moi étions en vie et que nous tenions le coup…

Le retour de la saison des pluies, en mai, nous a soulagés un peu. Il s'est cependant accompagné de tempêtes de plus en plus fréquentes contre lesquelles nous ne pouvions rien faire d'autre que nous blottir dans le radeau de survie, où nous attendions que le calme revienne en écoutant le tonnerre gronder.

L'une d'elles, particulièrement violente, a arraché un arbre dont j'ai débité le tronc à la scie. Il m'a fallu deux jours mais, une fois la tâche terminée, l'abri était rempli de bois.

Je suis ensuite allé à la plage pour me rafraîchir. Anna jouait dans le lagon avec six dauphins. Après être entré dans l'eau, j'ai caressé la tête de l'un d'eux. Je jure qu'il m'a souri.

—Six! Dis donc, c'est un record! me suis-je exclamé.

—Je sais. Ils sont tous venus en même temps, aujourd'hui.

Avec la régularité d'une horloge, les dauphins faisaient un tour dans le lagon en fin de matinée et en fin d'après-midi. D'habitude, ils se déplaçaient au moins par deux, mais c'était la première fois qu'ils se montraient aussi nombreux.

—Tu es en sueur, a remarqué Anna. Tu sciais encore du bois?

J'ai plongé la tête sous l'eau, puis me suis ébroué comme un chien.

—Oui, mais j'ai terminé. La corvée de bois est finie pour un moment. (J'ai étiré mes bras douloureux.) Tu voudrais bien me masser les épaules?

—Viens, a-t-elle dit avant de me conduire sur la plage. Je vais te faire un massage du dos. Les miens sont réputés dans le monde entier.

Je me suis assis devant elle, et j'ai étouffé un gémissement quand elle s'est mise à pétrir mes épaules. Elle ne plaisantait pas lorsqu'elle avait prétendu être douée, et je me suis demandé si elle massait souvent son petit ami. Elle avait plus de forces que ce que je pensais dans les mains, et elle a passé un long moment à me malaxer la nuque et les épaules. L'espace d'un instant, je l'ai imaginée en train de toucher d'autres parties de mon corps. Si elle avait pu lire dans mon esprit, elle aurait certainement été choquée.

—Voilà, a-t-elle déclaré après avoir terminé. Ça t'a fait du bien?

—Tu n'as pas idée! Merci.

De retour à l'abri, Anna a versé un bouchon de lessive dans la boîte du radeau de survie remplie d'eau de pluie avant de mélanger à la main.

—C'est l'heure de la lessive?

—Eh oui.

J'avais proposé de laver le linge à tour de rôle, mais elle avait refusé. Elle n'avait probablement pas envie que je tripote ses sous-vêtements.

Elle a trempé nos habits sales dans l'eau avant d'entreprendre de les frotter. Tandis qu'elle les sortait un par un en attendant de les rincer, elle a demandé :

— Dis donc, T.J., où sont tes caleçons ?

En parlant de sous-vêtements...

— Ils ne me vont plus, et de toute manière, ils étaient complètement déchirés.

— Alors tu n'en as plus ?

— Non. Je n'avais pas une valise pleine, contrairement à certaines personnes.

— Ce n'est pas trop inconfortable ?

— Ça l'était au début, mais je me suis habitué. (J'ai désigné mon bermuda, un grand sourire aux lèvres.) Eh oui, je suis complètement à poil, là-dessous, Anna.

Elle a éclaté de rire.

— Si tu le dis.

Chapitre 17

Anna

Un peu plus d'un an après notre arrivée, un avion est passé au-dessus de l'île.

Cet après-midi-là, alors que je ramassais des noix de coco, un bruit fort et inattendu m'a fait sursauter.

Des réacteurs !

J'ai aussitôt lâché tous les fruits que je portais pour me précipiter vers la plage.

T.J. a jailli des arbres comme une fusée. Il m'a rejointe, et nous avons agité les bras, les yeux rivés sur l'appareil qui volait juste au-dessus de nos têtes.

J'ai poussé des cris de joie et j'ai serré T.J. dans mes bras en sautant sur place, mais l'avion a obliqué vers la droite avant de poursuivre sa course. Le grondement de moteur s'est affaibli.

— Est-ce qu'il s'est incliné vers nous ?

— Je ne sais pas, a répondu T.J. Qu'est-ce que tu en penses ?

— Je ne suis pas sûre. Peut-être.

— Il avait des flotteurs, non ?

— C'était un hydravion, ai-je confirmé.

— Donc il aurait pu se poser ici ? a-t-il avancé en désignant le lagon d'un geste.

— Je pense.

— Est-ce que le pilote nous a vus ?

T.J. portait un bermuda de sport gris avec une fine rayure bleue de chaque côté et était torse nu, mais j'avais sur moi mon Bikini noir, qui devait contraster avec le sable blanc.

— Certainement, ai-je répondu. Deux personnes qui agitent les bras, ça se remarque, non ?

— Peut-être.

— En revanche, il n'a pas dû voir notre feu.

Nous n'avions pas démoli l'abri, et n'avions pas non plus jeté de feuilles vertes dans les flammes pour produire de la fumée. Je n'étais même pas sûre que nous ayons une réserve de feuilles vertes.

Nous sommes restés assis sur la plage en silence les deux heures qui ont suivi, guettant le son des réacteurs.

T.J. a fini par se lever.

— Je vais pêcher, a-t-il annoncé d'une voix morne.

— D'accord.

Après son départ, je me suis dirigée vers le cocotier afin de ramasser les noix de coco que j'avais fait tomber par terre. J'ai également pris deux fruits au pied de l'arbre à pain sur le chemin du retour, puis j'ai déposé ma récolte à l'intérieur de l'abri, où j'ai attisé le feu en attendant T.J. Lorsqu'il a reparu, je me suis chargée de vider et de faire cuire le poisson pour le dîner, mais aucun de nous deux n'a mangé. Je luttais pour refouler mes larmes, et j'ai poussé un soupir de soulagement quand T.J. s'est éloigné vers la forêt.

Je suis allée m'allonger dans le radeau de survie, où je me suis roulée en boule pour pleurer.

Tous les espoirs auxquels je m'étais raccrochée depuis que notre appareil s'était écrasé venaient de voler en un million de minuscules éclats, comme une vitre qu'on aurait brisée avec une masse. J'avais pensé que, si nous nous trouvions sur la plage lors du passage du prochain avion, nous serions sauvés. Peut-être le pilote ne nous avait-il pas vus. Ou alors, il nous avait vus, mais n'avait pas compris que nous étions des naufragés. Cela n'avait plus d'importance, car il ne reviendrait pas.

Mes larmes ont cessé de couler, et je me suis demandé si elles avaient fini par tarir.

Je me suis extirpée du radeau. Le soleil s'était couché, et T.J. était assis près du feu, sa main droite reposant mollement sur sa cuisse.

Je l'ai examinée d'un peu plus près.

— Oh, T.J., elle est cassée ?

— Sûrement.

J'ignorais ce que son poing avait percuté – sans doute le tronc d'un arbre –, mais ses articulations saignaient, et sa main était très enflée.

Je suis allée chercher dans la trousse à pharmacie deux comprimés de paracétamol, que je lui ai apportés avec un peu d'eau.

— Je suis désolé, s'est-il excusé en détournant les yeux. La dernière chose dont tu aies besoin, c'est de t'occuper encore une fois d'un os cassé.

— Écoute, ai-je déclaré en m'agenouillant devant lui, tant que ça t'aide à supporter la situation, je ne te critiquerai pas, d'accord ?

Croisant enfin mon regard, il a hoché la tête avant de prendre les deux médicaments que je lui tendais. Je lui ai passé la bouteille d'eau, et il les a avalés. J'ai jeté un bout de bois au feu et j'ai observé les étincelles s'élever au-dessus des flammes en m'asseyant en tailleur à côté de T.J.

— Comment tu fais, toi, pour tenir le coup, Anna ?

— Je pleure.

— Ça marche ?

— Parfois.

J'ai regardé sa main cassée, réprimant le désir de nettoyer le sang qui la maculait et de la prendre dans la mienne.

— J'abandonne, T.J. Un jour, tu m'as dit que c'était plus facile si on arrêtait d'espérer, et tu avais raison. Cet avion ne reviendra pas. Il faudra que j'en voie un se poser dans le lagon pour croire qu'on puisse quitter cette île. En attendant, il n'y a que toi et moi. C'est la seule chose dont je sois certaine.

— J'abandonne aussi, a-t-il murmuré.

Lorsque j'ai regardé T.J., brisé tant physiquement que moralement, j'ai découvert qu'il me restait tout de même des larmes à verser.

J'ai vérifié l'état de sa main le lendemain matin. Elle avait doublé de volume.

— Il faut l'immobiliser, ai-je déclaré.

J'ai pris un court bâton dans le tas de bois, puis j'ai fouillé ma valise à la recherche d'un vêtement que je pourrais nouer autour.

— Je ne vais pas serrer, mais ça va faire mal, T.J.

— C'est bon, vas-y.

J'ai placé le bout de bois dans sa paume avant d'enrouler doucement le tissu noir autour de sa main. Après deux tours, j'ai glissé l'étoffe à l'intérieur de son poignet.

— Avec quoi tu as fait le bandage ? a demandé T.J.

— Mon string, ai-je avoué avant de lever les yeux. Tu avais raison : c'est vraiment inconfortable. Mais comme bandage, c'est génial.

Le coin des lèvres de T.J. s'est relevé légèrement. Quand il m'a regardée, j'ai décelé dans ses pupilles la lueur qui leur avait manqué le soir précédent.

— Un jour, on trouvera ça très drôle, ai-je ajouté.

— Tu sais quoi ? Je trouve déjà ça assez drôle maintenant.

T.J. a eu dix-huit ans en septembre 2002. Il ne ressemblait plus à l'adolescent avec qui j'avais échoué sur cette île quinze mois auparavant.

Il aurait désormais vraiment eu besoin de se raser. Les poils qui ne faisaient auparavant qu'assombrir sa mâchoire avaient poussé, formant une courte barbe. En fait, ça lui allait plutôt bien. Je ne savais pas au juste s'il aimait ce nouveau signe de virilité ou s'il ne voulait tout simplement pas prendre la peine de se raser.

Ses cheveux éclaircis par le soleil étaient à présent châtain clair, et si longs qu'il aurait pu les nouer en queue-de-cheval. Les miens aussi avaient poussé. Ils m'arrivaient dans le bas du dos et me rendaient folle. J'avais essayé de les couper, mais ils avaient résisté à la lame émoussée et dentelée de notre couteau.

Même s'il restait très mince, T.J. avait grandi d'au moins cinq centimètres ; il mesurait à présent près d'un mètre quatre-vingt-cinq.

Il paraissait désormais adulte. Ayant eu trente et un ans en mai, je devais avoir changé, moi aussi. Mais comment le savoir ? Le seul miroir que j'avais emporté se trouvait dans la trousse à maquillage de mon sac à main, qui devait flotter quelque part dans l'océan.

Je me retenais de lui demander comment il se sentait, ou s'il éprouvait des symptômes de cancer, mais je l'observais attentivement. En dépit de nos conditions de vie plus que spartiates, il grandissait, se développait, et semblait se porter à merveille.

L'homme de mon rêve a poussé un gémissement lorsque je l'ai embrassé dans le cou. Glissant ma jambe entre les siennes, j'ai semé des baisers sur sa peau, descendant de sa joue à sa poitrine. Il m'a enlacée et m'a fait rouler sur le dos, puis s'est emparé de mes lèvres. Quelque chose dans son baiser m'a déconcertée, et je me suis réveillée.

J'ai découvert T.J. sur moi. Nous nous trouvions à l'ombre du cocotier, sur la couverture où nous nous étions allongés pour faire la sieste. Prenant conscience de ce que j'avais fait, je me suis tortillée pour me dégager, le visage en feu.

— J'étais en train de rêver.

Il s'est aussitôt retourné sur le dos, la respiration saccadée.

Je me suis levée en hâte, puis suis allée m'asseoir en tailleur au bord de l'eau.

Lui sauter dessus pendant son sommeil… Bien joué, Anna.

T.J. m'a rejointe quelques minutes plus tard.

— Je suis mortifiée, ai-je soufflé.

— Ne t'en fais pas, a-t-il tenté de me rassurer en s'asseyant à côté de moi.

— Tu as dû te demander ce qui me prenait.

— Eh bien, au début oui, mais j'ai fait avec.

Je me suis tournée vers lui, ébahie.

— Tu es dingue, ou quoi ?

— Pourquoi ? C'est toi qui as dit que je m'adaptais facilement. (*Oui, et apparemment, tu es aussi assez opportuniste*, ai-je pensé.) Et puis tu aimes bien dormir blottie contre moi. Comment tu veux que je fasse la part des choses ? C'est déstabilisant.

Mon sentiment d'humiliation s'est encore accru. Je me réveillais souvent au milieu de la nuit, bien trop près de T.J., mon corps plaqué contre le sien, et j'avais supposé que, dans son sommeil, il ne l'avait jamais remarqué.

— Je suis désolée. C'est ma faute. Je n'avais pas l'intention de te donner de fausses idées.

— Ce n'est rien, Anna. Ça n'a pas d'importance.

J'ai gardé mes distances toute la journée mais, ce soir-là, une fois au lit, je lui ai avoué :

— C'est vrai ce que tu as dit : je me blottis contre toi. C'est juste que j'ai l'habitude de dormir avec mon petit ami.

— C'était lui, dans ton rêve ?

— Non. C'était l'un de ces rêves bizarres qui n'ont aucun sens. En fait, je ne sais même pas qui c'était. Mais je suis vraiment désolée.

— Tu n'as pas à t'excuser sans arrêt, Anna. J'ai dit que ça m'avait déstabilisé, pas que je n'avais pas aimé.

Le lendemain, en revenant du lagon, j'ai trouvé T.J. assis près de l'abri en train d'essayer d'arracher son appareil dentaire avec le couteau.

— Tu as besoin d'aide ?

Il a craché un morceau de métal qui a atterri sur le sol, à côté de ceux qu'il avait déjà ôtés.

— Non merci.

— Quand est-ce que tu étais censé l'enlever ?

— Il y a six mois. J'avais oublié, jusqu'à hier.

C'est à ce moment-là que j'ai compris ce qui m'avait tirée de mon rêve : je n'avais pas embrassé de garçon portant des bagues depuis le lycée.

Chapitre 18

T.J.

Je me tenais devant la cabane d'Oscar quand Anna est arrivée, le visage ruisselant de sueur.

— J'ai pourchassé une poule d'un bout à l'autre de l'île, mais elle courait trop vite. Même si c'est la dernière chose que je dois faire, je l'attraperai. (Elle s'est penchée en avant pour reprendre son souffle, les mains sur les genoux.) Qu'est-ce que tu fais ? a-t-elle demandé en levant les yeux sur moi.

— J'ai envie de démolir cette cabane pour récupérer le bois et nous construire une petite maison sur la plage.

— Tu sais comment fabriquer une maison ?

— Non, mais j'ai tout mon temps pour réfléchir. Si je fais attention, je devrais pouvoir me resservir des planches et des clous. Je pourrais fabriquer un auvent avec la bâche pour protéger le feu. (J'ai examiné les gonds de la porte, me demandant s'ils étaient réutilisables.) J'ai besoin de m'occuper, Anna.

— Je trouve que c'est une très bonne idée, a-t-elle répondu.

Il nous a fallu trois jours pour démonter la cabane et la transporter en pièces détachées jusqu'à la plage. J'ai retiré tous les vieux clous et les ai rangés avec les autres dans la boîte à outils.

— Je n'ai pas envie d'être trop près de la forêt, a déclaré Anna. À cause des rats.

— D'accord.

Je ne pouvais cependant pas construire la maison sur la plage ; le sable constituait un sous-sol trop instable. Notre choix s'est porté sur un endroit situé entre l'océan et la forêt, à la limite entre le sable et la terre. Anna m'a aidé à creuser les fondations ; un travail plutôt galère, sans pelle. J'utilisais le pied-de-biche pour piocher, tandis qu'Anna évacuait la terre grâce à l'un de nos récipients en plastique.

J'ai ensuite coupé le bois à la bonne dimension avec la scie rongée par la rouille, puis Anna m'a tenu les planches pendant que j'y plantais les clous.

— Je suis contente que tu aies décidé de faire ça, a-t-elle confié.

— Ce ne sera pas terminé avant un moment.

— On a le temps.

Elle est allée me chercher des clous dans la boîte à outils.

— Appelle-moi si tu as encore besoin d'aide, a-t-elle déclaré en me les rapportant.

Ensuite, elle s'est allongée sur la couverture étendue à côté et a fermé les yeux. Je l'ai observée pendant une minute, laissant mon regard glisser sur ses jambes, son ventre et ses seins, et je me suis demandé si sa peau était aussi douce qu'elle le paraissait. J'ai repensé au jour où elle m'avait embrassé dans le cou, sous le cocotier, me rappelant combien j'avais trouvé ça agréable. Soudain, elle a ouvert les yeux et a tourné la tête vers moi. Je me suis empressé de regarder ailleurs. Je ne comptais plus le nombre de fois où elle m'avait surpris en train de la mater. Elle ne m'avait jamais adressé de reproches ni ne s'était énervée, ce qui ne me conduisait qu'à l'aimer davantage.

J'aurais dû être rentré en terminale. Anna regrettait que je manque tant de cours.

— Tu devras certainement passer un certificat d'études secondaires. Je comprendrais que tu choisisses cette option, au lieu de retourner au lycée.

— Un certificat d'études secondaires ? Qu'est-ce que c'est ?

— C'est un diplôme qui atteste que tu as le niveau du baccalauréat. Ceux qui sont sortis du système scolaire depuis un moment préfèrent souvent passer ce certificat plutôt que reprendre le lycée. Mais ne t'inquiète pas, je t'aiderai.

— D'accord.

À cet instant, je me foutais totalement de mon bac, mais Anna semblait y accorder de l'importance.

— Tu ne veux pas te raser ? m'a demandé Anna le jour suivant, alors que nous travaillions à la construction de la maison. Tu n'as pas trop chaud, avec ça ?

Elle a passé le dos de sa main sur ma barbe.

J'espérais que celle-ci était assez épaisse pour cacher le rouge qui me montait au visage.

— Je ne me suis encore jamais rasé. Les quelques poils que j'avais sont tombés après les premières séances de chimio. Quand on a quitté Chicago, ça recommençait tout juste à pousser.

— Eh bien, tu as une belle barbe, maintenant.

— Je sais. Mais sans miroir, je ne verrais même pas ce que je fais.

— Pourquoi tu ne m'as rien dit ? Tu sais que je suis prête à t'aider.

— Euh… Parce que c'est embarrassant ?

— Allons-y, a-t-elle décrété.

Elle m'a pris par la main et m'a entraîné vers l'abri. Là, elle a ouvert sa valise, en a sorti le rasoir qu'elle utilisait pour ses jambes, puis elle m'a conduit vers le rivage.

Nous nous sommes assis en tailleur l'un en face de l'autre. Elle s'est versé de la crème à raser dans la paume, puis l'a déposée par petites touches sur mes joues avant de l'étaler. Sa main placée au-dessus de ma nuque, elle m'a attiré vers elle, orientant ma tête de manière à lui faciliter la tâche, puis a rasé le côté gauche de ma figure avec des gestes lents et minutieux.

— Pour ton information, c'est la première fois que je rase un homme, a-t-elle confié. Je vais essayer de ne pas te couper, mais je ne te promets rien

— Dans tous les cas, tu feras mieux que moi.

Seuls quelques centimètres séparaient nos visages, et j'ai contemplé ses yeux. Leur couleur variait du gris au bleu selon les moments. Ce jour-là, ils étaient bleus. Et je ne m'étais jamais rendu compte qu'elle avait d'aussi longs cils.

— On t'a déjà dit que tu avais de beaux yeux ? ai-je laissé échapper.

— Quelques fois.

— Ils sont magnifiques. Ton bronzage les fait paraître encore plus bleus.

Elle a souri.

— Merci.

Elle a pris de l'eau dans le creux de sa main et a rincé la crème qui me couvrait les joues.

— C'est quoi, ce regard ? a-t-elle demandé.

— Quel regard ?

— Tu as une idée derrière la tête, a-t-elle affirmé avant de pointer mon crâne du doigt. Je vois presque les engrenages tourner, là-dedans.

— Tu as dit que c'était la première fois que tu rasais un homme… Tu me considères comme un homme ?

Elle a marqué une pause avant de répondre :

— Je ne te considère pas comme un gamin.

Heureusement, parce que je n'en suis pas un.

Elle a versé davantage de crème dans sa paume avant de me raser le reste du visage. Après avoir terminé, elle a fait pivoter ma tête de chaque côté en me tenant par le menton et m'a caressé la peau du dos de la main.

— C'est bon, a-t-elle déclaré. C'est fini.

— Merci. J'ai déjà moins chaud.

— De rien. N'hésite pas à me demander, la prochaine fois que tu voudras te raser.

— Ma famille me manque, m'a-t-elle confié une nuit, alors que nous étions allongés dans le lit de fortune, enveloppés par l'obscurité. Je rêve souvent qu'un avion se pose dans le lagon, et que toi et moi sommes sur la plage à ce moment-là. On le rejoint à la nage, et le pilote n'en croit pas ses oreilles quand on lui dit qui nous sommes. On part avec lui et, dès qu'on trouve un téléphone, nous appelons nos parents. Tu imagines comment ils réagiraient en recevant un coup de fil de leurs enfants qu'ils croyaient morts, et pour lesquels ils ont organisé une cérémonie d'enterrement ?

— Non, je n'imagine pas, ai-je avoué en me tournant sur le ventre avant de repositionner le coussin sous ma tête. Tu dois vraiment regretter d'avoir accepté ce boulot.

— J'ai accepté ce boulot parce qu'il me donnait l'occasion d'aller à un endroit que je ne connaissais pas. Personne n'aurait pu prédire ce qui s'est passé.

J'ai gratté une piqûre de moustique sur ma jambe.

— Est-ce que tu vivais avec ton petit ami ? Tu as dit que tu dormais avec lui.

— Oui.

— Ça m'étonne qu'il ait bien voulu se séparer de toi si longtemps.

— Il n'avait pas envie que je parte.

— Mais tu es partie quand même ?

Elle a gardé le silence quelques instants.

— Ça me rend mal à l'aise d'en parler avec toi.

— Pourquoi ? Parce que tu penses que je suis trop jeune pour comprendre ?

— Non. Parce que tu es un homme. Je ne suis pas sûre que tu puisses t'identifier à moi.

— Oh, désolé.

Je n'aurais pas dû dire ça ; Anna ne me traitait jamais comme un gamin.

— Il s'appelle John. Je voulais me marier, mais il ne se sentait pas prêt, et j'en avais assez d'attendre. J'ai pensé que ça me ferait du bien de m'éloigner un moment. De prendre le temps de réfléchir.

— Vous êtes ensemble depuis longtemps ?

— Cela aurait fait presque neuf ans, a-t-elle répondu d'un air embarrassé.

— Il n'a pas envie de se marier ?

— En fait, je pense tout simplement qu'il n'a pas envie de se marier avec moi.

— Oh.

— Mais assez parlé de lui. Et toi ? Tu as une petite amie qui t'attend à Chicago ?

— Plus maintenant. Avant, je sortais avec une fille qui s'appelait Emma. Je l'avais rencontrée à l'hôpital.

— Elle souffrait aussi d'un syndrome de Hodgkin ?

— Non, d'une leucémie. Elle était assise dans le fauteuil d'à côté quand j'ai reçu le premier traitement de chimio. Après ça, on a passé beaucoup de temps ensemble.

— Elle avait le même âge que toi ?

— Elle était un peu plus jeune. Elle avait quatorze ans.

— Elle était comment ?

— Plutôt discrète. Je la trouvais très jolie, même si elle avait déjà perdu ses cheveux. Elle supportait très mal d'être chauve. Elle portait toujours un chapeau. Quand mes cheveux sont tombés, elle ne s'est plus sentie aussi gênée. On s'en fichait pas mal, de ressembler à deux crânes d'œuf.

— Ça a dû être difficile de perdre tes cheveux.

— C'est certainement encore plus difficile pour une fille. Emma m'a montré de vieilles photos où elle avait de longs cheveux blonds.

— Vous passiez du temps ensemble en dehors de la chimio ?

— Oui. Elle connaissait l'hôpital par cœur. Les infirmières tournaient la tête quand elles nous surprenaient en train de nous bécoter dans un coin. On allait souvent s'asseoir au soleil sur le toit ; il y avait un jardin. J'aurais bien aimé l'emmener se promener ailleurs, mais son système immunitaire était trop fragile pour supporter le contact de la foule. Un soir, les infirmières nous ont autorisés à regarder un film dans une chambre qui était libre. On s'est couchés dans le lit, et elles nous ont apporté du pop-corn.

— Emma était très malade ?

— Elle allait bien quand je l'ai rencontrée mais, au bout de six mois, son état s'est aggravé. Un soir, au téléphone, elle m'a dit qu'elle avait fait la liste de tout ce qu'elle avait envie de faire, en ajoutant qu'elle pensait qu'il ne lui restait plus beaucoup de temps.

— Oh, T.J…

— Elle avait quinze ans, mais elle espérait vivre jusqu'à ses seize ans pour passer son permis de conduire. Elle voulait aller au bal de son lycée, mais déclarait que n'importe quel cours de danse ferait l'affaire. (J'ai marqué un temps d'hésitation, mais être allongé dans le noir à côté d'Anna rendait les révélations plus faciles.) Elle m'a dit qu'elle avait envie de faire l'amour pour savoir comment c'était. À ce moment-là, elle était revenue à l'hôpital sur ordre de son médecin, et elle avait une chambre individuelle. Je crois que les infirmières étaient au courant. Peut-être qu'elle leur avait parlé. En tout cas, elles nous ont laissés seuls, et Emma a pu barrer un élément de sa liste. Elle est morte trois semaines plus tard.

— C'est si triste, T.J…, a soufflé Anna, qui semblait au bord des larmes. Tu étais amoureux d'elle ?

— Je ne sais pas. Je l'aimais beaucoup, mais c'était une époque tellement bizarre pour moi… La chimio ne me faisait plus d'effet, et je devais commencer les rayons. Ça m'a fait peur quand elle est morte. Je l'aurais su si j'avais été amoureux d'elle, non ?

— Oui, a-t-elle murmuré.

Je n'avais pas pensé à Emma depuis longtemps. Pourtant, j'étais certain que je ne l'oublierais jamais ; c'était ma première fois.

— Et tu as pris une décision au sujet de ce type, Anna ?

Elle n'a pas répondu. Soit elle n'en avait pas envie, soit elle s'était endormie. J'ai écouté le bruit apaisant des vagues qui se brisaient sur la barrière de corail, puis j'ai fermé les yeux, et ne les ai rouverts que lorsque le soleil m'a réveillé, le lendemain matin.

Chapitre 19

Anna

— Tu veux jouer au poker ? m'a demandé T.J.

— Oui, pourquoi pas ? Mais j'ai laissé les cartes au bord de l'eau.

— Je vais les chercher.

— Ne te dérange pas. Je dois aller aux toilettes, je les prendrai à mon retour.

Je détestais m'approcher de la forêt après la tombée de la nuit, et il me restait à peine deux minutes avant le coucher du soleil.

Je venais de ramasser les cartes quand ça s'est passé. Je n'avais pas vu arriver la chauve-souris. Elle avait dû jaillir du ciel à toute allure, car, lorsqu'elle a percuté ma tête, elle a manqué de me faire perdre l'équilibre. Il m'a fallu une seconde pour déterminer ce qui m'avait heurtée, puis je me suis mise à crier. Paniquée, j'ai fourragé frénétiquement dans mes cheveux pour la chasser.

— Qu'est-ce qui se passe ? a lancé T.J. en se précipitant vers moi.

Avant que je puisse lui répondre, la chauve-souris a plongé les dents dans ma main. J'ai hurlé.

— J'ai une chauve-souris dans les cheveux ! me suis-je écriée tandis qu'une douleur cuisante envahissait ma paume. Elle m'a mordue !

T.J. a regagné l'abri en courant. J'ai secoué la tête dans l'espoir de déloger mon assaillante. Lorsque T.J. est arrivé, il m'a allongée sur le sable.

— Ne bouge pas, m'a-t-il ordonné en me maintenant la tête avec sa main.

Puis il a transpercé la chauve-souris de la lame du couteau. Elle a cessé de se débattre.

— Reste tranquille. Je vais la sortir de tes cheveux.

— Elle est morte ? ai-je demandé.

— Oui.

Je suis restée immobile. Mon cœur battait la chamade et j'étais au bord de la crise de nerfs, mais je me suis efforcée de garder mon calme pendant que T.J. dégageait la bête.

— C'est bon.

Nous ne la distinguions pas très bien à la lueur blafarde du croissant de lune, aussi T.J. est-il allé chercher un bout de bois enflammé dans le feu. Il s'est penché et a passé la torche au-dessus du cadavre de la chauve-souris.

Brun clair avec de grandes ailes noires, des oreilles pointues et des dents acérées, elle était répugnante. Son corps était couvert de plaies, et la fourrure autour de sa gueule semblait mouillée et visqueuse.

— Viens, a déclaré T.J. Allons te soigner.

De retour à l'abri, nous nous sommes assis près du feu.

— Donne-moi ta main.

Il a nettoyé la morsure à l'aide de lingettes désinfectantes, y a appliqué de la crème antiseptique, puis a posé un pansement. Ma main m'élançait.

— Ça fait mal ?

— Oui.

J'étais capable d'endurer la douleur, mais l'idée de ce que mon organisme pouvait être en train d'incuber me terrorisait.

T.J. avait dû penser à la même chose que moi, car, avant d'aller se coucher, il a placé la lame du couteau dans les flammes, et ne l'a retirée que le lendemain matin.

Chapitre 20

T.J.

Lorsque je suis rentré de la pêche le matin suivant, j'ai trouvé Anna assise près du feu.

— Comment va ta main ?

Elle m'a présenté sa paume, et j'ai ôté son pansement. Du sang suintait de la morsure, et sa main avait enflé un peu pendant la nuit.

— Ça ne paraît pas trop mal, ai-je déclaré. Je vais la nettoyer encore une fois et mettre un autre pansement, d'accord ?

— D'accord.

J'ai passé une lingette imbibée d'alcool sur la plaie.

— Tu as l'air fatiguée, ai-je commenté en remarquant les larges cernes qui soulignaient ses yeux.

— Je n'ai pas très bien dormi.

— Tu veux retourner te coucher ?

Elle a secoué la tête.

— Je ferai la sieste plus tard.

J'ai mis un pansement propre sur sa blessure.

— Voilà. Tu es comme neuve.

Elle n'a pas dû m'entendre, car elle n'a rien répondu et avait le regard perdu dans le vide.

En fin de matinée, j'ai fini d'assembler la charpente de la maison, puis j'ai commencé à monter les murs. Les arbres à pain produisaient une sève laiteuse dont je me servais pour colmater les interstices.

Anna me tenait les planches ou me passait les clous en silence.

— Tu ne dis pas grand-chose, lui ai-je fait remarquer.

— Non.

J'ai enfoncé un clou dans la planche pour la fixer à l'ossature, puis lui ai demandé :

— C'est ta morsure qui t'inquiète ?

Elle a hoché la tête.

— Cette chauve-souris semblait malade, T.J.

J'ai posé le marteau avant d'essuyer la sueur qui me coulait dans les yeux.

— Elle avait l'air assez mal en point, ai-je admis.

— Tu crois qu'elle avait la rage ?

J'ai positionné une nouvelle planche avant de ramasser le marteau.

— Je suis sûr que non.

Je savais pourtant que les chauves-souris pouvaient transmettre le virus.

Anna a pris une profonde inspiration.

— Je suppose qu'il faut que j'attende pour le savoir. Si je ne tombe pas malade dans le mois qui vient, c'est sans doute que je ne risque rien.

— Quels sont les symptômes ?

— Je ne sais pas. De la fièvre ? Des convulsions ? La rage attaque le système nerveux central.

Cette révélation m'a terrifié.

— Qu'est-ce que je dois faire si jamais tu tombes malade ?

J'ai essayé de me souvenir des médicaments qui se trouvaient dans la trousse à pharmacie.

Anna a secoué la tête.

— Rien du tout, T.J.

— Comment ça, rien du tout ?

— Sans vaccin antirabique, la maladie est mortelle.

L'espace d'une seconde, je me suis trouvé incapable de respirer, comme si mes poumons s'étaient vidés de tout l'air qu'ils contenaient.

— Je ne savais pas.

Elle a hoché la tête, les yeux brillants de larmes. J'ai lâché mon marteau et lui ai posé les mains sur les épaules.

— Ne t'inquiète pas, tu n'auras pas la rage, lui ai-je assuré.

Je n'en avais aucune certitude, mais j'éprouvais le besoin de nous en convaincre tous les deux.

Avançant de cinq semaines dans l'agenda d'Anna, j'ai entouré la date. Elle préférait laisser passer plus d'un mois, pour être sûre.

— Donc, si aucun symptôme n'apparaît d'ici là, c'est que tu ne risques rien, c'est ça ?

— Je pense, a-t-elle déclaré tandis que je refermais l'agenda, que j'ai rangé dans sa valise. Reprenons nos habitudes. Je n'ai pas envie de m'attarder là-dessus.

— D'accord, comme tu voudras.

Elle aurait pu être actrice, au lieu d'enseigner. La journée, elle jouait la comédie, faisant comme si de rien n'était, un sourire plaqué sur le visage. Elle passait des heures à jouer avec les dauphins ou à m'aider sur le chantier de la maison pour s'occuper. Mais elle ne mangeait pas, et elle s'agitait tellement dans le lit que je supposais qu'elle éprouvait des difficultés à s'endormir.

Je me suis réveillé lorsqu'elle a quitté le radeau de survie une nuit, deux semaines plus tard. Elle se levait toujours au moins une fois pour remettre du bois dans le feu mais, d'habitude, elle retournait aussitôt se coucher. Ne la voyant pas revenir, je suis sorti pour vérifier que tout allait bien. Je l'ai trouvée dans l'abri, les yeux rivés sur les flammes.

— Salut, ai-je lancé en m'asseyant à côté d'elle. Qu'est-ce qui se passe ?

— Je n'arrive pas à dormir.

Elle a attisé les braises à l'aide d'un bâton.

— Tu te sens bien ? ai-je demandé en tâchant de dissimuler mon anxiété. Tu n'as pas de fièvre, si ?

Elle a secoué la tête.

— Non. Ça va, je t'assure. Retourne te coucher.

— Je ne peux pas me rendormir si tu n'es pas à côté de moi.

Elle a paru surprise.

— C'est vrai ?

— Oui. Je n'aime pas te savoir dehors toute seule. Ça me rend nerveux. Tu n'es pas obligée de remettre du bois dans le feu toutes les nuits. Je t'ai déjà dit que ça ne me dérangeait pas d'en allumer un le matin.

— C'est juste une habitude, a-t-elle affirmé avant de se lever. Viens. Il faut au moins que l'un de nous deux dorme.

J'ai suivi Anna dans le radeau de survie. Une fois couchée, elle a remonté la couverture sur nous. Elle portait un short et mon tee-shirt et, lorsqu'elle a bougé pour adopter une position confortable, sa jambe nue a effleuré la mienne. Elle ne l'a pas retirée, et je n'ai pas déplacé la mienne non plus.

Allongés dans le noir, nos jambes au contact l'une de l'autre, nous sommes restés tous les deux éveillés un long moment.

Elle a consenti à ne plus se lever au milieu de la nuit.

— Dommage que tu ne puisses pas me chronométrer, ai-je lancé un matin, deux semaines plus tard, après avoir fait du feu. Je suis prêt à parier que je l'ai allumé en moins de cinq minutes.

— Arrête de te vanter.

Toutefois, elle riait en disant cela. Plus la date que j'avais entourée dans le calendrier approchait, plus elle semblait se détendre.

Au bout de cinq semaines, j'ai pris sa paume dans ma main avant de suivre du pouce le tracé de sa cicatrice.

— Je crois que tu ne seras pas malade, ai-je déclaré.

Et cette fois, j'étais sincère.

Elle m'a adressé un sourire.

— C'est aussi mon avis.

Ce jour-là, elle a englouti trois poissons entiers au déjeuner.

— Tu as encore faim ? Je peux retourner pêcher.

— Non merci. Je mourais de faim, mais je ne peux plus rien avaler, maintenant.

Après avoir nagé un long moment, nous avons travaillé sur le chantier de la maison jusqu'au dîner. Elle a de nouveau mangé plus qu'elle ne l'avait fait depuis des semaines. Ce soir-là, elle a peiné à garder les yeux ouverts, et, quelques secondes à peine après m'être couché à côté d'elle dans le lit, j'ai constaté qu'elle dormait déjà. J'ai sombré à mon tour dans le sommeil, mais je me suis réveillé quand elle s'est blottie contre moi et a posé la tête sur mon épaule.

Je l'ai enlacée et l'ai attirée contre moi.

Si elle était tombée malade, je n'aurais rien pu faire d'autre que la regarder souffrir. La voir mourir et l'enterrer à côté de Mick. Je ne savais pas si j'étais capable de tenir sans elle. Le son de sa voix, son sourire, sa présence représentait tout ce qui rendait la vie sur l'île supportable. Je l'ai serrée un peu plus fort, songeant que je le lui dirais, si jamais elle se réveillait. Mais elle ne s'est pas réveillée. Elle a soupiré dans son sommeil, et j'ai fini par me rendormir.

Elle avait repris sa place dans le lit quand j'ai ouvert les yeux le lendemain matin. J'allumais le feu lorsqu'elle a émergé de l'abri.

Elle m'a souri en étirant ses bras au-dessus de sa tête.

— J'ai dormi comme un bébé. Ça faisait longtemps que ça ne m'était pas arrivé.

— Moi aussi, j'ai bien dormi.

— Pour moi, *Sticky Fingers*, des Rolling Stones, est le numéro un, a déclaré Anna quelques nuits plus tard, tandis que nous débattions de nos dix albums de rock préférés, allongés dans le lit. Je renvoie *Led Zeppelin IV* à la cinquième place.

— Tu délires, ou quoi ?

Alors que je commençais à énoncer les raisons expliquant mon désaccord – tout le monde savait que *The Wall* de Pink Floyd était le meilleur –, j'ai lâché un pet. Le fruit à pain produisait parfois cet effet-là sur moi. Anna a poussé un cri et a aussitôt essayé de s'enfuir par la porte du refuge, mais je l'ai attrapée par la taille, l'ai tirée en arrière et l'ai emprisonnée sous la couverture.

J'adorais jouer à ce petit jeu-là avec elle.

— Oh non, Anna ! Tu ferais mieux de sortir de là ! l'ai-je taquinée entre deux éclats de rire. Ça doit vraiment puer, là-dessous.

Alors qu'elle se débattait pour se dégager, j'ai tenu la couverture d'une main encore plus ferme.

Quand enfin je l'ai libérée, elle a fait semblant d'étouffer avant de lancer :

— Je vais te casser la gueule, Callahan.

— Sans blague ? Tu as appelé des renforts ?

Elle devait peser cinquante kilos. Nous savions tous les deux qu'elle était incapable de frapper qui que ce soit.

— Ne fais pas ton malin. Un jour, je trouverai le moyen de te mettre à terre.

— Arrête, je suis terrifié, Anna ! ai-je répliqué en riant.

Je me suis bien gardé de lui dire qu'il lui suffirait d'une main pour me terrasser, si elle la posait au bon endroit.

Je me demandais si elle en avait conscience.

— Je vais me laver, a annoncé Anna quand je suis revenu de la plage.

Elle est allée chercher le shampoing et le savon, puis a rassemblé ses vêtements.

— D'accord.

Tandis qu'elle s'éloignait, je me suis aperçu qu'il ne nous restait plus beaucoup de bois. Je suis parti avec mon sac à dos, dans lequel j'ai mis tous les morceaux de branche et d'écorce que j'ai pu trouver. Le soleil baissait à l'horizon, et les moustiques bourdonnaient autour de moi. Je suis sorti du couvert de la forêt sans faire attention, et j'ai levé les yeux juste au moment où Anna pénétrait dans l'océan, totalement nue.

Je me suis pétrifié.

Je savais que j'aurais dû m'en aller, foutre le camp de là, mais j'en étais incapable. Je me suis caché derrière un arbre et l'ai observée.

Elle s'est baissée sous la surface pour se mouiller les cheveux, puis a fait demi-tour pour retourner sur la plage. Elle était incroyablement belle, et ses marques de bronzage soulignaient les parties de son corps que je préférais. J'ai glissé les mains dans mon bermuda.

Debout sur le sable, elle s'est lavé les cheveux, puis est allée rincer le shampoing dans l'eau. Elle est ressortie et a enduit ses mains de savon avant de se les passer sur le corps. Après s'être assise, elle s'est rasé les jambes, puis est entrée une nouvelle fois dans le lagon pour se rincer.

Ce qu'elle a fait ensuite m'a rendu dingue.

Lorsqu'elle est ressortie, elle a jeté un coup d'œil autour d'elle, puis s'est assise face à l'océan. Elle avait emporté l'huile de massage, et elle s'en est versé un peu dans la paume avant de porter la main à son entrejambe.

Oh, bon Dieu!

Elle s'est allongée, une jambe étendue, l'autre pliée. Je l'ai regardée se caresser en accélérant les mouvements de ma propre main.

Même si je le faisais presque tous les jours, quand je me trouvais seul dans la forêt, l'idée qu'elle puisse faire de même ne m'avait jamais traversé l'esprit. J'ai continué à l'observer et, au bout de quelques minutes, elle a tendu la jambe qui était fléchie et a arqué le dos. Je savais qu'elle avait atteint l'orgasme, tout comme moi.

Elle s'est levée, s'est époussetée pour ôter le sable qui lui collait à la peau, puis a enfilé ses sous-vêtements. Après s'être rhabillée, elle a rassemblé ses affaires. Au moment de partir, elle s'est brusquement immobilisée en regardant dans ma direction. Caché derrière le tronc, j'ai cessé de bouger, attendant qu'elle s'éloigne. Je me suis ensuite élancé entre les arbres, à l'opposé de la plage.

—Oh, salut, ai-je lâché à mon arrivée.

Elle se lavait les dents, debout près de l'abri.

Elle a retiré la brosse à dents de sa bouche et m'a considéré en penchant la tête.

—Où est-ce que tu étais passé?

—J'étais parti chercher du bois.

Ouvrant mon sac à dos, j'ai fait tomber ma collecte sur le tas de bois.

—Ah. (Elle a fini de se brosser les dents, puis a bâillé.) Je vais me coucher.

— J'arrive.

Plus tard, tandis qu'elle dormait à mon côté, j'ai fait défiler dans mon esprit les images de son corps nu et d'elle en train de se caresser, comme un film que je pouvais regarder autant de fois que je le voulais. Je rêvais de l'embrasser, de la toucher, de lui faire tout ce dont j'avais envie, mais c'était impossible. J'ai repassé ce film dans ma tête, encore et encore, et, cette nuit-là, je n'ai pas pu trouver le sommeil.

Chapitre 21

Anna

T.J. EST MONTÉ SUR LE TOIT DE LA MAISON POUR ÉTALER UNE couche de sève d'arbre à pain sur les feuilles de palmier.

— Je ne sais pas si ce sera étanche, mais je suppose qu'on le saura quand il pleuvra.

Le chantier était presque terminé. Assise en tailleur sur le sol, j'ai observé T.J. sauter à terre et prendre le marteau pour planter les derniers clous.

Les cheveux noués en queue-de-cheval, il portait mon chapeau de cow-boy et mes lunettes de soleil aviateur. Son teint était si hâlé qu'on aurait pu croire qu'il était né sur cette île. Il avait un joli sourire qui révélait des dents blanches et régulières, des pommettes marquées et une solide mâchoire carrée. Je devrais bientôt le raser de nouveau.

— Tu as l'air très en forme, T.J.

Il était mince, mais avait des muscles finement dessinés que la construction de la maison avait sans doute contribué à développer, et ne présentait aucun signe extérieur de malnutrition, du moins pas encore.

— C'est vrai ?

— Oui. Je ne sais pas comment tu as fait, mais tu as grandi depuis notre arrivée.

— Est-ce que je fais plus vieux ?

— Oui.

— Est-ce que je suis beau ? (Il s'est agenouillé devant moi, tout sourires.) Allez, tu peux me le dire.

J'ai levé les yeux au ciel.

— Oui, T.J., ai-je répondu, amusée. Tu es très beau. Si jamais on parvient à quitter cette île un jour, tu auras beaucoup de succès auprès des filles.

— *Yes!* a-t-il lancé en brandissant triomphalement le poing. (Il a reposé le marteau avant de boire une gorgée d'eau.) Je ne me rappelle même plus à quoi je ressemblais avant le crash. Et toi ?

— Plus ou moins. Mais je n'ai probablement pas beaucoup changé.

T.J. s'est assis devant moi.

— Bon sang, j'ai des courbatures partout ! Tu voudrais bien me masser le dos, s'il te plaît ?

— Bien sûr.

J'ai entrepris de lui pétrir les épaules, qui s'étaient considérablement élargies depuis notre arrivée sur l'île deux ans auparavant. Son torse aussi s'était développé, et il avait à présent des bras puissants. J'ai soulevé sa queue-de-cheval pour lui détendre la nuque.

— Ça fait du bien.

Je lui ai prodigué un massage particulièrement long.

— Tu es toujours très belle, Anna, a-t-il lâché alors que j'avais presque terminé. Si jamais tu te posais la question.

Mon visage s'est enflammé, mais j'ai souri.

— Je ne me posais pas la question, mais merci quand même, T.J.

Le surlendemain, nous avons dormi pour la première fois dans notre maison. Ayant opté pour une grande pièce au lieu de deux petites, nous disposions de beaucoup d'espace. Je pouvais m'habiller à l'intérieur, ce qui me changeait du radeau de survie, où je devais me livrer à une véritable gymnastique pour enfiler mes vêtements. Ma valise était posée dans un coin à côté de la boîte à outils et de l'étui à guitare, qui contenait la trousse à pharmacie, le couteau et la corde.

Comme nous avions désormais un vrai toit, T.J. avait démonté la tente du radeau de survie, et fixé aux fenêtres le filet des portes déroulantes, qui laissait pénétrer l'air et la lumière. Les auvents en Nylon servaient à présent de volets que nous fermions la nuit. T.J. avait également cloué la bâche à la façade de la maison, l'avait tendue et attachée à de grands piquets qu'il avait enfoncés dans le sol, puis avait creusé un foyer en dessous.

— Je suis fière de toi, T.J. Oscar le serait aussi.

— Merci.

Nous avions bien évolué depuis le temps où nous dormions à même le sol. Juste deux naufragés jouant à Robinson Crusoé…

Un hydravion s'est posé dans le lagon alors que T.J. et moi étions en train de nous baigner. Le pilote a ouvert la porte, sorti la tête et s'est écrié :

— Nous vous avons enfin trouvés ! Ça fait une éternité qu'on vous cherche !

J'avais cinquante-deux ans.

Je me suis réveillée couverte de sueur en étouffant un cri qui a fini par m'échapper quelques secondes plus tard.

T.J. n'était plus dans le lit. Dernièrement, il passait beaucoup de temps dans la forêt à collecter du bois. Il y allait deux fois par jour, le matin et l'après-midi.

Je me suis habillée et me suis lavé les dents avant de marcher jusqu'au cocotier. Tandis que je ramassais les fruits qui jonchaient le sol, une noix de coco s'est détachée d'une branche, manquant ma tête de peu.

— Merde ! me suis-je écriée en sursautant, surprise.

De retour à la maison, j'ai vérifié le niveau à l'intérieur du récupérateur d'eau de pluie. Nous étions en février, en pleine saison sèche, et il ne contenait pas grand-chose. Je l'ai lâché par inadvertance, et j'ai éclaté en sanglots en voyant l'eau se répandre à terre.

T.J. est arrivé avec son chargement de bois.

— Salut, a-t-il lancé en posant son sac à dos. Qu'est-ce qui ne va pas ?

Je me suis essuyé les yeux du revers de la main.

— Rien. Je suis simplement fatiguée et furieuse contre moi-même. J'ai renversé l'eau.

Je me suis remise à pleurer de plus belle.

— Ce n'est pas grave. Il pleuvra probablement plus tard.

— Peut-être pas. Il n'est tombé que quelques gouttes hier.

Je me suis effondrée au sol. Je me sentais ridicule.

T.J. s'est assis près de moi.

— Euh… Tu vas avoir tes règles, c'est ça ?

J'ai fermé très fort les paupières pour refouler mes larmes.

— Non. C'est juste une sale matinée.

— Retourne au lit, m'a-t-il conseillé. Je viendrai te chercher quand je rentrerai de la pêche, d'accord ?

— D'accord.

J'ai émergé du sommeil quand T.J. m'a effleuré le bras.

— Les poissons sont prêts, a-t-il annoncé en s'étendant à côté de moi.

— Pourquoi tu ne m'as pas réveillée pour que je les vide ?

— Je me suis dit que ça te ferait du bien de dormir un peu plus longtemps.

— Merci. Je me sens mieux.

— Désolé de t'avoir demandé si tu allais avoir tes règles. Je n'y connais rien.

— Non, c'était une question légitime. En fait… je n'ai plus mes règles depuis un bon moment.

Il me restait encore des tampons dans la valise.

La confusion se lisait sur le visage de T.J.

— Comment ça se fait ?

— Je ne sais pas. La perte de poids. Le stress. La malnutrition. Choisis la raison que tu veux.

— Oh, a-t-il lâché.

Je me suis tournée sur le côté, face à lui.

— J'ai fait un cauchemar, ce matin. Alors qu'on se baignait, un hydravion venait se poser dans le lagon.

— Ça ressemble plus à un rêve qu'à un cauchemar.

— J'avais cinquante-deux ans.

— Ils avaient mis longtemps à nous retrouver. C'est pour ça que tu étais dans tous tes états ?

— Je veux avoir un bébé.

— Ah bon ?

— Oui. Deux ou trois, en fait. Encore une chose dont John n'avait pas envie. Si on ne nous retrouve pas avant mes cinquante-deux ans, ce sera trop tard. Quarante-deux, ce serait déjà limite. Je pourrais toujours adopter, mais je voulais vraiment donner naissance à au moins un de mes enfants. (J'ai tiré sur un fil de la couverture.) C'est stupide de penser à un bébé ici, alors qu'on a bien d'autres sujets de préoccupation. Et je sais que les gamins ne font pas encore partie de tes projets, mais moi, j'ai vraiment envie d'en avoir un jour.

— J'ai déjà pensé à ça. Je suis stérile.

Cette révélation était si inattendue que je n'ai tout d'abord pas su quoi dire.

— À cause du cancer ?

— Oui. J'ai eu un paquet de chimio.

— Oh, T.J., je suis désolée… Je n'avais pas réfléchi.

Rien de tel que parler de désir de bébé à quelqu'un ayant échangé sa fertilité contre sa survie…

— Ce n'est rien. Avant de commencer la chimio, le médecin m'a expliqué que, si je voulais avoir des enfants un jour, je devais tout de suite faire congeler du sperme, parce que ce serait trop tard une fois que le traitement aurait débuté. J'ai décidé de garder la possibilité d'en avoir.

— Eh bien, ce n'est pas vraiment le genre de décision que doivent prendre les adolescents de quinze ans.

— Non. Notre souci, c'est plutôt de ne pas mettre les filles enceintes. Mais la suite va peut-être te faire rire. Donc, j'ai pris rendez-vous à la banque de sperme. Ma mère m'a dit qu'elle allait m'y conduire, et elle m'a donné l'un des exemplaires de *Playboy* de mon père – en passant, j'avais des revues bien plus trash cachées dans mon placard – en me demandant le plus sérieusement du monde si je savais comment faire.

—Non, tu plaisantes, là !

—Non, s'est-il esclaffé. J'avais quinze ans, Anna. J'étais un expert en la matière, mais je n'avais aucune envie de parler de branlette avec ma mère !

—Oh, mon Dieu, je vais m'étouffer, ai-je hoqueté, riant si fort que des larmes roulaient sur mes joues.

—Quand je suis retourné à la banque de sperme, c'est mon père qui m'a emmené.

Je me suis essuyé les yeux en essayant de calmer mon fou rire.

—Tu veux savoir quelle est ta plus grande qualité ?

—Je suis beau comme un dieu ? a-t-il répliqué du tac au tac.

J'ai été prise d'un nouvel accès d'hilarité.

—Je vois que mon compliment t'est monté droit à la tête. Non, ce n'est pas ça. Je veux que tu saches qu'il est presque impossible de ne pas être heureux quand tu te trouves dans les parages.

—C'est vrai ? Merci. (Il m'a tapoté le bras.) Ne t'inquiète pas, Anna. On nous retrouvera un jour, et tu auras ce bébé.

—J'espère.

Car l'horloge tourne…

Chapitre 22

T.J.

Je me trouvais dans la forêt quand Anna a crié. Je suis sorti du couvert des arbres et me suis précipité en direction du son, vers la maison.

Anna a chancelé avant de s'effondrer au sol.

— Méduse…, a-t-elle hoqueté.

Les tentacules avaient laissé des marques rouges sur ses cuisses, son ventre et sa poitrine. Je ne savais pas quoi faire.

— Enlève-les ! a-t-elle hurlé.

Baissant les yeux, j'ai vu quelques filaments translucides encore accrochés à son ventre et ses seins. Quand j'ai tenté d'en retirer un, j'ai aussitôt ressenti une vive brûlure.

Courant jusqu'au récupérateur d'eau de pluie, j'ai ramassé le récipient en plastique posé par terre, à côté. Je l'ai rempli avant de m'élancer de nouveau vers Anna, et j'ai versé l'eau sur elle. Cela n'a pas suffi à enlever les tentacules, et Anna poussait à présent des cris de douleur, comme si l'eau fraîche avait empiré la situation.

— T.J., essaie avec de l'eau de mer ! Dépêche-toi !

Je me suis rué vers le rivage et j'ai plongé le récipient dans l'océan. J'ai rejoint Anna en courant et, cette fois, lorsque je l'ai arrosée, elle ne s'est pas plainte.

Tandis qu'elle gémissait au sol, je me suis demandé ce qu'il fallait que je fasse ensuite. Je voyais bien à la manière dont elle se tortillait pour trouver une position confortable qu'elle avait encore mal.

Pensant à la pince à épiler, je me suis empressé d'aller la chercher dans la valise d'Anna. À mon retour, j'ai retiré les tentacules aussi vite que possible. Anna poussait des geignements de douleur, les yeux fermés.

Alors que j'enlevais les derniers filaments, sa peau a commencé à rougir, non seulement là où elle avait été piquée, mais partout. Ses paupières et ses lèvres se sont mises à enfler. Paniqué, j'ai versé davantage d'eau de mer sur son corps, mais mon geste n'a eu aucun effet. Anna avait les yeux tellement gonflés qu'elle ne pouvait plus les ouvrir.

J'ai couru chercher la trousse à pharmacie dans la maison, puis je me suis jeté sur le sable à côté d'Anna avant de l'ouvrir et de déverser le contenu par terre. Lorsque j'ai ramassé le flacon rempli d'un liquide rouge, j'ai entendu la voix d'Anna dans ma tête : « Ça, ça peut te sauver la vie. Ça arrête les réactions allergiques. »

Le visage d'Anna ressemblait à présent à un ballon, et ses lèvres étaient si boursouflées qu'elles commençaient à se craqueler. Je me suis débattu avec le bouchon muni d'une sécurité enfants du Benadryl puis, après l'avoir enlevé, j'ai passé mon bras sous la tête d'Anna pour la redresser légèrement et lui ai versé du liquide dans la gorge. Elle a toussé et hoqueté. Je n'avais aucune idée de la quantité que je lui avais donnée.

Le haut de son Bikini a glissé quand je l'ai soulevée. Comme elle avait maigri, il était devenu légèrement trop grand pour elle et, lorsque j'ai baissé les yeux, j'ai aperçu quelques tentacules sur ses seins, encore au contact de la peau.

J'ai arraché son soutien-gorge, grimaçant devant les marques qui lui striaient la poitrine. Je l'ai rallongée et l'ai arrosée avec l'eau de mer qui restait avant de retirer les filaments à l'aide de la pince à épiler.

J'ai ensuite ôté mon tee-shirt, que j'ai disposé sur son buste en ramenant délicatement les bords sous elle.

— Tout ira bien, Anna.

Puis j'ai pris sa main dans la mienne, et j'ai attendu.

Lorsque sa peau ne m'a plus paru aussi rouge et aussi enflée, j'ai de nouveau fouillé parmi les médicaments éparpillés au sol. Après avoir lu toutes les étiquettes, j'ai porté mon choix sur un tube de crème à la cortisone.

J'ai appliqué la pommade sur les piqûres, en commençant par les jambes.

— Est-ce que ça te soulage un peu ?

Ses yeux étaient moins bouffis, mais elle les gardait toujours fermés.

— Oui, a-t-elle murmuré. Je suis fatiguée...

J'ignorais si je devais l'empêcher de s'endormir, craignant de lui avoir donné une trop forte dose de Benadryl. Examinant le flacon, j'ai constaté qu'il en restait encore beaucoup, et l'étiquette mentionnait que le produit pouvait entraîner un état de somnolence.

— Ça va aller, repose-toi.

Le temps que je termine ma phrase, elle dormait.

J'ai étalé de la crème sur son ventre, mais, en arrivant à sa poitrine, j'ai hésité. Elle ne s'était certainement pas rendu compte que j'avais enlevé son soutien-gorge, ou alors elle s'en fichait.

J'ai tressailli en soulevant le tee-shirt avec lequel je l'avais couverte.

La méduse avait fait des dégâts. Les seins d'Anna étaient zébrés de marques rouges sur lesquelles se formaient déjà par endroits des croûtes de sang séché.

Je me suis concentré, ne pensant qu'à aider Anna, et j'ai appliqué avec précaution la crème du bout des doigts. Après avoir terminé, j'ai vérifié si je n'étais pas passé à côté d'autres piqûres.

Anna avait désenflé, et sa peau avait repris une teinte normale. J'ai attendu encore un peu, puis l'ai portée dans mes bras jusqu'à la maison.

Chapitre 23

Anna

Quand j'ai ouvert les yeux, j'ai poussé un soupir de soulagement en constatant que l'intense sensation de douleur avait disparu. T.J. dormait près de moi, le souffle profond et régulier. J'étais nue à l'exception d'une culotte, et quelque chose de doux me couvrait la poitrine. Je me suis assise pour enfiler le tee-shirt, reconnaissant l'odeur familière de T.J. Je me suis tournée sur le côté et me suis rendormie.

Lorsque je me suis réveillée au matin, j'étais seule. J'ai relevé le bas de mon tee-shirt. Les tentacules de la méduse avaient laissé sur ma peau de légères marques rouges qui ne disparaîtraient sans doute pas avant un moment. Retroussant davantage le tissu, j'ai grimacé en voyant l'état de mes seins. Ils étaient striés de traces violacées couvertes de sang et de croûtes. J'ai laissé retomber mon tee-shirt, puis j'ai enfilé un short et suis sortie de la maison pour aller aux toilettes. À mon retour, T.J. ravivait le feu.

Il s'est levé.

— Comment tu te sens ?

— Presque comme d'habitude.

J'ai soulevé légèrement mon haut pour lui montrer mon ventre. Il a suivi les marques du bout du doigt.

— Ça te fait mal ?

— Non, pas vraiment.

— Et… ? a-t-il demandé en désignant ma poitrine.

— Pas génial.

— Je suis désolé. Il y avait encore des tentacules dans ton soutien-gorge, et je ne les ai pas vus tout de suite.

Je ne me rappelais pas qu'il avait enlevé mon soutien-gorge. Tout ce dont je me souvenais, c'était de la douleur cuisante.

— Ce n'est pas grave, tu ne pouvais pas savoir.

— Tu es devenue toute rouge et tu as commencé à enfler.

— C'est vrai ?

Je ne me souvenais pas de ça non plus.

— Je t'ai donné du Benadryl. Ça t'a assommée.

— Tu as fait ce qu'il fallait.

Il est entré dans la maison, d'où il est ressorti avec le tube de crème à la cortisone.

— Je t'ai passé ça sur la peau. Ça a paru te soulager. Du moins, c'est ce que tu m'as dit avant de t'endormir.

J'ai pris la pommade qu'il me tendait. M'en avait-il mis aussi sur les seins ? Je me suis imaginée allongée sur le sable, nue à l'exception du bas de mon maillot de bain, pendant que T.J. m'étalait de la crème sur le corps, et je me suis soudain trouvée incapable de le regarder en face.

— Merci, ai-je déclaré.

— Tu avais vu la méduse, avant qu'elle te pique ?

— Non, j'ai juste eu mal.

— Je n'en ai jamais aperçu dans le lagon.

— Moi non plus. Celle-là a sans doute franchi la barrière de corail par accident.

J'ai pénétré à l'intérieur de la maison pour aller chercher ma brosse à dents, sur laquelle j'ai versé une minuscule quantité de dentifrice.

— Au moins, elle n'était pas mortelle, ai-je déclaré en repassant la porte.

T.J. a braqué sur moi un regard paniqué.

— Les méduses peuvent être mortelles ?

J'ai sorti la brosse à dents de ma bouche.

— Certaines.

Ce jour-là, aucun de nous deux ne s'est baigné. J'ai marché le long de la plage, les yeux plissés vers le lagon afin de repérer d'éventuelles méduses, me rappelant que ce n'était pas parce que nous ne pouvions pas voir tous les dangers de l'océan que ceux-ci n'existaient pas. Un jour, ne finirions-nous pas par ne pas trouver dans la trousse à pharmacie de produit capable de nous sauver ?

En juin 2003, cela a fait deux ans que nous étions arrivés sur l'île. J'avais eu trente-deux ans en mai, et T.J. fêterait ses dix-neuf ans dans quelques mois. Il approchait à présent du mètre quatre-vingt-dix et n'avait plus rien d'un adolescent. Parfois, lorsque je le regardais pêcher, réparer la maison ou sortir de la forêt qu'il connaissait comme sa poche, je me demandais s'il se sentait chez lui sur cette île. Un endroit où il pouvait faire tout ce qu'il voulait et où tout était acceptable, tant que nous restions en vie.

Nous nous sommes assis face à face en tailleur au bord de l'eau pour une séance de rasage. T.J. s'est penché en avant, les mains posées sur mes cuisses pour maintenir son équilibre.

— Comment se fait-il que je sois devenue ton valet personnel ? l'ai-je taquiné. Je t'ai lavé. Je te rase.

J'ai étalé sur ses joues un peu de crème à raser ; il ne nous en restait plus beaucoup.

Il m'a adressé un grand sourire.

— Je ne sais pas, j'ai de la chance ?

— Tu es pourri gâté, oui. Quand nous aurons quitté cette île, tu devras le faire tout seul.

— Ce ne sera pas drôle du tout.

— Tu survivras.

Après avoir terminé, nous avons regagné la maison, prêts à nous allonger sous l'auvent pour une sieste.

— Tu sais, je serais ravi de te laver ou te raser, Anna. Il te suffit de demander.

J'ai éclaté de rire.

— Je me débrouille très bien toute seule, merci.

— Tu en es sûre ? (Couché sur la couverture à côté de moi, il m'a soulevé le bras puis a passé les doigts sur mon aisselle.) Waouh ! Tu as la peau douce…

— Arrête ! Je suis très chatouilleuse.

J'ai écarté sa main d'une tape.

— Et tes jambes ? a-t-il ajouté.

Avant que j'aie pu répondre, il s'est penché sur moi et a lentement fait glisser sa main le long de ma jambe, de la cheville à la cuisse.

La sensation de chaleur qui m'a envahie m'a surprise. Sans que je puisse me retenir, j'ai laissé échapper un son situé entre le hoquet et le gémissement. T.J. a écarquillé les yeux et m'a dévisagée, bouche bée. Puis il a esquissé un petit sourire satisfait, visiblement fier de l'effet que son geste avait produit sur moi.

Après avoir pris une profonde inspiration, j'ai lancé :

— Je suis capable de m'occuper de ma toilette toute seule.

— Tu m'aides tout le temps, je voulais simplement te rendre la pareille.

— C'est très gentil de ta part, T.J. Dors.

Il a ri, puis s'est tourné de l'autre côté. Je me suis couchée sur le dos et j'ai fermé les yeux.

Il n'a que dix-huit ans. Il est trop jeune.

En théorie, il est assez vieux, a protesté une voix dans ma tête.

Quelques jours plus tard, dans l'après-midi, T.J. et moi nagions avec les dauphins. Ils étaient quatre, que nous observions virevolter autour de nous. J'aurais bien aimé leur donner un nom, mais j'étais incapable de les différencier.

Une fois les dauphins partis, nous nous sommes assis sur la plage. J'ai enfoncé mes orteils dans le sable blanc et doux.

— Tu n'as pas dit que tu voulais te laver ? a demandé T.J.

— Oui, mais je n'ai rien apporté.

Nos réserves de produits de toilette s'amenuisaient rapidement. Nous ne nous lavions désormais plus qu'une fois par semaine au savon. Notre odeur ne m'importunait plus.

— Je vais chercher ce dont tu as besoin, a-t-il proposé.
— Vraiment ?
— Bien sûr.
— D'accord, mais il me faudrait aussi des habits.
— Pas de problème.

Il m'a rapporté toutes mes affaires, qu'il a déposées sur le sable. J'ai attendu qu'il se soit éloigné pour me déshabiller.

Une fois lavée, je suis restée debout sur la plage une minute pour me sécher. Je me suis ensuite dirigée vers le tas de vêtements que T.J. m'avait laissés, m'attendant à trouver un débardeur et un short, ou un Bikini. J'ai été surprise. Il avait choisi une robe, la seule que contenait ma valise. Courte et bleu clair avec de fines bretelles, c'était l'une de mes préférées. Voyant qu'il avait également sélectionné une petite culotte rose à dentelle, j'ai senti mes joues s'enflammer. Il avait oublié de m'apporter un soutien-gorge, ou l'avait fait exprès. De toute façon, je n'en portais jamais sous cette tenue.

J'ai enfilé le slip, puis j'ai passé la robe par-dessus ma tête. Lorsque je suis arrivée à la maison, T.J. m'a détaillée ouvertement du regard.

— Tu as prévu de m'inviter au restaurant ? ai-je plaisanté.
— J'aimerais bien.

Je me suis arrêtée devant lui.

— Pourquoi une robe ?

Il a haussé les épaules.

— Je pensais qu'elle t'irait bien. (Il a enlevé ses lunettes et m'a observée de la tête aux pieds.) Et je ne me suis pas trompé.

— Merci, ai-je dit, sentant de nouveau mes joues s'empourprer.

Lorsqu'il est parti pêcher, je me suis assise sur la couverture sous l'auvent, attendant son retour.

J'avais souvent surpris T.J. en train de me regarder, mais jamais de manière aussi flagrante. Il tâtait le terrain avec de plus en plus d'audace. S'il s'était efforcé de dissimuler ses sentiments auparavant, il ne prenait désormais plus cette peine. J'ignorais ses intentions, ni même s'il en avait, mais vivre avec lui allait devenir complexe.

Ça, au moins, j'en étais certaine.

— Dommage que nous n'ayons pas de ciseaux, ai-je soupiré.

Une semaine s'était écoulée. Installée sur la couverture devant la maison, j'essayais de me démêler les cheveux. Ils m'arrivaient presque jusqu'aux fesses, et je ne les supportais plus.

— J'aurais dû te demander de me les couper avant que la lame du couteau soit tout émoussée, ai-je ajouté.

J'ai lancé un regard furtif vers le feu.

— Tu envisages de les brûler, je me trompe ? a lâché T.J.

Je l'ai dévisagé comme s'il était devenu fou.

— Non !

Peut-être.

J'ai continué à me brosser les cheveux.

T.J. s'est approché en tendant la main.

— Donne-moi cette brosse. Je vais le faire. Tu m'as rasé, je te dois bien ça.

— Fais-toi plaisir, ai-je dit en lui passant la brosse.

Il s'est adossé au mur extérieur de la maison, et je me suis assise devant lui.

— Tu as un paquet de cheveux, a-t-il déclaré lorsqu'il a commencé à me coiffer.

— Je sais. Ils sont bien trop longs.

— J'aime bien les longs cheveux.

T.J. a patiemment défait les nœuds, mèche par mèche. Le soleil cognait, mais l'auvent nous procurait de l'ombre. Une brise fraîche venait de l'océan. Le bruit régulier des vagues qui se brisaient sur la barrière de corail, associé aux doux mouvements de la brosse, m'a plongée dans un délicieux état de relaxation.

T.J. a écarté mes cheveux de mon cou, puis m'a attirée contre lui, de sorte que mon dos repose contre sa poitrine. J'ai tourné la tête, et il a ramené mes cheveux sur mon épaule droite, puis a continué à me coiffer. C'était si agréable qu'au bout d'un moment, j'ai fermé les paupières et me suis endormie.

Lorsque je me suis réveillée, le bruit régulier de la respiration de T.J. m'a indiqué qu'il s'était lui aussi assoupi. Il avait les bras passés autour de ma taille, les mains jointes sur ma peau nue, juste au-dessus de mon bas de Bikini. J'ai fermé de nouveau les yeux, savourant la sensation de ses bras autour de moi.

Il a frémi.

— Tu es réveillée ? m'a-t-il murmuré à l'oreille.

— Oui. J'ai fait une bonne petite sieste.

— Moi aussi.

Je me suis levée, laissant à regret ses mains glisser de mon ventre. Ma chevelure est tombée en un voile lisse dans mon dos. J'ai regardé par-dessus mon épaule en esquissant un sourire.

— Merci de m'avoir brossé les cheveux.

Son regard était lourd de sommeil… et d'autre chose, qui ressemblait indéniablement à du désir.

— Je recommence quand tu veux.

Les battements de mon cœur se sont accélérés. Des ailes se sont déployées au creux de mon ventre, et une vague de chaleur a déferlé en moi.

Dire que notre relation allait devenir compliquée aurait sans doute été un euphémisme.

Chapitre 24

T.J.

Après lui avoir brossé les cheveux, j'ai observé Anna s'éloigner. J'ai repensé à l'espèce de gémissement qu'elle avait laissé échapper quand je lui avais caressé la jambe. Je me demandais comment elle réagirait si je passais ma main ailleurs. J'avais eu du mal à réprimer mon envie de glisser les doigts dans sa culotte de Bikini pour le découvrir. À Chicago, je n'aurais jamais eu aucune chance avec elle. Mais je commençais à me dire qu'ici, sur l'île, c'était possible.

— Je m'ennuie, ai-je soupiré tandis qu'Anna et moi faisions des allers et retours à la nage dans le lagon en attendant les dauphins.

— Moi aussi, a-t-elle avoué en faisant la planche. Hé, on pourrait essayer de faire le porté de Johnny et Bébé !

— Je n'ai rien compris à ce que tu viens de dire.

— Tu n'as jamais vu *Dirty Dancing* ?

— Non.

Dommage, car le titre me plaisait assez.

— C'est un chouette film. Je l'ai vu quand j'étais au lycée. En 1987, je crois.

— J'avais deux ans.

— Oh. Parfois, j'oublie à quel point tu es jeune.

J'ai secoué la tête.

— Je ne suis pas si jeune que ça.

—Enfin bref, Patrick Swayze y jouait le rôle de Johnny Castle, un professeur de danse d'un village-club des Catskill. Jennifer Grey était Bébé Houseman, une jeune femme qui passait là des vacances avec sa famille. (Anna a marqué une légère pause.) Dis donc, je viens de penser à un truc. Bébé devait y séjourner tout l'été avec ses parents, exactement comme toi.

—Et elle était furax, elle aussi? ai-je demandé.

Anna a secoué la tête en riant.

—Je ne crois pas. Johnny et elle sont sortis ensemble et ont passé beaucoup de temps au lit.

Pourquoi je n'ai jamais vu ce film? Ça a l'air génial!

—Mais ensuite Penny, la partenaire de danse de Johnny, est tombée enceinte, et Bébé a dû prendre sa place, a poursuivi Anna. Il y avait un mouvement particulièrement difficile qu'elle n'arrivait pas à exécuter, au début, alors ils se sont entraînés dans l'eau.

—Et c'est ça que tu veux faire?

Si ça signifiait que je devrais la toucher, j'étais plus que partant.

—J'ai toujours voulu essayer. Ça ne doit pas être si difficile que ça. (Elle s'est placée debout devant moi.) Bon, je vais courir vers toi. Quand je sauterai, tu devras mettre tes mains là.

Elle a pris mes mains et les a posées sur ses hanches.

—Ensuite, tu devras me soulever au-dessus de ta tête, bras tendus. Tu penses que tu réussiras à me soulever?

J'ai levé les yeux au ciel.

—Bien sûr.

—Bizarrement, Bébé portait un pantalon dans l'eau pour s'exercer à faire ce mouvement. Je n'ai jamais compris pourquoi. Bon, tu es prêt?

Lorsque j'ai répondu «oui», Anna a couru vers moi et a sauté. Dès que mes mains ont effleuré ses hanches, elle s'est effondrée sur moi, prétextant que je la chatouillais. Mon visage s'est retrouvé pile entre ses jambes.

—La prochaine fois, ne me chatouille pas, a-t-elle lancé après s'être libérée.

J'ai éclaté de rire.

— Je ne t'ai pas chatouillée. J'ai juste posé les mains là où tu m'as dit de les mettre.

— Bon, recommençons. (Elle a reculé pour prendre son élan.) J'arrive!

Quand j'ai tenté de la porter, j'ai perdu l'équilibre, car l'eau était trop profonde. Je suis tombé en arrière, et Anna a atterri sur moi, ce qui n'était pas pour me déplaire.

— Merde, c'était ma faute, me suis-je excusé. Il faut se rapprocher un peu du rivage. Essaie encore.

Cette fois, nous avons parfaitement exécuté le mouvement. J'ai soulevé Anna, qui a tendu les bras et les jambes en arquant le dos.

— On a réussi ! s'est-elle écriée.

Je l'ai tenue en l'air aussi longtemps que je l'ai pu, puis j'ai fléchi les bras. J'avais reculé de quelques pas pour remonter une légère pente et, dès que les pieds d'Anna ont touché le sable, sa tête s'est retrouvée sous la surface. Je l'ai relevée. Elle a repris son souffle et a passé les bras autour de mon cou. Quelques secondes plus tard, elle a enroulé les jambes autour de ma taille.

Elle semblait surprise, soit parce qu'elle ne s'attendait pas à ce que l'eau soit aussi profonde, soit parce que j'avais les mains posées sur ses fesses.

— J'ai trouvé ça vraiment amusant, ai-je déclaré.

En fait, si je la laissais descendre un peu plus bas, elle sentirait très exactement à quel point je m'amusais.

— Tant mieux.

Elle s'accrochait toujours à moi, et je m'apprêtais à l'embrasser quand elle a annoncé :

— On a de la compagnie.

Tournant la tête, j'ai aperçu quatre dauphins entrer dans le lagon. Ils sont aussitôt venus nous donner de petits coups de museau, leur manière de nous demander de jouer avec eux. Déçu, je me suis rapproché un peu du rivage avant de déposer Anna à un endroit où j'étais sûr qu'elle aurait pied.

J'adorais jouer avec les dauphins, mais je préférais mille fois jouer avec Anna.

Chapitre 25

Anna

Assis sous l'auvent, nous jouions au poker tout en surveillant la tempête qui avançait dans notre direction. Des éclairs zébraient le ciel, et l'air était si lourd que j'avais l'impression d'étouffer. Une rafale de vent a dispersé nos cartes.

— On ferait mieux de rentrer, a déclaré T.J.

Une fois que nous avons été à l'intérieur, je me suis allongée à côté de lui dans l'abri, observant la pièce s'illuminer à chaque éclair.

— On ne va pas beaucoup dormir, cette nuit, ai-je prédit.

— Sûrement pas.

Couchés côte à côte, nous avons écouté la pluie fouetter la cabane. Seules quelques secondes séparaient les coups de tonnerre.

— Il n'y a jamais eu autant d'éclairs, ai-je fait remarquer.

Plus déstabilisant encore, les poils de mes bras se hérissaient tant l'air était chargé d'électricité. J'ai essayé de me convaincre que l'orage cesserait bientôt, mais il n'a fait que s'intensifier au fil des heures.

Quand les murs ont commencé à trembler, T.J. s'est levé du radeau pour aller chercher quelque chose dans ma valise. Il a pivoté et m'a lancé mon jean.

— Mets ça.

Il a enfilé son pantalon, puis a rangé la canne à pêche dans l'étui à guitare.

— Qu'est-ce qui te prend ?

— Je ne suis pas sûr que la maison tienne le coup.

Sortant du lit, j'ai passé mon jean par-dessus mon short.

— Et où est-ce qu'on pourrait aller ? ai-je demandé avant de comprendre. Non ! Pas question. On a surmonté d'autres tempêtes. On peut rester ici.

T.J. s'est emparé de son sac à dos, dans lequel il a fourré le couteau, la corde et la trousse à pharmacie. Après m'avoir lancé mes baskets, il a enfoncé les pieds dans les siennes sans prendre la peine de défaire les lacets.

— Il n'y a jamais eu de tempête aussi violente, a-t-il objecté. Et tu le sais.

Au moment où j'ouvrais la bouche pour protester, le toit s'est envolé. T.J. a su qu'il avait gagné.

— Allons-y, a-t-il ordonné d'une voix que les hurlements du vent rendaient à peine audible. (Il a enfilé son sac à dos, puis m'a tendu l'étui à guitare.) Tu devras porter ça.

La boîte à outils dans une main, ma valise dans l'autre, T.J. s'est élancé dans la forêt en direction de la grotte. Une pluie torrentielle s'abattait sur nous, et les rafales soufflaient avec une telle violence que j'ai cru qu'elles allaient m'emporter.

Je me suis immobilisée devant l'ouverture de la grotte, hésitante.

— Entre, Anna ! a hurlé T.J.

Rassemblant tout mon courage, je me suis mise à quatre pattes, et j'ai avancé. Soudain, une branche s'est brisée dans un craquement assourdissant, et T.J. m'a incitée à accélérer l'allure en exerçant une pression sur mes fesses. Poussant l'étui à guitare, la boîte à outils et la valise derrière moi, il s'est à son tour glissé à l'intérieur. Au même moment, un arbre est tombé, obstruant l'entrée de la grotte et nous plongeant dans l'obscurité.

J'ai percuté Oscar comme une boule de bowling dans un jeu de quilles. Les os se sont éparpillés sur le sol et, quelques secondes plus tard, T.J. a fait irruption à côté de moi.

Avec ce que nous avions emporté, nous tenions à peine dans l'espace exigu de la caverne. Nous avons dû nous allonger sur le dos, épaule contre épaule. En déplaçant mon bras droit de quelques centimètres, je touchais la paroi, et T.J. pouvait faire de même sur sa gauche. La grotte dégageait des relents de terre, de plantes en décomposition et d'animaux. J'ai espéré qu'il ne s'agissait pas de chauves-souris. Heureuse de porter un jean, j'ai croisé les chevilles pour empêcher d'éventuelles bestioles de s'introduire dans les jambes de mon pantalon. Le plafond se trouvait à moins de cinquante centimètres au-dessus de nos têtes. Éprouvant la sensation d'être enfermée dans un cercueil, j'ai paniqué. Le cœur battant la chamade, je haletais, comme si je ne parvenais pas à avaler assez d'air.

— Essaie de respirer moins vite, m'a conseillé T.J. On sortira de là dès que ça s'arrêtera.

J'ai fermé les yeux, et me suis concentrée sur mes mouvements d'inspiration et d'expiration.

Calme-toi. Il est impossible de quitter la grotte maintenant.

T.J. a entrelacé ses doigts aux miens, les serrant légèrement. J'ai serré à mon tour, m'accrochant à sa main comme à une bouée de sauvetage.

— Ne me lâche pas, ai-je murmuré.

— Je n'en avais pas l'intention.

Nous sommes restés plusieurs heures dans la grotte, écoutant la tempête qui se déchaînait à l'extérieur. Quand elle a enfin cessé, T.J. a dégagé les branches qui encombraient l'entrée. Le soleil s'était levé, et nous sommes sortis à quatre pattes, médusés par le spectacle de dévastation qui s'offrait à notre regard.

Le vent avait déraciné tellement d'arbres que le trajet jusqu'à la plage s'est apparenté à une sorte de labyrinthe. Lorsque nous avons fini par atteindre la lisière de la forêt, nous nous sommes figés tous les deux.

La maison avait disparu.

T.J. a gardé les yeux rivés sur l'endroit où elle se tenait encore la veille.

— Je suis désolée, ai-je dit en l'étreignant.

Il n'a pas répondu, mais m'a à son tour prise dans ses bras, et nous sommes restés longtemps ainsi enlacés.

En parcourant les environs, nous avons découvert le radeau de survie plaqué contre un arbre. Craignant qu'il ne soit percé, j'ai guetté un sifflement indiquant que de l'air s'échappait, mais n'ai rien entendu. Le récupérateur d'eau de pluie flottait sur l'océan, à plusieurs centaines de mètres du rivage, et la bâche ainsi que la tente du radeau étaient prises dans les tas de bois qui formaient autrefois notre maison.

Les coussins, les gilets de sauvetage et la couverture étaient dispersés sur la plage. Je les ai laissés sécher au soleil. Nous avons fixé la tente au radeau de survie. Comme T.J. avait enlevé les auvents en Nylon et la porte-moustiquaire déroulante, le toit nous protégerait de la pluie, mais pas des insectes.

Nous avons passé le reste de la journée à construire un autre abri et à chercher du bois pour le feu, que nous avons rangé à l'intérieur pour qu'il puisse sécher. T.J. est parti pêcher, et je suis allée ramasser des noix de coco et des fruits à pain.

Plus tard, nous avons mangé notre poisson près du feu, peinant à garder les yeux ouverts. Heureusement, le radeau de survie ne s'était pas dégonflé et, dès que le soleil a disparu, nous sommes allés nous coucher. Je me suis endormie aussitôt, la tête posée sur mon coussin légèrement humide.

J'effectuais des allers et retours à la nage dans le lagon pendant que T.J. essayait de reconstruire la cabane. Il m'avait promis de me rejoindre dès qu'il aurait cloué quelques planches supplémentaires.

Le désir de nous procurer un toit le rongeait et, depuis la tempête qui avait eu lieu six semaines auparavant, il avait fait de remarquables progrès. Il avait terminé l'ossature et avait commencé à monter les murs. Comme c'était la deuxième maison qu'il construisait, il travaillait beaucoup plus vite et, si je ne l'avais pas convaincu de faire une pause, il ne se serait pas arrêté.

Je nageais sur place lorsqu'il est apparu sur la plage. Soudain, il s'est mis à courir vers le rivage en criant et en me faisant signe de sortir. Ne comprenant pas ce qui l'inquiétait à ce point, je me suis retournée.

J'ai aperçu la nageoire une fraction de seconde avant qu'elle plonge sous la surface. Vu sa taille et sa forme, elle n'appartenait pas à un dauphin.

— Sors, Anna ! Sors ! a hurlé T.J. en se ruant dans l'eau.

Redoutant de regarder derrière moi, j'ai nagé à une vitesse que je n'aurais pas cru possible. Alors que je n'avais toujours pas pied, T.J. m'a rejointe, m'a tirée par le bras et m'a entraînée vers le rivage. Dès que j'ai pu toucher le sable de l'océan, je me suis mise à courir.

Je tremblais comme une feuille.

— Tout va bien, a affirmé T.J. en me prenant par les épaules.

— Depuis combien de temps tu penses qu'il rôde dans le lagon ?

T.J. a scruté les eaux turquoise.

— Je ne sais pas.

— C'est quelle espèce, à ton avis ?

— Je ne sais pas, peut-être un requin-corail.

— Tu ne dois plus aller pêcher, T.J.

Notre ligne n'étant pas très longue, il s'avançait souvent jusqu'à avoir de l'eau jusqu'à la taille.

— Je sortirai quand je verrai l'aileron.

— Et si tu ne le vois pas ?

Nous avons passé les jours suivants à guetter le requin depuis le rivage. Rien n'a percé la surface du lagon, qui est demeurée calme et tranquille. Les dauphins sont venus, mais j'ai refusé d'aller les rejoindre. Nous nous sommes lavés à tour de rôle après nous être mis d'accord pour nous rincer à moins de deux mètres de la plage et ne pas nous éloigner dans l'eau.

Une semaine entière s'est écoulée sans que le requin se montre. Nous avons fini par penser qu'il était bel et bien parti, et que sa présence dans le lagon résultait d'un accident, comme pour la méduse.

T.J. a recommencé à pêcher.

Quelques jours plus tard, tandis que je me rasais les jambes, assise au bord de l'océan, T.J. est sorti du lagon avec le poisson qu'il venait d'attraper. M'observant passer le rasoir le long de ma jambe, il a grimacé lorsque je me suis écorché le genou et qu'un peu de sang s'est échappé de la plaie.

— La lame est émoussée, ai-je expliqué.

Il s'est assis à côté de moi.

— Il ne faut pas que tu t'approches de l'eau, Anna.

C'est ainsi que j'ai compris que le requin était revenu.

T.J. m'a raconté qu'il l'avait aperçu en remontant sa dernière prise.

— On ne voyait que le bout de son aileron. Il faisait des allers et retours parallèlement à la rive, comme s'il chassait.

— Ne retourne pas pêcher, T.J., s'il te plaît.

Certains jours, je parvenais à peine à avaler le poisson qui constituait la majeure partie de notre nourriture. Dans l'espoir de varier un peu notre régime alimentaire, nous inspections régulièrement la plage à la recherche de crabes, mais nous n'en trouvions que très rarement, sans qu'aucun de nous ne puisse expliquer pourquoi. Les fruits à pain et les noix de coco nous permettraient de survivre, mais j'ai pris conscience que, tant que le requin rôderait dans le lagon, nous souffririons de la faim.

Deux autres semaines ont passé sans que le requin fasse une seule apparition. Je n'osais toujours pas me baigner pour autant, sauf pour me laver ; et encore ne me risquais-je dans l'eau que jusqu'aux genoux. Nos estomacs grondaient en permanence. T.J. voulait aller à la pêche, mais je le priais de n'en rien faire.

Je m'imaginais le requin attendant patiemment que l'un de nous s'aventure trop loin dans l'océan. T.J., pour sa part, était persuadé qu'il était parti après s'être finalement rendu compte qu'il n'y avait rien d'intéressant pour lui dans le lagon. Nos divergences de vues ont provoqué plus d'une dispute.

J'avais depuis longtemps abandonné l'idée que j'exerçais la moindre autorité sur T.J. J'avais beau être plus âgée et plus expérimentée, cela n'avait aucune importance sur l'île. Nous vivions au jour le jour, tentant de résoudre ensemble les problèmes qui survenaient. Mais pénétrer dans l'habitat naturel d'un animal susceptible de nous dévorer me paraissait totalement stupide, ce dont j'ai fait part à T.J. C'est sans doute pourquoi j'ai totalement perdu mon sang-froid lorsque je l'ai vu en train de pêcher juste avant le dîner deux jours plus tard.

Sautant sur le sable, j'ai agité les bras pour attirer son attention.

— Sors de là tout de suite !

Il a pris tout son temps pour me rejoindre sur la plage.

— Qu'est-ce qui t'arrive ? a-t-il questionné.

— À quoi tu joues ?

— Je pêche. J'ai faim, et toi aussi.

— Mourir, c'est pire que d'avoir faim, T.J. Tu n'es pas invincible !

Je lui enfonçais mon doigt dans la poitrine pour ponctuer chaque mot, et il a fini par me saisir la main pour m'en empêcher.

— Bon sang, calme-toi !

— L'autre jour, tu m'as dit de ne pas m'approcher de l'eau, et maintenant, tu entres dans le lagon jusqu'à la taille comme si de rien n'était !

— Tu saignais, Anna ! a-t-il crié. Et de toute manière, même si je te le demandais, tu refuserais d'aller dans l'eau, alors arrête de faire comme si tu avais besoin de ma permission !

— Pourquoi est-ce que tu es si déterminé à te mettre en danger alors que je t'ai prié de ne pas le faire ?

— Parce que c'est moi qui décide de ce que je fais ou pas, Anna, pas toi.

— Tes choix ont un effet direct sur moi, T.J., donc je pense que j'ai tout à fait le droit de donner mon avis quand tu prends des décisions aussi stupides !

Les larmes me montaient aux yeux, et ma lèvre tremblait. J'ai fait volte-face et me suis éloignée à grands pas. T.J. ne m'a pas suivie. Il avait achevé la maison la semaine précédente. J'ai franchi le seuil et suis allée m'étendre dans le radeau de survie. Quand j'ai eu fini de pleurer, j'ai pris de longues inspirations pour me calmer. J'ai dû m'assoupir, car, lorsque j'ai ouvert les yeux, T.J. était couché à côté de moi, éveillé.

— Désolé, a-t-il lâché en même temps que moi.

— Je l'ai dit avant ! Tu me dois un Coca. J'en veux un grand avec plein de glaçons.

Il a souri.

— C'est la première chose que je ferai quand on aura quitté cette île.

Je me suis soulevée sur un coude, face à lui.

— J'ai paniqué. C'est juste que je suis terrifiée.

— Je pense vraiment que le requin est parti.

— Il ne s'agit pas que du requin, T.J. (J'ai inspiré profondément.) Je tiens vraiment beaucoup à toi, et je ne supporte pas l'idée que tu puisses te blesser ou mourir. Si je résiste ici, c'est uniquement parce que tu es là.

— Tu survivrais sans moi, Anna. Tu sais faire tout ce que je fais, tout irait bien.

— Non, tout n'irait pas bien. J'aimais la solitude à la maison, mais je ne veux pas me retrouver seule ici, T.J. Pas sur cette île. (Mes yeux se sont emplis de larmes à l'idée de la douleur et du sentiment de solitude que je ressentirais si T.J. disparaissait.) Je ne sais pas s'il est possible de mourir de solitude, mais au bout d'un moment, j'en viendrais certainement à le souhaiter, ai-je murmuré.

Il s'est légèrement redressé avant de poser la main sur mon avant-bras.

— Ne dis pas ça.

— C'est vrai. Ne me raconte pas que tu n'y as jamais songé.

Il ne m'a pas répondu tout de suite, mais il évitait mon regard. Il a fini par hocher la tête et a avoué :

— J'y ai pensé quand la chauve-souris t'a mordue.

Les larmes ont jailli de mes yeux et roulé sur mes joues. T.J. m'a attirée contre sa poitrine et m'a caressé le dos le temps que je cesse de pleurer. Nous ne portions pas grand-chose – il était en short, et je n'avais sur moi que mon Bikini –, et le contact de sa peau m'a apaisée d'une manière inattendue. Il sentait l'océan, une odeur qui resterait pour moi toujours associée à lui.

J'ai poussé un soupir, libérée du poids des sanglots. Personne ne m'avait serrée dans ses bras depuis si longtemps que je n'avais aucune envie de mettre un terme à cette étreinte. J'ai fini par lever la tête. T.J. a pris mon visage entre ses mains et a essuyé mes larmes de ses pouces.

— Ça va mieux ?

— Oui.

— Je ne te laisserai jamais seule, Anna, a-t-il assuré en me regardant dans les yeux. Je ferai tout pour que ça n'arrive pas.

— Alors, s'il te plaît, ne va pas dans le lagon.

— D'accord, a-t-il répondu en essuyant encore quelques larmes. Ne t'inquiète pas. On trouvera une solution. Comme toujours.

— Je suis tellement fatiguée, T.J...

— Dors un peu.

Il ne m'avait pas comprise. Je voulais dire que j'étais lasse d'affronter sans cesse de nouveaux problèmes et d'être constamment habitée par l'angoisse que l'un de nous deux ne se blesse ou tombe malade. Cependant, le jour déclinait peu à peu, et j'étais si bien dans ses bras... J'ai reposé la tête sur sa poitrine et j'ai fermé les yeux.

Il m'a serrée plus fort contre lui et m'a caressé le dos d'une main, de mon épaule à mes reins, son autre main posée sur mon bras.

— Je me sens en sécurité avec toi, ai-je murmuré.

— Tu es en sécurité.

J'ai cédé à l'appel du sommeil et à la possibilité d'évasion qu'il offrait, mais, quelques secondes avant que je m'endorme, il m'a semblé sentir T.J. m'effleurer les lèvres du plus doux et du plus tendre des baisers. Je me suis réveillée dans ses bras juste avant le lever du soleil, tiraillée par la faim, la soif et l'envie d'aller aux toilettes. Je me suis extirpée du lit et suis sortie de la maison avant de marcher jusqu'à la forêt. Au retour, je me suis arrêtée pour ramasser des noix de coco et des fruits à pain. Tandis que les premières lueurs de l'aube éclairaient le ciel, je me suis brossé les dents et me suis coiffée avant de préparer le petit déjeuner.

En attendant que T.J. se réveille, j'ai repensé aux événements de la veille. Il avait émané de lui un désir palpable, irradiant de tout son corps comme la chaleur d'un feu. Sa respiration s'était accélérée, et son cœur avait battu plus fort sous ma joue. Il avait cependant fait preuve d'une remarquable retenue, mais je me demandais pendant combien de temps encore il se satisferait de me tenir dans ses bras.

Et combien de temps moi, je m'en satisferais.

Il est apparu quelques minutes plus tard, nouant ses cheveux en queue-de-cheval.

— Salut, a-t-il lancé en s'asseyant à côté de moi et en me pressant l'épaule. Comment tu vas, ce matin ?

Son genou touchait le mien.

— Beaucoup mieux.

— Tu as bien dormi ?

— Oui. Et toi ?

Il a hoché la tête, le sourire aux lèvres.

— Super bien.

Après le petit déjeuner, nous sommes allés nous asseoir au bord de l'océan.

— Bon, j'ai réfléchi, a-t-il commencé en grattant l'une de ses piqûres de moustique. Et si j'allais pêcher dans le lagon avec le canot ?

Cette suggestion m'a emplie de terreur.

— Pas question ! ai-je protesté en secouant frénétiquement la tête. Et si le requin mordait le radeau ? Ou le faisait chavirer ?

— On n'est pas dans *Les Dents de la mer*, Anna. En plus, tu as dit que tu ne voulais pas que je reste dans l'eau.

— Je crois que j'ai été assez claire sur ce point, ai-je admis.

— Si je pêche avec le canot, nous aurons de quoi manger.

Comme le chien de Pavlov, je me suis mise à saliver à cette perspective.

— Je ne sais pas trop, T.J. Ça ne me paraît pas une bonne idée.

— Je n'irai pas très loin. Juste assez pour attraper quelques poissons.
— Bon, d'accord. Mais je viens avec toi.
— Tu n'es pas obligée.
— Bien sûr que si.

Il a fallu dégonfler le radeau de survie pour le faire passer par la porte de la maison. Après l'avoir regonflé à l'aide de la cartouche de dioxyde de carbone, nous l'avons porté jusqu'au rivage.

— J'ai changé d'avis, ai-je annoncé. C'est de la folie. On devrait rester en sécurité sur la plage.

Un sourire a fendu les lèvres de T.J.

— Et où est le fun là-dedans ?

En pagayant, nous avons amené l'embarcation au milieu du lagon. T.J. a accroché un appât à l'hameçon et a remonté une prise après l'autre, les jetant au fur et à mesure dans un récipient en plastique rempli d'eau de mer. Incapable de me tenir tranquille, je ne cessais de scruter les alentours. T.J. m'a forcée à me rasseoir à côté de lui.

— Tu me rends nerveux, a-t-il déclaré en passant son bras autour de moi. J'attrape encore un ou deux poissons, et on s'en va.

Le radeau étant à présent dépourvu de toit, nous nous trouvions en plein soleil. J'avais beau ne porter qu'un Bikini, je transpirais sous l'effet de la chaleur. T.J. avait mis mon chapeau de cow-boy. Il l'a enlevé et me l'a enfoncé sur la tête.

— Ton nez rougit à vue d'œil, a-t-il expliqué.
— Je cuis. Il fait vraiment chaud.

T.J. a passé sa main par-dessus bord pour recueillir un peu d'eau dans sa paume, qu'il a versée sur ma poitrine, observant les gouttelettes couler paresseusement jusqu'à mon nombril. Un frémissement m'a parcourue, et ma température interne a augmenté de quelques degrés. Alors qu'il s'apprêtait à replonger sa main dans l'eau, il a brusquement interrompu son geste.

— Le voilà.

Il a remonté sa ligne.

J'ai regardé par-dessus mon épaule, et tous les muscles de mon corps se sont tendus. L'aileron fendait la surface du lagon à une vingtaine de mètres du radeau, se dirigeant vers nous. Lorsqu'il s'est rapproché, je me suis instinctivement emparée des pagaies et en ai donné une à T.J. Nous avons observé en silence le requin décrire des cercles autour de nous.

— Il faut regagner le rivage, ai-je soufflé.

T.J. a hoché la tête, et nous avons ramé en direction de la plage, suivis par le requin. Quand l'eau n'a plus eu qu'une trentaine de centimètres de profondeur, T.J. a sauté de l'embarcation et l'a tirée sur le sable. Ce n'est qu'à ce moment-là que je suis descendue.

— Merde ! s'est exclamé T.J. Qu'est-ce qu'on va faire ?

— Je ne sais pas.

Franchement, je ne voyais pas comment nous pouvions nous débarrasser du requin-tigre de trois mètres qui rôdait dans le lagon.

Nous avons regagné la maison. T.J. a allumé un feu, et j'ai préparé notre déjeuner. Nous avions été privés de poisson pendant si longtemps que nous avons dévoré tous ceux qu'il avait pêchés, l'un après l'autre. Dès la dernière bouchée avalée, T.J. s'est mis à faire les cent pas.

— Je n'arrive pas à croire que tu aies été près de ce requin, a-t-il grommelé avant de s'arrêter et de se tourner vers moi. Ne t'inquiète pas, je n'irai plus dans l'eau. Je pêcherai depuis le radeau. J'espère juste qu'il ne lui viendra pas l'idée de le mordre.

— Le problème, T.J., c'est qu'on ne peut pas regonfler le canot chaque fois qu'on le sort de la cabane ou qu'on le rentre. Je ne sais pas combien de gaz il nous reste. Tant que tu utiliseras le radeau pour pêcher, il faudra le laisser dehors. Nous aurons la tente au-dessus de nos têtes, mais c'est tout. Sans les auvents en Nylon, rien ne nous protégera des moustiques.

T.J. avait déjà d'innombrables piqûres à force d'aller dans la forêt.

— Alors, c'est le requin qui décide de ce qu'on mange et d'où on dort ?

— Eh bien, oui.

— C'est n'importe quoi ! Ce squale fait peut-être la loi dans l'eau, mais pas sur terre. Il faut le tuer.

Il plaisante, là...

S'attaquer à un prédateur réputé dangereux pour l'homme ne me semblait pas très réaliste, et je pensais que nous pourrions bien y laisser notre vie. T.J. est allé chercher la boîte à outils dans la maison. Il en a sorti la corde, qu'il a déroulée puis coupée en plusieurs morceaux.

— Qu'est-ce que tu fais ? ai-je demandé, redoutant la réponse.

— Si j'arrive à plier quelques clous et à les attacher à cette corde pour fabriquer un hameçon, je pourrai peut-être tirer le requin hors de l'eau.

— Tu veux essayer de l'attraper ?

— Oui.

— Depuis le canot ?

— Non, depuis la plage. De là, on aura peut-être une chance. Il faudra l'attirer près du rivage.

— Ça, on sait que c'est possible. J'étais surprise qu'il vienne si près de la plage.

T.J. a hoché la tête. Aucun de nous deux n'a mentionné le fait que l'animal s'était montré capable de nager dans une zone où l'eau nous arrivait à la taille.

T.J. a enfoncé trois clous jusqu'à la moitié de la tige dans le mur de la maison, puis les a pliés à l'aide du pied-de-biche du marteau avant de les retirer. Il a ensuite noué un bout de corde autour de la tête de chaque clou de manière à fabriquer un hameçon à trois dents.

— Je ne sais pas trop quoi utiliser comme appât, a déclaré T.J.

— Tu veux essayer de l'attraper aujourd'hui ? me suis-je écriée.

— Je veux récupérer notre lagon, Anna.

Devant la farouche détermination qui animait son regard, j'ai supposé qu'il ne servirait à rien de tenter de l'en dissuader.

— Je sais ce qu'il nous faut.

Je n'arrivais pas à croire que j'étais sur le point de contribuer à ce projet insensé.

— Quoi ?

—Une poule. Si on l'accroche vivante à l'hameçon, elle se débattra et attirera le requin.

T.J. m'a tapoté le dos.

—Content de voir que tu me suis.

—À contrecœur.

Mais j'étais d'accord avec lui : nous devions essayer. En dépit des requins, des méduses et des autres dangers que nous ignorions certainement, le lagon nous appartenait, et je comprenais que T.J. ait envie de se battre pour le récupérer. J'espérais simplement que nous n'aurions pas à le payer de nos vies.

Après la première poule que nous avions mangée à Noël, nous en avions capturé deux autres. Nous pensions qu'il devait en rester au moins une, deux si nous avions de la chance. Nous n'avions cependant rien vu ni entendu depuis un moment. À croire qu'elles savaient que nous avions l'intention de les chasser l'une après l'autre.

Après avoir parcouru toute l'île, nous étions sur le point d'abandonner quand j'ai entendu un battement d'ailes. Il nous a fallu encore une demi-heure pour attraper le volatile. J'ai détourné le regard au moment où T.J. l'a accroché à l'hameçon.

Il a ensuite avancé dans l'eau jusqu'à la poitrine, a lancé la poule aussi loin qu'il l'a pu, puis s'est empressé de regagner le rivage en tendant la corde afin d'être en mesure de sentir une éventuelle traction.

Le volatile battait des ailes à la surface, tentant de s'enfuir. Horrifiés, nous avons vu le requin bondir et l'engouffrer dans sa gueule. T.J. a tiré de toutes ses forces sur la corde pour le ferrer.

—Je crois que ça a marché, Anna. Je le sens.

Tenant la corde des deux mains, il a reculé de quelques pas et a enfoncé ses talons dans le sable.

Soudain, la corde a tressauté. T.J. a volé en avant et a atterri face contre terre tandis que le requin nageait vers le large. Je me suis aussitôt jetée sur le dos de T.J. et j'ai planté les doigts dans le sable, me retournant deux ongles au passage. Le squale nous traînait comme si nous ne pesions rien. Lorsque nous avons enfin réussi à nous remettre debout, nous avions de l'eau jusqu'aux genoux.

— Reste derrière moi, a ordonné T.J.

Il a fait deux tours avec la corde autour de son poignet. J'ai agrippé l'extrémité. Nous avons reculé de quelques pas en tirant. Le requin se débattait violemment, cherchant en même temps à manger la poule et à échapper à l'hameçon.

Il nous a de nouveau entraînés en avant. Bras bandés, T.J. a forcé de tout son être sur la corde. La sueur ruisselait sur mon visage tandis que nous poursuivions notre lutte acharnée, de l'eau à présent jusqu'aux cuisses.

Mes bras me brûlaient et, à mesure que les minutes passaient, la conviction que nous ne réussirions jamais à l'attirer sur le sable grandissait en moi. À mon avis, l'unique raison pour laquelle nous n'avions pas déjà perdu, c'était que l'animal nous avait laissés faire. Il aurait fallu trois hommes forts pour espérer gagner. Il était temps de renoncer.

— Lâche la corde, T.J. ! On doit sortir maintenant.

Il n'a pas protesté, mais la corde était si serrée autour de son avant-bras qu'il n'est pas parvenu à la dérouler. Il a essayé de se libérer tandis que le requin l'entraînait vers le large et, lorsque la corde s'est enfin détendue, il n'avait plus pied depuis un moment. Soulagée, j'ai cru qu'elle s'était rompue, puis je me suis rendu compte que le requin revenait vers nous.

— Sors de l'eau, Anna !

Je me suis pétrifiée, les yeux rivés sur T.J. qui tentait frénétiquement de dégager son bras de la corde. Quand l'aileron a plongé sous la surface, j'ai su qu'il ne regagnerait jamais le rivage à temps.

J'ai hurlé. C'est alors que, du coin de l'œil, j'ai aperçu d'autres nageoires qui se déplaçaient à la vitesse de l'éclair. Les dauphins étaient arrivés ; ils étaient deux ou trois, en formation serrée.

Je me suis précipitée sur le sable et les ai observés entourer T.J. pour le protéger tandis qu'il nageait vers la plage. Lorsqu'il m'a rejointe sur la terre ferme, j'ai jeté mes bras autour de son cou avant d'éclater en sanglots.

Quatre dauphins se sont mêlés aux premiers, portant leur nombre à sept. Ils ont foncé sur le prédateur et l'ont frappé à coups de nez, le contraignant à se replier vers la rive.

T.J. a aperçu l'extrémité de la corde flottant à côté du groupe de dauphins. Il s'est avancé dans l'eau et s'est empressé de la saisir. Nous nous sommes mis à tirer dessus et, avec l'aide des dauphins, le requin a terminé sa course sur la plage où il s'est débattu, des plumes de poule dépassant de sa gueule.

T.J. m'a soulevée dans ses bras. J'ai enroulé les jambes autour de sa taille et me suis jointe à ses cris de joie.

Les cétacés exécutaient des allers et retours à la nage, visiblement excités. T.J. et moi sommes entrés dans l'eau et, même si prendre des dauphins dans ses bras n'est pas chose facile, c'est ce que nous avons fait. Ils se sont éloignés quelques minutes plus tard. Nous sommes alors sortis du lagon pour observer le squale qui gisait sur le sable, immobile.

— Je ne sais pas comment ça se serait terminé si les dauphins n'étaient pas intervenus, ai-je déclaré.

— Ce qui est sûr, c'est qu'on aurait passé un sale quart d'heure.

— Je n'ai jamais eu aussi peur de ma vie. J'ai bien cru que ce requin allait te dévorer.

T.J. m'a enlacée, le menton posé sur ma tête.

— Mais il ne l'a pas fait.

— On va le manger, non ? ai-je demandé.

— Oh, que oui ! s'est-il exclamé, un grand sourire aux lèvres.

T.J. a découpé le requin à la scie ; je n'avais jamais rien vu d'aussi dégoûtant. J'ai ensuite prélevé des morceaux de chair à l'aide du couteau. La scie et le couteau ne constituaient pas les outils idéaux pour ôter les filets d'un requin. Notre tâche terminée, nous étions couverts de sang. Mon Bikini jaune et le short de T.J. étaient tout poisseux, et une forte odeur métallique assaillait mes narines chaque fois que j'inspirais. Nous devrions enterrer la carcasse quelque part, mais nous nous en occuperions plus tard.

J'ai examiné le résultat de notre travail. Nous avions tant de steaks de requin que nous devrions en jeter la majeure partie, mais le dîner s'annonçait comme un véritable festin.

T.J. avait la poitrine maculée de sang.

— Tu veux aller te laver la première ? s'est-il enquis tandis que nous marchions en direction de la maison.

— Non, vas-y. Je vais faire de la purée de fruit à pain. J'irai après toi.

Cela faisait des jours que je ne m'étais pas sentie propre. J'attendais avec impatience le moment où je pourrais utiliser du savon et prendre un long bain dans plus de trente centimètres d'eau.

T.J. est entré dans la cabane, d'où il est ressorti avec des vêtements, le savon et le shampoing dans les mains.

— Laisse ton bermuda sur la plage. J'essaierai de le laver plus tard.

— D'accord, a-t-il dit par-dessus son épaule.

J'ai préparé de la purée de fruit à pain, une recette que j'avais inventée au cours d'une longue journée ennuyeuse. J'ai tout d'abord râpé une noix de coco sur un rocher, puis j'ai pressé la chair dans un tee-shirt pour en extraire le lait. J'ai ensuite fait rôtir le fruit à pain, que j'ai également râpé avant de le faire mijoter près du feu dans une noix de coco vide avec le lait. T.J. adorait ça.

J'ai embroché les morceaux de requin sur des bâtons afin de les faire griller sur les flammes.

— À toi, a lancé T.J. lorsqu'il est revenu, dégageant une odeur bien plus agréable que moi. Je commencerai à faire cuire pendant que tu te laveras, comme ça, on pourra manger à ton retour.

— D'accord, ai-je répondu avant de pointer mon doigt sur lui. Mais ne touche pas à ce fruit à pain.

Je suis entrée dans la maison pour aller chercher des vêtements dans ma valise. Du tissu bleu a attiré mon regard.

Pourquoi pas ?

Après tout, c'était l'occasion ou jamais de bien s'habiller. Quand on a tué son dîner, et non l'inverse, ça se fête.

Chapitre 26

T.J.

J'AI ÉTENDU LA COUVERTURE PRÈS DU FEU AVANT DE VÉRIFIER que le requin n'était pas en train de brûler. Non que ce soit très important, vu la quantité dont nous disposions, mais mon ventre grondait, et j'attendais de manger avec impatience.

Anna a reparu avec sa robe bleue, ses cheveux mouillés peignés en arrière. Elle sentait la vanille. J'ai souri en haussant les sourcils lorsqu'elle s'est assise à côté de moi, ce qui l'a fait rougir.

— Tu es très jolie, ai-je déclaré.

— Merci. Je me suis dit que c'était l'occasion de bien m'habiller. Après tout, c'est la fête.

Nous avons avalé autant de requin que nos estomacs ont pu accepter. La chair avait une texture qui m'a rappelé le bœuf, et un goût plus prononcé que le poisson que nous mangions d'habitude.

— Tu veux un peu plus de fruit à pain ? ai-je demandé. (Elle a éructé en guise de réponse.) Anna, je suis choqué ! l'ai-je taquinée. Je ne t'ai jamais entendue roter.

— C'est parce que je suis une femme bien élevée. Et je n'avais encore jamais assez mangé pour roter. (Elle a esquissé un grand sourire.) Miam ! C'était très bon.

— Alors, tu en veux encore ? Il n'en reste presque plus.

— Pourquoi pas ? a-t-elle répondu en riant. Maintenant, il y a de la place dans mon estomac.

J'avais déjà plongé les doigts dans le fruit à pain. Sans réfléchir, je les lui ai tendus. Elle a cessé de rire et m'a dévisagé, comme si elle hésitait sur la signification de mon geste. Au bout d'un moment, elle s'est penchée vers moi et a ouvert la bouche. J'ai glissé les doigts à l'intérieur, me demandant si mes pupilles étaient aussi dilatées que les siennes. Lorsqu'elle a sucé le fruit à pain, ma respiration s'est totalement détraquée.

— Encore ?

Elle a hoché la tête, le souffle aussi perturbé que le mien. J'ai recueilli un peu de purée et, cette fois, quand j'ai introduit mes doigts entre ses lèvres, elle a posé la main sur mon poignet. J'ai attendu qu'elle ait avalé, puis je suis devenu complètement fou.

J'ai pris son visage entre les mains et l'ai embrassée avec fougue. Elle a ouvert la bouche, et j'ai glissé ma langue à l'intérieur. J'aurais pu faire durer ce baiser pendant des jours. Je n'étais pas sûr de pouvoir m'arrêter si elle me le demandait.

Mais elle ne me l'a pas demandé. Elle a passé les bras autour de mon cou, s'est pressée contre moi, et m'a embrassé avec une ferveur égale à la mienne. L'attirant sur mes genoux, j'ai gémi contre ses lèvres lorsqu'elle s'est assise sur mon érection, sa robe remontée jusqu'à la taille.

Elle m'a déposé des baisers dans le cou avant de descendre vers mon épaule, suçant et léchant ma peau. C'était incroyable. Je lui ai retiré sa robe, puis l'ai soulevée pour l'allonger sur le dos. Lorsque j'ai faufilé les doigts sous la ceinture de sa culotte, elle a levé les hanches, m'invitant à l'ôter. Je l'embrassais fiévreusement en explorant son corps de mes mains, incapable de décider où je préférais la toucher.

— Ralentis, T.J., a-t-elle murmuré.

— Impossible.

Elle a tiré sur mon bermuda. Je l'ai enlevé et, dès que je me suis retrouvé nu, elle a enroulé sa main autour de moi. J'ai joui vingt secondes plus tard, étonné d'avoir tenu aussi longtemps.

Quand j'ai recouvré mes esprits, je l'ai embrassée en caressant chaque parcelle de son corps, lentement cette fois. J'ai touché des endroits que je n'aurais jamais pensé pouvoir effleurer un jour et, si j'en croyais les soupirs qu'elle poussait, ce devait être agréable.

Lorsque j'ai été de nouveau prêt, c'est-à-dire peu de temps après, je l'ai attirée sur moi. Entrer en elle m'a procuré une sensation que je n'avais encore jamais éprouvée. Au contraire d'Emma, si nerveuse et si tendue que j'avais eu peur de lui faire mal, Anna paraissait tout à fait à l'aise, comme si elle savait parfaitement ce qu'elle faisait. Assise à califourchon sur moi, les mains à plat sur mon ventre, elle s'est mise à bouger à son rythme. Elle m'offrait une vue sublime. Je l'ai observée fermer les yeux en arquant le dos et, quelques minutes plus tard, lorsque l'expression de son visage a changé et qu'elle a poussé un cri, j'ai raffermi ma prise sur ses hanches, emporté par un orgasme d'une violence que je n'avais jamais connue.

Ensuite, je l'ai enlacée avant de murmurer :

— Est-ce que c'était juste pour une fois, toi et moi ?

— Non.

Chapitre 27

Anna

Nous avons regagné la maison à la tombée de la nuit, quand les moustiques ont fait leur apparition. T.J. s'est couché à côté de moi avant de remonter la couverture sur nous. Il a plaqué son corps nu contre le mien et s'est endormi quelques secondes plus tard.

J'étais incapable de fermer les yeux.

Lorsqu'il m'avait embrassée, je lui avais rendu son baiser sans prendre le temps de réfléchir. Même si nous étions deux adultes consentants, quelle que soit la manière dont je retournais la situation dans ma tête, je savais que, si jamais nous quittions cette île un jour et que les gens découvraient ce qui s'était passé entre nous, je subirais les répercussions de mon comportement. Allongée dans le noir, enveloppée par le corps de T.J., je me suis justifiée en me disant que ça nous avait fait du bien et que, si quelqu'un le méritait, c'était bien nous. Nos actions ne concernaient que nous, et personne d'autre.

Du moins, c'est ce dont j'ai essayé de me convaincre.

Je me suis appuyée sur un genou, la casquette de base-ball de T.J. vissée sur la tête, mes cheveux tirés en arrière pour qu'ils ne me tombent pas dans les yeux. La baguette incurvée dont T.J. se servait pour faire du feu, deux petits morceaux de bois et un nid constitué de fibres d'écorce de noix de coco et d'herbes sèches étaient étalés sur le sol devant moi.

Environ une semaine après avoir tué le requin, T.J. a souligné qu'il existait une chose que je ne savais pas faire. C'était toujours lui qui allumait le feu, et il voulait s'assurer que j'en étais moi aussi capable. Il m'avait donc appris comment faire, et je commençais à prendre le coup de main, même si je n'étais parvenue jusqu'à présent qu'à produire une épaisse fumée et à me mettre en nage.

— Tu es prête ? a demandé T.J.

— Oui.

— Bon, vas-y.

J'ai saisi un bout de bois, que j'ai passé dans l'anneau du lacet, puis me suis servie de l'arc pour lui imprimer un mouvement de rotation. Au bout de dix minutes, un filet de fumée s'est élevé.

— Continue, m'a encouragée T.J. Tu y es presque. Tu dois faire tourner la baguette aussi vite que tu le peux.

J'ai accéléré le rythme et, vingt minutes plus tard, les bras douloureux et le visage ruisselant de sueur, j'ai aperçu une braise rougeoyante. Je l'ai dégagée puis l'ai transférée dans le petit nid de matière sèche posé à côté de moi. Je l'ai soulevé avant de souffler doucement dessus.

Lorsqu'il s'est enflammé, je l'ai lâché.

— Oh, mon Dieu !

T.J. a tapé dans ma main.

— Tu as réussi !

— Tu as vu ça ? Combien de temps j'ai mis, à ton avis ?

— Pas trop longtemps. Mais je me fiche de savoir combien de temps tu mets. Je veux juste que tu saches le faire. (Il m'a enlevé ma casquette et m'a embrassée.) Bien joué.

— Merci.

Mon succès m'a laissé une impression douce-amère, car l'unique raison pour laquelle j'aurais besoin d'allumer un feu toute seule, c'était s'il arrivait quelque chose à T.J.

Chapitre 28

T.J.

Nous étions en train de déjeuner quand une poule est sortie de la forêt.

— Anna, regarde derrière toi.

Elle s'est retournée.

— Qu'est-ce qu'elle fait là ?

Le volatile s'est approché en picorant, visiblement peu inquiet.

— Il en restait une, en fait, ai-je déclaré.

— Oui, la plus bête, a souligné Anna. Enfin, elle ne s'est pas trop mal débrouillée, puisqu'elle est la dernière vivante.

L'animal s'est dirigé droit sur Anna, qui a lancé :

— Hé, salut. Tu ne sais donc pas ce que nous avons fait de tes petites camarades ?

La poule a incliné la tête en la regardant, comme si elle essayait de comprendre ce qu'Anna disait. J'ai commencé à saliver en pensant à la volaille rôtie que nous aurions pour le dîner.

— Et si nous laissions celle-là en vie, T.J. ? a alors proposé Anna. Elle pourrait pondre des œufs.

J'ai fabriqué une petite cage. Anna a pris le volatile dans ses bras et l'a déposé à l'intérieur. Il s'est assis en nous regardant, comme satisfait de sa nouvelle maison. Anna lui a versé de l'eau dans une noix de coco vide.

— Ça mange quoi, une poule ? a-t-elle demandé.

— Je ne sais pas. C'est toi la prof. À toi de me le dire.

— J'étais prof d'anglais, et dans une grande ville.

Sa repartie m'a fait éclater de rire.

— Eh bien, je ne sais pas ce que ça mange, ai-je répliqué avant de me pencher au-dessus de la cage. Tu ferais mieux de pondre, parce qu'à cet instant, tu n'es rien d'autre qu'une bouche de plus à nourrir, et si tu n'aimes pas la noix de coco, le fruit à pain et le poisson, tu ne te plairas peut-être pas ici.

Je jure que la poule a hoché la tête.

Elle a pondu un œuf le jour suivant. Anna l'a cassé dans une noix de coco vide avant de le mélanger avec son doigt. Elle a ensuite placé la coque de noix près des flammes et a attendu que l'œuf cuise. Lorsqu'il lui a semblé prêt, elle l'a partagé en deux.

— C'est génial ! s'est-elle exclamée.

— Tu l'as dit, ai-je approuvé avant de ne faire qu'une bouchée de ce qui restait de ma part. Ça faisait une éternité que je n'avais pas mangé d'œufs brouillés. Le goût est le même que dans mon souvenir.

La poule a pondu un nouvel œuf deux jours plus tard.

— Tu as eu une excellente idée, Anna.

— Cocotte pense sans doute la même chose.

— Tu as appelé la poule « Cocotte » ?

Anna a paru gênée.

— Depuis que nous avons décidé de la garder, je me suis attachée à elle.

— Je comprends, l'ai-je rassurée. Quelque chose me dit que Cocotte t'apprécie aussi beaucoup.

Anna et moi nous sommes dirigés vers le lagon pour prendre un bain. Une fois sur le rivage, j'ai enlevé mon bermuda, puis j'ai pénétré dans l'eau avant de me retourner pour la regarder se déshabiller.

Sans se hâter, elle a tout d'abord ôté son débardeur, puis a lentement retiré son short et ses sous-vêtements.

Si seulement elle pouvait faire ça en musique…

Quand elle m'a rejoint dans le lagon, j'ai entrepris de lui laver les cheveux.

— Nous serons bientôt à court de shampoing, a-t-elle déclaré avant de plonger la tête sous l'eau pour se rincer.

— Combien il nous en reste ?

— Je ne sais pas, peut-être assez pour quelques mois. Notre réserve de savon n'est pas mieux.

Nous avons échangé nos places, et elle m'a à son tour lavé les cheveux. Après m'être savonné les mains, je les lui ai passées sur le corps, et elle a fait de même pour moi. Après nous être rincés, nous nous sommes installés sur le sable pour nous laisser sécher par la brise. Anna s'est assise devant moi et a reposé sa tête contre ma poitrine tandis qu'elle contemplait, détendue, le soleil baisser à l'horizon.

— Un jour, je t'ai regardée prendre un bain, ai-je avoué. J'étais parti chercher du bois, et je ne faisais pas attention. Tu es entrée nue dans l'océan, et je me suis caché derrière un arbre pour te contempler. Je n'aurais pas dû. Tu me faisais confiance, mais je l'ai fait quand même.

— Tu es revenu me regarder, après cette fois-là ?

— Non. Pourtant, j'en ai souvent eu envie. (J'ai pris une profonde inspiration, puis ai expiré.) Tu es furieuse contre moi ?

— Non. Je me suis toujours demandé si tu essaierais de m'observer un jour. Est-ce que j'ai, euh…

— Oui.

Je me suis levé et lui ai pris la main. De retour à la maison, nous nous sommes allongés dans le radeau de survie. Plus tard, elle m'a assuré qu'elle me préférait largement à sa main et de l'huile de massage.

Chapitre 29

Anna

Assise au bord de l'eau, je me passais du vernis rose sur les ongles des orteils. C'était stupide, compte tenu des circonstances, mais le flacon se trouvait dans ma valise, et j'avais sans conteste le temps.

T.J. est apparu.

— Jolis ongles.

— Merci, ai-je répondu en appliquant une seconde couche. Est-ce que je t'ai déjà parlé de Lucy, ma manucure ?

Il a éclaté de rire.

— Je ne sais même pas ce qu'est une manucure.

— Une femme qui s'occupe des soins des ongles.

— Oh. Non, tu ne m'as jamais parlé d'elle.

— J'avais l'habitude d'aller chez Lucy un samedi sur deux. (T.J. a haussé un sourcil.) Oui, je prêtais sans doute plus attention à mon apparence à Chicago que je ne le fais ici. Bref, l'anglais n'était pas la langue maternelle de Lucy, et d'ailleurs, je n'ai jamais su ce que c'était, à part que je ne comprenais rien à ce qu'elle racontait. Mais ça ne nous empêchait pas d'avoir de longues conversations, même si nous ne saisissions pas la totalité de ce que l'autre disait.

— Et vous discutiez de quoi ?

— Oh, de tout et de rien. Elle savait que j'étais enseignante et que mon petit ami se nommait John. J'ai appris qu'elle avait une fille de treize ans et qu'elle raffolait des émissions de télé-réalité. Elle était adorable. Elle m'appelait « chérie », et me prenait dans ses bras pour dire « bonjour » et « au revoir ». À chaque visite, elle me demandait quand John et moi allions nous marier. Un jour, on a vraiment dû mal se comprendre, parce que apparemment, je lui ai promis qu'elle s'occuperait de ma manucure pour le mariage.

J'ai rebouché le flacon de vernis avant d'observer mes orteils. Je n'avais pas accompli un travail extraordinaire.

— Lucy pousserait de hauts cris si elle voyait mes ongles.

J'ai levé les yeux vers T.J. Son visage affichait une expression étrange que je ne parvenais pas à déchiffrer.

— Qu'est-ce qu'il y a ?

— Rien.

— Tu en es sûr ?

— Oui. Je vais pêcher. Tu ferais mieux de laisser sécher ton vernis.

— D'accord.

Lorsqu'il est revenu avec le poisson qu'il avait attrapé, il semblait de nouveau normal. J'ignorais ce qui l'avait ennuyé, mais il l'avait vite oublié.

— Pourquoi tu ne restes pas tout le temps toute nue ? m'a interrogée T.J. Pourquoi t'habiller ?

— Je suis toute nue, là.

— Je sais. C'est pour ça que j'y pense.

T.J. et moi nous tenions dans le lagon, près du rivage, où nous avions entrepris de laver nos vêtements sales, y compris ceux que nous portions.

— Est-ce qu'il sent encore ? a demandé T.J. en me tendant un tee-shirt pour que je le renifle.

— Euh, peut-être un petit peu.

Il était difficile d'avoir des habits propres, étant donné que nous étions arrivés à court de lessive un an auparavant. Depuis, nous nous contentions de faire tournoyer nos affaires dans l'eau.

— Si on était nus tout le temps, on n'aurait pas à faire la lessive, a insisté T.J., un grand sourire aux lèvres.

Nous sommes sortis du lagon, et T.J. m'a aidée à étendre nos vêtements sur la corde que nous avions attachée entre deux arbres.

— Si j'étais nue tout le temps, tu ne ferais même plus attention, au bout d'un moment.

— Oh si, je ferais attention, a-t-il rétorqué.

— C'est ce que tu penses maintenant, mais après un certain temps, tu te lasserais.

Il m'a regardée comme si j'étais devenue folle. De retour à la maison, il s'est allongé nu sur la couverture. Étant donné que tous nos vêtements étaient mouillés, je ne m'étais pas habillée non plus. Je me suis étendue face à lui, appuyée sur un coude.

— Oh, jolie pose ! s'est-il exclamé. J'aime beaucoup.

— Ce serait comme si tu mangeais tous les jours ton plat préféré, ai-je repris. Au début, tu apprécierais, mais, après quelque temps, tu n'en voudrais plus. Tu trouverais que ça n'a plus aussi bon goût.

— Anna, tu auras toujours bon goût.

Il s'est penché pour me déposer un baiser dans le cou.

— Mais tu finirais par t'en lasser, ai-je insisté.

— Jamais.

Il s'était entre-temps aventuré à m'embrasser plus bas.

— Ça pourrait arriver, ai-je protesté.

Mais à cet instant, même moi je n'y croyais plus.

— Non, a-t-il assuré en descendant encore.

Il n'a rien ajouté, car il est presque impossible de parler quand on fait ce qu'il était en train de faire.

Cocotte s'est approchée avant de me sauter sur les genoux.

T.J. a éclaté de rire et lui a ébouriffé les plumes.

— Elle me fait mourir de rire quand elle fait ça, a-t-il déclaré.

Nous n'avions plus besoin d'enfermer Cocotte. Un jour, j'avais oublié de la rentrer après lui avoir ouvert sa cage ; elle s'était promenée, mais n'avait pas essayé de s'enfuir.

— C'est bizarre. Je ne sais pas pourquoi, mais on dirait vraiment qu'elle m'aime bien.

J'ai gentiment tapoté la tête de Cocotte.

— C'est parce que tu prends soin d'elle.

— J'adore les animaux. J'ai toujours voulu avoir un chien, mais John était allergique.

— Peut-être que tu pourras en prendre un quand nous rentrerons chez nous, a avancé T.J.

— Un golden retriever.

— C'est le genre de chien que tu voudrais ?

— Oui. J'aimerais un adulte dont personne ne veut. Je le choisirai dans un refuge. Quand j'aurai mon propre appartement, j'en adopterai un et le ramènerai chez moi.

— Tu y as déjà réfléchi.

— J'ai eu le temps de réfléchir à beaucoup de choses, T.J.

Un soir, quelques jours plus tard, alors que nous étions au lit, T.J. a gémi avant de s'effondrer sur moi, haletant.

— Waouh ! me suis-je exclamée alors que je sentais son corps se détendre.

M'embrassant dans le cou, il a susurré :

— Tu as aimé ?

— Oui. Où est-ce que tu as appris à faire ça ?

T.J. a ri tout en s'efforçant de reprendre son souffle.

— J'ai une excellente prof. Elle me laisse m'exercer tant que je veux jusqu'à ce que ce soit parfait.

Il s'est écarté en roulant et m'a attirée contre lui de manière que je puisse poser la tête sur sa poitrine. Je me suis davantage blottie contre lui, satisfaite et alanguie. Il m'a caressé le dos.

Ce n'est qu'à vingt-six ou vingt-sept ans que j'avais réussi à déterminer ce qui me plaisait au lit. Quand j'avais essayé d'en parler à John, il n'avait pas paru enchanté que je lui fasse des suggestions. T.J., lui, avait osé me demander ce que j'aimais, aussi avais-je décidé de lui répondre sans inhibition, ce qui avait extraordinairement bien fonctionné.

J'ai poussé un soupir.

—Un jour, tu rendras une femme vraiment heureuse, T.J.

Il s'est raidi et a cessé de me caresser le dos.

—Je ne veux rendre heureuse que toi, Anna.

Son attitude et la souffrance qui perçait dans sa voix m'ont aussitôt fait regretter ma phrase.

—Tu me rends heureuse, T.J., me suis-je empressée d'ajouter. Vraiment.

Le jour suivant, il n'a pas beaucoup parlé. Je l'ai rejoint dans l'eau tandis qu'il pêchait.

—Je suis désolée. Je t'ai blessé, et je n'en avais vraiment pas l'intention.

Il a gardé les yeux rivés sur sa canne à pêche.

—Je sais que rien ne se serait passé entre nous à Chicago, mais s'il te plaît, ne parle pas de me quitter tant que nous sommes encore ici.

J'ai posé une main sur son bras.

—Quand je t'ai dit que tu allais rendre une femme heureuse, T.J., dans mon esprit, ce n'était pas moi qui te quittais, mais toi qui t'éloignais.

Il s'est tourné vers moi, l'air confus.

—Et pourquoi est-ce que je te quitterais?

—Parce que j'ai treize ans de plus que toi. Cette île représente peut-être notre monde, mais ce n'est pas le monde réel. Tu as encore de nombreuses expériences à vivre. Tu n'auras pas envie d'être lié à qui que ce soit.

—Tu n'as aucune idée de ce dont j'ai envie, Anna. De toute manière, je ne pense plus à l'avenir depuis le jour où l'avion est passé sans faire demi-tour. Tout ce que je sais, c'est que tu me rends heureux et que je veux être avec toi. Tu ne pourrais pas te contenter d'être avec moi, toi aussi?

—Si, ai-je murmuré.

J'aurais aimé lui dire que je ne le blesserais jamais plus. Mais j'avais peur de lui faire une promesse que je serais peut-être incapable de tenir.

T.J. a fêté ses dix-neuf ans en septembre.

— Joyeux anniversaire ! ai-je lancé. Je t'ai préparé de la purée de fruit à pain.

Je lui ai tendu le bol et me suis penchée pour l'embrasser. Il m'a attirée sur ses genoux et a insisté pour partager avec moi.

— Pourquoi est-ce qu'on ne fête jamais le tien ? Au fait, c'est quand, déjà ? a-t-il ajouté avec un regard penaud.

— Le 22 mai. Je crois que ce n'est pas trop mon truc, les anniversaires.

J'adorais fêter mon anniversaire, avant que John me gâche ce plaisir. Le jour de mes vingt-sept ans, j'étais convaincue qu'il allait me demander en mariage : il avait réservé une table au restaurant, m'avait conseillé de bien m'habiller, et avait invité nos amis à boire l'apéritif. Je l'imaginais à genoux, me tendant une bague, et avais eu bien du mal à contenir mon excitation lorsque le taxi nous avait déposés devant l'établissement. Quand nous étions entrés, tout le monde nous attendait, presque comme pour une fête-surprise. Au moment où le champagne avait été servi, John avait sorti un écrin Tiffany de sa poche. Il l'avait ouvert, me présentant une paire de petites boucles d'oreilles en diamant. J'avais gardé un sourire plaqué sur le visage le reste de la soirée mais, plus tard, Stefani m'avait entraînée dans les toilettes et m'avait prise dans ses bras. Après cet épisode, j'avais rabaissé mes attentes au minimum, ce qui s'était révélé une sage décision, vu que, pour les trois anniversaires suivants, John ne m'avait même pas offert de bijou.

— J'aimerais qu'on fête ton prochain anniversaire, Anna.

— D'accord.

La saison des pluies s'est terminée en novembre. Thanksgiving est passé comme n'importe quel jour, mais, à Noël, T.J. a trouvé un énorme crabe au bord du lagon. J'ai salivé tandis qu'il l'amenait vers le feu. Le crabe avait refermé l'une de ses pinces géantes sur le bâton, tout en ne cessant de faire claquer l'autre en direction de T.J.

Celui-ci l'a jeté sur les flammes et, quelques instants plus tard, nous nous régalions, cassant les pattes à l'aide des pinces de la boîte à outils et ôtant la chair avec les doigts.

— Ça me rappelle notre premier Noël, quand on a attrapé la poule et que nous avons pu faire un repas de fête avec autre chose que du poisson, a déclaré T.J.

— Ça paraît si loin, ai-je dit en refoulant quelques larmes.

— Ça va ?

— Oui. C'est juste que j'avais espéré être à la maison pour Noël, cette année.

T.J. a passé son bras autour de mes épaules.

— Peut-être l'année prochaine, Anna.

En février, alors que je me réveillais de la sieste, j'ai découvert à côté de moi sur le lit un bouquet de fleurs provenant des buissons de l'île, les tiges rassemblées par un petit morceau de corde.

J'ai trouvé T.J. au bord de l'eau.

— Quelqu'un a regardé la date dans le calendrier.

Un sourire s'est dessiné sur ses lèvres.

— Je ne voulais pas manquer la Saint-Valentin.

Je l'ai embrassé.

— Tu es si gentil avec moi.

— Ce n'est pas difficile, Anna, a-t-il répliqué, m'attirant plus près.

Quand j'ai plongé les yeux dans les siens, il m'a entraînée dans un slow. Je lui ai enlacé le cou, et nous avons dansé, le sable chaud et doux sous nos pieds.

— Tu n'as pas besoin de musique, on dirait.

— Non, a répondu T.J. En revanche, j'ai besoin de toi.

— Mes parents me manquent, ai-je avoué quelques jours plus tard, tandis que nous marchions sur la plage au coucher du soleil. J'ai beaucoup pensé à eux, ces derniers temps. À ma sœur et à mon beau-frère aussi. Et Joe et Chloe. J'espère que tu les rencontreras un jour, T.J. Ils t'aimeraient beaucoup.

— J'espère aussi.

J'avais alors acquis la conviction que, si nous étions secourus un jour, T.J. devrait faire partie de ma vie à Chicago. Dans quelle mesure, ça, je l'ignorais. Il avait manqué tellement de choses qu'il serait injuste de ma part de l'accaparer. Toutefois, l'égoïste en moi n'imaginait pas de ne pas s'endormir dans ses bras ni de ne pas passer chaque jour avec lui. J'avais besoin de T.J., et la pensée d'être séparée de lui me gênait plus que je ne voulais l'admettre.

Chapitre 30

T.J.

— Anna, ai-je chuchoté. Tu es réveillée ?
— Hmm, a-t-elle répondu.
— Est-ce que tu aimes encore ce type ?
Je connaissais son nom, mais n'avais aucune envie de le prononcer. J'enlaçais Anna, mon torse plaqué contre son dos. Elle s'est tournée vers moi.
— John ? Non, je ne l'aime plus. Je n'ai pas pensé à lui depuis un moment. Pourquoi ?
— Pour rien, je me posais juste la question. Rendors-toi.
Je l'ai embrassée sur le front et l'ai serrée contre ma poitrine.
Mais elle ne s'est pas rendormie. Au lieu de ça, elle m'a fait l'amour.

Anna a eu trente-trois ans en mai et, pour la première fois depuis notre arrivée sur l'île, nous avons fêté son anniversaire. Il tombait une pluie légère. Allongés côte à côte dans le radeau de survie, nous écoutions le crépitement régulier des gouttes sur le toit de la maison.
— Je ne t'ai rien acheté. Tu m'as dit il y a longtemps que le centre commercial de l'île était nul.
Elle a souri.
— Il n'y a pas beaucoup de choix.
— C'est vrai. Il ne nous reste plus qu'à faire semblant. Si nous étions chez nous, je t'inviterais à dîner avant de t'offrir ces cadeaux.

Mais comme nous ne sommes pas chez nous, je vais juste t'énumérer tous les trucs géniaux que je t'ai trouvés, d'accord ?

— Tu n'aurais pas dû, m'a-t-elle taquiné.

— Tu le vaux bien. Bon, ton premier cadeau, c'est des livres. Tous les best-sellers du moment.

Anna a poussé un soupir.

— La lecture me manque.

— Je sais.

Elle s'est pelotonnée contre moi.

— Tu es bon à ce jeu. Qu'est-ce que tu as choisi d'autre ?

— Ah, je vois que tu apprécies ton anniversaire. Le cadeau suivant, c'est de la musique.

— Tu m'as fait une compilation spéciale ? a-t-elle demandé.

J'ai souri et j'ai commencé à la chatouiller.

— Avec tous les classiques du rock que tu préfères.

Elle s'est tortillée en riant, puis a roulé sur moi en essayant de piéger mes mains entre nous pour m'empêcher de la chatouiller.

— J'aime beaucoup, a-t-elle affirmé. Des livres et de la musique. Tout ce que je préfère. Merci. (Elle m'a embrassé.) C'est le meilleur anniversaire que j'aie eu depuis longtemps.

— Content que ça te plaise.

J'ai dégagé mes bras avant de ramener ses cheveux derrière ses oreilles.

— Je t'aime, Anna.

Si j'en croyais la surprise qu'a exprimée son visage, elle ne s'attendait pas à ça.

— Tu n'étais pas censé tomber amoureux, a-t-elle murmuré.

— Pourtant, c'est fait, ai-je répliqué en la regardant dans les yeux. Je suis amoureux de toi depuis des mois. Je te le dis maintenant parce que je pense que tu m'aimes aussi, Anna. Mais tu es persuadée que tu ne devrais pas. Tu me le diras quand tu seras prête. Je peux attendre.

J'ai attiré sa tête vers la mienne pour l'embrasser, puis j'ai souri avant de chuchoter :

— Joyeux anniversaire.

Chapitre 31

Anna

J'aurais dû me rendre compte qu'il était en train de tomber amoureux. Il en montrait tous les signes, et depuis un bon moment. Ce n'est que lorsqu'il a été frappé par la maladie que j'ai regretté de ne pas lui avoir dit qu'il avait parfaitement raison.

Je l'aimais aussi.

Une semaine après mon anniversaire, alors que je m'allongeais à côté de lui sur le lit, je me suis aperçue qu'il dormait déjà. J'étais allée aux toilettes et avais rempli notre bouteille au récupérateur d'eau de pluie, mais T.J. était rentré quelques minutes seulement avant moi, et il ne sombrait jamais dans le sommeil avant d'avoir fait l'amour.

Il ne s'est pas réveillé quand je me suis levée le lendemain matin, et était toujours couché lorsque j'ai regagné la maison après être allée pêcher et ramasser des noix de coco et des fruits à pain.

Je me suis glissée dans le lit. Il avait les yeux ouverts, mais semblait fatigué. J'ai déposé un baiser sur sa poitrine.

— Tout va bien ? ai-je demandé.

— Oui, je suis juste fatigué.

Comme je savais qu'il adorait ça, je l'ai embrassé dans le cou, mais je me suis redressée brusquement.

— Hé, ne t'arrête pas !

Je lui ai effleuré la peau.

— T.J., tu as une grosseur, ici.

Il a tâté du bout des doigts l'endroit que je lui désignais.

— Ce n'est probablement rien du tout.

— Tu m'avais promis de me le dire, si tu remarquais quoi que ce soit d'anormal.

— Je n'avais rien remarqué.

— Tu as vraiment l'air fatigué.

— Ça va.

Il m'a embrassée et a essayé d'enlever mon tee-shirt.

J'ai reculé, juste assez pour me placer hors d'atteinte.

— Alors c'est quoi, cette grosseur ?

— Je ne sais pas, a-t-il répondu en sortant du lit. Ne t'inquiète pas, Anna.

Après le petit déjeuner, il a accepté à contrecœur de me laisser lui palper de nouveau le cou. En pressant doucement les doigts sous sa mâchoire, j'ai découvert que ses ganglions étaient enflés des deux côtés. Avait-il transpiré pendant la nuit ? Je ne m'en étais pas rendu compte. Il ne semblait pas avoir perdu de poids ; je m'en serais aperçue. Aucun de nous deux n'a évoqué ce que pouvaient signifier ces grosseurs. T.J. paraissait si épuisé que je l'ai renvoyé se coucher. Je me suis ensuite dirigée vers le lagon et suis entrée dans l'eau, où je me suis laissée flotter sur le dos, les yeux rivés au ciel d'un bleu étincelant.

Son cancer est revenu. Je le sais, et lui aussi.

Il s'est levé pour le déjeuner, mais est retourné au lit après le repas. Il dormait toujours au moment du dîner. J'ai pénétré à l'intérieur de la maison pour voir comment il allait. Quand je me suis penchée pour l'embrasser sur la joue, sa peau m'a brûlé les lèvres.

— T.J. ! (Il a gémi lorsque j'ai posé le dos de ma main sur son front.) Je reviens. Je vais chercher du paracétamol.

J'ai ouvert la trousse à pharmacie, puis j'ai agité le tube de paracétamol, faisant tomber deux comprimés dans ma paume. J'ai aidé T.J. à les avaler avec un peu d'eau, mais il a vomi quelques minutes plus tard.

Après l'avoir nettoyé avec un tee-shirt, j'ai essayé de le déplacer légèrement sur le côté, là où la couverture était encore sèche. Il a poussé un cri lorsque je l'ai touché.

— D'accord, je te laisse là. Dis-moi où tu as mal.

— À la tête. Derrière les yeux. Partout.

Il est resté immobile et n'a rien ajouté.

J'ai attendu quelque temps avant de tenter de lui redonner du paracétamol. Je redoutais qu'il ne vomisse de nouveau, mais son estomac a accepté les médicaments, cette fois.

— Tu te sentiras mieux dans un petit moment, ai-je assuré.

Mais quand j'ai vérifié une demi-heure plus tard, son front me semblait encore plus brûlant.

Sa fièvre n'a pas baissé de la nuit. Il a vomi une nouvelle fois, et a refusé que je le touche, expliquant qu'il éprouvait l'impression que ses os se brisaient dès qu'il bougeait.

Il a dormi la majeure partie du jour suivant. Il n'a rien voulu manger, et a bu une infime quantité d'eau. Son front était si chaud que j'avais peur que la fièvre lui grille le cerveau.

Il ne s'agissait pas du cancer. Les symptômes étaient apparus trop soudainement.

Mais si ce n'est pas le cancer, qu'est-ce que c'est? Et qu'est-ce que je dois faire?

Sa fièvre n'est pas tombée. À cet instant, j'aurais tout donné pour avoir de la glace. T.J. était si bouillant que le tee-shirt que j'avais trempé dans l'eau et posé sur son front ne suffisait sans doute pas à le rafraîchir, mais je ne savais pas quoi faire d'autre.

J'ai réussi à glisser de l'eau, et du paracétamol entre ses lèvres desséchées et craquelées. Je mourais d'envie de le prendre dans mes bras pour le rassurer, d'écarter les cheveux qui lui tombaient dans les yeux, mais, comme il avait mal dès que je le touchais, je n'en ai rien fait.

Au troisième jour, des points rouge vif ont émergé, lui couvrant le visage et le corps. J'ai pensé que la fièvre était peut-être sur le point de tomber, que l'éruption cutanée signifiait que son organisme combattait la maladie, mais, le matin suivant, les rougeurs s'étaient encore développées, et T.J. était plus brûlant que jamais. Agité et irritable, il oscillait entre conscience et léthargie, provoquant en moi un horrible sentiment de panique lorsque je ne parvenais pas à le réveiller.

Du sang s'est mis à couler de son nez et de sa bouche le cinquième jour. La peur me submergeait par vagues tandis que j'essuyais le sang à l'aide de mon débardeur blanc; en fin d'après-midi, il était rouge. J'ai tenté de me convaincre que les saignements avaient diminué, mais il n'en était rien. Des hématomes couvraient le corps de T.J. aux endroits où le sang s'épanchait sous la peau. Je suis restée allongée près de lui plusieurs heures en pleurant, lui tenant la main.

— Ne meurs pas, T.J., s'il te plaît.

Lorsque le soleil s'est levé le lendemain matin, je l'ai serré dans mes bras. Si ce mouvement l'a fait souffrir, il n'en a rien montré. Entendant Cocotte gratter le flanc du radeau de survie, je me suis penchée pour la faire monter. Elle est allée se nicher à côté de T.J. et a refusé de bouger. Je l'ai laissée.

— Tu n'es pas seul, T.J. Je suis là.

Écartant les cheveux de son visage, j'ai déposé un baiser sur ses lèvres. Sombrant dans un demi-sommeil, j'ai rêvé que T.J. et moi nous trouvions à l'hôpital, où le médecin me disait que je pouvais m'estimer heureuse, car, au moins, il ne s'agissait pas du cancer.

Quand je me suis réveillée, j'ai collé mon oreille à sa poitrine, et j'ai pleuré de soulagement en entendant son cœur battre. Au fil de la journée, ses rougeurs se sont estompées et les saignements se sont atténués avant de cesser complètement. Ce soir-là, j'ai commencé à croire que, peut-être, il allait survivre.

Le matin suivant, son front était froid au toucher. Il a gémi lorsque j'ai tenté de le réveiller, ce qui m'a amenée à penser qu'il était endormi, et non inconscient. Je suis partie chercher des noix de coco et des fruits à pain, puis j'ai rempli plusieurs récipients au récupérateur d'eau de pluie, passant fréquemment vérifier l'état de T.J.

J'ai allumé un feu. Je n'avais aucun moyen de me chronométrer, mais, au jugé, la tâche devait m'avoir pris moins de vingt minutes.

Pas mal pour une citadine.

Je me suis brossé les dents. J'aurais vraiment eu besoin d'un bon bain – je ne m'étais pas approchée du lagon depuis des jours –, mais je ne voulais pas laisser T.J. seul aussi longtemps. En fin d'après-midi, je me suis étendue à côté de lui et lui ai pris la main. Ses paupières ont papilloté, puis il les a ouvertes.

— Hé, salut, ai-je dit en exerçant une légère pression sur ses doigts.

Il a tourné la tête vers moi et a cligné des yeux, essayant de clarifier sa vision. Il a plissé le nez.

— Tu pues, Anna.

Je me suis mise à rire et à pleurer en même temps.

— Tu ne sens pas la rose non plus, Callahan.

— Je peux avoir un peu d'eau ? a-t-il demandé d'une voix rauque.

Je l'ai aidé à s'asseoir avant de porter à ses lèvres la bouteille que j'avais prise pour lui.

— Ne bois pas trop vite. Il ne faut pas que tu vomisses. (Je l'ai laissé boire la moitié de la bouteille, puis l'ai aidé à s'allonger de nouveau.) Tu pourras avoir le reste dans quelques minutes.

— Je ne crois pas que ce soit le cancer.

— Moi non plus, ai-je concédé.

— Qu'est-ce que c'était, à ton avis ?

— Certainement une maladie virale. Sinon, nous n'aurions pas cette conversation. Est-ce que tu as faim ?

— Oui.

— Je vais te chercher de la noix de coco. Désolée, il n'y a pas de poisson. Je ne suis pas allée au lagon, ces derniers jours.

Il a paru surpris.

— Combien de temps est-ce que j'ai été malade ?

— Quelques jours.

— Vraiment ?

— Oui, ai-je confirmé, sur le point de pleurer. J'ai cru que tu allais mourir, ai-je chuchoté. Tu étais vraiment mal en point, et je ne pouvais rien faire, à part rester à côté de toi. Je t'aime, T.J. J'aurais dû te le dire avant.

Les larmes roulaient à présent sur mes joues.

Il m'a attirée contre lui et a déclaré :

— Je t'aime aussi, Anna. Mais tu le savais déjà.

Chapitre 32

T.J.

Pendant qu'Anna était à la pêche, je me suis hydraté. À son retour, elle a fait cuire le poisson, qu'elle m'a apporté au lit et m'a aidé à manger.

— Tu as fait du feu.

— Oui, a-t-elle répondu avec fierté.

— Tu n'as pas eu de problème ?

— Non.

Je mourais d'envie d'engloutir le poisson, mais Anna ne m'a pas laissé faire.

— Ne mange pas trop vite, a-t-elle conseillé.

Je me suis efforcé de ralentir pour permettre à mon estomac de se réhabituer à la nourriture.

— Pourquoi est-ce que Cocotte est au lit avec nous ? ai-je demandé.

Je ne l'avais pas remarquée tout de suite, mais elle était assise au coin du radeau de survie, silencieuse et visiblement très à son aise.

— Elle s'inquiétait aussi pour toi. Maintenant, elle a adopté cette place.

Plus tard, Anna m'a accompagné à la plage dans le but de prendre un bain. Nous avons dû nous arrêter à deux reprises pour que je me repose.

Après m'avoir conduit dans l'eau, Anna s'est savonné les mains et me les a passées sur le corps. Quand elle m'a jugé propre, elle s'est lavée à son tour. Les os de ses hanches saillaient, et je pouvais compter ses côtes.

— Tu n'as pas mangé pendant que j'étais malade ?

— Pas vraiment. J'avais peur de te laisser seul. (Elle s'est rincée avant de m'aider à me redresser.) Et puis tu ne mangeais pas, toi non plus.

Elle m'a pris la main, et nous nous sommes dirigés vers la cabane. Je me suis brusquement immobilisé.

— Qu'est-ce qu'il y a ? a-t-elle demandé.

— Ton ex-petit ami devait vraiment être un complet crétin.

Elle a souri.

— Viens. Tu as besoin de repos.

Prendre un bain m'avait tellement épuisé que je n'ai émis aucune protestation. Une fois de retour à la maison, elle m'a aidé à me coucher, puis s'est allongée à côté de moi et m'a tenu la main jusqu'à ce que je sombre dans le sommeil.

L'état de faiblesse dans lequel je me suis trouvé toute la semaine suivante a fait craindre une rechute à Anna. Elle portait sans cesse sa main à mon front pour vérifier si j'avais de la fièvre, et veillait à ce que je boive beaucoup d'eau.

— D'où viennent tous ces bleus ? ai-je questionné.

— Tu saignais du nez et de la bouche, et apparemment sous la peau. C'est ce qui me faisait le plus peur, T.J. Je savais que tu ne pouvais perdre qu'une certaine quantité de sang, mais j'ignorais laquelle.

Cette révélation m'a terrifié. J'ai cessé d'y penser et me suis concentré sur des choses plus agréables, comme embrasser Anna et lui retirer son tee-shirt.

— Tu vas vraiment mieux, on dirait, a-t-elle plaisanté.

— Oui. Mais il vaut mieux que tu sois au-dessus. Je n'ai pas la force de faire grand-chose d'autre.

— Tu as de la chance que j'aime être au-dessus, a-t-elle répliqué en me rendant mon baiser.

— La chance, ça me connaît.

— Je t'aime, lui ai-je murmuré plus tard, alors que je la tenais dans mes bras.

— Je t'aime aussi.

— Qu'est-ce que tu viens de dire ?

— J'ai dit : je t'aime aussi, a-t-elle répété avant de se pelotonner contre moi en riant. Tu m'as très bien entendue la première fois.

En juin 2004, cela a fait trois ans que nous étions arrivés sur l'île. Nous n'avions plus aperçu aucun avion après celui qui était passé, deux ans auparavant. Je craignais qu'on ne nous retrouve jamais, mais n'avais pas totalement perdu espoir. Je n'étais pas sûr qu'il en soit de même pour Anna.

— Il n'y a presque plus de savon.

Anna tenait une bouteille de gel douche dans sa main. Celle-ci ne contenait plus que quelques millilitres. Cela faisait longtemps que nous avions terminé le shampoing et la crème à raser. Anna me rasait encore, mais, comme il ne nous restait plus qu'une lame émoussée, elle m'écorchait chaque fois la peau, en dépit de toutes les précautions qu'elle prenait. Nous nous frottions les cheveux avec du sable, une version originale du shampoing sec qui aidait un peu. Anna m'a persuadé de brûler une partie de ses cheveux. J'ai passé une flamme sur les pointes, puis lui ai arrosé la tête avec de l'eau, raccourcissant les mèches d'une vingtaine de centimètres. L'air est resté imprégné d'une odeur de roussi pendant des jours.

Nous n'avions plus de dentifrice non plus. Nous nous lavions les dents avec le sel de mer que nous récoltions en laissant s'évaporer de petites quantités d'eau que nous extrayions du lagon. Si les cristaux de sel que nous récupérions ainsi étaient suffisamment durs pour nettoyer nos dents, contrairement au dentifrice, ils n'avaient pas la capacité de nous rafraîchir l'haleine. C'est ce qu'Anna détestait le plus. Et à présent, nous n'aurions plus de savon non plus.

— Peut-être que nous devrions diviser ce qui reste en trois, a proposé Anna en examinant la bouteille de gel douche. Une partie pour faire la lessive, une partie pour nous laver les cheveux, et la dernière pour nous savonner. Qu'est-ce que tu en penses ?

— Ça me paraît bien.

J'ai aidé Anna à transporter toutes nos affaires au bord du lagon. Après avoir rempli d'eau la boîte du radeau de survie, elle y a versé un peu de gel douche. Elle a ensuite mis à tremper tous nos vêtements puis les a minutieusement frottés. Il me restait en tout et pour tout un bermuda, un pull devenu trop petit et le tee-shirt des REO Speedwagon d'Anna. Je passais la majeure partie de mes journées tout nu. Anna avait encore de quoi s'habiller, mais je parvenais parfois à la convaincre de pratiquer le nudisme.

J'ai fêté mes vingt ans en septembre. Il m'arrivait d'avoir des vertiges quand je me levais trop rapidement, et je ne me sentais pas toujours en forme. Comme Anna s'inquiétait facilement, je n'avais pas envie de lui en parler, mais je voulais savoir si elle avait de temps en temps la tête qui tournait, elle aussi. Elle m'a répondu que oui.

— C'est un signe de malnutrition, a-t-elle ajouté. Ça arrive quand l'organisme puise dans sa réserve de nutriments. La nourriture que nous mangeons ne nous permet pas d'en assimiler suffisamment. (Elle m'a pris la main et a observé mes doigts en laissant glisser son pouce sur mes ongles abîmés.) C'est un autre signe. (Elle a tendu la main et l'a examinée.) Les miens aussi sont fragiles.

Nous avons rassemblé notre courage en prévision de la saison sèche, qui annonçait la fin des pluies régulières. Et, sans trop savoir comment, nous avons continué à survivre.

Chapitre 33

Anna

Un matin, au mois de novembre, j'ai vomi mon petit déjeuner. Alors que je mangeais un œuf brouillé, assise sur la couverture à côté de T.J., une subite vague de nausée m'a submergée. J'ai à peine réussi à m'éloigner de trois pas avant d'être malade.

— Hé, qu'est-ce qui ne va pas ? a demandé T.J.

Il m'a apporté de l'eau, et je me suis rincé la bouche.

— Je ne sais pas, mais mon estomac ne veut visiblement rien garder.

— Tu te sens bien ?

— Je me sens beaucoup mieux maintenant. (J'ai pointé le doigt en direction de Cocotte, qui se promenait non loin de nous.) Cocotte, ton œuf n'était pas bon.

— Tu veux essayer un peu de fruit à pain ?

— Peut-être plus tard.

— D'accord.

Le reste de la journée s'est déroulé sans incident, mais le lendemain, juste après avoir mangé un morceau de noix de coco, j'ai vomi de nouveau.

Répétant les gestes de la veille, T.J. m'a apporté de l'eau, et je me suis rincé la bouche. Il m'a reconduite vers la couverture.

— Anna, qu'est-ce qui ne va pas ? s'est-il enquis, les traits crispés par l'inquiétude.

— Je ne sais pas.

Je me suis allongée et me suis mise en position fœtale sur le côté, attendant que la sensation de nausée s'atténue.

T.J. s'est assis à côté de moi et a doucement écarté les cheveux de mon visage.

— Ma question va te paraître insensée, mais tu n'es pas enceinte, si ?

J'ai baissé les yeux sur mon ventre. Comme je n'avais pas repris de poids depuis la maladie de T.J., il était presque creux. Je n'avais toujours pas mes règles.

— Tu m'as bien dit que tu étais stérile, non ?

— D'après les médecins, oui. Ils m'ont annoncé que je le serais probablement de manière définitive.

— Qu'entendaient-ils par « probablement » ?

Il a réfléchi l'espace d'une minute.

— Je me souviens qu'ils m'ont dit qu'il existait une petite chance pour que je retrouve ma fertilité, mais que je ne devais pas compter dessus. C'est pour ça qu'ils m'ont conseillé de congeler mon sperme. C'était le seul moyen d'être sûr, selon eux.

— Alors, tu dois être stérile, à mon avis. (Me sentant un peu mieux, je me suis redressée.) Je ne peux pas être enceinte. Entre nous deux, c'est certainement impossible. Ça doit être une bactérie ou un parasite. Dieu sait ce qui vit dans mon tube digestif.

Il m'a pris la main.

— Si tu le dis.

Plus tard, ce soir-là, juste avant de s'endormir, il a demandé :

— Et si tu étais enceinte, Anna ? Je sais que tu veux un bébé.

Il a serré un peu plus fort ses bras autour de moi.

— Oh, T.J., ne parle pas de ça. Pas ici. Pas sur cette île. Un bébé n'aurait que très peu de chances de survivre. Quand tu es tombé malade et que j'ai cru que tu allais mourir, c'était presque plus que je ne pouvais supporter. Si nous devions voir notre bébé mourir sous nos yeux, je voudrais mourir aussi.

Il a expiré.

— C'est vrai. Tu as raison.

Je n'ai pas vomi le lendemain matin, ni aucun autre matin. Mon ventre est resté plat, et je n'ai pas eu à m'inquiéter de donner naissance à un bébé sur l'île.

T.J. est revenu à la maison, sa canne à pêche sur l'épaule.

— Un gros poisson a cassé la ligne, a-t-il déclaré en entrant avant de ressortir aussitôt. C'est ta dernière boucle d'oreille. Je ne sais pas ce qu'on fera quand je la perdrai.

Il a secoué la tête et s'est apprêté à repartir vers le lagon dans l'intention de rapporter du poisson pour notre repas.

— T.J. ?

Il a regardé par-dessus son épaule.

— Qu'est-ce qu'il y a, ma puce ?

— Je ne trouve pas Cocotte.

— Elle finira par réapparaître. Je t'aiderai à la chercher à mon retour, d'accord ?

Nous avons fouillé les alentours au peigne fin, en vain. Il lui était déjà arrivé de s'éloigner, mais jamais aussi longtemps. Je ne l'avais pas vue depuis le début de la matinée, et elle n'était toujours pas revenue quand je me suis couchée.

— Nous la chercherons encore demain, Anna.

Le jour suivant, je pelais un fruit à pain, installée sous l'auvent, lorsque T.J. s'est dirigé vers moi. J'ai compris à l'expression de son visage qu'il m'apportait de mauvaises nouvelles.

— Tu as dû retrouver Cocotte. Elle est morte ?

Il a acquiescé.

— Où ?

— Dans la forêt.

Il s'est assis, et j'ai posé la tête sur ses genoux, refoulant mes larmes.

— Ça fait au moins un jour qu'elle est morte, a ajouté T.J. Je l'ai enterrée à côté de Mick.

T.J. et moi mangions les poissons aussitôt après les avoir pêchés afin d'éviter tout risque d'intoxication alimentaire. Savoir que Cocotte était morte depuis trop longtemps nous épargnait la peine de transformer notre animal de compagnie en plat de résistance.

T.J. et moi étions devenus très pragmatiques, en fait.

Quelques jours plus tard, le matin du 24 décembre, je n'ai eu aucune envie de me lever. Blottie de mon côté du lit, j'ai fait semblant de dormir chaque fois que T.J. est venu me voir. J'ai pleuré un peu. Ce jour-là, T.J. m'a laissée tranquille, mais, le lendemain matin, il a insisté pour que je me lève.

— C'est Noël, Anna, a-t-il déclaré, se penchant à côté du radeau de survie pour porter sa tête au niveau de la mienne.

Lorsque j'ai posé mon regard sur lui, j'ai été effrayée de trouver les yeux de T.J. aussi éteints. Ses iris semblaient plus ternes que dans mon souvenir.

Rien ne m'avait jamais paru plus difficile que sortir du lit ce matin-là. Encore n'y suis-je parvenue que parce que je pressentais qu'il n'aurait pas fallu grand-chose pour que T.J. se retrouve dans le même état que moi, ce que je n'aurais jamais pu supporter.

Il m'a persuadée d'aller me baigner avec lui.

— Tu te sentiras mieux.

— D'accord.

Flottant sur le dos dans l'eau, j'éprouvais la sensation d'être infiniment légère et dépourvue de substance, comme si mon corps se désagrégeait de l'intérieur, ce qui correspondait sans doute à la réalité. Les dauphins nous ont rejoints, m'arrachant un sourire sincère, qui s'est cependant vite évanoui.

Comme nous l'avions fait tant de fois auparavant, nous nous sommes assis sur le sable. T.J. s'est installé derrière moi, et j'ai posé la tête contre sa poitrine. Il m'a enveloppée dans ses bras. Je me suis imaginé ma famille réunie autour de la grande table en chêne de la salle à manger de mes parents, en train de partager le repas de Noël. Ma mère avait sans doute passé sa journée à cuisiner, gênée par mon père qui n'avait pas dû la quitter d'une semelle.

— Je me demande si le père Noël se sera montré généreux avec Chloe et Joe, ai-je dit.

Regarder mon neveu et ma nièce grandir me manquait.

— Quel âge ont-ils, maintenant ?

— Joe a huit ans, et Chloe vient de fêter ses six ans. J'espère qu'ils croient toujours au père Noël.

À moins que quelqu'un ne leur ait gâché ce plaisir, ce devait être le cas.

— Je te promets que, l'année prochaine, nous passerons Noël ensemble à Chicago, Anna, a-t-il assuré en me serrant très fort dans ses bras. Mais tu dois me jurer que tu ne vas pas abandonner, d'accord ?

— Je n'abandonnerai pas, ai-je affirmé.

Nous mentions autant l'un que l'autre.

Le calendrier de mon agenda s'arrêtait à la fin du mois ; je devrais trouver un autre moyen de me repérer dans le temps en 2005.

Peut-être ne prendrais-je pas cette peine.

Chapitre 34

T.J.

Le lendemain de Noël, Anna et moi sommes partis marcher le long de la plage, main dans la main. Aucun de nous deux n'avait bien dormi la nuit précédente. Elle ne se montrait pas très bavarde, mais j'espérais qu'elle recouvrerait le moral une fois les fêtes passées.

L'aspect du lagon m'a intrigué. L'eau s'était retirée presque jusqu'à la barrière de corail, laissant une immense zone de sable à l'air libre.

— Regarde ça, Anna. Qu'est-ce qui se passe ?

— Je ne sais pas. Je n'avais encore jamais vu ça.

Des poissons frétillaient sur le sable.

— C'est bizarre.

— Je ne comprends pas, a-t-elle murmuré avant de porter la main en visière devant ses yeux. Qu'est-ce que c'est, là-bas ?

— Où ça ?

J'ai plissé les yeux, tentant de déterminer ce qu'elle avait bien pu voir. Quelque chose de bleu s'était formé à la surface de l'océan, au large, mais je n'étais pas très sûr de moi, car la hauteur me semblait démesurée.

Quoi que ce soit, ça rugissait.

Quand Anna a poussé un cri, j'ai compris. Je lui ai pris la main et me suis mis à courir à toutes jambes.

J'avais les poumons en feu.

— Dépêche-toi, Anna. Plus vite ! Plus vite !

Lançant un regard par-dessus mon épaule au mur d'eau qui se dirigeait vers nous, je me suis rendu compte que peu importait la vitesse à laquelle nous pouvions fuir. Notre petite île dépassait à peine de la surface de l'océan ; nous n'avions aucune chance.

Quelques secondes plus tard, la vague a déferlé, arrachant la main d'Anna de la mienne. Elle nous a engloutis, moi, Anna, et l'île.

Elle a tout englouti.

Chapitre 35

Anna

La vague m'a poussée en avant, puis m'a tirée vers le fond. J'ai tournoyé sous l'eau pendant si longtemps que j'ai cru que mes poumons allaient exploser. Consciente que je ne serais pas capable de retenir davantage ma respiration, j'ai agité les pieds et les mains de toutes mes forces afin de remonter vers la lumière du soleil qui scintillait au-dessus de moi. Lorsque ma tête a percé la surface, j'ai toussé entre deux grandes bouffées d'air, luttant pour reprendre mon souffle.

— T.J. !

J'ai hurlé son nom, mais, dès que j'ai ouvert la bouche, de l'eau m'est rentrée dans la gorge. Autour de moi flottaient des troncs d'arbre, de gros bouts de bois, des briques et des morceaux de béton dont je ne comprenais pas la provenance.

Songeant aux requins, j'ai commencé à paniquer et à me débattre, le souffle saccadé. Mon cœur cognait si fort qu'il me semblait sur le point de jaillir de ma poitrine. Ma trachée s'est contractée, me donnant la sensation d'aspirer de l'air avec une paille. J'ai entendu la voix de T.J. dans ma tête me dire : « Respire calmement, Anna. »

J'ai pris une profonde inspiration tout en tâchant d'esquiver les débris. Comme je devais déployer de gros efforts pour garder la tête hors de l'eau, je me suis mise sur le dos afin d'économiser mon énergie. J'ai de nouveau hurlé le nom de T.J. jusqu'à ce que je n'aie plus de voix, mes cris désespérés réduits à une sorte de murmure rauque. J'ai guetté ses appels, mais n'ai perçu rien d'autre que le silence.

Une nouvelle vague a déferlé. Bien que moins puissante que la première, elle m'a attirée vers le fond en me faisant tourbillonner. J'ai nagé encore une fois vers la lumière. Lorsque j'ai fait surface, haletante, j'ai aperçu un gros seau en plastique qui dérivait non loin de moi. J'ai tendu les doigts et les ai refermés sur l'anse, ma bouée improvisée me permettant à peine de me maintenir hors de l'eau.

L'océan s'est calmé. J'ai scruté les alentours, mais n'ai vu que du bleu.

Les heures ont passé et, peu à peu, ma température corporelle a baissé. J'ai frissonné, les yeux pleins de larmes, me demandant quand arriveraient les requins. Car je savais qu'ils finiraient par venir. Peut-être me tournaient-ils déjà autour, sous la surface.

Le seau m'aidait à garder la tête hors de l'eau, mais je devais sans cesse changer de position afin de l'empêcher de couler, ce qui m'épuisait.

J'aurais tout donné – j'aurais payé n'importe quel prix – pour être de nouveau sur l'île avec T.J. J'aurais accepté d'y vivre pour toujours, si cela signifiait que nous étions ensemble.

J'ai somnolé, et me suis réveillée en sursaut quand une vague s'est abattue sur mon visage. Le seau m'a échappé et a dérivé de quelques mètres. J'ai essayé de nager pour le récupérer, mais mes membres refusaient de m'obéir. J'ai coulé, et j'ai lutté pour remonter.

En pensant à T.J., j'ai souri au milieu de mes larmes.

« Tu aimes Pink Floyd ? »

« Je voulais cueillir les noix de coco vertes que tu aimes bien. »

« Tu sais quoi, Anna ? Tu es vraiment cool, comme fille. »

J'ai éclaté en sanglots. Lorsque l'eau m'a submergée, je me suis débattue, déployant mes dernières forces pour remonter à la surface.

« Je ne te laisserai jamais seule, Anna. Je ferai tout pour que ça n'arrive pas. »

« Je pense que tu m'aimes aussi, Anna. »

Je me suis de nouveau retrouvée sous l'eau et, lorsque j'ai refait surface, j'ai su que c'était la dernière fois. À cet instant, la panique m'a envahie, une panique mêlée de terreur, et j'ai voulu hurler, mais j'étais si fatiguée que seul un murmure est parvenu à franchir la barrière de mes lèvres. Juste au moment où je me suis dit : *C'est terminé, je vais mourir*, j'ai entendu un hélicoptère.

Chapitre 36

T.J.

La vague qui s'est abattue sur nous a arraché la main d'Anna de la mienne avant de me happer et de me faire tourbillonner dans tous les sens. Je toussais, suffoquais, incapable de respirer, et les lames me tiraient vers le fond chaque fois que je parvenais à refaire surface.

—Anna!

J'ai crié son nom sans relâche, luttant pour que l'eau ne me rentre pas dans la gorge. J'ai tourné sur moi-même, mais ne l'ai vue nulle part.

Où es-tu, Anna?

Le tronc d'un arbre a percuté ma hanche, et une intense douleur a irradié dans tout mon corps. Toutes sortes de débris flottaient autour de moi, mais aucun assez gros pour que je m'y accroche avant que les vagues furieuses l'aient emporté au loin.

J'ai ralenti le rythme de ma respiration, tentant de ne pas céder à la panique.

Il faut qu'elle se batte. Elle ne doit pas renoncer.

Je me suis mis sur le dos pour économiser mes forces, puis j'ai crié son nom en guettant une réponse. *Rien. Uniquement le silence.* Une seconde vague a déferlé, plus petite que la précédente, me submergeant de nouveau. Voyant une grosse branche d'arbre ballotter à côté de moi lorsque j'ai refait surface, je m'y suis agrippé. Penser à Anna s'efforçant de maintenir sa tête hors de l'eau m'anéantissait. La perspective de se retrouver seule sur l'île la terrifiait, mais la possibilité d'être isolée au milieu de l'océan représentait un cauchemar qu'aucun de nous deux n'avait imaginé. Elle m'avait assuré se sentir en sécurité avec moi, mais j'étais incapable de la protéger à cet instant.

Je ne t'ai laissée seule que parce que je n'ai pas pu l'empêcher, Anna.

Je l'ai appelée de nouveau, puis j'ai attendu une minute avant de réessayer. Ma voix faiblissait, et la soif rendait ma gorge sèche. Haut dans le ciel, le soleil dardait ses rayons sur moi et me brûlait le visage.

La branche, imbibée d'eau, a fini par couler. Comme je n'ai rien trouvé d'autre à quoi m'agripper, je me suis mis à nager sur place, alternant avec des phases de repos sur le dos.

Je luttais pour maintenir ma tête hors de l'eau. À mesure que le temps passait, l'épuisement me gagnait. Plissant les yeux pour regarder au loin, j'ai aperçu une poutre en bois qui dérivait à la surface. J'ai utilisé les dernières forces qui me restaient dans les bras et les jambes pour franchir la distance qui m'en séparait. Je m'y suis accroché, soulagé de constater qu'elle supportait mon poids sans couler. Ma joue posée contre le bois, j'ai évalué ma situation.

Il ne m'a pas fallu longtemps pour me rendre compte qu'elle était désespérée.

Chapitre 37

Anna

Un homme en combinaison de plongée a sauté dans l'océan à côté de moi. Il m'a dit quelque chose, mais le vrombissement des pales de l'hélicoptère couvrait le son de sa voix. Maintenant ma tête hors de l'eau d'une main, il a agité l'autre pour signifier à ses collègues de descendre une nacelle.

J'ignorais s'il s'agissait d'un rêve ou si c'était bien réel. Le secouriste m'a hissée dans la nacelle. Celle-ci s'est élevée dans les airs, et un autre homme m'a fait monter dans l'hélicoptère. Ils ont ensuite redescendu la nacelle pour ramener le plongeur.

En short et tee-shirt, je frissonnais de manière incontrôlable. Ils m'ont enveloppée dans des couvertures. Épuisée comme je ne l'avais encore jamais été, j'ai dû déployer un effort surhumain pour former les mots que je voulais prononcer.

— T.J… (Je n'ai réussi à émettre qu'un murmure, et personne ne m'a entendue dans l'hélicoptère.) T.J., ai-je répété un peu plus fort.

Mon sauveteur m'a soulevé la tête et a porté une bouteille à mes lèvres. J'ai bu, apaisant la soif qui me tenaillait. L'eau fraîche, en coulant dans ma gorge, m'a permis de recouvrer la voix.

— T.J. ! T.J. est en bas. Vous devez le retrouver.

— Nous serons bientôt à court de carburant, m'a répondu l'homme. Et nous devons vous emmener à l'hôpital.

Il m'a fallu un moment pour saisir ce qu'il venait de me dire.

— Non ! me suis-je écriée en me redressant pour lui agripper les épaules. Il est là, en bas. On ne peut pas le laisser.

Cédant à l'hystérie, j'ai poussé des hurlements qui ont résonné dans l'habitacle. L'homme a tenté de me calmer.

— Je vais demander au pilote d'alerter les autres hélicoptères. Ils essaieront de le retrouver. Tout va bien se passer, a-t-il assuré en exerçant une pression sur mon épaule.

Je ne parvenais pas à chasser de mon esprit l'image de T.J. sombrant dans l'océan, incapable de refaire surface. Rompant tout contact avec l'extérieur, je me suis blottie dans un refuge intérieur, me protégeant des pensées et des sensations. La perspective des retrouvailles avec ma famille, cette scène que j'avais imaginée des centaines de fois au cours des trois ans et demi qui venaient de s'écouler, n'éveillait plus en moi aucune émotion.

L'hélicoptère a brusquement viré dans les airs pour prendre la direction de l'hôpital, abandonnant T.J. au milieu de l'océan.

Chapitre 38

T.J.

Au début, je n'ai pas été capable d'identifier le son que j'entendais. Soudain, la lumière s'est faite dans mon esprit, et j'ai compris que ce « tchac-tchac-tchac » provenait du rotor d'un hélicoptère au loin.

Le bruit a faibli avant de disparaître.

Reviens. S'il te plaît, fais demi-tour.

L'appareil a continué à s'éloigner. L'espoir a cédé la place au découragement, et j'ai compris que j'allais mourir. À bout de forces, je parvenais à peine à me tenir à la poutre. Ma température corporelle avait chuté, et j'avais mal partout.

Le visage d'Anna m'est apparu.

Combien de personnes ont la chance d'avoir été aimées comme elle m'a aimé ?

Mes doigts ont glissé, et j'ai lutté pour m'agripper de nouveau à mon bout de bois. J'ai sombré dans un état de demi-somnolence. Un rêve peuplé de requins m'a réveillé en sursaut. J'ai entendu un son au loin, faible tout d'abord, puis plus fort.

Je connais ce bruit.

Une étincelle d'espoir a rejailli en moi, mais j'avais épuisé toute mon énergie. Mes doigts ont glissé sur le bois mouillé, et j'ai lâché la poutre. Ma tête a plongé sous la surface, et je me suis laissé emporter vers le fond. D'instinct, j'ai retenu ma respiration aussi longtemps que possible, jusqu'à ce que, finalement, je ne puisse plus.

Alors que je flottais dans le néant, inconsistant, une sensation nouvelle m'a submergé. La mort n'aurait rien de paisible, en fait. Un poids écrasant m'oppressait, me causant une intense souffrance.

Soudain, la pression a disparu. Un jet d'eau de mer a jailli de ma bouche, et j'ai ouvert les yeux. Un homme en combinaison de plongée était agenouillé à côté de moi, les mains au-dessus de ma poitrine. Mon dos reposait sur quelque chose de solide, et j'ai compris que je me trouvais à l'intérieur d'un hélicoptère. J'ai pris de grandes bouffées d'air puis, aussitôt que j'ai eu assez d'oxygène dans les poumons, j'ai dit :

— Faites demi-tour. Il faut la retrouver.

— Qui ? a-t-il demandé.

— Anna ! Il faut retrouver Anna !

Chapitre 39

Anna

Alors que j'étais recroquevillée au plus profond de mon refuge intérieur, l'homme m'a secoué doucement l'épaule. Je n'avais pas envie de parler, mais il ne cessait de me demander si je l'entendais. Je me suis tournée en direction de sa voix en clignant des paupières, tâchant de transpercer le brouillard qui embrumait mes yeux gonflés et pleins de larmes.

— Comment vous vous appelez? a-t-il questionné. L'un des autres hélicoptères vient de sortir un homme de l'eau. (Je me suis efforcée de me redresser afin d'entendre clairement la suite.) Nos collègues nous ont dit qu'il cherchait une femme prénommée Anna.

Il m'a fallu un moment pour analyser ses paroles, puis, quand j'ai enfin compris ce qu'elles signifiaient, j'ai ressenti la joie la plus pure et la plus sincère de ma vie.

— C'est moi, Anna.

J'ai enroulé mes bras autour de moi et me suis balancée d'avant en arrière en sanglotant.

Quand l'hélicoptère s'est posé à l'hôpital, on m'a hissée sur une civière avant de me transporter à l'intérieur. Deux hommes qui ne parlaient pas anglais m'ont ensuite transférée sur un lit. Tandis qu'ils le poussaient, j'ai aperçu un téléphone accroché au mur.

Un téléphone. Il y a un téléphone.

J'ai tourné la tête en passant devant, et j'ai paniqué en me rendant compte que je ne me souvenais plus du numéro de mes parents.

L'hôpital était bondé. Des gens attendaient de voir un médecin, assis par terre dans le hall. Une infirmière s'est approchée de moi et m'a parlé avec douceur dans une langue que je ne comprenais pas. Elle m'a tapoté le bras en souriant, puis a enfoncé une aiguille dans le dos de ma main avant de fixer une poche de perfusion à la potence placée à côté de mon lit.

— Il faut que je retrouve T.J., ai-je soufflé.

Mais elle a secoué la tête et, constatant que je frissonnais, elle a remonté mon drap afin de me couvrir jusqu'au cou.

Le chaos de toutes ces voix, peu d'entre elles s'exprimant en anglais, résonnait plus fort dans mes oreilles que tout ce que j'avais pu entendre au cours des trois dernières années. L'odeur de désinfectant me piquait les narines, et la lumière vive des néons m'aveuglait. Quelqu'un a poussé mon lit dans un couloir. Allongée sur le dos, je luttais pour ne pas m'endormir.

Où est T.J. ?

J'avais envie d'appeler mes parents, mais n'avais pas la force d'effectuer le moindre mouvement. Je me suis assoupie une minute, puis me suis réveillée en sursaut en entendant des pas approcher. Une voix a dit :

— Les gardes-côtes viennent de l'amener. Je crois que c'est elle qu'il cherche.

Quelques secondes plus tard, une main a soulevé le drap qui me couvrait, et T.J. s'est extirpé de son lit d'hôpital pour se hisser sur le mien, tâchant de ne pas emmêler les tuyaux de nos perfusions respectives. Il m'a enlacée puis a enfoui son visage dans mon cou et a éclaté en sanglots. Le poids tangible de son corps entre mes bras a fait jaillir les larmes de mes yeux.

— Tu as réussi, a-t-il murmuré en tremblant. Je t'aime, Anna.

— Je t'aime aussi.

J'ai essayé de lui parler du téléphone, mais j'étais si épuisée que je ne suis parvenue qu'à bredouiller quelques mots incompréhensibles.

J'ai dormi.

— Vous m'entendez ?

Quelqu'un me secouait doucement l'épaule. J'ai ouvert les paupières, et il m'a fallu un moment pour me souvenir de l'endroit où je me trouvais.

— Anglais, ai-je murmuré en apercevant l'homme blond aux yeux bleus âgé d'une trentaine d'années de type américain qui s'adressait à moi.

J'ai jeté un coup d'œil à T.J. ; il dormait encore.

Le téléphone… Où est ce téléphone ?

— Je suis le docteur Reynolds. Je suis désolé que personne ne soit venu vous voir plus tôt. Nos moyens ne nous permettent pas de gérer des situations de crise de ce genre. Une infirmière a relevé vos constantes vitales il y a quelques heures. Comme les résultats étaient satisfaisants, j'ai préféré vous laisser vous reposer. Vous avez dormi pendant presque douze heures. Est-ce que vous avez mal quelque part ?

— Je suis juste fatiguée. Et j'ai faim et soif.

Le médecin a fait signe à une infirmière qui passait et a mimé le geste de verser de l'eau. Elle a hoché la tête, puis est revenue avec une petite carafe et deux gobelets en plastique. Il en a rempli un et m'a aidée à m'asseoir. J'ai bu d'un trait, puis j'ai jeté un regard confus autour de moi.

— Pourquoi y a-t-il autant de monde ?

— Les Maldives sont en état d'urgence.

— Pourquoi ?

Il m'a dévisagée d'un air étrange.

— À cause du tsunami.

À côté de moi, T.J. a frémi puis a ouvert les yeux. Je l'ai aidé à s'asseoir et l'ai serré dans mes bras tandis que le médecin servait un verre d'eau, qu'il lui a tendu. T.J. l'a vidé d'une traite.

— T.J., c'était un tsunami !

Pendant une minute, il a semblé ne pas saisir le sens de mes paroles, puis il s'est frotté les yeux et s'est exclamé :

— Vraiment ?

— Oui.

— Ce sont les gardes-côtes qui vous ont amenés ? s'est enquis le docteur Reynolds en versant de nouveau de l'eau dans nos gobelets.

J'ai hoché la tête.

— Où étiez-vous ?

T.J. et moi avons échangé un regard.

— On ne sait pas, ai-je répondu. Cela fait trois ans et demi que nous sommes perdus.

— Comment ça, « perdus » ?

— Notre pilote a eu une attaque cardiaque et notre avion s'est crashé dans l'océan. On s'est échoués sur l'une des îles de l'archipel, a expliqué T.J.

Le médecin nous a dévisagés tour à tour avec attention. Peut-être les cheveux de T.J. ont-ils fini par le convaincre.

— Oh, mon Dieu… c'est vous ? a-t-il soufflé, les yeux écarquillés. Les passagers de l'hydravion qui s'est écrasé ? (Il a pris une profonde inspiration, puis a expiré.) Tout le monde vous croyait morts.

— C'est ce qu'on s'est dit, a ajouté T.J. Est-ce que vous pensez pouvoir nous trouver un téléphone ?

Le docteur Reynolds lui a tendu son portable.

— Vous pouvez utiliser le mien.

Une infirmière nous a retiré nos perfusions, puis nous sommes sortis du lit avec précaution. Mes jambes flageolaient. T.J. m'a aidée à garder mon équilibre en passant un bras autour de ma taille.

— Il y a une petite réserve au bout du couloir, a déclaré le médecin. C'est calme, vous y serez tranquilles. (Il nous a considérés un instant et a secoué la tête.) Je n'arrive pas à croire que vous soyez en vie. Les médias ont parlé de vous pendant des semaines.

Nous l'avons suivi dans le corridor. Comme nous passions devant les toilettes pour dames, j'ai demandé :

— Vous pourriez m'attendre quelques instants, s'il vous plaît ?

Ils se sont immobilisés, et j'ai poussé la porte avant de la refermer derrière moi, plongeant la pièce dans l'obscurité. J'ai cherché l'interrupteur à tâtons et, quand la lumière s'est allumée, mes yeux sont passés des toilettes à l'évier, pour s'arrêter sur le miroir.

J'avais complètement oublié comment j'étais.

Je me suis avancée vers la glace pour étudier mon reflet. J'avais la peau couleur café, et T.J. avait raison, mon bronzage faisait ressortir le bleu de mes yeux. Quelques rides étaient apparues sur mon visage. Mes cheveux étaient complètement emmêlés, et plus clairs que dans mon souvenir. Je ressemblais à une fille des îles sauvage et négligée.

Détachant mon regard du miroir, j'ai baissé mon short et me suis assise sur le siège des toilettes. J'ai tendu les doigts vers le rouleau de papier. J'en ai pris quelques feuilles, que j'ai frottées contre ma joue, en savourant la douceur. Après avoir terminé, j'ai tiré la chasse et me suis lavé les mains, émerveillée devant l'eau qui jaillissait du robinet. T.J. et le docteur Reynolds patientaient dans le couloir quand j'ai ouvert la porte.

—Je suis désolée d'avoir été si longue.

—Ce n'est rien, m'a rassurée T.J. Moi aussi, je suis allé aux toilettes. (Il m'a adressé un sourire.) C'était bizarre.

Il a pris ma main dans la sienne, et nous avons emboîté le pas du médecin jusqu'à la réserve.

—Je reviens dans un moment, a déclaré ce dernier. Je dois examiner quelques patients, puis j'appellerai la police locale. Les inspecteurs voudront vous parler. Je vais aussi voir si je peux vous trouver quelque chose à manger.

Mon estomac a grondé à l'évocation de la nourriture.

—Merci, a dit T.J.

Une fois le médecin parti, nous nous sommes assis par terre. Nous étions entourés d'étagères garnies de fournitures médicales. La pièce était peu spacieuse, mais calme.

—Appelle ta famille en premier, Anna.

—Tu en es sûr ?

—Oui.

Il m'a tendu le téléphone. Au bout d'une minute, le numéro de mes parents m'est enfin revenu en mémoire. La main tremblante, j'ai écouté la tonalité en retenant mon souffle. J'ai entendu un « clic » sur la ligne, et je m'apprêtais à dire « bonjour » quand une voix enregistrée a déclamé : « Le numéro que vous avez demandé n'est plus attribué. »

J'ai regardé T.J.

— Leur numéro n'est plus attribué. Ils ont dû déménager.

— Téléphone à Sarah.

— Tu ne veux pas essayer de joindre tes parents d'abord ?

— Non, vas-y, a-t-il insisté, frémissant d'excitation. J'ai juste envie que quelqu'un réponde.

Le cœur battant, j'ai composé le numéro de ma sœur. Au bout de quatre sonneries, quelqu'un a décroché.

— Allô ?

Chloe!

— Chloe, est-ce que tu peux aller chercher ta maman, s'il te plaît ?

— Qui est-ce ?

— Chloe, ma chérie, appelle simplement ta maman, d'accord ?

— Je dois demander qui c'est, et si on ne me répond pas, je dois raccrocher.

— Non ! Ne raccroche pas, Chloe. *(Est-ce qu'elle se souviendra de moi, au moins ?)* C'est tante Anna. Dis à ta maman que c'est tante Anna.

— Salut, tante Anna. Maman m'a montré des photos de toi. Elle m'a dit que tu habitais au paradis. Est-ce que tu as des ailes d'ange ? Maman arrive, je dois y aller.

— Écoutez, a lancé Sarah, je ne sais pas qui vous êtes, mais c'est honteux de faire ce genre de mauvaise plaisanterie à un enfant.

— Sarah ! C'est Anna. Ne raccroche pas, c'est moi. C'est vraiment moi.

Je me suis mise à pleurer.

— Qui êtes-vous ? Ça vous amuse, d'appeler les gens comme ça ? Vous ne voyez pas que vous faites du mal ?

— Sarah, T.J. et moi ne sommes pas morts dans l'accident d'avion. Nous avons vécu sur une île, et s'il n'y avait pas eu le tsunami, nous y serions encore. Nous sommes à l'hôpital de Malé. (À présent que les mots étaient sortis, mes larmes ont redoublé.) S'il te plaît, ne raccroche pas !

— Quoi ? Oh, mon Dieu. Oh, mon Dieu !

Elle a appelé David, mais elle pleurait et parlait si vite que je ne comprenais rien de ce qu'elle disait.

— Anna ? Tu es en vie ? Tu es vraiment en vie ?

— Oui. (Je criais à présent, et T.J. sautait sur place tant il était excité.) Sarah, j'ai d'abord essayé de téléphoner à papa et maman, mais leur numéro n'est plus attribué. Ils ont vendu la maison ?

— La maison a été vendue.

— Tu peux me donner leur numéro ? (J'ai jeté un regard circulaire alentour, mais n'ai aperçu ni papier ni stylo.) Appelle-les, Sarah. Appelle-les dès que j'aurai raccroché. Dis-leur que j'ai essayé de les joindre en premier. Je te rappellerai pour noter leurs coordonnées aussitôt que j'aurai trouvé de quoi écrire. Demande-leur de rester près du téléphone.

— Comment est-ce que tu vas rentrer ?

— Je ne sais pas. Écoute, T.J. n'a même pas encore averti ses parents. Pour l'instant, je ne sais pas comment ça va se passer, mais je vais donner ton numéro à ses parents pour qu'ils se mettent en contact avec toi. Attends leur appel, d'accord ?

— D'accord. Oh, Anna, je ne sais même pas quoi dire. On a célébré ton enterrement.

— Eh bien, je suis vivante. Et j'ai hâte de rentrer à la maison.

Chapitre 40

T.J.

Anna m'a tendu le téléphone portable. J'ai composé mon numéro, et j'ai attendu que quelqu'un décroche.

Répondez. Répondez. Répondez.

—Allô ?

C'était ma mère. Une vague d'émotion m'a submergé quand j'ai entendu le son de sa voix. Ce n'est qu'à ce moment que je me suis rendu compte à quel point elle m'avait manqué. J'ai refoulé les larmes qui me brûlaient les yeux. Anna a passé un bras réconfortant autour de moi.

—Maman, c'est T.J. Ne raccroche pas.

Comme elle demeurait silencieuse, j'ai poursuivi :

—Anna et moi ne sommes pas morts dans l'accident d'avion. Nous avons vécu sur une île. Les gardes-côtes nous ont sauvés après le tsunami, et nous sommes à l'hôpital de Malé.

—T.J. ?

Elle parlait d'une voix lointaine, comme si elle était dans un état second. Elle a éclaté en sanglots.

—Maman, appelle papa !

—Qui êtes-vous ? a crié mon père à l'autre bout du fil.

Une seconde vague d'émotion a déferlé en moi au son de la voix de mon père. J'avais envie de me laisser emporter, mais le désir de faire comprendre à quelqu'un ce qui s'était passé et où nous nous trouvions a triomphé. C'est d'un ton posé que j'ai repris :

— Papa, c'est T.J. Ne raccroche pas. Contente-toi d'écouter. Anna et moi avons échoué sur une île après l'accident d'avion. Les gardes-côtes nous ont sauvés de la noyade après le tsunami. Nous sommes à l'hôpital de Malé, et nous allons bien tous les deux. (Silence.) Papa ?

— Oh, mon Dieu ! a-t-il soufflé. C'est toi ? C'est vraiment toi ?

— Oui, c'est moi.

— Tu as survécu tout ce temps ? Comment ?

— Ça n'a pas été facile.

— Ça va ? Tu n'es pas blessé ?

— Je suis fatigué, j'ai faim et mal partout, mais ça va.

— Et Anna, elle va bien ?

— Oui, elle est assise à côté de moi.

— Je ne sais pas quoi dire, T.J. Je suis bouleversé. Il faut que je réfléchisse une minute. Je dois trouver le moyen de vous faire rentrer.

Soudain, le poids qui pesait depuis si longtemps sur mes épaules a disparu. Mon père s'occuperait de tout et organiserait notre retour à la maison.

— Papa, Anna voudrait que tu appelles sa sœur pour la tenir informée de la suite.

Anna m'a dicté le numéro de téléphone, que j'ai répété à l'intention de mon père.

— Je n'ai vraiment pas envie de raccrocher, T.J., mais il est 20 heures, ici. Il vaut mieux que je passe quelques coups de fil avant qu'il soit trop tard. Ça risque d'être difficile de vous faire accepter sur un vol commercial à cause du 11 Septembre. Si je n'arrive pas à vous trouver d'avion, j'en affréterai un. Je ne pourrai certainement pas vous faire quitter Malé avant demain. Vous êtes tous les deux en état de sortir de l'hôpital ?

— Oui, je crois.

— Est-ce que quelqu'un peut vous emmener jusqu'à un hôtel ?

— Je vais voir.

— Quand vous serez à l'hôtel, téléphone-moi. Je donnerai le numéro de ma carte de crédit à la réception.

— D'accord. Maman va bien ?

— Oui, elle est à côté de moi. Elle veut te parler.

J'éprouvais beaucoup de difficultés à comprendre les paroles de ma mère. Aussitôt qu'elle a entendu ma voix, elle a de nouveau éclaté en sanglots.

— Tout va bien, maman, je serai bientôt à la maison. Ne pleure pas. Repasse-moi papa, d'accord ?

Quand j'ai eu mon père en ligne, je lui ai dit que nous parlerions à la police locale, puis que nous essaierions de trouver un hôtel d'où je lui téléphonerais.

— D'accord, T.J. J'attends ton appel.

— Il va passer des coups de fil, ai-je annoncé après avoir raccroché. Selon lui, ce sera sans doute difficile de nous faire accepter sur un vol commercial à cause du 11 Septembre.

— C'est quoi, le 11 Septembre ?

— Je ne sais pas. Il m'a dit qu'il devrait peut-être affréter un avion. Si on arrive à trouver quelqu'un pour nous emmener à un hôtel, on l'appellera pour qu'il donne son numéro de carte de crédit à la réception. Mais on ne pourra certainement pas partir avant demain, Anna.

Un sourire s'est dessiné sur ses lèvres.

— On a attendu si longtemps. Je peux bien patienter un jour de plus.

Je l'ai serrée dans mes bras.

— On rentre chez nous.

Une fois sortis de la réserve, nous nous sommes mis à la recherche du docteur Reynolds. Il nous attendait dans le couloir en compagnie de deux policiers. Un autre homme s'était joint à eux, vêtu d'un tee-shirt kaki portant sur la poche le nom de la compagnie à laquelle appartenait notre hydravion.

Le médecin tenait à la main un sac en papier kraft maculé d'une énorme tache de graisse sur le côté. Avec un sourire, il me l'a tendu, et j'ai jeté un coup d'œil à l'intérieur. *Des tacos.* J'en ai attrapé un, que j'ai donné à Anna, puis en ai pris un pour moi.

La tortilla frite contenait une garniture à base de bœuf haché et d'oignons. Une sauce épicée a coulé le long de mes doigts. Je n'étais pas habitué à tant de saveurs à la fois. Affamé, j'ai dévoré le tout en moins d'une minute.

Comme les policiers souhaitaient s'entretenir avec nous, nous les avons suivis dans un coin désert du hall. Glissant ma main dans le sac, j'ai sorti deux autres tacos pour Anna et moi.

Les agents avaient beau s'exprimer en anglais, leur accent prononcé rendait leurs propos difficiles à comprendre. Répondant à leurs questions, nous leur avons parlé de Mick et de son attaque cardiaque, puis de l'accident et de la manière dont nous avions échoué sur l'île.

— Les secours ont retrouvé des morceaux de la carlingue, mais n'ont découvert aucun corps, a déclaré l'un des officiers. Ils ont supposé que vous vous étiez noyés.

— Mick se doutait qu'il ne pourrait pas amerrir en toute sécurité, alors il nous a conseillé de mettre nos gilets de sauvetage, leur a appris Anna. Sans cela, nous nous serions certainement noyés.

— Ils ont cherché des corps, mais sans grand espoir, a repris l'autre policier. Il y a des requins.

Anna et moi avons échangé un regard.

— Des éléments de l'épave de l'avion ont été rejetés sur le rivage, ai-je poursuivi. Mon sac à dos, la valise d'Anna et le radeau de survie. Le cadavre de Mick s'est échoué aussi. On l'a enterré sur l'île.

L'employé de la compagnie d'hydravions avait également quelques questions à nous poser.

— Si vous avez récupéré le radeau de survie, pourquoi n'avez-vous pas déclenché la balise de détresse ?

— Parce qu'il n'y en avait pas, ai-je répondu.

— Tous les radeaux de survie en comprennent une. Les garde-côtes ont rendu les balises obligatoires pour tous les appareils qui survolent l'océan.

— Eh bien, le nôtre n'en avait pas, ai-je assuré. Et croyez-moi, on a cherché.

Après avoir noté nos coordonnées, il m'a tendu une carte de visite.

— Demandez à votre avocat de m'appeler quand vous serez rentrés aux États-Unis.

J'ai glissé la carte dans la poche de mon bermuda.

— Encore une chose, ai-je ajouté en me retournant vers les deux policiers. Quelqu'un a vécu sur cette île avant nous. (Je leur ai parlé de la cabane et du squelette.) Si jamais vous cherchiez une personne portée disparue, nous l'avons peut-être trouvée.

Une fois la conversation terminée, j'ai demandé au docteur Reynolds si quelqu'un pouvait nous conduire à un hôtel.

— Je m'en charge, a-t-il répondu.

Le médecin possédait une vieille Honda Civic. Comme elle n'était pas équipée de l'air conditionné, nous avons ouvert les vitres en grand. Lorsqu'il est sorti du parking, j'ai été ébahi par les routes, les voitures et les immeubles, toutes ces choses que je n'avais pas vues depuis si longtemps. J'ai inspiré les gaz d'échappement, si différents des odeurs de l'île. Quand j'ai aperçu la pancarte annonçant l'hôtel, j'ai souri en prenant conscience qu'Anna et moi pourrions profiter d'une chambre, d'une douche et d'un lit.

— Merci de votre aide, ai-je remercié le docteur Reynolds quand il nous a déposés devant l'établissement.

— Bonne chance à tous les deux, a-t-il dit avant de me serrer la main et d'étreindre Anna.

Le bâtiment n'avait pas subi de dégâts majeurs. Quelqu'un balayait les débris sur le trottoir devant l'entrée quand j'ai franchi la porte à tambour avec Anna. Les clients s'étaient rassemblés dans le hall, quelques-uns d'entre eux flanqués d'un amoncellement de bagages.

Tous les regards se sont posés sur nous. S'il existait une règle interdisant de se promener pieds et torse nus, je l'enfreignais. J'ai aperçu notre reflet dans un grand miroir fixé au mur. Nous faisions un peu peur à voir.

J'ai suivi Anna jusqu'au comptoir de la réception, derrière lequel une femme debout pianotait sur le clavier d'un ordinateur.

— Vous désirez une chambre ? a-t-elle demandé.

— Oui, s'il vous plaît. Et est-ce qu'il serait possible d'utiliser votre téléphone ?

Elle a fait pivoter l'appareil vers moi, et j'ai appelé mon père en PCV.

— Nous sommes à l'hôtel, lui ai-je annoncé.

— Prenez deux chambres, et faites prélever le montant de la facture sur mon compte, a déclaré mon père.

— Une chambre nous suffira, papa.

Il a marqué un bref silence.

— Oh, d'accord.

J'ai tendu le combiné à la réceptionniste, et j'ai patienté pendant que mon père lui communiquait les données de sa carte de crédit. Elle m'a rendu le téléphone avant de terminer d'entrer les informations dans l'ordinateur.

— Est-ce qu'il y a un magasin dans l'hôtel ? a interrogé mon père.

— Oui, je le vois d'ici.

Une boutique de souvenirs se trouvait juste après le bureau de la réception. À première vue, elle me paraissait plutôt chic.

— Achetez tout ce dont vous avez besoin. Je suis en train d'organiser votre départ. L'aéroport de Malé a subi des dégâts, mais les agents à qui j'ai parlé m'ont dit que peu de vols avaient été annulés. On ne vous acceptera pas dans un avion de ligne, donc je vais en affréter un. Ta mère voulait aller à votre rencontre, mais je l'ai convaincue que vous rentreriez plus vite si vous n'aviez pas à l'attendre. Je vous appellerai dans votre chambre dès que j'aurai plus de détails, mais tenez-vous prêts à partir demain matin.

— D'accord, papa. On sera prêts.

— Je ne sais même pas quoi dire, T.J. Ta mère et moi sommes toujours sous le choc. Tes sœurs n'arrêtent pas de pleurer, et le téléphone sonne sans arrêt. Nous avons juste envie que vous soyez avec nous. J'ai déjà contacté Sarah. Je ferai en sorte qu'elle reçoive toutes les informations au fur et à mesure.

Après lui avoir dit « au revoir », j'ai raccroché avant de repousser le téléphone vers la réceptionniste.

— L'hôtel est complet, a-t-elle annoncé. Mais nous avons encore une suite de libre. Est-ce que ça vous conviendra ?

J'ai souri et lui ai répondu :

— Ce sera très bien.

Anna et moi nous sommes ensuite dirigés vers le magasin et avons jeté un regard à l'intérieur, ne sachant par où commencer. La boutique était divisée en deux. Un côté était dédié aux vêtements – de toutes sortes, allant des tee-shirts-souvenirs aux tenues plus classiques –, l'autre à l'alimentation. Bonbons, chips, crackers et biscuits garnissaient les rayons.

— Oh, mon Dieu ! s'est écriée Anna en se précipitant vers la nourriture.

Après avoir pris deux paniers dans la pile disposée à l'entrée, je l'ai suivie.

Je lui en ai tendu un et l'ai observée en riant y lancer des sachets de bonbons et des boîtes de gâteaux. J'ai ajouté à sa sélection un paquet de biscuits apéritif et du saucisson.

— Tu es sûr ? a-t-elle demandé en arquant un sourcil.

— Oh oui ! ai-je répondu avec un grand sourire.

Après avoir rempli un panier de cochonneries, nous nous sommes attaqués au rayon des cosmétiques.

— Il y a certainement du savon et du shampoing dans la chambre, mais je préfère ne pas prendre de risques, a déclaré Anna en s'emparant de ces produits avant de compléter le nécessaire de toilette avec des brosses à dents, du dentifrice, du déodorant, de la crème hydratante, des rasoirs, de la crème à raser, ainsi qu'une brosse à cheveux et un peigne.

Nous avons ensuite choisi un tee-shirt et un bermuda pour moi. Quand Anna a agité une boîte de caleçons dans ma direction, j'ai secoué la tête, mais elle a hoché la sienne en riant et a lancé le paquet dans le panier. M'arrêtant devant un tonneau rempli de sandales pour hommes, je me suis saisi d'une paire de tongs noires.

Sur le rayon d'à côté étaient suspendues des petites robes à bretelles ; j'en ai sélectionné une bleue pour Anna, qui a déniché une paire de nu-pieds assortis.

Elle a fourré des sous-vêtements, un short et un tee-shirt dans son panier, puis nous avons porté nos achats jusqu'au comptoir, où nous avons demandé à ajouter le montant de la facture à notre note d'hôtel.

Nous avons ensuite emprunté l'ascenseur jusqu'au deuxième étage. Quand j'ai glissé la carte magnétique dans la serrure et que j'ai ouvert la porte de notre chambre, mon regard s'est tout de suite posé sur un immense lit garni de piles d'oreillers. Une grande télévision à écran plat était fixée au mur opposé, et une table entourée de quatre chaises était installée à côté d'un secrétaire et d'un miniréfrigérateur. Une table basse, un canapé et deux chaises disposés devant une autre télévision meublaient le coin salon. Le climatiseur soufflait de l'air frais dans la pièce. Un plateau chargé de quatre verres enveloppés dans du plastique était placé sur une petite table près de la porte. J'en ai déballé deux, que je suis allé remplir au robinet de la salle de bains. Anna m'a suivi, et je lui en ai tendu un. Elle l'a observé quelques secondes avant de le porter à ses lèvres.

Nous avons examiné le reste de la salle de bains. Une énorme douche vitrée occupait un coin de la pièce, séparée d'un grand jacuzzi par un comptoir en marbre à double vasque sur lequel était posée une corbeille contenant du savon et du shampoing. Deux peignoirs blancs étaient pendus à une patère près de la porte.

— Je vais appeler Sarah pour avoir le numéro de mes parents. Ils doivent attendre mon coup de fil. Quel est le décalage horaire avec Chicago ?

— Onze heures, je crois. Quand j'ai parlé à mon père, il m'a dit qu'il était déjà 20 heures, là-bas.

Anna s'est assise sur le lit avant de s'emparer du calepin et du stylo posés sur la table de nuit. Après avoir décroché le combiné, elle a composé le numéro de sa sœur.

— C'est occupé. Je vais essayer son portable. (Elle a fait un autre numéro, a attendu un moment, puis a raccroché.) Ça sonnait dans le vide, a-t-elle expliqué, les sourcils froncés. Pourquoi est-ce qu'elle ne répond pas ?

— Elle est probablement en train de prévenir tous les gens que tu connais, et ils la rappellent. Son téléphone n'arrêtera certainement pas de sonner pendant quelques jours. Allons prendre une douche. Tu réessaieras après.

Nous sommes restés près d'une heure sous le jet, à nous savonner en riant. J'avais beau lui affirmer qu'elle était parfaitement propre, Anna continuait à se laver.

— Je ne prendrai plus jamais de bain de ma vie, a-t-elle décrété. À partir de maintenant, je ne prends plus que des douches.

— Moi aussi.

Une fois sortis, nous nous sommes séchés et avons enfilé un peignoir. Anna a versé du dentifrice sur deux brosses à dents et m'en a tendu une. Debout devant le double lavabo, nous nous sommes lavé les dents, frottant, rinçant et crachant. Après avoir reposé sa brosse à dents, Anna a lancé :

— Embrasse-moi, T.J.

Je l'ai soulevée, l'ai assise sur le comptoir, puis ai pris son visage entre mes mains. Notre baiser a duré un long moment.

— Tu as bon goût, ai-je affirmé. Et tu sens aussi très bon. Même si ça ne me dérangeait pas quand ce n'était pas le cas.

— C'est tout de même mieux comme ça, a-t-elle répliqué en appuyant son front contre le mien.

— Oui.

Nous sommes sortis de la salle de bains, et je me suis étendu sur le lit, le menu du service de chambre dans une main, la télécommande de la télévision dans l'autre.

— Anna, regarde ça.

Elle était en train de déchirer un paquet de gâteaux, mais elle a interrompu son geste et s'est assise à côté de moi pour consulter le menu. J'ai ouvert le sachet de biscuits apéritif qu'elle me tendait avant d'en mettre une pleine poignée dans ma bouche. Les tortillas au fromage ne m'avaient jamais paru aussi bonnes.

Nous n'arrivions pas à faire un choix entre les plats proposés ; nous aurions aimé goûter à tout. Nous avons fini par nous décider pour un steak-frites, des spaghettis aux boulettes de viande, du pain à l'ail et du gâteau au chocolat.

— Oh, et deux Coca géants ! a ajouté Anna.

J'ai appelé le service de chambre pour passer commande. Anna s'est emparée de la carte magnétique et a pris quelque chose sur la tablette près de la porte avant de sortir, assurant qu'elle ne serait pas longue.

— Tu es nue sous ce peignoir, lui ai-je rappelé.

— Je n'en ai pas pour longtemps.

J'ai allumé la télévision. Toutes les chaînes diffusaient un programme d'informations consacré au tsunami. Anna a reparu dans la chambre, un petit seau dans les bras. Je me suis assis.

— Qu'est-ce que c'est ? Des glaçons ?

— Oui, a-t-elle répondu avant d'en mettre un à la bouche.

Elle s'est allongée près de moi sur le lit, et je l'ai observée sucer son morceau de glace. Elle s'est redressée pour dénouer la ceinture de mon peignoir, qu'elle a ouvert avant de me caresser le torse. En dépit de la douleur, mon corps a instantanément réagi à son contact.

— Tu as d'énormes bleus en train de se former, ici, m'a-t-elle fait remarquer. Qu'est-ce qui s'est passé ?

— Il y avait un gros tronc d'arbre dans l'eau.

— Tu as vraiment des problèmes avec les arbres.

— Cette fois, c'est lui qui m'a frappé.

Anna a glissé un autre glaçon entre ses lèvres, puis m'a embrassé dans le cou et sur la poitrine.

— Dans combien de temps doit arriver notre commande ? a-t-elle demandé.

— Personne ne l'a précisé.

Anna a déposé un baiser sur mon ventre, puis s'est aventurée plus bas. Lorsqu'elle a refermé la bouche sur moi, la sensation inhabituelle de froid m'a coupé le souffle. J'ai fermé les yeux, les mains posées sur sa tête.

Quand le service de chambre a frappé à la porte un peu plus tard, j'ai noué la ceinture de mon peignoir et suis allé ouvrir. Le serveur a apporté tous les plats sur la table avant de me faire signer un reçu, puis nous nous sommes empressés de soulever les couvercles.

—On a des couverts ! s'est exclamée Anna.

Elle a saisi une fourchette, qu'elle a observée pendant une seconde avant de la planter dans une boulette de viande.

—Et des chaises, ai-je renchéri.

J'en ai tiré une et me suis assis à côté d'Anna. Je lui ai tendu une tranche de pain à l'ail avant de découper un morceau de steak. J'ai laissé échapper un gémissement quand je l'ai mis dans ma bouche. Entre deux gorgées de Coca, nous nous sommes fait goûter nos plats, chacun portant sa fourchette aux lèvres de l'autre. Nos estomacs se sont vite remplis. Nous n'étions pas habitués à une nourriture aussi lourde et abondante. Anna a soigneusement emballé les restes, qu'elle a placés au réfrigérateur.

Nous nous sommes ensuite allongés sur le lit le temps de digérer. Jouant avec une mèche de mes cheveux, Anna a posé la tête sur mon épaule, ses jambes entrelacées aux miennes.

—Je ne me suis jamais sentie aussi bien de ma vie, a-t-elle déclaré.

J'ai coupé le son de la télévision. Nous avions mangé en regardant les images du tsunami, ébahis par l'étendue des dégâts qu'il avait causés. Apparemment, l'Indonésie avait été très sévèrement touchée, et le nombre de morts était déjà estimé à plusieurs dizaines de milliers.

—C'est horrible de dire ça avec toutes les victimes qu'il y a eu, mais sans le tsunami, nous serions toujours sur cette île, a commenté Anna. Je ne sais pas combien de temps encore nous aurions survécu.

—Moi non plus.

J'ai tendu les doigts vers la table de nuit pour allumer la radio, et j'ai changé de fréquence jusqu'à ce que je trouve une station jouant de la musique américaine. J'ai souri en entendant l'air de *More than a feeling* du groupe Boston.

—J'adore cette chanson, a soupiré Anna. (Elle s'est pelotonnée contre moi, et je l'ai serrée plus fort.) Tu t'imagines que nous sommes sauvés et que nous allons retrouver nos familles, T.J. ?

—Je commence seulement à m'en rendre compte.

— Quelle heure est-il ?

Je me suis tourné vers l'horloge du réveil.

— Quatorze heures et quelques.

— Il est 1 heure du matin à Chicago. Tant pis. Je vais quand même rappeler Sarah. De toute manière, ni elle ni mes parents ne doivent dormir.

Anna s'est assise pour s'emparer du téléphone, étirant le fil au-dessus de mon corps.

— Je vais d'abord essayer son fixe.

Elle a composé le numéro, puis a attendu.

— Occupé. Peut-être qu'elle répondra sur son portable.

Elle a fait un autre numéro, et a de nouveau patienté.

— Je tombe directement sur le répondeur. Je vais lui laisser un message. (Elle a fini par raccrocher sans avoir rien dit.) Sa messagerie est pleine.

— Essaie encore dans un petit moment. Tu finiras par réussir à la joindre.

Elle m'a donné le téléphone, que j'ai reposé sur la table de nuit.

— Anna ?

Elle s'est de nouveau blottie dans mes bras.

— Oui ?

— Et John ? Tu ne crois pas que Sarah l'a appelé ?

— J'en suis sûre.

— Comment il va réagir, à ton avis, quand il apprendra que tu es en vie ?

— Il se réjouira pour ma famille, bien entendu. À part ça, je ne sais pas. Il doit certainement avoir une femme et des enfants, et habiter en banlieue, maintenant.

Elle s'est interrompue un instant avant d'ajouter :

— J'espère qu'il a donné mes affaires à ma famille.

— Où est-ce que tu vas vivre ?

— Chez mes parents. Où que ce soit. Ils voudront que je reste avec eux un moment. Ensuite, je louerai un appartement. Je n'arrive toujours pas à croire qu'ils aient vendu leur maison. Ils parlaient souvent d'acheter quelque chose de plus petit un jour, peut-être un appartement, mais je ne pensais pas qu'ils le feraient. J'ai grandi dans cette maison. Ça me rend triste de savoir qu'ils ne l'ont plus.

Je l'ai embrassée, puis j'ai ouvert son peignoir et l'ai fait glisser sur ses épaules. Après avoir fait l'amour, nous nous sommes endormis. Quand je me suis réveillé, il était 17 heures. Anna dormait profondément à côté de moi. Les yeux levés vers le plafond, j'ai repensé à notre conversation. Je lui avais parlé de John, mais ne lui avais pas posé l'unique question qui me préoccupait vraiment.

Et nous ?

Chapitre 41

Anna

J'ai ouvert les yeux et me suis étirée. Adossé à la tête de lit, T.J. regardait la télévision avec le son réglé au minimum en mangeant du saucisson sec.

— C'était bien agréable, cette sieste, ai-je déclaré avant de l'embrasser et de balancer mes jambes hors du lit. Je dois aller faire pipi. Tu sais ce qui me plaît le plus dans cette salle de bains ? ai-je ajouté en jetant un coup d'œil par-dessus mon épaule tandis que je me dirigeais vers la porte.

— Le papier-toilette ?

— Exactement.

Lorsque je suis retournée auprès de T.J., il m'a donné un morceau de charcuterie.

— Avoue que ce n'est pas mauvais, a-t-il lancé.

— Ça va, mais je suis bien moins difficile qu'avant. Où est-ce que j'ai laissé le paquet de gâteaux ?

Je l'ai trouvé sur la commode. N'étant pas habituée à la climatisation, je me suis enveloppée plus étroitement dans mon peignoir avant d'aller de nouveau me blottir sous les couvertures, au contact du corps de T.J. Je me sentais encore plus raide et plus courbatue que lorsque les secours m'avaient sortie de l'eau, et j'étais reconnaissante d'avoir un lit si moelleux.

À 22 heures, j'ai tenté de téléphoner à Sarah. Il était 9 heures à Chicago, mais ça sonnait occupé.

—Je n'arrive toujours pas à la joindre, ai-je soupiré. J'ai essayé son fixe, mais elle ne répond pas. Sa messagerie ne se déclenche pas non plus.

—Je vais essayer d'appeler mon père. Peut-être qu'il lui a parlé.

T.J. a composé le numéro de ses parents, puis a attendu avant de secouer la tête.

—Leur ligne est occupée aussi. Je suppose qu'ils reçoivent tous de nombreux appels. On réessaiera demain matin.

Après avoir reposé le combiné, T.J. m'a caressé les cheveux.

—Je ne sais pas comment je vais réussir à perdre l'habitude de dormir avec toi tous les soirs.

—Eh bien, ne la perds pas, ai-je répliqué.

Me hissant sur un coude, j'ai baissé les yeux sur lui. Je ne me sentais pas prête à le laisser partir, même si cela faisait de moi une égoïste.

Il s'est redressé.

—Tu parles sérieusement ?

—Oui. (Mon cœur battait la chamade, et mon cerveau me répétait qu'il s'agissait d'une mauvaise idée, mais je m'en moquais.) Nous serons séparés un moment. Tu as besoin de voir ta famille, et moi, je dois passer du temps avec la mienne. Mais après, si tu veux revenir, je t'attendrai.

Il a expiré, une expression de soulagement sur le visage, puis il m'a enlacée et m'a embrassée sur le front.

—Bien sûr que je voudrai revenir.

—Ce ne sera pas facile, T.J. Les gens ne comprendront pas. Ils poseront beaucoup de questions. (Un nœud s'est formé dans mon estomac rien qu'à cette pensée.) Il serait sans doute bon de mentionner le fait que rien ne s'est passé entre nous avant que tu aies presque dix-neuf ans.

—Tu crois que quelqu'un le demandera ?

—Je crois que tout le monde le demandera.

Je me suis relevée au milieu de la nuit pour aller aux toilettes. Nous nous étions endormis devant la télévision et, après m'être de nouveau glissée dans le lit, je me suis emparée de la télécommande avant de passer d'une chaîne à l'autre, m'arrêtant sur les informations.

Je me suis brusquement redressée quand CNN a annoncé un scoop et que se sont affichées sur l'écran, sous le titre « DEUX HABITANTS DE CHICAGO DISPARUS EN MER SECOURUS AU BOUT DE TROIS ANS ET DEMI », des photos de T.J. et moi, figés à seize et trente ans.

J'ai secoué doucement l'épaule de T.J.

— Quoi ? Qu'est-ce qu'il y a ? a-t-il demandé dans un demi-sommeil.

— Regarde la télé.

Il s'est assis en clignant des yeux, puis s'est pétrifié devant l'écran.

J'ai augmenté le volume juste à temps pour entendre Larry King déclarer : « Comme chacun d'entre vous, je pense, je suis impatient de connaître le récit de leur histoire. »

— Putain de merde ! s'est écrié T.J.

Et voilà…

Chapitre 42

T.J.

Je me suis levé avant Anna et j'ai commandé des œufs, des pancakes, des saucisses, du bacon, du pain grillé, des pommes de terre sautées, du jus de fruits et du café. Quand le service de chambre a apporté les plats, j'ai embrassé Anna jusqu'à ce qu'elle se réveille.

Elle a ouvert les yeux.

— Ça sent le café.

Je lui en ai versé une tasse. Elle a bu une gorgée, puis a soupiré :

— Oh, que c'est bon !

Nous avons pris le petit déjeuner au lit, puis Anna est allée se doucher. Je suis resté près du téléphone au cas où mon père appellerait. Dès qu'elle est sortie de la salle de bains, elle a pris ma place pour me permettre d'aller me laver à mon tour. Lorsque je suis retourné dans la chambre, m'essuyant à l'aide d'une serviette, elle m'a dévisagé.

— Tu t'es rasé.

Elle a passé le dos de sa main sur ma joue.

J'ai éclaté de rire.

— Tu m'as dit que, si jamais on quittait l'île, je devrais me débrouiller tout seul.

— Je ne le pensais pas vraiment.

Le téléphone a sonné à 11 heures. Mon père m'a annoncé qu'il avait affrété un avion et que nous devions être à l'aéroport dans une heure.

— C’est un vol direct. Vous ne vous arrêterez que pour refaire le plein. On vous attendra à O’Hare.

— Papa, Anna n’arrive pas à joindre sa sœur. Est-ce que tu l’as appelée ?

— J’ai réussi à lui parler deux fois. Son numéro sonnait souvent occupé, mais le nôtre aussi, T.J. La nouvelle s’est répandue rapidement. L’aéroport a pris des dispositions exceptionnelles. Nous sommes autorisés à vous accueillir à la sortie de l’avion, mais les médias seront là également. Je ferai mon possible pour qu’ils restent à une distance raisonnable.

— D’accord. Je ferais mieux de raccrocher, si on veut être à l’heure à l’aéroport.

— Je t’aime, T.J.

— Je t’aime aussi, papa.

J’ai enfilé le tee-shirt et le short que j’avais achetés dans le magasin de souvenirs. Anna avait mis sa robe bleue. J’ai glissé la main dans la poche du bermuda que je portais la veille pour en sortir la carte de visite de l’agent de la compagnie d’hydravions, puis j’ai jeté mes vieux vêtements crasseux à la poubelle. Nous avons entassé tout le reste de nos affaires dans deux sacs plastique que nous avons trouvés dans la chambre.

Après être passés par la réception, nous avons emprunté la navette de l’hôtel jusqu’à l’aéroport. Anna ne tenait pas en place. Je l’ai enlacée en riant.

— Tu es aussi excitée qu’une puce.

— Je sais. Je suis nerveuse, et j’ai bu beaucoup de café.

Le bus a ralenti avant de s’arrêter devant l’entrée de l’aéroport, et nous nous sommes levés.

— Tu es prête à partir ? ai-je demandé en lui prenant la main.

Elle a souri et répondu :

— Absolument.

Le pilote, le copilote et l’hôtesse formant l’équipage nous ont accueillis par des cris de joie et des applaudissements quand nous avons baissé la tête pour embarquer dans l’avion. Ils nous ont serré la main, et nous leur avons adressé un sourire avant de nous présenter.

J'ai examiné la cabine. Elle comptait sept places : cinq sièges individuels de part et d'autre d'une étroite allée, et deux fauteuils accolés. Un petit canapé était installé le long de la paroi. Mon père avait dû payer ça une fortune.

— C'est un avion de quel modèle ? ai-je demandé.

— C'est un Lear 55, un jet de taille moyenne, a répondu le pilote. Nous devrons faire plusieurs escales pour nous ravitailler en carburant, mais nous devrions être à Chicago dans dix-huit heures environ.

Anna et moi avons rangé nos sacs en plastique dans l'un des compartiments à bagages situés au-dessus des sièges avant de nous asseoir côte à côte sur les fauteuils inclinables en cuir. Devant nous se trouvait une grande table fixée au sol.

L'hôtesse s'est dirigée vers nous dès que nous avons attaché nos ceintures.

— Bonjour. Je suis Susan. Souhaitez-vous un rafraîchissement ? Nous pouvons vous proposer de la bière, du vin, des cocktails, de l'eau minérale, des jus de fruits et du champagne.

— Choisis en premier, Anna.

— J'aimerais de l'eau, du champagne et un jus de fruits, s'il vous plaît, a-t-elle déclaré.

— Est-ce que vous voudriez que je vous prépare un mimosa ? J'ai du jus d'orange frais.

Anna a adressé un sourire à Susan.

— C'est une excellente idée. Merci.

— Je vais prendre de l'eau, une bière et un Coca, ai-je ajouté. Merci.

— Très bien. Je reviens tout de suite.

Nous n'avions aucune résistance à l'alcool, ce qui nous a valu de finir passablement ivres. Anna a bu deux mimosas, et moi, j'ai sifflé quatre bières. Elle n'arrêtait pas de pouffer, et je ne pouvais m'empêcher de l'embrasser. Nous faisions pas mal de bruit, mais Susan a prétendu ne rien remarquer avec un admirable talent d'actrice.

Elle nous a apporté un énorme plateau de fromages, de crackers et de fruits, espérant sans doute que manger nous permettrait de dissiper les effets de l'alcool. Nous en avons dévoré la totalité, mais pas avant que j'aie insisté pour lancer quelques grains de raisin dans la bouche d'Anna. J'ai chaque fois raté ma cible, ce qui nous a fait beaucoup rire.

À la tombée de la nuit, Susan nous a donné des couvertures et des oreillers.

— Oh, super, a dit Anna entre deux hoquets. J'ai sommeil.

Après avoir étendu la couverture sur nous, j'ai glissé les mains sous la robe d'Anna.

— Arrête, a-t-elle protesté en tentant de me repousser. Susan est juste là.

— Susan s'en moque, ai-je assuré en remontant la couverture au-dessus de nos têtes afin d'avoir un peu plus d'intimité.

Mais c'étaient des paroles en l'air, car, cinq minutes plus tard, j'ai sombré dans le sommeil.

Je me suis réveillé avec un mal de crâne carabiné. Anna dormait toujours, la tête contre mon épaule. Lorsqu'elle a émergé, nous sommes allés à tour de rôle nous rafraîchir et nous brosser les dents aux toilettes. Susan a déposé sur la table une assiette de sandwichs à la dinde et au rôti de bœuf accompagnés de chips et de Coca-Cola. Elle m'a ensuite tendu deux comprimés de paracétamol en emballage individuel et deux bouteilles d'eau.

— Merci.

— De rien, a-t-elle dit en me tapotant l'épaule.

Nous avons ouvert les sachets et avalé les médicaments avec une gorgée d'eau.

— C'est quel jour, aujourd'hui, Anna ?

Elle a réfléchi pendant une minute avant de répondre :

— Le 28 décembre, je crois.

— J'aimerais qu'on passe le réveillon du Nouvel An ensemble. Tu me manqueras déjà beaucoup d'ici là.

Anna m'a donné un furtif baiser.

— Rendez-vous accepté.

Nous avons mangé nos sandwichs et nos chips, puis avons discuté pendant le reste du trajet.

— Je rêve de ce jour depuis si longtemps, T.J… Je m'imagine courir les bras grands ouverts en direction de mes parents, Sarah, David et les enfants venus m'accueillir tous ensemble.

— Moi aussi, j'en ai rêvé. Je redoutais que ça n'arrive jamais.

— Mais c'est arrivé, a répliqué Anna avec un sourire.

Quand le ciel s'est éclairé des lueurs de l'aube, j'ai observé par le hublot les champs gelés du Midwest. Alors que l'avion entamait sa descente sur Chicago, Anna a pointé son doigt vers la vitre en s'exclamant :

— Regarde, T.J., de la neige !

Nous avons atterri à O'Hare un peu avant 6 heures. L'appareil ne s'était pas encore immobilisé qu'Anna avait déjà détaché sa ceinture et s'était levée.

Après avoir récupéré nos sacs dans le compartiment à bagages, nous nous sommes élancés vers la porte. Le pilote et le copilote sont sortis du cockpit.

— Ça a été un plaisir de vous ramener chez vous, a lancé le pilote. Bonne chance à tous les deux.

Nous nous sommes tournés vers Susan.

— Merci pour tout, a dit Anna.

— De rien, a-t-elle déclaré en nous étreignant.

La porte de l'avion s'est ouverte.

— C'est le moment, T.J., a soufflé Anna. Allons-y.

Chapitre 43

Anna

T.J. ET MOI AVONS TRAVERSÉ LA PASSERELLE EN COURANT, main dans la main. À notre arrivée de l'autre côté, la foule nous a acclamés. Aveuglée par les flashs de centaines d'appareils photo, j'ai cligné des yeux. Les journalistes nous ont aussitôt assaillis de questions. Sarah s'est ruée vers nous et m'a prise dans ses bras, en pleurs.

Dans un état proche de l'hystérie, Jane Callahan s'est jetée sur T.J. pour l'enlacer. Tom Callahan et deux filles – sans doute les sœurs de T.J. – se sont joints à l'étreinte familiale. À côté de Sarah, David m'a tendu les bras. Je l'ai serré très fort contre moi, puis me suis écartée pour scruter la foule à la recherche de mes parents.

John était là.

Lorsqu'il a couru vers moi, je l'ai enlacé machinalement. J'ai reculé, impatiente qu'il libère le passage. En proie à la confusion, j'ai senti les battements de mon cœur s'accélérer. J'ai balayé du regard les autres personnes amassées dans la zone délimitée, mais je n'ai pas vu ma mère.

Ni mon père.

J'ai continué à les chercher avec frénésie, puis j'ai soudain compris pourquoi leur numéro de téléphone n'était plus attribué. Mes jambes ont cédé. Sarah et David m'ont empêchée de tomber.

— Tous les deux ?

Sarah a hoché la tête, les joues baignées de larmes.

— Non ! ai-je hurlé. Pourquoi tu ne m'as rien dit ?

— Je suis désolée, a-t-elle soufflé. Ton appel m'a bouleversée, et tu semblais si heureuse… Je n'ai pas pu, Anna.

Ils m'ont conduite jusqu'à une chaise. Je n'étais pas encore assise que T.J. est apparu à mon côté.

Il s'est installé près de moi pour me prendre dans ses bras, puis m'a bercée doucement tandis que je sanglotais contre sa poitrine. J'ai levé la tête.

— Ils sont morts tous les deux.

— Je sais. Ma mère vient de me le dire.

Il a déposé un baiser sur mon front avant d'essuyer mes larmes pendant que les photographes nous mitraillaient. Je l'ignorais encore à cet instant, mais, moins de vingt-quatre heures plus tard, les images de T.J. m'enlaçant et m'embrassant feraient la une de tous les journaux du pays.

J'ai reposé la tête sur sa poitrine et fermé les yeux. Sarah me caressait le dos. Finalement, j'ai pris une profonde inspiration et me suis redressée.

— Je suis vraiment désolé, a murmuré T.J. en écartant les cheveux de mon visage avec douceur.

J'ai hoché la tête.

— Je sais.

Le silence régnait, uniquement troublé par les crépitements et les flashs des appareils photo. Je me suis tournée vers ma sœur.

— J'aimerais rentrer à la maison.

Sarah a écrit son numéro de portable sur une feuille afin que je puisse le donner à T.J. Je lui ai tendu le morceau de papier, qu'il a glissé dans la poche de son bermuda.

— Je t'appelle dans un moment.

Il m'a enveloppée dans ses bras et m'a chuchoté à l'oreille :

— Je t'aime.

— Je t'aime aussi.

Alors que nous nous levions, Tom et Jane Callahan nous ont rejoints, suivis des sœurs de T.J.

— Je suis désolée pour vous, Anna, a déclaré Jane. Sarah nous a appris le décès de vos parents. C'était horrible de savoir la nouvelle qui vous attendait à votre retour. (Elle m'a prise dans ses bras et, après s'être écartée, elle a gardé mes mains dans les siennes quelques instants.) Nous vous appellerons dans quelques jours. Il faut que nous discutions de certaines choses.

Elle m'a adressé un sourire puis m'a furtivement embrassée sur la joue.

Tom Callahan m'a lancé un regard compatissant avant d'exercer une pression sur mon épaule.

— Merci d'avoir organisé notre retour, ai-je dit.

— Ce n'était rien, Anna.

Sarah a chargé David d'annoncer aux médias que je ne ferais aucune déclaration. John est venu se placer à mon côté. Il a fait mine de me prendre la main, puis s'est ravisé.

— Je suis désolé pour tes parents, Anna.

— Merci.

Nous sommes restés l'un en face de l'autre dans un silence gêné, comme deux étrangers, puis il a fini par ajouter :

— J'ai été si heureux quand Sarah a téléphoné… Je n'arrivais pas à le croire.

J'ai pris une profonde inspiration.

— John…

— Ne dis rien. Prends ton temps. Quand tu te sentiras prête, nous parlerons. Je suppose que tu as envie de quitter cet endroit. (Il a coulé un regard en direction de T.J., qui se tenait non loin de là avec sa famille.) J'ai donné toutes tes affaires à Sarah il y a environ un an. Je n'en avais pas été capable plus tôt.

Il a planté ses yeux dans les miens avant de conclure :

— Je suis vraiment content que tu sois rentrée, Anna.

Il m'a serrée contre lui avant de s'éloigner, puis Sarah et David m'ont conduite hors de l'aéroport.

Chapitre 44

T.J.

Les membres de ma famille m'entouraient. Alexis et Grace me tenaient chacune une main et, comme ma mère hésitait entre le rire et les larmes, elle pleurait et riait en même temps.

— Je n'arrive pas à croire à quel point tu as grandi ! s'est exclamé mon père.

Ma queue-de-cheval les a tous fait pousser de hauts cris.

— Nous n'avions pas de ciseaux, ai-je expliqué.

J'ai remarqué du coin de l'œil un grand type blond. Il s'est approché d'Anna.

— *Ne lui adresse pas la parole. Elle ne t'aime plus.*

Je les ai observés jusqu'à ce que ma mère me tire par le bras.

— Rentrons à la maison, T.J.

J'ai jeté un dernier regard à Anna. John l'a enlacée puis s'est éloigné. J'ai expiré, et j'ai répondu :

— D'accord, maman.

Avant que nous sortions, ma mère m'a tendu un manteau, des chaussettes et des baskets. Après avoir fourré mes tongs dans le sac en plastique avec le reste de mes affaires, j'ai suivi ma famille jusqu'à la voiture.

Une fois à la maison, j'ai pris une douche, enroulé une serviette autour de ma taille, et suis entré dans mon ancienne chambre. Elle n'avait pas changé. La même couette bleu marine était étendue sur mon lit, et ma chaîne hi-fi se trouvait toujours dans le coin, à côté de mon bureau, avec ma collection de CD. Une pile de vêtements pliés était posée sur la commode. Ma mère avait eu le nez fin en choisissant la taille, vu comme j'avais grandi.

Quand je suis sorti de ma chambre, je suis allé dans la cuisine, où ma mère était en train de préparer le petit déjeuner. Elle m'a servi une assiette de pancakes accompagnés de bacon et, après avoir mangé, je me suis assis dans le salon pour discuter avec ma famille. Grace, à présent âgée de quatorze ans, a insisté pour venir à côté de moi. Alexis, qui venait de fêter ses douze ans, s'est installée à mes pieds.

Je leur ai tout raconté : Mick, le crash, l'eau contaminée, la soif, la faim, le requin, ma maladie et le tsunami, et j'ai répondu à toutes leurs questions. Ma mère a de nouveau fondu en larmes en entendant à quel point j'avais été malade.

Le soir, quand mes sœurs sont parties se coucher, je suis resté seul avec mes parents.

— Tu n'imagines pas ce que nous avons ressenti, T.J., a dit ma mère. Recevoir un appel de son fils que l'on croyait mort… si ce n'est pas un miracle, je ne sais pas ce que c'est.

— Moi non plus, ai-je renchéri. Anna avait rêvé du jour où on passerait ces coups de téléphone. Elle était impatiente que tout le monde apprenne que nous étions en vie.

Le silence s'est installé pour la première fois depuis que nous avions commencé à discuter.

Ma mère s'est raclé la gorge.

— Quel genre de relation existe-t-il entre Anna et toi ? a-t-elle demandé.

— Exactement le genre auquel tu penses.

— Quel âge avais-tu quand ça s'est passé ?

— Presque dix-neuf ans. (J'ai marqué une pause.) Maman ?

— Oui ?

— C'était mon idée, pas la sienne.

Chapitre 45

Anna

Nous avons fait un arrêt aux toilettes, car il fallait que je m'essuie le nez et les yeux. Sarah m'a tendu quelques mouchoirs en papier.

— J'aurais dû me douter que quelque chose n'allait pas quand je n'ai pas réussi à les joindre. Tu m'as dit qu'ils avaient vendu la maison.

— Je t'ai dit que la maison avait été vendue. David et moi l'avons mise en vente dès que le notaire a réglé la succession.

Je me suis penchée en avant pour m'appuyer au lavabo des toilettes, me préparant à entendre le pire.

— Que leur est-il arrivé ?

— Papa a eu une nouvelle attaque cardiaque.

— Quand ?

Elle a hésité.

— Deux semaines après ton accident d'avion.

J'ai recommencé à pleurer.

— Et maman ?

— Cancer des ovaires. Elle est morte il y a un an.

David a ouvert la porte pour nous appeler. Sarah a sorti la tête une seconde, puis est revenue vers moi et m'a dit :

— Les journalistes viennent par ici. Il faut partir, à moins que tu ne veuilles leur parler.

J'ai fait signe que non. Sarah m'avait apporté des bottes fourrées et un manteau. Je les ai mis, puis nous nous sommes dirigés vers le parking de l'aéroport, suivis de près par les médias. J'ai inspiré l'odeur de la neige et des gaz d'échappement.

— Où sont les enfants ? ai-je demandé en arrivant à l'appartement de Sarah et David.

J'avais vraiment envie de serrer Joe et Chloe dans mes bras.

— On les a emmenés chez les parents de David. J'irai les chercher demain. Ils sont très impatients de te voir.

— Qu'est-ce que tu veux manger ? s'est enquis David.

Mon estomac s'est noué. Je m'étais réjouie à l'idée de m'offrir un festin à mon retour, mais à présent, je me sentais incapable d'avaler quoi que ce soit.

David a dû le deviner, car il a proposé :

— Et si j'allais chercher quelques bagels ? Tu les mangeras quand tu auras faim.

— Ce serait très bien, David. Merci.

J'ai ôté mon manteau et mes bottes.

— Tous tes habits sont ici, m'a annoncé Sarah. Quand John me les a apportés, je les ai rangés dans la penderie de la chambre d'amis avec tes bijoux, tes chaussures et quelques autres affaires. Je n'ai jamais eu le courage de m'en débarrasser.

J'ai suivi Sarah dans le couloir jusqu'à la chambre d'amis. Lorsqu'elle a ouvert le placard, j'ai observé mes vêtements. La plupart étaient suspendus à des cintres, les autres soigneusement empilés sur l'étagère supérieure. Un pull bleu clair en cachemire a attiré mon regard. J'ai tendu la main pour l'effleurer, étonnée de la douceur de l'étoffe sous mes doigts.

— Est-ce que tu as envie de prendre une douche ? a demandé Sarah.

— Je veux bien, oui, ai-je répondu en m'emparant d'un pantalon de yoga gris et d'un tee-shirt blanc à manches longues.

J'ai également sorti le pull bleu de l'armoire. Mes chaussettes, slips et soutiens-gorge se trouvaient dans une commode dans un coin de la pièce. Je me suis dirigée vers la salle de bains, où je suis restée un long moment sous le jet de la douche.

Je flottais dans mes vêtements, mais ils me procuraient une sensation familière et me tenaient chaud.

— Stefani est en route, a annoncé Sarah en me tendant une tasse de café quand je me suis assise sur le canapé du salon.

J'ai souri à l'évocation de ma meilleure amie.

— Je suis impatiente de la voir.

J'ai avalé une gorgée de café. Sarah y avait ajouté quelques gouttes de liqueur.

— Du Baileys ? ai-je deviné.

— Je me suis dit que ça te ferait du bien.

— D'accord, mais il ne faut pas que je boive trop d'alcool. Il me manque quelques kilos. (J'ai entouré la tasse fumante de mes mains.) Comment maman a-t-elle supporté la mort de papa ?

— Elle a tenu bon. Elle a refusé de vendre la maison, alors David s'est occupé de l'entretien du jardin, et on a engagé quelqu'un pour déneiger l'allée et les trottoirs en hiver. On s'est assurés qu'elle ne se sente pas seule.

— Son cancer l'a fait souffrir ?

— Plutôt, oui. Mais elle s'est battue jusqu'au bout.

— Elle est allée à l'hôpital ?

— Non. Elle est morte chez elle, comme elle le souhaitait.

Nous avons terminé notre café. Quand David est revenu avec les bagels, Sarah m'a encouragée à manger.

— Tu es toute maigre, a-t-elle plaidé en tartinant du fromage sur un petit pain, qu'elle m'a tendu.

Nous sommes retournées nous asseoir sur le canapé après le repas. Sarah a allumé la radio et s'est arrêtée sur une station de rock classique. Elle m'a ensuite donné une nouvelle tasse de café, cette fois sans Baileys. David nous a rejointes, et Sarah et lui m'ont posé des questions sur l'île. Je leur ai tout raconté. Sarah a pleuré quand je leur ai révélé que T.J. et moi avions failli mourir de déshydratation, et entendre que deux avions étaient passés sans nous voir l'a bouleversée. L'histoire du requin, d'Oscar et du tsunami les a terriblement choqués.

— Vous avez traversé des épreuves terrifiantes ! s'est exclamée Sarah.

— Eh bien, on s'est adaptés. Mais à la fin, notre état empirait. Je ne sais pas combien de temps encore nous aurions tenu. (Sarah m'a donné un plaid que j'ai étendu sur mes jambes.) J'ai été surprise de voir John à l'aéroport.

— Je l'avais appelé. La nouvelle de ton accident d'avion l'avait anéanti, et il a été très heureux quand je lui ai appris que tu étais vivante.

— Je pensais qu'il aurait refait sa vie, qu'il se serait marié.

— Non. Il est sorti avec quelqu'un pendant un moment, mais d'après ce que je sais, il est toujours célibataire.

— Oh.

— Qu'est-ce que tu avais décidé à son sujet ?

— Ce n'est pas le bon, Sarah. J'ignore ce qui se serait passé si mon avion ne s'était pas écrasé, mais j'ai eu tout le temps de réfléchir. (J'ai secoué la tête.) Ce n'est pas l'homme de ma vie.

— T.J. et toi êtes ensemble, non ? a demandé Sarah.

— Oui. Ça te surprend ?

— Compte tenu des circonstances, non. Quel âge a-t-il ?

— Vingt ans.

— Et quel âge avait-il quand votre relation a débuté ?

— Presque dix-neuf ans.

— Tu l'aimes ?

— Oui.

— J'ai vu la manière dont il te regardait. Comment il t'a réconfortée à l'aéroport. Il t'aime aussi.

J'ai posé ma tasse vide sur la table et j'ai acquiescé d'un hochement de tête.

— Oui. Il m'aime.

La sonnette a retenti, et Sarah a traversé la pièce. Je lui ai emboîté le pas, retenant mon souffle tandis qu'elle jetait un coup d'œil par le judas et ouvrait la porte. Stefani se tenait sur le seuil, le visage ruisselant de larmes. Je l'ai serrée dans mes bras ; aucun mot n'aurait pu exprimer à quel point j'étais émue de la revoir.

— Oh, Anna…, a-t-elle sangloté en m'étreignant de toutes ses forces. Tu es revenue.

Chapitre 46

T.J.

Plus tard dans la soirée, j'ai regagné ma chambre et me suis allongé sur mon lit pour appeler Anna.

— Salut, ai-je lancé quand elle a décroché. Comment ça va ?

— Je suis épuisée. Trop d'émotions d'un coup.

— J'aimerais pouvoir t'aider.

— Il me faut juste un peu de temps, a-t-elle répondu. Ça ira.

— Je suis sur mon ancien lit. Ma mère a gardé toutes mes affaires.

— Sarah aussi. Je croyais que les gens se débarrassaient des affaires des morts.

— Ma mère est au courant pour nous deux.

— Oh, mon Dieu ! Comment a-t-elle réagi ?

— Elle m'a demandé quel âge j'avais quand ça a commencé. C'est tout.

— Elle te posera sans doute d'autres questions plus tard.

— Peut-être. C'était John, le type à l'aéroport ?

— Oui.

— Qu'est-ce que tu lui as dit ?

— Rien. Il ne m'en a pas laissé le temps. Je suis censée lui téléphoner.

— Et tu vas le faire ?

— Oui, mais pas tout de suite. Je ne suis pas capable de m'occuper de ça pour l'instant. Il y a à peine quelques jours, on marchait sur la plage, et maintenant, nous sommes chez nous. Ça me paraît irréel.

— Je sais.
— Tu n'es pas fatigué ? a-t-elle demandé.
— Je suis vanné.
— Dors un peu.
— Je t'aime, Anna.
— Je t'aime aussi.

Chapitre 47

Anna

Sarah a ouvert la porte de ma chambre, une tasse de café et un journal dans les mains.

— Tu es réveillée ?

Je me suis assise en clignant des yeux. La lumière du jour filtrait à travers les fins rideaux.

— Quelle heure est-il ?

— Presque 10 heures, a répondu ma sœur avant de me tendre la tasse et de poser le quotidien sur la table de nuit. Les médias sont insistants. J'ai dû couper la sonnerie du téléphone.

Je me suis emparée du portable de Sarah, que j'avais laissé sur le chevet, et l'ai allumé. Je l'avais éteint après ma conversation avec T.J. L'écran affichait onze appels manqués.

— Ils appellent aussi sur ton portable. J'irai m'acheter un téléphone dès que possible.

Sarah a balayé ma proposition d'un geste.

— Rien ne presse. Peut-être que David pourrait aller t'en chercher un.

Après avoir posé le café sur la table de nuit, j'ai déplié le journal. Des photos de moi et T.J. s'étalaient en première page. C'étaient les mêmes que celles qu'avait déjà diffusées CNN, plus quelques-unes prises à l'aéroport. Sur la plus grande, T.J. m'embrassait sur le front. Les autres, plus petites, nous montraient en train de courir main dans la main, de nous enlacer, et, sur l'une d'elles, T.J. me serrait dans ses bras, essuyant mes larmes. Pour ceux qui s'interrogeaient sur la nature de notre relation, un regard à la première page suffirait à répondre aux questions les plus brûlantes.

J'ai tendu le journal à Sarah.

— Si des journalistes arrivent malgré tout à te joindre, dis-leur que je ne suis pas prête à leur parler, d'accord ?

J'ai pris ma tasse de café, enroulant les mains autour. L'esprit envahi par des images de mon père et de ma mère, je me suis mise à pleurer. Sarah s'est glissée à côté de moi sur le lit et m'a enveloppée dans ses bras avant de me tendre une boîte de mouchoirs en papier.

— Laisse-toi aller, Anna. J'ai réagi de la même façon quand ils sont morts. Il faudra du temps pour que le chagrin s'atténue.

J'ai hoché la tête.

— Je sais.

— Tu as faim ? David est sorti acheter de quoi petit-déjeuner.

Même si l'afflux d'émotions m'avait coupé l'appétit, je sentais que mon estomac était vide.

— Un peu.

— Qu'est-ce que tu veux faire aujourd'hui ?

— Je devrais sans doute prendre quelques rendez-vous. Chez le médecin, le dentiste et le coiffeur.

Sarah a quitté la pièce, puis a reparu avec un annuaire.

— Dis-moi qui je dois appeler.

Chapitre 48

T.J.

Ben est entré en trombe dans ma chambre, le journal à la main.

— Une question, a-t-il lancé en s'approchant de mon lit, l'index en l'air. Quel âge tu avais quand tu as commencé à la baiser ? Parce que après avoir vu ces photos, je suis sûr que tu la baises.

S'il n'avait pas eu le regard rivé sur l'image me montrant en train d'embrasser Anna, il aurait sans doute vu mon poing avant de le recevoir dans l'œil gauche.

— Nom de Dieu ! Pourquoi tu as fait ça ? s'est-il exclamé depuis le sol où il gisait étendu, la main sur l'œil.

— C'est la première chose que tu as à me dire alors que tu ne m'as pas vu depuis trois ans et demi ?

Il s'est assis, un coquard apparaissant déjà légèrement.

— Merde, Callahan, ça fait mal !

Je me suis levé pour lui tendre la main. Lorsqu'il l'a saisie, je l'ai aidé à se relever.

— Ne parle plus jamais d'elle comme ça.

— T.J. ?

Ma mère se tenait sur le seuil. Elle a remarqué que Ben avait la main sur l'œil.

— Est-ce que tout va bien ?

— Ça va, maman.

— Oui, oui, tout va bien, Jane, a renchéri Ben.

Elle nous a observés, mais ne nous a pas demandé ce qui s'était passé.

— Qu'est-ce que tu as envie de manger, T.J. ?

— Peu importe, maman.

Après son départ, Ben a repris :

— Donc tu es… amoureux d'elle, c'est ça ?

— Oui.

— Et elle, elle t'aime ?

— Elle m'a dit que oui.

— Et ta mère est au courant ?

— Ouais.

— Et elle flippe ?

— Pas encore.

— En tout cas, je suis content de te revoir, mec, a-t-il conclu en me donnant une accolade maladroite. Ça a été vraiment difficile pour moi quand on m'a annoncé que tu étais mort. (Il a baissé les yeux.) J'ai fait un discours à ton enterrement.

— C'est vrai ?

Il a confirmé d'un hochement de tête.

Quand nous étions en troisième, Ben parvenait à peine à prendre la parole en classe. J'avais du mal à l'imaginer en train de prononcer un discours pour mon enterrement. Peut-être que je n'aurais pas dû lui donner ce coup de poing.

— C'était chouette de ta part, Ben.

— Ouais, bon, ça a fait plaisir à ta mère. Alors, tu comptes te couper les cheveux, j'espère ? Tu ressembles à une fille.

— Oui.

Ben est resté assis à côté de moi pendant que je mangeais le cheeseburger et les frites que ma mère m'avait préparés. Mes parents m'ont tous les deux pris dans leurs bras à plusieurs reprises, et ma mère m'a embrassé. Même si j'étais prêt à parier que mon ami mourait d'envie de faire un commentaire à la noix, il s'est contenté de plaquer un sachet de glace contre son œil sans rien dire. Grace et Alexis se sont jointes à nous un moment ; elles m'ont parlé de l'école et de leurs amis. J'ai avalé la dernière goutte de mon Coca.

—Je n'ai pas pu t'obtenir de rendez-vous auprès du docteur Sanderson avant demain. Je pensais qu'il te trouverait une place, mais, apparemment, il est surchargé de travail.

—Ça ne fait rien, maman. J'ai déjà attendu jusque-là. Un jour de plus ne fera aucune différence.

S'essuyant les mains dans son tablier, elle m'a adressé un sourire.

—Tu veux manger autre chose ?

—Non. Je n'ai plus faim. Merci.

—Je vais te prendre rendez-vous chez le coiffeur et chez le dentiste.

Ma mère a éteint le gaz et a quitté la cuisine pour aller téléphoner.

—Alors, tu travailles, ou quoi ? ai-je lancé à Ben. On est en pleine journée.

—Je suis à la fac. C'est les vacances de Noël.

—Tu t'es inscrit à la fac ? Où ça ?

—À l'université de l'Iowa. Je suis en deuxième année. Il faut que tu viennes me rendre visite. Et toi ? Qu'est-ce que tu comptes faire ?

—J'ai promis à Anna de passer un certificat d'études secondaires. Après ça, je ne sais pas du tout.

—Tu vas continuer à la voir ?

—Oui. Elle me manque déjà. Je me suis réveillé à côté d'elle tous les matins pendant trois ans et demi.

—Mec, si je te pose une autre question, tu me jures que tu ne vas pas me frapper ?

—Ça dépend de la question.

—C'est comment, avec elle ? C'est vrai ce qu'on dit sur les nanas plus âgées ?

—Elle n'est pas beaucoup plus âgée que nous.

—Mouais, bon, OK. Bref, c'est comment ?

—C'est incroyable.

—Qu'est-ce qu'elle fait ?

—Elle fait tout, Ben.

Chapitre 49

Anna

Ma coiffeuse, Joanne, a pénétré dans le salon de Sarah.

— Il y a des journalistes en bas, a-t-elle déclaré. Il me semble qu'ils m'ont prise en photo. (Elle s'est débarrassée de son manteau d'un mouvement d'épaules puis m'a serrée dans ses bras.) Bienvenue à la maison, Anna. C'est grâce à des histoires comme la tienne que je crois aux miracles.

— Moi aussi, Joanne.

— Où est-ce que tu veux t'installer ? a interrogé Sarah.

Comme j'avais déjà pris une douche et que mes cheveux étaient encore mouillés, Joanne m'a demandé de m'asseoir sur une chaise dans la cuisine.

— Qu'est-ce qui s'est passé ? s'est-elle exclamée en examinant mes pointes.

— T.J. a dû les brûler quand ils sont devenus trop longs.

— Tu plaisantes.

— Non. Il avait peur de me transformer en torche vivante.

— Quelle longueur veux-tu couper ?

Mes cheveux m'arrivaient au milieu du dos.

— Quelques centimètres. Est-ce que tu pourrais laisser quelques mèches devant ?

— Bien sûr.

Joanne m'a posé des questions sur l'île. Je leur ai parlé, à Sarah et elle, de la chauve-souris qui s'était prise dans mes cheveux.

— Elle t'a mordue ? s'est écriée Sarah, l'air horrifiée. Et T.J. l'a tuée d'un coup de couteau ?

— Oui. Mais tout s'est bien terminé. Je n'ai pas eu la rage.

Joanne m'a séché les cheveux, puis les a lissés à l'aide d'un fer. Elle m'a ensuite tendu un petit miroir afin que je puisse observer le résultat. Mes cheveux semblaient de nouveau soyeux, avec des pointes bien nettes.

— Waouh ! C'est beaucoup mieux.

Sarah a voulu payer, mais Joanne a refusé son argent. Je l'ai remerciée de s'être déplacée jusqu'à l'appartement.

— C'était la moindre des choses, Anna, a-t-elle assuré avant de m'étreindre et de m'embrasser.

Après son départ, j'ai dit à Sarah :

— Si on peut sortir sans se faire assaillir par les journalistes, il y a un endroit où j'aimerais vraiment aller.

— Bien sûr, a répondu Sarah. J'appelle un taxi.

Les journalistes m'ont hélée dès que nous avons ouvert la porte. Nous nous sommes frayé un chemin dans l'attroupement formé sur l'escalier avant de nous engouffrer dans la voiture qui nous attendait.

— Dommage qu'il n'y ait pas de porte à l'arrière de l'immeuble, ai-je soupiré.

— S'il y en avait une, ils y seraient sans doute aussi. Sales vautours, a-t-elle marmonné.

Ma sœur a donné une adresse au chauffeur et, peu après, nous sommes arrivés devant le cimetière de Graceland.

— Est-ce que vous pouvez patienter, s'il vous plaît ? a demandé Sarah au taxi.

Quelques flocons tourbillonnaient dans le ciel gris. J'ai frissonné, mais Sarah, apparemment insensible au froid, n'a même pas pris la peine de boutonner son manteau. Elle m'a conduite devant la tombe où reposaient nos parents, Josephine et George Emerson.

Je me suis agenouillée devant la stèle avant de tracer le contour des lettres de leurs noms du bout du doigt.

— Je suis revenue, ai-je murmuré.

Sarah m'a tendu un mouchoir, et j'ai essuyé les larmes qui roulaient sur mes joues.

J'ai repensé à mon père, coiffé de son bob ridicule couvert de leurres de pêche, en train de m'apprendre à vider un poisson. Je me suis rappelé à quel point il adorait remplir la mangeoire de son nichoir à colibris avant d'observer les oiseaux jaillir du ciel pour aller boire, suspendus dans les airs. J'ai songé à ma mère, à l'amour qu'elle portait à son jardin, à sa maison et à ses petits-enfants. Je ne lui raconterais plus jamais mes aventures pendant notre habituel brunch du dimanche matin dans la salle de classe. Elle ne me prodiguerait plus ses conseils, et je n'entendrais plus jamais sa voix ni celle de mon père. J'ai poussé de longues plaintes, libérant mes émotions. Sarah a patiemment attendu, me laissant le temps de me livrer à la catharsis dont j'avais désespérément besoin. Lorsque mes larmes ont fini par tarir, je me suis levée.

— On peut y aller.

Sarah a passé un bras autour de mes épaules, et nous avons regagné notre taxi. Après avoir donné une nouvelle adresse au chauffeur, nous nous sommes arrêtées chez les parents de David pour récupérer les enfants.

Joe et Chloe ont cessé de jouer aussitôt que je suis entrée dans la pièce. Ils devaient me prendre pour un fantôme. Même si Sarah avait continué à leur parler de moi pendant tout ce temps, la tante qu'ils croyaient morte se trouvait à présent dans le salon. Je me suis agenouillée près d'eux et leur ai dit doucement :

— Bon sang, ce que vous m'avez manqué !

Joe s'est approché en premier. Je l'ai serré très fort contre moi.

— Laisse-moi te regarder, ai-je chuchoté en le tenant à bout de bras.

— Je perds toutes mes dents, a-t-il déclaré avant d'ouvrir la bouche pour me montrer les trous.

— Avec toi, la petite souris doit être très occupée.

Chloe, plus intimidée que son frère par sa tante depuis longtemps disparue, s'est aventurée un peu plus près de moi avant de murmurer :

— Moi aussi, j'en ai perdu.

Et elle a ouvert la bouche en grand pour me faire voir ses trous à elle.

— Eh bien, votre maman doit être obligée de vous faire des bouillies ! Vous n'avez plus de dents !

— Tu vas habiter avec nous, maintenant, tante Anna ? a demandé Chloe.

— Pendant un moment, oui.

— Tu me liras une histoire, ce soir ?

— Non, c'est à moi qu'elle lira une histoire ! a protesté Joe.

— Et si je vous en lisais une à tous les deux ? ai-je proposé en les serrant contre ma poitrine, réprimant mes larmes.

— Vous êtes prêts à rentrer à la maison, les enfants ?

— Oui !

— Alors, embrassez mamie, et on y va.

Ce soir-là, j'ai couché Chloe et Joe, puis Sarah nous a servi un verre de vin rouge. Son téléphone portable a sonné, et elle me l'a tendu.

— Salut. Comment ça va ? a demandé T.J.

— Ça va. Je suis allée au cimetière avec Sarah, aujourd'hui.

— Ça n'a pas été trop difficile ?

— Si. Mais j'avais vraiment envie d'y aller. Je me sens un peu mieux maintenant que je me suis recueillie sur leur tombe. J'y retournerai. Qu'est-ce que tu as fait ?

— Je me suis fait couper les cheveux. Tu risques de ne pas me reconnaître.

— Ta queue-de-cheval va me manquer.

T.J. a éclaté de rire.

— Pas à moi !

— Je viens de mettre les enfants au lit. Il m'a fallu deux heures ; je leur ai lu tous les livres de leur bibliothèque. Sarah nous a servi un verre de vin, et Stefani ne va pas tarder. Et toi ? Tu as quelque chose de prévu ?

— Si j'arrive à semer les journalistes, je dois sortir avec Ben.
— Comment va Ben ?
— Il raconte toujours autant de conneries.
— Tu es déjà allé chez le médecin ?
— J'ai un rendez-vous demain.
— J'espère que tout se passera bien.
— Ne t'inquiète pas. Et toi, tu y es allée ?
— Demain. Et l'après-midi, je vais chez le dentiste.
— Moi aussi. Tu te rappelles quand j'ai enlevé mon appareil ?
— J'avais oublié cet épisode.
— On se voit au Nouvel An, Anna. Je t'aime.
— Je t'aime aussi. Amuse-toi bien, ce soir.

Chapitre 50

T.J.

Quand j'ai entendu frapper à la porte, je suis allé ouvrir. L'œil de Ben avait enflé et avait pris une teinte bleu-violet.

— Merde. Désolé, me suis-je excusé.

— Bah, ce n'est rien. Tu as de la chance que je sois si cool.

— Franchement, c'est ta plus grande qualité.

— Quelques copains du lycée sont là pour Noël. Ça te dit, une petite fête ?

— Bien sûr. Où ça ?

— Chez Coop. Ses parents sont partis pour les Bahamas ce matin.

J'ai enfilé mon manteau.

— Allons-y.

Nous avons trouvé une bonne vingtaine d'anciens camarades de classe serrés comme des sardines dans le salon de Nate Cooper à notre arrivée. La chaîne hi-fi beuglait un morceau de rock. Ils nous ont acclamés quand nous avons passé la porte, et quelques-uns sont venus me serrer la main ou me taper dans le dos. Il y en avait certains que je n'avais pas vus depuis que j'avais commencé mon traitement contre le cancer tant j'avais manqué l'école, cette année-là. Un sentiment étrange m'a envahi lorsque je me suis rendu compte que tout le monde avait eu son bac sauf moi.

Quelqu'un m'a lancé une bière. Tous ont insisté pour que je leur parle de l'île, et j'ai répondu à toutes leurs questions. Ben leur avait sans doute raconté d'où provenait son œil au beurre noir, car personne n'a évoqué Anna.

J'entamais ma seconde bière quand une fille s'est assise à côté de moi sur le canapé. Elle avait de longs cheveux blonds et portait une tonne de maquillage.

— Tu te souviens de moi ? a-t-elle demandé.

— Oui, ai-je répondu. Mais je suis désolé, j'ai oublié ton nom.

— Alex.

— Tu étais dans ma classe, non ?

— Oui, a-t-elle confirmé avant de prendre une grande gorgée de bière. Tu as bien changé depuis la seconde.

— Oui, bon, c'était il y a quatre ans.

Ma canette terminée, j'ai cherché Ben du regard.

— Tu as l'air en forme. Je n'arrive pas à croire que tu aies vraiment vécu sur cette île.

— Je n'ai pas vraiment eu le choix, ai-je répliqué en me levant. Je m'en vais. À une prochaine fois.

— J'espère.

J'ai trouvé Ben dans la cuisine.

— Hé, je décolle.

— Tu ne peux pas partir si tôt, mec. Il est seulement minuit.

— Je suis fatigué. Je vais me coucher.

— C'est dommage mais bon, je comprends.

Ben m'a tapé dans la main, puis je suis sorti.

En marchant vers la station de métro, j'ai pensé à Anna, et un sourire a flotté sur mes lèvres durant tout le trajet jusqu'à la maison.

Chapitre 51

Anna

J'ai réveillé Joe et Chloe pour que nous prenions le petit déjeuner ensemble. Nous finissions nos gaufres et notre jus de fruits quand Sarah est entrée dans la cuisine.

— Bonjour, a-t-elle lancé. Merci de t'être occupée du petit déjeuner des enfants.

— Tante Anna fait les meilleures gaufres du monde ! s'est exclamée Chloe.

— Le petit ami de tante Anna sera là demain soir, a annoncé Joe.

— Comment est-ce que tu sais ça, toi ? s'est étonnée Sarah.

— Je t'ai entendue en parler avec tante Anna.

— C'est vrai, le petit ami de tante Anna vient fêter le Nouvel An à la maison. J'espère que vous serez polis et que vous ne ferez pas le cirque.

— Tante Anna doit aller prendre une douche, ai-je dit aux enfants. Une grosse journée l'attend.

— Tu vas chez le docteur ? a interrogé Sarah.

— Et chez le dentiste. Une vraie partie de plaisir.

J'ai lu un magazine pour patienter dans la salle d'attente du médecin. Quand l'infirmière m'a appelée et m'a demandé de monter sur la balance, j'ai été surprise de constater que celle-ci affichait quarante-six kilos alors que je mangeais des repas consistants depuis quelques jours déjà. Avec mon mètre soixante-dix, j'aurais dû peser entre cinq et dix kilos de plus. Sur l'île, je ne devais même pas atteindre les quarante-cinq kilos.

Couverte d'une blouse en papier, je me suis assise sur la table d'examen. Lorsque ma gynécologue a franchi le seuil, elle m'a donné une accolade.

— Bienvenue, a-t-elle déclaré. Je suis sûre que vous avez dû entendre ça une centaine de fois, Anna, mais je n'arrive pas à croire que vous soyez en vie.

— C'est une chose que je ne me lasse pas d'entendre.

Elle a ouvert mon dossier.

— Vous êtes en dessous de votre poids de forme, mais je suis certaine que vous vous en doutiez. Comment vous sentez-vous, dans l'ensemble ? Y a-t-il quelque chose qui vous préoccupe particulièrement ?

— Je me sens déjà mieux depuis que je mange davantage. Mais je n'ai plus mes règles depuis longtemps. Ça m'inquiète.

— Bon, regardons ça, a-t-elle proposé en guidant mes pieds dans les étriers. Vu votre poids, l'absence de règles n'est pas étonnante. Il n'y a aucun autre problème ?

— Non.

— J'ai presque terminé, a-t-elle déclaré au bout d'un moment. Je vais demander les examens de laboratoire habituels, mais votre cycle menstruel devrait recommencer normalement dès que vous aurez repris du poids. Vous souffrez de toute évidence de malnutrition, mais il est relativement facile d'y remédier. Assurez-vous de manger équilibré. J'aimerais que vous preniez un complexe vitaminé tous les jours.

— Est-ce que le fait de ne pas avoir eu de règles pendant si longtemps risque de compromettre une future grossesse ?

— Non. Une fois que vos menstrues seront revenues, vous devriez pouvoir tomber enceinte. (Elle a enlevé ses gants, qu'elle a jetés à la poubelle.) Vous pouvez vous rhabiller.

Je me suis assise sur la table d'examen. Marquant une pause à la porte, elle a ajouté :

— Je vais vous faire une nouvelle ordonnance pour votre pilule.

— D'accord.

J'ai pensé qu'il était plus simple d'accepter sa proposition plutôt que de lui expliquer que je n'avais pas besoin de prendre de contraceptif parce que mon petit ami de vingt ans était stérile.

Je me suis ensuite rendue chez le dentiste, où je suis restée pendant une heure inconfortablement assise sur un fauteuil tandis que l'assistante prenait des radios et me détartrait les dents. Lorsqu'elle m'a annoncé que je n'avais aucune carie, je me suis considérée comme chanceuse.

Sarah m'avait prêté du liquide. En sortant du cabinet du dentiste, j'ai emprunté un taxi jusqu'au salon de manucure. Quand Lucy m'a aperçue, elle a bondi de son siège pour se précipiter vers moi.

— Oh, ma chérie ! s'est-elle écriée en m'enveloppant dans ses bras.

Lorsqu'elle s'est écartée, des larmes brillaient dans ses yeux.

— Ne pleure pas, Lucy. Sinon je vais pleurer aussi.

— Anna rentrée, a-t-elle dit avec un sourire.

— Oui, je suis rentrée.

Elle m'a soigné les ongles des mains et des pieds tout en parlant avec une telle excitation que j'ai éprouvé encore plus de difficultés que d'habitude à saisir ses propos. Elle a mentionné John à plusieurs reprises, mais j'ai fait mine de ne pas comprendre. Une fois son travail terminé, elle m'a de nouveau prise dans ses bras.

— Merci, Lucy. Je reviendrai bientôt, ai-je promis.

En quittant le salon, j'ai baissé les yeux sur mes mains. J'avais les doigts gelés, sans gants, mais je ne voulais pas abîmer mon vernis. Mes dents me semblaient propres et lisses quand je passais la langue dessus. Une odeur de hot-dogs provenant d'un petit vendeur dans la rue se répandait dans l'air tandis que j'admirais devant les vitrines les vêtements à la dernière mode. J'ai décidé de revenir le lendemain pour acheter des tenues à ma taille.

Espérant que les lunettes et le bonnet que j'avais empruntés à Sarah me garantiraient l'anonymat, j'ai longé le trottoir, le sourire aux lèvres ; j'éprouvais l'impression d'avoir des ailes dans le dos. J'ai hélé un taxi au coin de la rue, puis j'ai donné au chauffeur l'adresse de Sarah.

Même les journalistes qui m'ont assaillie à mon arrivée ne sont pas parvenus à entamer ma bonne humeur. Après m'être frayé un chemin dans l'attroupement, j'ai déverrouillé la porte et me suis empressée de la refermer derrière moi.

T.J. m'a appelée dans la soirée.

— Comment ça s'est passé, chez ton cancérologue ? ai-je demandé.

— Il ne recevra pas les résultats de mes scanners et de mes prises de sang avant quelques jours. Mais il m'a dit que le fait que je n'aie ressenti aucun symptôme le rendait plutôt optimiste. Je suis aussi allé chez mon généraliste.

— Et alors ?

— Je dois reprendre du poids, sinon, tout va bien. Je lui ai raconté que j'étais tombé malade sur l'île. Il pense savoir ce que j'ai eu. Tu avais raison. C'était viral.

— Qu'est-ce que c'était ?

— Une dengue hémorragique. C'est transmis par les moustiques.

— Tu étais toujours couvert de piqûres. Alors, c'est comme le paludisme ?

— Je suppose que oui. On l'appelle aussi la « grippe tropicale ».

— Et c'est mortel ?

— Dans environ cinquante pour cent des cas. Le médecin m'a dit que j'avais eu de la chance de ne pas tomber en état de choc ou de ne pas mourir d'hémorragie.

— Je n'arrive pas à croire que tu aies survécu, T.J.

— Moi non plus. Comment s'est passé ton rendez-vous chez le docteur ? Est-ce que tout va bien ?

— Tout rentrera dans l'ordre dès que j'aurai repris un peu de poids. D'après mon médecin, il devrait être facile de remédier à la malnutrition. Je dois prendre des vitamines tous les jours.

— Je suis impatient de te voir demain soir, Anna.

— Moi aussi, je suis impatiente de te voir.

Le soir du réveillon, j'ai pris une douche et me suis coiffée avant d'appliquer le maquillage que j'avais acheté dans la journée.

Mon nouveau rouge à lèvres ne partirait pas lorsque j'embrasserais T.J., ce dont je ne comptais pas me priver. D'un coup de ciseaux, j'ai enlevé les étiquettes d'un jean et d'un pull bleu à col en V flambant neufs, que j'ai enfilés par-dessus un soutien-gorge pigeonnant noir et une culotte à dentelle.

Quand T.J. a frappé à la porte, j'ai couru lui ouvrir.

— Tes cheveux! me suis-je exclamée.

J'ai passé les doigts dans ses cheveux bruns coiffés en brosse. Rasé de près, il portait un jean et un pull gris. J'ai inspiré le parfum de son eau de Cologne.

— Tu sens bon.

— Tu es superbe, a-t-il dit en se penchant pour déposer un baiser sur mes lèvres.

Il avait déjà brièvement rencontré David et Sarah à l'aéroport, mais je les ai présentés de nouveau. Cachés derrière Sarah, les enfants ont jeté quelques coups d'œil à T.J. à la dérobée.

— Vous devez être Joe et Chloe. J'ai beaucoup entendu parler de vous, a déclaré T.J.

— Bonjour, l'a salué Joe.

— Bonjour, a lancé à son tour Chloe.

Elle est retournée dans les jambes de Sarah, puis a risqué un nouveau regard furtif en direction de T.J. quelques secondes plus tard.

— Nous ferions mieux de nous dépêcher, David, si nous voulons faire ces réservations, a dit Sarah.

— Vous partez? me suis-je étonnée.

— Pour une heure ou deux. On a pensé que ce serait bien que les enfants prennent l'air un moment.

S'emparant de son manteau, elle m'a adressé un sourire, que je lui ai rendu.

— D'accord. À plus tard.

Aussitôt qu'ils sont sortis, je me suis jetée dans les bras de T.J., enroulant les jambes autour de sa taille. Il m'a portée dans le couloir tandis que je l'embrassais dans le cou.

— Où? a-t-il demandé.

J'ai saisi la poignée lorsqu'il est passé devant la porte de la chambre d'amis.

— Là.

Après avoir fermé la porte d'un coup de pied, T.J. m'a déposée sur le lit.

— Bon sang, ce que tu m'as manqué ! a-t-il murmuré.

Tout en m'embrassant, il a glissé les mains sous mon pull, puis a susurré :

— Voyons ce que tu portes là-dessous.

Nous venions à peine de regagner le canapé quand Sarah, David et les enfants sont rentrés deux heures plus tard.

— Tu t'amuses bien avec ton petit ami, tante Anna ? a interrogé Chloe.

Sarah a croisé mon regard et a haussé les sourcils avant de disparaître dans la cuisine.

— Oui, je m'amuse beaucoup. Vous avez bien mangé ?

— Oui. J'ai pris des beignets de poulet avec des frites, et maman m'a autorisée à boire un soda à l'orange !

Joe s'est approché et s'est assis à côté de T.J.

— Et toi ? lui a demandé ce dernier. Qu'est-ce que tu as mangé ?

— Un steak, a répondu Joe. Je ne commande plus le menu enfant, moi.

— Waouh, un steak ! s'est écrié T.J. Je suis impressionné.

— Eh oui !

Sarah est revenue avec un verre de vin pour moi et une bière pour T.J.

— On vous a rapporté de quoi manger. C'est sur le plan de travail.

Après l'avoir remerciée, nous nous sommes rendus dans la cuisine pour réchauffer nos plats, des steaks accompagnés de pommes de terre rôties et de brocolis nappés de sauce au fromage.

— Ta sœur est géniale, a commenté T.J. en mâchant un morceau de viande.

Sarah a couché les enfants à vingt heures trente, puis nous nous sommes assis tous les quatre pour bavarder, la musique diffusée par la chaîne hi-fi en fond sonore.

— Alors comme ça, vous aviez une poule domestique appelée « Cocotte » ? a demandé David.

— Elle adorait aller sur les genoux d'Anna, a précisé T.J.

— Incroyable, a soufflé David.

Plus tard, lorsque je me suis dirigée vers la cuisine pour remplir nos verres, Sarah m'a suivie.

— Est-ce que T.J. va rester dormir ici ?

— Je ne sais pas. Ça ne te dérangerait pas ?

— Non. Mais tu devras répondre aux questions de Mlle Chloe demain matin, parce que je te garantis qu'elle en aura à te poser.

— D'accord. Merci, Sarah.

Quand nous avons regagné le salon, T.J. m'a attirée sur ses genoux. David a allumé la télévision. La boule lumineuse allait bientôt descendre sur son mât à Times Square, et nous avons décompté dix secondes avant de crier « bonne année ! »

Tandis que T.J. m'embrassait, j'ai pensé que je ne pourrais jamais être aussi heureuse qu'à cet instant.

Chapitre 52

T.J.

Lorsque je suis rentré à la maison à 9 heures le 1er janvier, j'ai trouvé ma mère installée dans le salon en train de boire son café.

—Salut, maman. Bonne année. (Après l'avoir serrée dans mes bras, je me suis assis.) Je suis resté chez Anna hier soir.

—C'est ce que je me suis dit.

—Tu aurais préféré que j'appelle?

Hormis ma sortie avec Ben et les rendez-vous que ma mère avait pris pour moi, je n'avais pas quitté mes parents une minute depuis mon retour. Je savais qu'ils comprendraient mon désir de voir Anna, mais je n'avais pas pensé à prévenir qui que ce soit que je ne dormirais pas à la maison.

—J'aurais préféré, oui. Comme ça, je ne me serais pas inquiétée.

Et merde.

Je me suis demandé combien de nuits blanches elle avait pu passer au cours des trois ans et demi qui venaient de s'écouler, et je me suis senti encore plus bête de ne pas avoir téléphoné.

—Désolé, maman. Je n'avais pas réfléchi. La prochaine fois, j'appellerai.

—Est-ce que tu veux un café? Je peux te préparer le petit déjeuner.

—Non merci. J'ai mangé chez Anna. (Le silence s'est installé quelques instants.) Tu n'as rien dit sur Anna et moi, maman. Qu'est-ce que tu en penses?

Elle a secoué la tête.

— Ce n'est pas ce qui me semble le mieux pour toi, T.J. Aucune mère ne voudrait cela pour son fils. Mais je comprends ce que vous avez dû ressentir sur cette île. En de telles circonstances, il aurait été étonnant qu'un lien ne se forme pas entre vous.

— C'est une chouette fille.

— Je sais. Nous ne l'aurions pas engagée si nous n'en étions pas persuadés.

Ma mère a reposé sa tasse sur la table avant de poursuivre :

— Quand cet avion s'est écrasé, une part de moi est morte, T.J. J'ai eu le sentiment que c'était ma faute. Je savais que tu n'avais aucune envie de passer l'été loin de Chicago, mais je m'en moquais. J'avais dit à ton père qu'il fallait que nous partions en vacances loin d'ici pour que tu te concentres sur tes cours sans aucune distraction. C'était en partie vrai. Mais c'était surtout parce que j'étais certaine qu'à la maison, tu passerais ton temps avec tes amis et que je te perdrais. Tu étais enfin guéri et n'avais qu'une envie : reprendre l'existence que tu menais avant de tomber malade. Je me suis montrée égoïste. J'ai voulu passer l'été avec mon fils. (Les yeux de ma mère se sont emplis de larmes.) Tu es un adulte, à présent, T.J. Tu as traversé plus d'épreuves en vingt ans que la plupart des gens dans toute une vie. Je n'ai pas l'intention de m'opposer à ta relation avec Anna. Maintenant que je t'ai retrouvé, je souhaite juste que tu sois heureux.

J'ai remarqué pour la première fois à quel point ma mère paraissait usée. Elle avait quarante-cinq ans, mais quelqu'un qui ne la connaîtrait pas lui en aurait probablement donné dix de plus.

— Merci de le prendre aussi bien, maman. Je tiens beaucoup à elle.

— Je sais. Mais Anna et toi ne vous trouvez pas au même stade de votre vie. Je n'ai pas envie de te voir souffrir.

— Ne t'en fais pas.

J'ai embrassé ma mère sur la joue puis me suis dirigé vers ma chambre. Allongé sur mon lit, j'ai pensé à Anna, chassant aussitôt de mon esprit ce que ma mère venait de me dire sur les stades de la vie.

Chapitre 53

Anna

T.J. ET MOI SOMMES MONTÉS DANS L'ASCENSEUR QUI DEVAIT nous conduire au onzième étage, là où se trouvait l'appartement de ses parents.

—Ne me touche pas. Et ne t'aventure pas à me regarder de manière déplacée, l'ai-je averti.

—Est-ce que je peux au moins avoir des pensées cochonnes ?

J'ai secoué la tête.

—Tu ne m'aides pas du tout. Oh, je vais être malade.

—Ma mère est cool. Je t'ai dit ce qu'elle pense de nous. Détends-toi.

Tom Callahan m'avait appelée sur le téléphone portable de Sarah le 1er janvier. Lorsque le numéro de la personne qui tentait de me joindre s'était affiché sur l'écran, j'avais cru qu'il s'agissait de T.J., mais, quand j'avais décroché, c'était Tom qui m'avait saluée, avant de m'inviter à dîner le lendemain soir.

—Jane et moi devons discuter de certaines choses avec vous, avait-il déclaré.

Pitié, faites que ce ne soit pas pour discuter du fait que je couche avec votre fils.

—Bien sûr, Tom. À quelle heure ?

—T.J. a dit qu'il passerait vous chercher à 18 heures.

—Très bien. À demain.

Pendant les vingt-quatre heures qui avaient suivi l'appel de Tom, la nausée ne m'avait pas quittée. Incapable de déterminer s'il valait mieux que j'offre à Jane des fleurs ou une bougie, j'avais apporté les deux. Et à présent que je me trouvais dans l'ascenseur, une vague de panique s'emparait de moi. J'ai tendu le paquet-cadeau et le bouquet à T.J. pour essuyer mes mains moites sur ma jupe.

Les portes de l'ascenseur se sont ouvertes. T.J. m'a embrassée et m'a dit :

— Tout ira bien.

J'ai pris une profonde inspiration avant de le suivre.

L'appartement des Callahan, situé sur Lake Shore Drive, était décoré avec goût dans des teintes beige et crème. Un piano à queue trônait dans un coin de l'immense salon aux murs ornés de peintures impressionnistes. Un somptueux canapé, une causeuse et des fauteuils assortis – le tout garni de coussins agrémentés de glands – étaient disposés en cercle autour d'une grande table basse ouvragée.

Tom nous a servi l'apéritif dans la bibliothèque. J'étais assise dans un fauteuil club en cuir, un verre de vin rouge à la main. T.J. avait pris un siège à côté de moi. Tom et Jane étaient installés en face de nous sur une causeuse, Jane sirotant du vin blanc, Tom un alcool qui ressemblait à du whisky.

— Merci de m'avoir invitée, ai-je déclaré. Votre appartement est magnifique.

— Merci d'être venue, Anna, a dit Jane.

Tout le monde a bu une gorgée. Le silence régnait dans la pièce.

T.J. – le seul d'entre nous à être détendu – a avalé une grande rasade de la bière qu'il s'était lui-même versée, puis a passé un bras autour du dossier de mon fauteuil.

— Les médias ont demandé si T.J. et vous seriez prêts à donner une conférence de presse, a commencé Tom. En échange, ils cesseront de vous importuner.

— Qu'est-ce que tu en penses, Anna ? m'a interrogée T.J.

Cette idée m'emplissait de terreur, mais j'étais fatiguée de devoir sans cesse me frayer un chemin parmi les journalistes. Peut-être que si nous répondions à leurs questions, ils nous laisseraient enfin tranquilles.

— Est-ce que ce serait retransmis à la télévision ? ai-je demandé.

— Non. Je leur ai déjà indiqué qu'ils devraient se contenter d'une conférence de presse interdite au public. Elle se tiendrait au siège d'une chaîne d'informations, mais ne serait pas diffusée.

— Si les journalistes s'engagent à nous laisser en paix ensuite, j'accepte.

— Moi aussi, a renchéri T.J.

— Je m'en occupe, a conclu Tom. Il y a autre chose, Anna. T.J. le sait déjà, mais j'ai eu au téléphone l'avocat de la compagnie d'hydravions. Étant donné que c'est la mort du pilote qui a provoqué l'accident et que le fournisseur du radeau de survie n'avait pas procuré la balise de détresse imposée par les gardes-côtes, il y a faute. Les deux parties sont considérées comme négligentes. Dans le domaine de l'aviation, le règlement des litiges est très complexe. Les tribunaux devront déterminer le taux de responsabilité. Dans les cas comme celui-ci, la justice peut traîner pendant des années. Cependant, la compagnie d'hydravions propose de passer un accord avec vous puis de se retourner en votre nom contre l'autre partie si, en échange, vous consentez à ne pas porter plainte contre elle.

Ma tête tournait. Je n'avais jamais pensé à d'éventuelles fautes ni poursuites judiciaires.

— Je ne sais pas quoi dire. Je n'aurais pas porté plainte de toute façon.

— Alors, je vous suggère d'accepter cet accord. Il n'y aura pas de procès. Vous devrez sans doute faire une déposition, mais c'est possible ici à Chicago. Étant donné que vous étiez mon employée quand l'accident s'est produit, mon avocat peut se charger des négociations à votre place.

— Je veux bien, merci.

— Il faudra certainement plusieurs mois avant que l'affaire soit réglée.

— Très bien.

Alexis et Grace se sont jointes à nous pour le dîner. L'atmosphère s'était considérablement détendue quand est arrivé le moment du repas, en grande partie grâce au second apéritif que tout le monde avait bu après avoir affirmé ne pas en vouloir.

Jane nous a apporté du filet de bœuf accompagné de légumes grillés et de gratin de pommes de terre. Alexis et Grace me jetaient quelques coups d'œil en souriant. J'ai aidé Jane à débarrasser la table, et à servir une tarte chaude aux pommes et de la crème glacée.

Alors que nous nous apprêtions à partir, Tom m'a tendu une enveloppe.

— Qu'est-ce que c'est ?

— Un chèque. Nous vous devons toujours de l'argent pour les cours particuliers.

— Vous ne me devez rien du tout. Je n'ai pas fait mon travail.

J'ai essayé de lui rendre l'enveloppe.

Il a repoussé doucement ma main.

— Jane et moi insistons.

— Tom, s'il vous plaît.

— Prenez-la, Anna. Ça nous fera plaisir.

— Bon, très bien, ai-je cédé en glissant l'enveloppe dans mon sac à main. Merci pour tout, ai-je ajouté à l'intention de Jane.

Nous nous sommes regardées dans les yeux un instant. Peu de mères auraient aussi aimablement reçu chez elles la petite amie de leur fils bien plus âgée que lui, ce dont nous avions toutes les deux conscience.

— De rien, Anna. Revenez nous voir.

T.J. m'a prise dans ses bras dès que les portes de l'ascenseur se sont refermées. J'ai expiré et ai posé la tête contre sa poitrine.

— Tes parents sont des gens merveilleux.

— Je t'avais bien dit qu'ils étaient cool.

Ils étaient également très généreux. Car plus tard, quand j'ai ouvert l'enveloppe qu'ils m'avaient donnée, j'ai découvert un chèque d'un montant de vingt-cinq mille dollars.

La conférence de presse devait commencer à 14 heures. Les parents de T.J. se tenaient un peu à l'écart sur le côté. Tom, l'unique personne autorisée à filmer, avait à la main une petite caméra.

— Je sais ce qu'ils vont nous demander, ai-je soupiré.

— Tu n'as pas à répondre à toutes leurs questions, m'a rappelé T.J.

Assis derrière une table allongée, nous faisions face à une foule de journalistes. Alors que je tapais du pied droit, T.J. s'est incliné pour exercer une légère pression sur ma cuisse avant de retirer sa main. Il savait qu'il valait mieux ne pas la laisser trop longtemps sur ma jambe.

Une grande carte aérienne des vingt-six atolls des Maldives avait été affichée au mur. Une femme chargée des relations publiques au sein de la chaîne d'informations, désignée comme modératrice de la conférence, a commencé par expliquer à l'assistance que l'île où T.J. et moi avions vécu était inhabitée et avait sans doute subi de gros dégâts à la suite du tsunami. À l'aide d'un pointeur laser, elle a montré l'île de Malé, notre point de départ.

— Ils devaient se rendre ici, a-t-elle ajouté en dirigeant son laser sur une autre île. Le pilote ayant succombé à un infarctus, l'avion s'est écrasé quelque part entre les deux.

La première question a été posée par un journaliste debout au fond de la salle. Il a dû crier pour que nous l'entendions.

— À quoi avez-vous pensé quand vous vous êtes rendu compte que le pilote avait une attaque cardiaque ?

Je me suis penchée en avant pour parler dans le micro.

— Nous avions peur qu'il meure et craignions qu'il ne soit pas capable d'amerrir.

— Avez-vous essayé de l'aider ? a interrogé un autre reporter.

— Anna a essayé, a répondu T.J. Le pilote nous a demandé de mettre nos gilets de sauvetage, de retourner nous asseoir et d'attacher nos ceintures. Quand il s'est écroulé, Anna a détaché sa ceinture et a couru dans le cockpit pour lui faire un massage cardiaque.

— Combien de temps êtes-vous restés dans l'océan avant d'arriver sur l'île ?

C'est T.J. qui a pris la parole.

—Je ne sais pas vraiment. Le soleil s'est couché environ une heure après l'accident, et nous étions sur le rivage quand il s'est levé.

Nous avons répondu à leurs questions durant une heure. Ils nous ont interrogés sur tout, de la manière dont nous nous alimentions au genre d'abri que nous avions construit. Nous leur avons parlé de la clavicule cassée de T.J. et de la maladie qui avait failli le tuer. Nous avons décrit les tempêtes, et expliqué comment les dauphins avaient protégé T.J. du requin. Nous avons évoqué le tsunami et nos retrouvailles à l'hôpital. Ils semblaient sincèrement impressionnés par les épreuves que nous avions surmontées, et je me suis détendue un peu.

C'est alors qu'une journaliste assise au premier rang, une femme entre deux âges à l'air renfrogné, a demandé :

—Quelle relation physique aviez-vous sur l'île ?

—Ça ne vous concerne pas, ai-je rétorqué.

—Connaissez-vous l'âge de la majorité sexuelle dans l'Illinois ? a-t-elle insisté.

Je me suis abstenue de lui faire remarquer que notre île ne se trouvait pas dans l'Illinois.

—Bien entendu.

Elle a décidé d'éclairer la lanterne de tous les autres membres de l'assemblée, au cas où ils ne l'auraient pas su :

—L'âge de la majorité sexuelle dans l'Illinois est dix-sept ans, à moins que la relation n'implique une personne incarnant l'autorité, comme un enseignant. Dans ce cas, l'âge de la majorité est relevé à dix-huit ans.

—Nous n'avons enfreint aucune loi, a affirmé T.J.

—Les victimes sont parfois contraintes à mentir, a assené la femme. Notamment si elles ont été sexuellement abusées très jeunes.

—Il n'y a pas eu d'abus sexuels, a protesté T.J.

Sa question suivante s'adressait directement à moi.

—À votre avis, les contribuables de Chicago seront-ils d'accord pour payer le salaire d'une enseignante soupçonnée d'abus sexuels à l'encontre d'un élève ?

— Il n'y a pas eu abus sexuels ! a crié T.J. Combien de fois faut-il le répéter ?

Même si j'étais persuadée qu'on nous interrogerait sur notre relation, je n'avais jamais envisagé la possibilité qu'on nous accuse de mensonge ou qu'on me croie capable d'avoir imposé ma volonté à T.J. Le doute que cette journaliste venait de semer dans les esprits se répandrait sans doute, nourri par les rumeurs et les spéculations. Tous ceux qui liraient le récit de notre histoire mettraient en cause mes actions et mon intégrité. Tout du moins, il me serait certainement difficile de trouver un poste au sein d'un établissement scolaire, ce qui mettrait fin à ma carrière d'enseignante.

Lorsque mon cerveau a fini d'analyser les conséquences des interrogations formulées par cette journaliste, j'ai à peine eu le temps de reculer ma chaise pour me précipiter dans les toilettes. J'ai ouvert l'une des portes à la volée et me suis penchée sur la cuvette. J'avais été incapable d'avaler quoi que ce soit avant la conférence de presse ; mon estomac s'est soulevé, mais je n'avais rien à vomir. Quelqu'un est entré.

— Ça va, T.J. J'arrive dans une minute.

— C'est moi, Anna, a dit une voix féminine.

Je suis sortie du cabinet. Jane Callahan se tenait devant moi. Elle m'a ouvert ses bras, une attitude ressemblant tellement à celle qu'aurait adoptée ma mère que je me suis blottie contre elle avant de fondre en larmes. Quand j'ai cessé de pleurer, Jane m'a tendu un mouchoir et m'a déclaré :

— Les médias essaient toujours de faire sensation. À mon avis, une grande partie du public sera capable de faire la part des choses.

Je me suis essuyé les yeux.

— Je l'espère.

T.J. et Tom nous attendaient à la sortie des toilettes. T.J. a avancé une chaise vers moi puis s'est assis à côté de moi.

— Ça va ?

Il m'a entourée d'un bras, et j'ai posé la tête sur son épaule.

— Ça va mieux.

— Tout va bien se passer, Anna.

— Peut-être, ai-je convenu.

Ou peut-être pas.

Le lendemain matin, j'ai lu dans le journal le compte-rendu de la conférence de presse. L'article n'était pas aussi mauvais que je le pensais, mais n'avait rien de reluisant non plus. Sans remettre en question mon aptitude à enseigner, l'auteur reprenait les doutes soulevés par la journaliste quant à la probabilité qu'un établissement scolaire accepte de m'engager. J'ai tendu le journal à Sarah quand elle est entrée dans la pièce. Elle a poussé un soupir écœuré en le lisant.

— Qu'est-ce que tu vas faire ? a-t-elle demandé.

— Je vais parler à Ken.

Ken Tomlinson avait été mon principal pendant six ans. Au service du système éducatif de l'Illinois depuis trente ans, le dévouement dont il faisait preuve envers ses élèves et le soutien qu'il apportait aux enseignants avaient fait de lui l'un des hommes les plus respectés du district. Il ne perdait pas de temps à s'occuper de sujets insignifiants et racontait les meilleures blagues grivoises que j'avais jamais entendues.

J'ai passé la tête dans son bureau vers 7 heures, quelques jours après la conférence de presse. Il a repoussé sa chaise avant de venir à ma rencontre.

— Ma petite Anna, vous ne pouvez pas vous imaginer à quel point je suis heureux de vous revoir, a-t-il lancé avant de me prendre dans ses bras. Bienvenue.

— J'ai eu le message que vous avez laissé sur le répondeur de Sarah. Merci d'avoir téléphoné.

— Je tenais à ce que vous sachiez que nous pensons tous à vous. Je me disais que vous ne viendriez pas avant un moment. (Il a repris place derrière son bureau, et je me suis assise dans un siège en face de lui.) Je crois connaître la raison qui vous amène.

— Avez-vous reçu des appels ?

Il a hoché la tête.

—Quelques-uns. Certains parents voulaient savoir si vous reviendriez enseigner ici. J'avais bien envie de leur dire ce que je pensais de leurs prétendues craintes, mais c'était impossible.

—Je sais, Ken.

—J'aimerais beaucoup vous rendre votre ancien poste, mais j'ai engagé quelqu'un deux mois après votre accident d'avion, quand nous avons perdu tout espoir de vous retrouver vivante.

—Je comprends. De toute manière, je ne me sens pas encore prête à reprendre le travail.

Se penchant en avant, Ken s'est accoudé sur son bureau.

—Les gens inventent toutes sortes d'histoires qui n'existent pas. C'est la nature humaine. Gardez profil bas un certain temps. Laissez passer la tempête.

—Je ne ferais jamais de mal à un élève, Ken.

—Je le sais, Anna. Je n'en ai jamais douté une minute. Vous êtes une bonne enseignante, a-t-il ajouté en se levant de son siège. Ne laissez personne vous affirmer le contraire.

Les couloirs se rempliraient bientôt de professeurs et d'élèves, et j'avais envie de m'éclipser sans me faire remarquer. Aussi me suis-je redressée à mon tour avant de conclure :

—Merci, Ken. C'est très important pour moi.

—Revenez, Anna. Nous aimerions tous passer un peu de temps avec vous.

—Je n'y manquerai pas.

Les détails de la conférence de presse se sont répandus à la vitesse d'un incendie et, en peu de temps, notre histoire a fait le tour de la planète. Malheureusement, la plupart des informations étaient fausses, embellies et très loin de la réalité.

Tout le monde s'était forgé une opinion sur moi, et les discussions et débats sur ma relation avec T.J. allaient bon train sur les forums et réseaux sociaux. J'ai fourni à de nombreux animateurs de talk-shows l'occasion de se livrer à de longs monologues, et je faisais l'objet de tant de plaisanteries douteuses que j'ai purement et simplement arrêté de regarder la télévision, préférant la solitude et le réconfort de la musique et des livres qui m'avaient tant manqué sur l'île.

T.J. a eu droit à sa part de ridicule, lui aussi. Les gens tournaient en dérision le fait qu'il avait arrêté ses études en seconde, ajoutant que cela n'avait peut-être aucune importance vu ce qu'il avait dû apprendre dans d'autres domaines grâce à moi.

Je n'osais pas sortir, de peur que l'on ne me reconnaisse.

— Tu savais qu'on peut acheter tout ce dont on a besoin sur Internet ? ai-je dit à T.J., qui était assis à côté de moi sur le canapé tandis que je pianotais sur le clavier de l'ordinateur portable de Sarah. C'est livré à domicile. Je ne sortirai peut-être plus jamais.

— Tu ne peux pas te cacher indéfiniment, Anna, a rétorqué T.J.

J'ai tapé « mobilier de chambre à coucher » dans la barre de recherche de Google, puis j'ai appuyé sur « Entrée ».

— Tu veux parier ?

Mes problèmes d'insomnie ont commencé quelques semaines plus tard. J'ai tout d'abord éprouvé des difficultés à m'endormir. Avec la bénédiction de Sarah, T.J. restait souvent passer la nuit avec moi, mais le son régulier de sa respiration ne suffisait pas à me détendre. Puis est venue une période où, même quand je parvenais à trouver le sommeil, je me réveillais à 2 ou 3 heures du matin et demeurais allongée les yeux grands ouverts jusqu'à l'aube. Je faisais fréquemment des cauchemars dans lesquels je me noyais, et me réveillais en sursaut, couverte de sueur. T.J. disait qu'il m'arrivait de hurler en plein milieu de la nuit.

— Tu devrais peut-être retourner voir un docteur, Anna.

Épuisée et au bord de la crise de nerfs, j'ai fini par accepter.

— Stress post traumatique aigu, a conclu mon médecin quelques jours plus tard. C'est très courant, Anna, notamment chez les femmes. Les personnes ayant vécu des événements choquants souffrent souvent ensuite d'insomnie et d'anxiété.

— Comment le traite-t-on ?

— Généralement en combinant psychothérapie comportementale et médicaments. L'état de certains patients s'améliore avec une faible dose d'antidépresseurs. Je peux vous prescrire quelque chose pour vous aider à dormir.

J'avais des amis qui avaient pris des antidépresseurs et des somnifères, et s'étaient plaints d'effets secondaires.

— Je préférerais me passer de médicaments, si possible.

— Est-ce que vous voudriez essayer de consulter un psychiatre ?

J'étais prête à essayer n'importe quoi pour dormir une nuit complète.

— Pourquoi pas ?

J'ai pris rendez-vous chez une thérapeute que j'avais trouvée dans les Pages jaunes. Son bureau était situé dans un vieil immeuble en brique dont le perron s'écroulait. Je me suis présentée à la secrétaire et, au bout de cinq minutes, la psychiatre a ouvert la porte de la salle d'attente pour m'appeler. Elle avait un sourire chaleureux et une poignée de main ferme. Je lui donnais une petite cinquantaine d'années.

— Je suis Rosemary Miller.

— Anna Emerson. Enchantée.

— Asseyez-vous, je vous en prie, a-t-elle déclaré en désignant un canapé.

Elle s'est installée dans un fauteuil à côté et m'a tendu une carte de visite. Posée sur une table basse près du divan, une lampe diffusait une lumière vive. Un ficus en pot étalait ses feuilles devant la fenêtre. Des boîtes de mouchoirs en papier étaient éparpillées sur toutes les surfaces disponibles.

— J'ai suivi votre histoire dans les journaux. Je ne suis pas surprise de vous voir ici.

— Je souffre d'insomnie et d'anxiété. Mon médecin m'a suggéré d'essayer d'entreprendre une psychothérapie.

— Après un traumatisme tel que celui que vous avez vécu, les symptômes que vous décrivez sont très fréquents. Avez-vous déjà consulté un psychiatre ?

— Non.

— Durant ce premier rendez-vous, j'aimerais que vous me parliez de vous et de votre parcours.

— Très bien.

Elle a passé quarante-cinq minutes à m'assaillir de questions sur mes parents, Sarah et mes relations avec eux. Elle m'a interrogée sur mes précédentes expériences amoureuses et, lorsque j'ai évoqué John, prenant soin de ne pas m'étendre, elle m'a poussée à lui livrer davantage de détails. Je me suis agitée avec nervosité, me demandant quand elle allait enfin s'intéresser à mon insomnie.

— Il faudra sans doute que nous approfondissions certains épisodes de votre vie dans les semaines qui viennent. Mais à présent, j'aimerais aborder vos problèmes de sommeil.

Enfin !

— J'ai des difficultés à m'endormir, et je me réveille souvent. Je fais aussi des cauchemars.

— Que se passe-t-il, dans ces cauchemars ?

— Je me noie. Je me fais attaquer par des requins. Parfois je revis le tsunami. En général, il y a de l'eau.

Quelqu'un a frappé à la porte, et elle a consulté sa montre.

— Je suis désolée. Nous n'avons pas le temps de parler davantage cette fois-ci. *(Vous plaisantez, j'espère.)* La semaine prochaine, nous commencerons à pratiquer quelques exercices de thérapie cognitive.

À ce rythme, je ne dormirais pas avant des mois. Après m'avoir serré la main, elle m'a raccompagnée vers la sortie. Une fois dehors, j'ai jeté sa carte de visite à la poubelle.

Quand je suis rentrée à la maison, T.J. et Sarah étaient installés dans le salon. Je me suis affalée sur les genoux de T.J.

— Comment ça s'est passé ? s'est-il enquis.

— Je crois que la thérapie n'est pas pour moi.

— Il faut parfois du temps pour trouver un bon thérapeute, a souligné Sarah.

— Je ne pense pas qu'elle soit mauvaise. Je veux juste essayer autre chose. Si ça ne marche pas, je retournerai la voir.

J'ai quitté la pièce pour reparaître quelques minutes plus tard, vêtue d'un caleçon ainsi que d'un coupe-vent en Nylon par-dessus un tee-shirt à manches longues et un pull. J'ai mis un bonnet, puis me suis assise sur le canapé pour lacer mes baskets.

— Qu'est-ce que tu fais ? a demandé T.J.

— Je vais courir.

Chapitre 54

T.J.

J'ai monté le dernier carton jusqu'au nouvel appartement d'Anna, un petit deux pièces situé à un quart d'heure de chez Sarah et David.

— Où est-ce que tu veux que je le pose ? ai-je demandé quand j'ai franchi le seuil, m'ébrouant pour ôter la pluie de mes cheveux.

— N'importe où.

Elle m'a tendu une serviette, avec laquelle je me suis séché après avoir enlevé mon tee-shirt trempé.

— Je cherche les draps, a déclaré Anna. Le lit a été livré pendant que tu étais parti.

Après avoir fouillé un moment, nous avons fini par les trouver, et je l'ai aidée à faire le lit.

— Je reviens, a-t-elle dit.

Elle a reparu tenant dans ses mains un petit objet qu'elle a déposé sur la table de nuit avant de le brancher.

— Qu'est-ce que c'est ? ai-je interrogé en m'allongeant sur le matelas.

Lorsqu'elle a allumé l'appareil, un bruit de vagues a empli la pièce, couvrant presque celui de la pluie qui s'abattait contre les vitres.

— C'est un galet sonore. Je l'ai commandé sur Internet.

Elle s'est couchée à côté de moi. J'ai porté sa main à mes lèvres pour y déposer un baiser, puis l'ai serrée contre moi. Elle s'est détendue, son corps épousant le mien.

— Je suis heureux. Et toi, Anna, tu es heureuse ?

— Oui, a-t-elle murmuré.

À cet instant, en écoutant la pluie et le va-et-vient des vagues, Anna dans mes bras, je pouvais presque prétendre que nous nous trouvions toujours sur l'île et que rien n'avait changé.

Elle ne m'a pas demandé d'emménager ; je ne suis jamais parti, tout simplement. Je passais la nuit chez mes parents de temps à autre pour leur faire plaisir, et je leur rendais souvent visite avec Anna pour discuter ou dîner avec eux. Anna a emmené Grace et Alexis faire les magasins à plusieurs reprises, ce qui a ravi mes deux sœurs.

Comme elle refusait que je contribue au loyer, je payais pour tout le reste, même si elle faisait tout son possible pour m'en empêcher. Mon père et ma mère m'avaient ouvert un compte d'épargne quand j'étais petit. J'aurais dû avoir le droit d'y accéder à mes dix-huit ans et, à présent, cet argent m'appartenait. Cette somme suffirait largement à couvrir les dépenses de la vie courante, l'achat d'une voiture et mes frais de scolarité. Mes parents me demandaient sans cesse quels étaient mes projets, mais je n'avais pas d'idée précise de ce que j'avais envie de faire. Même si Anna n'avait rien dit, je savais qu'elle souhaitait que je passe mon certificat d'études secondaires.

Les gens nous reconnaissaient, surtout lorsque nous nous promenions ensemble, mais Anna commençait à se sentir de plus en plus à l'aise en public. Nous sortions souvent pour faire de longues marches ou aller au parc, même si plusieurs semaines nous séparaient encore du printemps. Nous allions au cinéma et parfois au restaurant pour le déjeuner ou le dîner, mais Anna préférait manger à la maison. Elle me cuisinait tout ce dont j'avais envie, et je reprenais lentement du poids. Elle aussi. Quand je laissais glisser mes mains sur son corps, je ne sentais plus ses os, mais des courbes délicates.

Le soir, Anna enfilait ses baskets et courait presque jusqu'à épuisement. Quand elle rentrait, elle enlevait ses vêtements trempés de sueur, prenait une longue douche chaude et me rejoignait au lit. Il lui restait tout juste assez d'énergie pour faire l'amour, puis elle sombrait dans un profond sommeil. Elle éprouvait encore parfois des difficultés à s'endormir et il lui arrivait de faire des cauchemars, mais bien moins souvent qu'auparavant.

J'aimais notre routine. Je n'avais aucune envie d'en changer.

— Ben m'a invité à passer le week-end avec lui, ai-je annoncé à Anna pendant le petit déjeuner quelques semaines plus tard.

— Il est à l'université de l'Iowa, c'est ça ?

— Oui.

— J'adore ce campus. Je suis sûre que tu t'amuseras beaucoup.

— Je pars vendredi. Je ferai le trajet en voiture avec un de ses amis.

— Visite la fac, pas seulement les bars. Tu devrais envisager de t'inscrire là-bas après ton certificat d'études secondaires.

Je me suis abstenu de répliquer que je n'avais aucune envie d'aller dans une université située dans un autre État, loin d'elle. Ni dans n'importe quelle autre université, d'ailleurs.

Une pyramide de canettes de bière de près de deux mètres en équilibre instable trônait dans un coin de la chambre de Ben. J'ai enjambé des cartons de pizza vides et des tas de linge sale. Le sol était jonché de manuels scolaires, de chaussures de sport et de cadavres de bouteilles de soda.

— Comment tu fais pour supporter un tel bordel ? me suis-je exclamé. Et quelqu'un a pissé dans ton ascenseur, ou quoi ?

— Certainement, a répondu Ben. Tiens, ton permis de conduire.

J'ai plissé les yeux devant le document.

— Depuis quand est-ce que je suis un blond de vingt-sept ans d'un mètre soixante-douze ?

— Depuis aujourd'hui. Tu es prêt à aller au bar ?

— Bien sûr. Où est-ce que tu veux que je pose mes affaires ?

— N'importe, mec.

Le colocataire de Ben étant parti pour le week-end, j'ai jeté mon sac de sport sur son lit, puis j'ai suivi Ben hors de la chambre.

— Descendons par l'escalier, ai-je proposé.

À 21 heures, nous étions déjà bien éméchés. J'ai consulté mon portable, mais Anna ne m'avait laissé aucun message. J'ai envisagé un instant de l'appeler, mais comme j'étais certain que Ben ne me lâcherait pas la grappe si je le faisais, j'ai glissé de nouveau le téléphone dans ma poche.

Ben a invité quelques personnes à notre table pour s'amuser à boire des verres cul sec. Personne ne m'a reconnu. Je me fondais dans la foule comme n'importe quel autre étudiant, ce qui me convenait tout à fait.

J'étais entouré par deux filles complètement soûles. L'une d'elles a vidé sa vodka d'un trait pendant que son amie l'observait, le verre à ses lèvres. Se penchant vers moi, les yeux brillants, elle a chuchoté :

— Tu es vraiment mignon.

Puis elle a posé son verre avant de vomir sur la table. Je me suis levé d'un bond en reculant ma chaise.

Ben m'a fait signe de le suivre, et nous sommes sortis du bar. Une fois dehors, j'ai inspiré de grandes bouffées d'air frais afin de me libérer de la puanteur qui avait envahi mes narines.

— Tu veux manger quelque chose ? m'a demandé Ben.

— Pour ça, je suis toujours partant.

— Une pizza, ça te dit ?

— Super.

Nous sommes entrés dans un restaurant et nous sommes installés à une table au fond.

— Anna m'a conseillé de visiter le campus, ai-je confié à Ben. Elle pense que je devrais envisager de m'inscrire ici après mon certificat d'études secondaires.

— Mec, ce serait génial ! On pourrait habiter ensemble. Tu vas le faire ?

— Non.

— Pourquoi pas ?

J'avais assez bu pour me montrer honnête avec Ben.

— J'ai juste envie d'être avec elle.

— Anna ?

— Évidemment, ducon, qui d'autre ?

— C'est ce qu'elle veut aussi ?

La serveuse s'est approchée et a déposé sur notre table une grande pizza au pepperoni et à la saucisse. J'en ai mis deux parts dans mon assiette.

— Je ne sais pas vraiment, ai-je répondu.

— Tu veux dire que tu aurais envie de te marier et d'avoir un enfant avec elle ?

— Je me marierais avec elle dès demain sans hésiter, ai-je assuré avant de prendre une bouchée de pizza. Peut-être qu'on pourrait attendre un peu pour le bébé.

— Et elle, elle est prête à attendre ?

— Je ne sais pas.

Chapitre 55

Anna

Stefani et moi avons commandé un verre de vin au bar en attendant qu'une table se libère.

— Alors, T.J. est allé rendre visite à son ami, ce week-end ? a demandé Stefani.

— Oui. (J'ai consulté ma montre : 20 h 03.) À mon avis, ils sont en route pour une bonne cuite, à cette heure. Du moins je l'espère.

— Ça ne t'embête pas qu'il se soûle ?

— Tu te souviens de ce qu'on faisait à la fac ?

Un sourire s'est dessiné sur les lèvres de Stefani.

— Comment se fait-il qu'on ne se soit jamais fait arrêter ?

— Grâce à nos jupes courtes et à la chance, ai-je plaisanté avant de boire une gorgée. J'aimerais que T.J. vive ce genre d'expériences, lui aussi. Je ne veux pas qu'il ait l'impression d'être passé à côté de quelque chose.

— Tu essaies de me convaincre, ou de te convaincre toi ?

— Je n'essaie de convaincre personne. C'est juste que je ne veux pas le priver de sa liberté.

— Rob et moi avons très envie de le rencontrer. Si tu tiens tellement à lui, nous aimerions le connaître.

— Merci. C'est très gentil, Stef.

Le barman a déposé deux nouveaux verres de vin devant nous.

— C'est de la part des deux hommes assis là-bas au coin.

Stefani a attendu une minute, puis a fouillé dans son sac à main suspendu au dossier de sa chaise. Elle en a sorti un miroir et un tube de rouge à lèvres avant de se tourner de nouveau vers moi.

—Alors?

—Ils sont mignons.

—Tu es mariée!

—Je ne compte pas en ramener un à la maison. Et d'ailleurs, Rob savait très bien que j'aimais flirter quand il s'est marié avec moi. (Elle a appliqué du rouge sur ses lèvres, se servant de sa serviette de table pour l'estomper.) Et personne ne m'a offert un verre depuis le milieu des années 1990, alors la ferme.

—Il faut qu'on aille leur dire « merci », ou on peut se contenter de faire comme s'ils n'étaient pas là? ai-je soupiré.

—Tu n'as pas envie de leur parler?

—Non.

—Trop tard. Ils arrivent.

J'ai jeté un coup d'œil par-dessus mon épaule.

—Bonjour, a lancé l'un d'eux.

—Bonjour. Merci pour le vin.

Le second a engagé la conversation avec Stefani. J'ai levé les yeux au ciel lorsqu'elle a rejeté ses cheveux en arrière en éclatant de rire.

—Je m'appelle Drew, a déclaré l'autre.

Les cheveux bruns, il portait un costume et une cravate. Je lui donnais entre trente-cinq et quarante ans. Séduisant, à condition d'aimer le style banquier.

—Anna.

Je lui ai serré la main.

—Je vous ai reconnue. J'avais vu votre photo dans le journal. Vous avez vécu des épreuves impressionnantes. Je suppose que vous êtes fatiguée d'en parler.

—En effet.

Comme le silence se prolongeait, j'ai bu une gorgée de vin.

—Vous attendez une table? a-t-il demandé.

—Oui. Ce ne devrait plus être très long.

— Peut-être pourrions-nous nous joindre à vous ?

— Je suis désolée, pas ce soir. J'ai envie de passer un moment avec mon amie.

— Très bien. Je comprends. Peut-être pourrais-je avoir votre numéro de téléphone ?

— Je ne pense pas, non.

— Oh, allez ! a-t-il insisté en souriant, déployant tous ses charmes. Je suis un type sympa.

— Je ne suis pas libre.

— Vous ne m'avez pas laissé une chance. (Il m'a observée d'un œil méfiant.) Attendez, vous ne parlez pas de ce gamin, j'espère, si ?

— Ce n'est pas un gamin.

— Si.

Stefani m'a tapoté l'épaule.

— Notre table est prête.

— Merci encore pour le vin. Excusez-moi.

Saisissant mon sac à main et mon manteau, je me suis laissée glisser du tabouret avant de suivre Stefani.

— Qu'est-ce qu'il t'a dit ? a-t-elle demandé une fois assise à la table. Tu n'avais pas l'air très enthousiaste.

— Il a découvert que je n'étais pas célibataire. Ensuite, il a traité T.J. de gamin.

— Tu as certainement froissé son ego.

— T.J. est jeune, Stefani, c'est vrai. Quand les gens le regardent, ils ne voient pas la même chose que moi. Ils voient un gamin.

— Et toi, qu'est-ce que tu vois ? m'a interrogée Stefani.

— Je vois juste T.J.

Il est rentré à la maison le dimanche soir, fatigué et souffrant d'une bonne gueule de bois. Après avoir posé son sac, il m'a serrée dans ses bras. Je lui ai donné un long baiser.

— Waouh ! s'est-il exclamé.

Prenant mon visage entre ses mains, il m'a embrassée à son tour.

— Tu m'as manqué, ai-je soupiré.

— Tu m'as manqué aussi.

— Comment c'était ?

— La chambre de Ben est une véritable porcherie, une fille a failli me vomir dessus, et quelqu'un a pissé dans l'ascenseur.

J'ai esquissé une grimace.

— Vraiment ?

— Franchement, je n'ai pas été super emballé.

— Tu ne serais certainement pas de cet avis si tu étais allé à la fac tout de suite après le lycée.

— Mais ça ne s'est pas passé comme ça, Anna. Et je n'en suis toujours pas là.

Chapitre 56

T.J.

— Je n'ai pas besoin de mettre une cravate, tout de même, si ?

Je portais un pantalon en coton et une chemise blanche. Une veste en tweed bleu marine était étalée sur le lit. Nous devions sortir avec Stefani et son mari Rob, et ma tenue me paraissait déjà bien assez guindée.

— Ce serait peut-être bien, a répondu Anna en entrant dans la chambre.

— Est-ce que j'ai une cravate, au moins ?

— Je t'en ai acheté une quand Stefani m'a dit dans quel restaurant ils voulaient se rendre.

Elle est allée la chercher dans le placard et l'a passée dans le col de ma chemise avant de la nouer.

— Je ne sais même pas quand j'en ai mis une pour la dernière fois, ai-je soupiré en tirant sur le nœud pour le desserrer un peu.

J'avais rencontré Rob et Stefani la semaine précédente, lorsqu'ils nous avaient invités à manger chez eux. Je les aimais bien. Je les avais trouvés d'un abord facile, aussi, quand Anna m'avait annoncé qu'ils avaient envie de dîner avec nous, j'avais accepté sans hésitation.

— Je serai prête dans une minute. Il faut juste que je choisisse ce que je vais mettre.

Je me suis allongé sur le lit pour admirer la vue que m'offrait Anna, debout devant son placard, en soutien-gorge et petite culotte.

— Je croyais que tu trouvais les strings inconfortables.

— C'est vrai. Mais j'ai bien peur que ce soit un mal nécessaire, ce soir. Que penses-tu de celle-là ? a-t-elle demandé en sortant de sa penderie une longue robe noire à bretelles qu'elle a portée à sa poitrine.

— Elle est jolie.

— Et celle-là ?

Elle me montrait à présent une robe courte décolletée bleu foncé à manches longues.

— Très sexy.

— Bon, c'est décidé, alors, a-t-elle conclu en l'enfilant.

Le tissu moulait parfaitement ses formes. Anna a complété sa tenue avec une paire de chaussures à talons aiguilles.

C'était la première fois que je la voyais si bien habillée. D'habitude, elle se contentait d'un jean avec un tee-shirt ou un pull. Elle mettait parfois des jupes, mais jamais rien d'aussi élégant que la robe qu'elle avait choisie. Ses seins avaient grossi depuis qu'elle avait repris du poids, et le soutien-gorge qu'elle avait passé les mettait en valeur. Ce que dévoilait son décolleté plongeant me donnait envie d'en voir davantage.

Elle a enroulé ses cheveux pour former un chignon sur sa nuque, puis a mis des boucles d'oreilles pendantes ressemblant à celles que j'avais utilisées sur l'île pour fabriquer des hameçons. Ses lèvres rehaussées de rouge carmin semblaient m'inviter à l'embrasser.

— Tu es superbe.

Elle a souri.

— Tu le penses vraiment ?

— Oui.

Elle était élégante. *Belle. Comme une femme épanouie et sûre d'elle.*

— Allons-y, a-t-elle déclaré.

Tous les clients du restaurant avaient dix ou vingt ans de plus que moi. Comme nous étions en avance de quelques minutes, nous avons suivi Rob et Stefani vers le bar à la lumière tamisée en attendant que notre table se libère. Plus d'une tête s'est tournée sur le passage d'Anna. Stefani a engagé la conversation avec un type.

Rob et moi étions en train de nous frayer un chemin dans la foule pour aller commander des boissons quand une femme aux bras chargés de menus s'est approchée de nous.

—Votre table est prête, a-t-elle annoncé.

Stefani s'est tournée vers l'homme qu'elle avait rencontré. Il portait un costume, mais avait desserré sa cravate et défait les deux premiers boutons de sa chemise. Il tenait à la main un verre plein d'un alcool ressemblant à du whisky. Le voyant seul, je me suis demandé s'il était venu au bar après son travail.

—Pourquoi ne te joindrais-tu pas à nous pour le dîner ? lui a proposé Stefani. Ça ne vous dérange pas ? a-t-elle ajouté à notre intention.

—Pas du tout, a répondu Anna.

—Non, ai-je assuré à mon tour en haussant les épaules.

—Je vous présente Spence, a déclaré Stefani une fois tout le monde installé autour de la table. On a travaillé sur le même budget l'année dernière.

Rob et elle étaient assis à côté de lui, tandis qu'Anna et moi lui faisions face. En lui serrant la main, j'ai remarqué ses yeux injectés de sang et me suis rendu compte qu'il était complètement soûl.

Rob a commandé deux bouteilles de vin, et la serveuse a rempli nos verres après lui avoir fait sentir le bouchon, tourner le liquide dans son verre et tout le tralala.

J'ai pris une gorgée. C'était du rouge, si âpre que j'ai dû me retenir de grimacer.

Spence s'est tout de suite focalisé sur Anna. Il l'a observée boire un peu de vin, le regard passant de ses yeux à ses lèvres puis à ses seins.

—J'ai l'impression de te connaître, a-t-il commencé.

Elle a secoué la tête.

—On ne s'est jamais croisés.

C'est ce qu'Anna détestait lorsqu'elle rencontrait des gens. Ils essayaient de se rappeler où ils l'avaient déjà vue et finissaient par se souvenir de sa photo parue dans les journaux. Ensuite, les questions fusaient, d'abord sur l'île, puis sur nous.

Par chance, l'alcool avait brouillé la mémoire de Spence, et Anna a semblé se détendre. Cependant, s'il ne l'avait pas reconnue, il n'a pas renoncé pour autant.

—Peut-être qu'on est déjà sortis ensemble.

Anna a levé son verre et bu une nouvelle gorgée.

—Non.

—Alors, peut-être que nous pourrions sortir ensemble un de ces jours ?

—Hé, l'ai-je interrompu d'un ton sec. Je suis là.

Anna a posé une main sur ma jambe et a exercé une légère pression.

—Ce n'est rien, a-t-elle murmuré.

—Attends… Elle est avec toi ? s'est écrié Spence. Je croyais que tu étais son petit frère ou un truc comme ça. (Il a éclaté de rire.) C'est une blague.

Tandis que son regard passait de moi à Anna, il a repris une expression sérieuse.

—Je sais d'où je vous connais, a-t-il poursuivi. J'ai vu vos photos dans les journaux. Eh bien, je comprends maintenant comment tu as réussi à sortir avec elle, mais pas pourquoi elle est toujours avec toi, a-t-il ajouté avec dédain.

Après avoir jeté un coup d'œil à Stefani, Rob a lancé :

—C'est bon, ça suffit, Spence.

—Oui, je suis avec lui, a affirmé Anna.

Son ton confiant et la manière qu'elle avait de regarder Spence comme s'il était un parfait crétin m'ont fait plus plaisir que les mots eux-mêmes.

Notre serveuse s'est approchée.

—Je suis désolée, mais je dois vous demander votre carte d'identité, m'a-t-elle dit.

J'ai haussé les épaules.

—Je n'ai pas vingt et un ans. De toute façon, je n'aime pas le vin. Allez-y, prenez-le.

S'excusant de nouveau avec un sourire, elle a emporté mon verre. Spence n'en revenait pas.

— Tu n'as même pas vingt et un ans ?

Son rire à peine contenu a brisé le silence qui s'était abattu sur notre table, les autres s'efforçant de se comporter comme si la situation n'était pas totalement humiliante pour moi.

Nous avons baissé les yeux sur le menu. Anna et moi éprouvions toujours des difficultés à nous décider au restaurant. Il y avait trop de choix.

— Qu'est-ce que tu prends ? lui ai-je demandé.

— Un steak. Et toi ?

Elle a saisi ma main et a entrelacé ses doigts aux miens.

— Je ne sais pas. Peut-être des pâtes. Tu aimes bien les raviolis, non ?

— Oui.

— D'accord. Je vais prendre des raviolis, comme ça on pourra partager.

Stefani a essayé de relancer la conversation. La serveuse est revenue prendre notre commande. Spence avait le regard ostensiblement rivé sur les seins d'Anna, un petit sourire satisfait sur les lèvres. Je savais à quoi il songeait à cet instant, et j'ai dû déployer des efforts surhumains pour me retenir de lui envoyer mon poing dans la figure.

Quand Spence s'est levé pour se rendre aux toilettes, Stefani a soufflé :

— Je suis vraiment désolée. J'ai entendu dire que sa femme l'avait quitté, et j'ai pensé que ce serait gentil de l'inviter à se joindre à nous.

— Ce n'est rien, a assuré Anna. Faisons comme s'il n'était pas là. C'est ce que je fais, en tout cas.

Aucun de nous n'a plus rempli le verre de Spence, de sorte qu'à la fin du dîner, il paraissait avoir un peu dessoûlé.

La serveuse nous a proposé du dessert, mais aucun de nous n'en voulait. Elle nous a dit qu'elle revenait avec la note.

— Je vais aux toilettes avec Stefani, a déclaré Anna. On vous attendra devant la porte.

Rob et moi avons chacun essayé de nous emparer de la note puis nous sommes mis d'accord pour la diviser en deux et avons sorti du liquide. Spence a jeté sur la table une poignée de billets. J'ai glissé de nouveau mon portefeuille dans ma poche puis me suis levé.

Rob a repoussé sa chaise et a salué Spence sans lui serrer la main avant de se diriger vers la sortie.

Spence est resté assis.

— Désolé que tu sois trop jeune pour boire avec les grands, a-t-il lancé en s'avachissant sur sa chaise.

— Désolé que tu ne puisses pas toucher à ma copine sexy. Et de toute façon, je n'aime pas vraiment le vin.

J'ai ri en voyant son air ahuri, puis j'ai rejoint Anna, Stefani et Rob devant l'entrée.

— Qu'est-ce que tu lui as dit ? a interrogé Anna.

— Que j'avais été ravi de faire sa connaissance.

— Je suis navrée pour ce soir, s'est excusée Anna en montant dans le taxi.

— Ce n'était pas ta faute, ai-je assuré en passant un bras autour de ses épaules.

La façon dont Spence avait regardé Anna m'avait plus dérangé que le fait de ne pas pouvoir boire. Même si je savais qu'il l'avait laissée indifférente, je m'inquiétais au sujet du prochain qu'elle rencontrerait. Celui qui ne se conduirait pas comme un connard complètement ivre, qui serait diplômé de l'université, aimerait le vin et porterait une cravate sans rechigner. Je me demandais avec anxiété si un jour, bientôt peut-être, mon désintérêt pour tout cela finirait par la gêner.

Et l'imaginer avec un autre homme m'était insupportable.

Je l'ai embrassée aussitôt la porte de son appartement refermée, écrasant ses lèvres sous les miennes sans douceur, mes mains encadrant fermement son visage. Elle n'appartenait à personne, je le savais, mais à cet instant, elle était mienne. Quand nous avons atteint la chambre, je lui ai enlevé sa robe, la passant par-dessus sa tête. Je me suis ensuite attaqué à son soutien-gorge, puis j'ai fait glisser son string sur ses hanches jusqu'à ce qu'il tombe au sol. Après avoir arraché ma cravate, je me suis débarrassé du reste de mes vêtements. En l'allongeant sur le lit, j'ai plongé la tête à l'endroit que Spence avait lorgné toute la soirée, y laissant un suçon qui mettrait des jours à s'estomper. Je l'ai caressée et embrassée jusqu'à ce qu'elle soit prête et, une fois en elle, je me suis forcé à ralentir mes mouvements, comme elle l'aimait. Lorsque l'extase s'est emparée d'elle et qu'elle a crié mon nom, j'ai pensé : *c'est moi qui lui fais cet effet. C'est moi qui lui donne ce plaisir.*

Plus tard, je suis allé chercher une bière dans le frigo de la cuisine. Je l'ai rapportée dans la chambre, où j'ai allumé la télévision, le son baissé au minimum. Anna dormait, les draps entortillés autour de sa taille. D'une main, j'ai doucement remonté la couverture sur ses épaules, et, de l'autre, j'ai ouvert ma canette de bière.

Chapitre 57

ANNA

EN AVRIL, UNE PLUIE DE PRINTEMPS S'EST ABATTUE SUR CHICAGO pendant deux jours d'affilée, nous contraignant à rester cloîtrés à l'intérieur.

Pendant que T.J. passait d'une chaîne à l'autre, je lisais un roman, allongée sur le canapé, les pieds sur ses genoux.

— Ça te dirait d'aller au cinéma ? a-t-il demandé après avoir éteint la télévision.

— Pourquoi pas ? Quel film est-ce que tu aimerais voir ?

— Je ne sais pas. On choisira sur place.

Après avoir enfilé une veste, nous sommes sortis sous la pluie battante, T.J. tenant un parapluie au-dessus de nos têtes. Il m'a pris la main. J'ai serré la sienne, et j'ai souri lorsqu'il a fait de même.

T.J. avait envie de voir *Batman Begins*. Nous faisions la queue pour acheter du pop-corn quand quelqu'un lui a tapé sur l'épaule.

Nous nous sommes retournés. Un grand type avec une casquette de base-ball se tenait à côté d'une fille menue portant un sweat à capuche rose, ses cheveux rassemblés en queue-de-cheval.

Un sourire a éclairé le visage de T.J.

— Salut, Coop. Comment ça va ?

— On s'occupe en attendant qu'il arrête de pleuvoir.

— Tu m'étonnes. Je te présente Anna, a ajouté T.J. en drapant un bras autour de mes épaules.

— Salut, a lancé Coop. Voici ma petite amie, Brooke.

— Ravie de vous connaître tous les deux, ai-je dit.

— J'oublie tout le temps que tu es en ville, a soupiré T.J.

— Je ne terminerai jamais ma formation professionnelle si mes notes ne s'améliorent pas.

— Ce serait sympa qu'on se voie, un de ces jours, a proposé T.J.

— Mes parents partent le mois prochain. J'organise une fête. Vous devriez venir.

Coop m'a adressé un sourire, et j'ai eu le sentiment que son invitation était sincère.

— Ce serait cool, a approuvé T.J.

Pendant que T.J. et Coop discutaient, j'ai glissé un regard en direction de Brooke. Elle me dévisageait, bouche bée. Elle devait me trouver très vieille.

Son visage lisse et rose rayonnait. Tout comme moi quand j'avais vingt ans, elle ignorait combien sa peau était magnifique. J'avais souvent porté la casquette de base-ball de T.J. et mes lunettes de soleil sur l'île, mais pas en permanence. Lorsque je songeais à toutes ces journées où j'étais restée exposée aux UV, je m'imaginais découvrir un matin que ma peau avait pris l'aspect du cuir pendant mon sommeil. Je passais plus de temps que je n'osais l'admettre à tenter de réparer les dommages que le soleil de l'île avait infligés à ma peau ; les étagères de ma salle de bains regorgeaient des lotions et crèmes que le dermatologue m'avait recommandées. Même si ma peau n'avait pas perdu son éclat, j'avais trente-trois ans, et non vingt. T.J. me trouvait belle ; il me l'avait déjà affirmé à plusieurs reprises. Mais que penserait-il dans cinq ans ? Dans dix ans ?

Une fois que nous avons été assis dans la salle de cinéma, T.J. a coincé son seau de pop-corn entre ses jambes et a posé la main sur ma cuisse. J'ai été incapable de me concentrer sur le film. Des images de T.J. et moi buvant de la bière dans des gobelets en plastique dans le salon de Coop pendant que tout le monde me dévisageait d'un air ahuri ne cessaient d'envahir mon esprit.

T.J. avait fait l'effort de rencontrer mes amis. Il avait enduré le comportement odieux de Spence et n'avait pas bronché quand on lui avait demandé de montrer une pièce d'identité pour être autorisé à boire du vin dont il n'avait même pas envie. Il n'aimait pas les cravates, mais en avait porté une pour me faire plaisir, et quand il discutait avec Rob et Stefani, c'était avec une apparente aisance.

Il était facile de se mêler aux gens plus âgés que soi ; il suffisait d'imiter leur attitude et leur tenue vestimentaire. Si j'essayais de m'intégrer aux amis de T.J. en m'habillant et en me comportant comme eux, je paraîtrais ridicule.

La pluie avait cessé quand nous sommes sortis du cinéma. Laissant la foule dernière nous, nous nous sommes mis à marcher. Je me suis brusquement arrêtée sur le trottoir.

— Qu'est-ce qu'il y a ? s'est étonné T.J.

— Je ne serai pas toujours comme ça.

— Qu'est-ce que tu veux dire ?

— J'ai treize ans de plus que toi, et je vieillis un peu plus chaque jour. Je ne serai pas toujours comme ça.

Passant ses bras autour de ma taille, T.J. m'a serrée contre lui.

— Je sais, Anna. Mais si tu crois que je ne t'aime que pour ton physique, c'est que tu ne me connais pas aussi bien que je le pensais.

Je parcourais seule une allée du supermarché, portant un panier qui contenait tout ce qui m'avait attiré le regard jusque-là, soit deux bouteilles de vin, des pâtes biologiques, un pot de sauce tomate, de la laitue, des carottes et des poivrons que je destinais à une salade.

T.J. était parti chez le coiffeur. D'habitude, nous faisions les courses ensemble, d'une part parce qu'il insistait pour payer notre nourriture, d'autre part parce que nous étions toujours impressionnés par la multitude de produits proposés par les magasins. La première fois que nous étions entrés dans un supermarché après avoir emménagé dans mon nouvel appartement, nous étions restés figés, bouche bée devant cette profusion de nourriture.

Longeant une autre allée, j'ai pris de la bière pour T.J., puis de quoi lui préparer une tarte au chocolat. Je me demandais quelle sorte de pain choisir pour le dîner quand j'ai senti que l'on tirait sur mon jean.

Baissant les yeux, j'ai découvert une fillette d'environ quatre ans à la figure baignée de grosses larmes silencieuses.

— Tu es une maman ? m'a-t-elle interrogée.

Je me suis accroupie pour me mettre à son niveau.

— Eh bien, non. Où est ta maman ?

Elle serrait dans ses mains une petite couverture rose élimée.

— Je ne sais pas. Je ne la trouve pas, et ma maman m'a dit que si je me perdais un jour, il fallait que je demande à une autre maman de m'aider.

— Ne t'inquiète pas. Je peux tout de même t'aider. Comment t'appelles-tu ?

— Claire.

— Très bien, Claire. Nous allons prier quelqu'un de faire une annonce au haut-parleur pour que ta maman sache que tout va bien.

Elle a posé sur moi ses grands yeux bruns brillants de larmes et a glissé sa petite main dans la mienne.

Nous nous dirigions vers la caisse quand une femme a surgi en courant d'un rayon en appelant Claire à grands cris. Elle tenait un panier à la main, et un nourrisson dormait contre sa poitrine, dans un porte-bébé.

— Claire ! Oh, Dieu merci, tu es là !

La femme s'est précipitée vers nous et a laissé tomber son panier pour soulever Claire dans une étreinte maladroite, faisant son possible pour ne pas bousculer le bébé. La peur qui crispait son visage a disparu tandis qu'elle serrait sa fille contre elle.

— Merci, a-t-elle dit. J'ai lâché sa main une minute pour attraper quelque chose et quand j'ai regardé à côté de moi, elle était partie. Je suis épuisée à cause du bébé, et je ne me déplace pas très vite.

Elle devait avoir mon âge, à un an près, et paraissait effectivement exténuée. Ses yeux étaient soulignés de larges cernes. Je me suis emparée de son panier.

— Vous êtes prête à passer à la caisse ? Je peux vous porter ça, si vous voulez.

— Merci. Ce serait vraiment gentil. Il me faudrait plus que deux mains, en ce moment. Vous savez ce que c'est.

Je n'en avais aucune idée.

Je l'ai accompagnée vers la caisse, où nous avons chacune vidé notre panier.

— Vous habitez dans le quartier ? a-t-elle demandé.

— Oui, ai-je répondu.

— Vous avez des enfants ?

— Non. Pas encore.

— Encore merci pour votre aide.

— De rien, ai-je assuré avant de me courber. Au revoir, Claire.

— Au revoir.

Une fois à la maison, j'ai rangé les courses puis je me suis assise sur le canapé, où j'ai fondu en larmes.

Chapitre 58

T.J.

DEBOUT DEVANT LE PLAN DE TRAVAIL DE LA CUISINE, ANNA ME préparait une tarte au chocolat. Je l'ai embrassée puis lui ai donné les roses que j'avais achetées en rentrant de chez le coiffeur.

— Elles sont magnifiques. Merci, a-t-elle dit en me gratifiant d'un sourire.

Elle a sorti du placard situé sous l'évier un vase qu'elle a rempli d'eau. Elle avait les cheveux relevés en queue-de-cheval, et, tandis qu'elle tournait le dos, je l'ai enlacée et lui ai déposé un baiser sur la nuque.

— Tu as besoin d'aide ?

— Non, j'ai presque fini, a-t-elle répondu.

— Tout va bien ?

— Oui, ça va.

Elle mentait. Dès que j'avais franchi le seuil, j'avais compris à ses yeux gonflés et rougis qu'elle avait pleuré. Mais si elle refusait de m'expliquer ce qui la perturbait, je ne voyais pas comment la réconforter, et une partie de moi se demandait s'il ne valait pas mieux que je ne sache pas ce qui clochait, au cas où ça me concernerait directement.

Elle s'est retournée, un sourire un peu trop radieux aux lèvres.

— Ça te dirait d'aller au parc, quand j'aurai terminé ?

J'ai ramené derrière son oreille une mèche qui s'était échappée de sa queue-de-cheval.

— Pourquoi pas ? Je vais chercher une couverture pour qu'on puisse s'asseoir. Je parie qu'il fait plus de 20 °C. (Je l'ai embrassée sur le front.) J'adore prendre l'air avec toi.

— Moi aussi, j'adore prendre l'air avec toi.

Une fois au parc, nous avons étendu la couverture au sol et nous sommes installés dessus. Anna a ôté ses chaussures d'un coup de pied.

— Je crois que c'est bientôt l'anniversaire de quelqu'un, ai-je plaisanté. Qu'est-ce que tu aimerais faire pour l'occasion ?

— Je ne sais pas. Il faut que j'y réfléchisse.

— Je sais ce que je vais t'offrir comme cadeau, mais je ne l'ai pas encore trouvé. Pourtant, je cherche depuis un moment.

— Je suis curieuse.

— C'est quelque chose dont tu m'as un jour dit avoir envie.

— Et ce n'est ni des livres ni de la musique ?

— Non.

Comme elle aimait écouter de la musique en courant, je lui avais déjà acheté un iPod, sur lequel j'avais téléchargé toutes ses chansons préférées. Elle se rendait une ou deux fois par semaine à la bibliothèque, d'où elle revenait invariablement avec une pile de livres dans les bras. Je ne connaissais personne capable de lire aussi vite qu'elle.

— Il te reste encore deux semaines. Tu finiras par trouver, a-t-elle conclu avec un sourire avant de m'embrasser.

Elle semblait si heureuse que j'ai pensé que, peut-être, tout allait bien, en fait.

Chapitre 59

Anna

J'ai envoyé des centaines de C.V. Trouver un poste si tard dans l'année se révélerait certainement impossible, mais je nourrissais toujours l'espoir d'en décrocher un pour l'automne, même s'il s'agissait d'un travail de remplaçante.

Sarah m'avait laissé la moitié de l'héritage qu'elle avait touché à la mort de mes parents, et il me restait encore un peu de l'argent que les Callahan m'avaient donné. Je devais également recevoir la somme prévue par l'accord conclu avec la compagnie d'hydravions. Peut-être n'avais-je pas besoin de travailler, mais j'en avais envie. Il était important pour moi de gagner mon propre salaire et, surtout, l'enseignement me manquait.

J'ai retrouvé Sarah pour déjeuner une semaine avant mon anniversaire. Les bourgeons s'étaient transformés en belles feuilles vertes sur les arbres, et des fleurs de printemps s'épanouissaient dans les jardinières disposées le long des trottoirs. Jusque-là, le mois de mai s'était montré plutôt chaud pour la saison. Assises à la terrasse du restaurant, nous avons commandé du thé glacé.

— Qu'est-ce que tu as prévu pour ton anniversaire ? a demandé Sarah en ouvrant son menu.

— Je ne sais pas. T.J. m'a posé la même question. Ça ne me dérange pas de ne pas sortir.

Je lui ai raconté comment T.J. et moi avions fêté mon anniversaire sur l'île l'année précédente. Comment il avait fait semblant de m'offrir des livres et de la musique.

—Cette fois, il va m'offrir un cadeau dont je lui ai dit avoir envie. Je n'ai aucune idée de ce que ça peut être.

Après avoir de nouveau rempli nos verres de thé glacé, la serveuse a pris notre commande.

—Comment se passe ta recherche d'emploi ? a questionné Sarah.

—Pas très bien. Soit il n'y a pas de poste à pourvoir, soit personne ne veut m'embaucher.

—Ne te décourage pas, Anna.

—Ce n'est pas si facile, ai-je soupiré avant de boire une gorgée de thé glacé. Tu sais, quand j'ai pris cet avion il y a presque quatre ans, j'avais une relation qui ne menait nulle part et un infime espoir de fonder une famille, mais, au moins, j'avais un travail que j'adorais.

—Quelqu'un finira par t'engager.

—Peut-être.

Sarah m'a dévisagée avec insistance.

—Est-ce que c'est la seule chose qui te tracasse ?

—Non, ai-je avoué avant de lui raconter ce qui s'était passé au supermarché. J'ai toujours les mêmes attentes, Sarah.

—Et T.J., que veut-il ?

—Je ne suis pas sûre qu'il le sache. Quand nous sommes partis pour les Maldives, il désirait juste traîner avec ses amis et reprendre la vie qu'il menait avant son cancer. Mais ses amis ont évolué en son absence, et je ne crois pas qu'il ait de projets précis. (Lorsque j'ai parlé à Sarah du compte d'épargne de T.J., elle a haussé un sourcil.) Pour sa défense, il ne se conduit pas du tout comme un enfant gâté. Mais ça ne le motive pas beaucoup non plus.

—Je vois ce que tu veux dire.

—J'attends toujours, Sarah. Pour des raisons différentes, avec un autre homme, mais, quatre ans après, j'attends toujours.

Chapitre 60

T.J.

Le chien a bondi dans l'appartement d'Anna, manquant de la renverser. Lorsqu'elle s'est penchée, il lui a léché le visage. J'ai déposé la laisse sur la table basse avant de lancer :

— Joyeux anniversaire ! Je n'aurais jamais pu le mettre dans un carton.

Elle s'est redressée et m'a embrassé.

— J'avais oublié que je t'avais dit vouloir un chien.

— Golden retriever. Adulte. Provenant d'un refuge. J'ai cherché partout. On m'a raconté qu'on l'avait retrouvé en train d'errer au bord de la route, sans collier ni tatouage, avec la peau sur les os.

En entendant cela, Anna s'est jetée à genoux devant le chien et l'a serré dans ses bras, caressant son doux pelage. Il l'a léchée de nouveau en remuant la queue, puis s'est mis à lui courir autour.

— Il a l'air en forme, maintenant, a-t-elle remarqué.

— Tu ne vas pas l'appeler « Toutou », quand même ? l'ai-je taquinée.

— Non, ce serait ridicule. Je vais l'appeler « Bo ». J'ai ce nom en tête depuis longtemps déjà.

— Heureusement que c'est un mâle, alors.

— C'est un merveilleux cadeau, T.J. Merci.

— De rien. Je suis content qu'il te plaise.

Au milieu du mois de juin, Anna n'avait toujours pas décroché de poste d'enseignante. Elle avait passé un entretien qui s'était bien déroulé dans un lycée de banlieue. En apprenant qu'elle n'avait pas été retenue, elle a fait comme si de rien n'était, mais, cette nuit-là, elle a eu du mal à s'endormir, et je l'ai trouvée assise dans le salon en train de lire, la tête de Bo sur ses genoux, à 3 heures du matin.

— Reviens te coucher.

— J'arrive dans une minute, a-t-elle assuré.

Mais quand je me suis réveillé au matin, elle n'était pas à côté de moi dans le lit.

Elle occupait ses journées à garder Chloe et Joe, à lire et à courir. Nous passions des heures dehors, soit sur son petit balcon, soit au parc avec Bo. Nous allions de temps à autre voir les Cubs jouer à Wrigley Field ou assister à des concerts au parc.

Elle paraissait cependant ne pas parvenir à se détendre, quoi que nous fassions. Parfois, je la surprenais le regard dans le vide, perdue dans ses réflexions, mais je n'osais jamais lui demander à quoi elle pensait.

Chapitre 61

Anna

—Regarde ce qui est arrivé au courrier, ai-je déclaré en franchissant le seuil avant de déposer mes clés sur la table.

Assis sur le canapé, T.J. regardait la télévision. Bo dormait à côté de lui.

—Qu'est-ce que c'est ?

—Le formulaire d'inscription aux cours de préparation du certificat d'études secondaires. J'avais appelé pour demander de la documentation. J'ai pensé que tu pourrais t'inscrire. Je t'aiderai.

—Je peux commencer cet automne.

—Il y a aussi des sessions d'été, et si tu commences maintenant, tu pourrais terminer à la fin du mois d'août et peut-être entrer à l'université en septembre. Si je réussis à décrocher un poste d'enseignante, nous passerions tous les deux nos journées à l'école.

T.J. a éteint la télévision. Je me suis assise près de lui, grattant Bo derrière les oreilles. Aucun de nous deux n'a parlé pendant une minute.

—Au moins l'un d'entre nous devrait continuer sa vie, ai-je fini par déclarer.

—Qu'est-ce que tu veux dire par là ? a-t-il demandé.

—Moi, je ne peux pas trouver de travail. Toi, tu peux poursuivre tes études.

—Je n'ai aucune envie de rester enfermé toute la journée.

—Tu es enfermé en ce moment même.

— J'attendais juste que tu rentres à la maison pour qu'on aille promener Bo. Qu'est-ce que tu essaies de me dire, Anna ?

Mon cœur s'est mis à battre la chamade.

— On ne peut pas continuer indéfiniment à essayer de recréer l'île ici, dans cet appartement.

— Cet appartement n'a rien à voir avec notre île. On a tout ce qu'il nous faut.

— Non. Toi, tu as tout ce qu'il te faut. Pas moi.

— Je t'aime, Anna. J'ai envie de passer le restant de ma vie avec toi.

Ses mots contenaient un sous-entendu. « Je me marierai avec toi. Nous fonderons une famille ensemble. »

J'ai secoué la tête.

— Tu ne peux pas savoir ça, T.J.

— Bien sûr que non, a-t-il rétorqué d'un ton sarcastique. Comment pourrais-je savoir ce que je souhaite ? Je n'ai que vingt ans.

— Je ne t'ai jamais pris de haut à cause de ton âge.

Il a levé les mains en l'air.

— C'est ce que tu viens de faire.

— Tu as certaines choses à terminer. Et tant d'autres à commencer. Je n'ai pas le droit de t'en priver.

— Et si je ne veux pas de ces choses, Anna ? Et si je te veux toi ?

— Pendant combien de temps, T.J. ?

Un éclair de compréhension a traversé son visage.

— Tu as peur que je te quitte ?

— Oui, ai-je murmuré. C'est exactement ce dont j'ai peur.

Que se passerait-il quand T.J. se lasserait d'une vie casanière et prendrait conscience qu'il n'avait pas envie de se stabiliser tout de suite ?

— Après tout ce que nous avons traversé ensemble, tu ne me fais pas assez confiance pour croire que je vais rester avec toi ? (La souffrance dans son regard s'est transformée en colère.) Merde, Anna !

Il s'est redressé et s'est posté devant la fenêtre. Faisant volte-face, il a lancé :

— Pourquoi tu ne dis pas la vérité ? Que tu veux un partenaire de ton âge ?

— Quoi ?

J'ignorais totalement d'où il pouvait tenir cette idée.

— Tu préférerais quelqu'un de plus âgé. Quelqu'un que les gens ne considèrent pas comme un gamin.

— Ce n'est pas vrai, T.J.

— Il y aura toujours un connard pour te draguer juste devant moi. Personne ne me prend au sérieux. Pour eux, c'est toi qui perds ton temps. Est-ce que tu as déjà songé au fait que moi, je pouvais avoir peur que tu me quittes ?

Un silence chargé d'émotion a plané dans l'appartement. Les minutes se sont écoulées, me paraissant des heures, tandis que nous attendions chacun de notre côté que l'autre affirme que nos craintes n'étaient pas justifiées, mais aucun de nous deux n'en a rien fait.

J'ai pensé qu'il serait moins douloureux de franchir le pas tout de suite.

— Tu as besoin d'être seul, T.J., de découvrir ce que c'est avant d'être sûr de vouloir être en couple.

Une expression de pure souffrance a crispé ses traits. Il a traversé la pièce avant d'hésiter et de s'arrêter devant moi pour plonger son regard dans le mien. Puis il a tourné les talons et est sorti, claquant la porte derrière lui.

Cette nuit-là, je n'ai pas dormi. Je suis restée assise dans l'obscurité sur le canapé à pleurer dans le pelage de Bo. Le lendemain matin, je suis partie tôt ; j'avais promis à Sarah de garder les enfants pour que David et elle puissent prendre un brunch dominical. À mon retour, j'ai découvert que T.J. avait franchi un pas de son côté, car toutes ses affaires avaient disparu, et sa clé était posée sur la table de la cuisine.

Cela m'a fait atrocement mal.

Chapitre 62

T.J.

Ben et moi avons loué un trois pièces au deuxième étage d'un vieil immeuble à quelques centaines de mètres de Wrigley Field. Ses parents avaient déménagé en Floride, expliquant qu'ils en avaient assez du froid et de la neige. Cette décision n'a pas dérangé Ben outre mesure puisque, tout comme son frère, il étudiait dans un autre État, mais il lui fallait trouver un endroit où habiter jusqu'à la rentrée, en automne.

— Ça te dirait de prendre un appartement avec moi, Callahan ? m'avait-il demandé. On pourrait faire la fête comme des fous.

— Pourquoi pas ? avais-je répondu.

Si Anna tenait tant à ce que je vive mes propres expériences, partager un logement avec mon meilleur ami représentait certainement un pas dans la bonne direction.

Ben étudiait la finance et la comptabilité. J'ignorais comment il s'y était pris, mais il avait réussi à dénicher un stage dans une banque du centre-ville. Il devait porter une cravate tous les jours.

J'étais quant à moi parvenu à me faire engager sur un chantier et, dès 7 heures du matin, je montais des charpentes en banlieue. Je faisais les trajets avec un gars de l'équipe qui m'a appris tout ce que je devais savoir et m'a épargné de passer pour un complet crétin. Le travail n'était pas très différent de la construction de la cabane sur l'île, excepté qu'à présent j'utilisais un pistolet à clous et que j'avais bien plus de planches à disposition.

La plupart de mes collègues n'étant pas très bavards, je n'étais pas obligé de parler si je n'en avais pas envie. Parfois, nous n'entendions pas d'autre bruit que ceux de nos outils et la musique rock diffusée par la chaîne portative. Je ne mettais jamais de tee-shirt et, bientôt, je me suis retrouvé aussi bronzé que je l'avais été sur l'île.

Le soir, Ben et moi buvions des bières. Anna me manquait ; je pensais sans cesse à elle. Depuis qu'elle ne partageait plus mon lit, je dormais très mal. Même si Ben savait qu'il valait mieux ne pas aborder le sujet, il semblait s'inquiéter pour moi.

Merde. Moi aussi, je m'inquiétais.

Chapitre 63

Anna

À 14 HEURES, LA TEMPÉRATURE ATTEIGNAIT DÉJÀ 30 °C. LA chaleur m'enveloppait, et la transpiration ruisselait sur mon visage tandis que mes pieds martelaient le trottoir.

Ça ne me dérangeait pas. J'étais capable de supporter la chaleur.

À la fin du mois de juin et durant tout le mois de juillet, j'avais couru dix, puis douze, puis quinze kilomètres par jour, parfois plus.

Quand je courais, je ne pleurais pas. Je ne réfléchissais pas, ne ressassais pas le passé. Inspirant et expirant profondément, je me contentais de poser un pied devant l'autre.

Tom Callahan a appelé au début du mois d'août. Lorsque son nom s'est affiché sur l'écran de mon téléphone, mon cœur a fait un soubresaut avant de se serrer une seconde plus tard, quand j'ai décroché et que je me suis rendu compte qu'il ne s'agissait pas de T.J.

— La compagnie d'hydravions nous a transmis l'accord ce matin. T.J. l'a déjà signé. Une fois que vous aurez ajouté votre signature, ce sera terminé.

— Très bien.

M'emparant d'un stylo, j'ai griffonné l'adresse qu'il me dictait.

— Comment allez-vous, Anna ?

— Bien. Comment va T.J. ?

— Il s'occupe.

Je ne lui ai pas demandé ce que cela signifiait.

—Merci pour les coordonnées de l'avocat. Je vais aller signer ces documents.

Il y a eu un silence à l'autre bout de la ligne, puis j'ai ajouté :

—Saluez Jane et les filles de ma part.

—Je n'y manquerai pas. Prenez soin de vous, Anna.

Ce soir-là, je me suis blottie sur le canapé avec Bo, un livre à la main. J'avais à peine lu deux pages que quelqu'un a frappé à la porte.

Une bouffée d'espoir m'a envahie et des ailes se sont déployées au creux de mon ventre. Je m'étais demandé toute la journée si T.J. allait me contacter après la conversation que j'avais eue avec son père. Tout excité, Bo s'est mis à aboyer et à tourner en rond, comme s'il savait que c'était lui. Je me suis précipitée vers la porte, que j'ai ouverte à la volée, mais ce n'était pas T.J. sur le seuil.

C'était John.

Il affichait une expression réservée. Ses cheveux blonds étaient coupés plus court que par le passé et quelques rides soulignaient ses yeux, sinon, il n'avait pas changé. Il portait un carton dans les bras. Bo a décrit des cercles autour de ses jambes en reniflant.

—Sarah m'a donné ton adresse. J'ai retrouvé quelques affaires qui t'appartiennent. J'ai pensé que tu aimerais les récupérer.

Il a lancé un regard par-dessus mon épaule afin de vérifier si j'étais seule.

—Entre. (Quand il s'est trouvé à l'intérieur, j'ai fermé la porte.) Je suis désolée de ne jamais avoir appelé. Ce n'était pas très délicat de ma part.

—Ne t'inquiète pas pour ça, ce n'est rien.

John a posé le carton sur la table basse.

—Tu veux boire quelque chose ?

—Je veux bien, oui, a-t-il répondu.

Je suis allée ouvrir une bouteille de vin dans la cuisine avant de remplir deux verres. Le choix de cette boisson reflétait plus mon soudain besoin d'alcool qu'un quelconque désir de me montrer hospitalière.

—Merci, a-t-il dit lorsque je lui ai donné son verre.

— De rien. Assieds-toi.

Il a éternué à deux reprises.

— Tu as un chien. Tu en as toujours voulu un.

— Il s'appelle « Bo ».

Il a pris place dans le fauteuil en face du canapé. Après avoir posé mon verre sur la table basse, j'ai entrepris de sortir les affaires contenues dans le carton. J'ai éprouvé la même sensation que lorsque j'avais vu mes vêtements dans la penderie de la chambre d'amis de Sarah. Des possessions dont j'avais presque oublié l'existence, mais que je reconnaissais au premier coup d'œil.

J'ai ôté l'élastique entourant un paquet de photographies. Sur celle du dessus, John m'embrassait sur la joue tandis que nous nous tenions enlacés sur le quai devant les bateaux à Navy Pier. Je me suis penchée au-dessus de la table basse pour la lui tendre.

— Regarde comme nous étions jeunes !

— Nous avions vingt-deux ans.

J'ai également trouvé des photos de vacances et d'autres de groupe nous montrant avec nos amis. Un portrait de ma mère et John devant le sapin de Noël. De John portant Chloe dans ses bras à la maternité, quelques heures après sa naissance.

Regarder ces clichés m'a remémoré l'histoire que j'avais partagée avec John, et m'a fait prendre conscience que celle-ci avait été en grande partie heureuse. Après des débuts pleins de promesses, notre relation avait stagné, écrasée par le poids de nos désirs respectifs. J'ai replacé l'élastique autour des photos puis les ai reposées sur la table.

J'ai tiré du carton une vieille paire de baskets.

— Celles-ci ont quelques kilomètres à leur actif.

L'objet suivant – un CD de Hootie & the Blowfish – m'a arraché un sourire.

— Tu n'arrêtais pas de l'écouter, m'a rappelé John.

— Ne te moque pas de mon groupe fétiche.

Il y avait également quelques livres de poche. Une brosse à cheveux et un chouchou. Une bouteille à moitié vide de CK One de Calvin Klein, le parfum que j'avais porté pendant une grande partie des années 1990.

Mes doigts ont rencontré du tissu au fond. *Une nuisette.* Tandis que j'observais la légère étoffe noire, il m'est revenu en mémoire un vague souvenir de John me la retirant au milieu de la nuit peu avant mon départ de Chicago.

—Je l'avais trouvée en changeant les draps. Je ne l'ai jamais lavée, a-t-il ajouté doucement.

Plongeant une dernière fois la main dans le carton, j'en ai extirpé une petite boîte recouverte de velours bleu. Je me suis pétrifiée.

—Ouvre-la, m'a pressée John.

J'ai soulevé le couvercle. Une bague en diamant étincelait sur un lit de satin. Sans voix, j'ai inspiré profondément.

—Après t'avoir déposée à l'aéroport, je me suis arrêté dans une bijouterie. Je savais que si je ne te demandais pas en mariage, je te perdrais, et je ne voulais pas te perdre, Anna. Quand Sarah m'a appelé pour m'annoncer que ton avion s'était écrasé, j'ai tenu cette bague dans ma main en priant pour qu'on te retrouve. Ensuite, elle m'a appris que tu étais présumée morte. Cette nouvelle m'a anéanti. Mais tu es en vie, Anna, et je t'aime encore. Je n'ai jamais cessé de t'aimer, et je ne cesserai jamais.

J'ai refermé la boîte d'un geste sec et l'ai lancée à la tête de John. D'un réflexe étonnamment rapide, il a paré le coup, et l'écrin a rebondi sur ses avant-bras avant de terminer sa course sur le plancher.

—Je t'aimais! Tu m'as fait attendre pendant huit ans jusqu'à ce que je sois obligée de me briser moi-même le cœur!

John s'est levé de son fauteuil.

—Bon sang, Anna, je croyais que c'était ce que tu voulais.

—Ce n'était pas une bague que je voulais.

Il a traversé la pièce et a marqué une pause devant la porte.

—C'est à cause du gamin, alors?

L'évocation de T.J. m'a fait tressaillir. Je me suis levée pour aller ramasser l'écrin, et l'ai rendu à John.

— Non. C'est parce que je n'ai aucune envie d'épouser un homme qui me demande en mariage uniquement parce qu'il s'y sent obligé.

Le lendemain matin, après avoir signé chez l'avocat les documents stipulant que je m'engageais à ne pas poursuivre en justice la compagnie d'hydravions, j'ai reçu un chèque, que j'ai déposé à la banque sur le chemin du retour. Sarah m'a appelée sur mon portable une heure plus tard.

— Tu as signé les papiers ? s'est-elle enquise.

— Oui. C'est une trop grosse somme, Sarah.

— Si tu veux mon avis, un million et demi, ce n'est pas cher payé.

Chapitre 64

T.J.

Je me suis péniblement traîné dans l'escalier à vingt et une heures trente samedi soir, pour constater en franchissant le seuil que la fête avait commencé sans moi. Le salon et la cuisine ne comptaient pas moins de quinze personnes buvant de la bière ou de l'alcool fort.

Les gars de mon équipe et moi devions terminer un chantier urgent à Schaumburg, pour lequel nous nous étions démenés quatorze heures par jour, six jours par semaine, durant le mois qui venait de s'écouler, n'abandonnant notre poste qu'à la tombée de la nuit. J'aurais aimé faire disparaître tous les gens qui se trouvaient dans notre appartement. Ben est sorti de sa chambre, une fille sur les talons.

— Hé, mec, prends une douche et viens avec nous.

— Peut-être. Je suis fatigué.

— Ne fais pas ta chochotte. On fait la fête ici avant d'aller au bar. Si tu es vraiment crevé, tu iras au pieu quand on partira.

— OK.

Je me suis douché, puis j'ai enfilé un jean et un tee-shirt, laissant mes pieds nus. Pendant que je me faufilais entre les invités rassemblés dans la cuisine, j'ai salué ceux que je connaissais, me demandant d'où les autres pouvaient bien sortir. J'ai tiré du réfrigérateur un Coca et des parts de pizza, que j'ai mangées froides appuyé au plan de travail.

— Salut, T.J., a lancé une fille en s'adossant à côté de moi.

— Salut.

Son visage me disait quelque chose, mais impossible de me souvenir de son nom.

— Alex.

— Ah, oui. Je me rappelle, maintenant.

C'était la fille qui s'était assise à côté de moi sur le canapé à la fête de Coop, juste après mon retour à Chicago. Celle qui avait de longs cheveux blonds et trop de maquillage. J'ai continué à manger ma pizza.

Elle s'est collée à moi pour ouvrir la porte du réfrigérateur. Lorsqu'elle s'est baissée pour saisir une bière, ses seins ont manqué de jaillir de son débardeur.

— Tu en veux une ? a-t-elle proposé, une canette à la main.

J'ai terminé mon Coca.

— Je veux bien, oui.

Elle a pris une autre bière, qu'elle m'a tendue. Après avoir fini de manger, je l'ai ouverte et en ai avalé une grande gorgée avant de reposer la canette sur le plan de travail.

Ben est entré dans la cuisine et m'a passé un joint. J'ai tiré une bouffée, aspirant la fumée dans mes poumons.

— Tu en veux ? ai-je demandé à Alex après avoir exhalé la fumée.

Elle a acquiescé d'un hochement de tête et a longuement tiré sur le pétard avant de me le rendre. Nous l'avons terminé en fumant à tour de rôle. Peut-être que, si je me défonçais suffisamment, je dormirais toute la nuit au lieu de me réveiller toutes les heures.

Alex m'a donné une autre bière. Quand je suis allé m'asseoir sur le canapé du salon, elle m'a suivi. Après ça, elle ne m'a plus lâché.

Nous avons continué à boire et à fumer, au point que ma vision s'est brouillée. Les invités ont quitté l'appartement pour aller au bar avec Ben, nous laissant seuls, Alex et moi. Je m'apprêtais à lui dire de rejoindre les autres parce que j'avais envie d'aller me coucher, mais, avant que j'aie eu le temps de prononcer un mot, elle s'est levée en titubant et m'a entraîné vers ma chambre. Quand elle a posé la main sur mon entrejambe, j'ai débranché mon cerveau pour passer le relais à une autre partie de mon anatomie.

Le lendemain matin, j'ai été réveillé par une violente migraine. Alex était allongée près de moi, nue, des traces de maquillage sur le visage.

J'ai repoussé les draps et me suis dirigé vers la porte, m'emparant au passage de quelques vêtements. Quelque chose collait à ma plante de pied. Me baissant pour m'en débarrasser, j'ai découvert que j'avais marché sur un emballage de préservatif.

Ouf.

Je l'ai jeté à la poubelle en entrant dans la salle de bains. Tandis que l'eau chaude emplissait la pièce de vapeur, je me suis lavé, effaçant toute trace d'Alex. Une fois habillé, je me suis brossé les dents, puis me suis rendu dans la cuisine, où j'ai bu trois verres d'eau glacée.

Je regardais la télévision lorsqu'elle est apparue dans le salon une demi-heure plus tard. Elle a récupéré sa veste et son sac à main, et je l'ai rejointe à la porte.

—Prends un taxi, ai-je proposé en lui glissant un billet de 10 dollars tout chiffonné dans la main.

—Appelle-moi. Ben a mon numéro.

—Désolé, mais je n'en ai pas l'intention.

Elle a hoché la tête, évitant mon regard.

—Eh bien, au moins, tu es honnête.

Ben a émergé de sa chambre d'un pas chancelant à midi.

—Putain de merde, Callahan, j'ai une gueule de bois épique ! s'est-il exclamé avant de se gratter et de s'affaler sur le canapé à côté de moi. Il y a une fille dans mon lit, mais ce n'est pas celle que j'ai ramenée hier soir. Celle d'hier était bien plus canon.

—À mon avis, c'est la même, Ben.

—Ouais, probablement. Comment ça s'est passé avec… je ne sais plus comment elle s'appelle ? Tu as conclu ?

—Ouais.

—Callahan est de nouveau dans la course ! s'est-il écrié en levant la main pour taper dans la mienne.

— Je n'ai pas envie d'être dans la course.

Ben a laissé retomber sa main, l'air confus.

— Quoi, elle n'était pas bonne ? Il me semblait qu'elle était bien foutue.

— Ouais, et hier soir, n'importe quel gars aurait pu coucher avec elle.

— Eh ben, je ne sais pas quoi te dire, mec. Je comprends que tu sois déçu que ça n'ait pas marché avec Anna, mais je ne sais pas ce que tu recherches.

Moi, je le sais.

J'ai commencé à préparer mon certificat d'études secondaires en juillet. Après ma journée sur le chantier, je rentrais à la maison, prenais une douche rapide, et rejoignais dans un centre communautaire du cœur de la ville tous ceux qui, comme moi, avaient décroché du système scolaire, pour travailler deux heures chaque soir. À la fin du mois d'août, mon diplôme en poche, je me suis inscrit à la fac gratuite du coin pour le semestre d'automne, et j'ai quitté mon boulot dès que les cours ont débuté. Je n'avais aucune idée de ce que je voulais étudier et ne m'imaginais vraiment pas passer les deux prochaines années cloîtré dans une salle de classe, mais je ne savais pas quoi faire d'autre.

Quand Ben a regagné l'université de l'Iowa, je suis retourné chez mes parents, ce qui leur a fait plaisir, surtout à ma mère. Je m'étais tellement habitué à travailler toute la journée puis à bûcher mon certificat d'études secondaires le soir que je me sentais désœuvré l'après-midi. La plupart de mes amis allaient à la fac dans un autre État, ou trop loin de Chicago pour que je puisse les retrouver pendant la semaine.

Alors que je rentrais à la maison, un jour d'octobre, la fraîcheur de l'air et les couleurs des feuilles m'ont rappelé Anna et combien elle aimait l'automne. Je me demandais si elle avait trouvé un poste d'enseignante. Et si elle avait rencontré quelqu'un d'autre.

— Salut, maman, ai-je lancé en jetant mon sac à dos sur le plan de travail.

—Comment se sont passés les cours ? m'a-t-elle interrogé.

—Ça a été.

Je détestais être l'élève le plus âgé dans toutes les matières, et, la plupart du temps, je m'ennuyais à mourir.

—Il y a un truc que j'aimerais faire, ai-je dit en sortant un Coca du réfrigérateur. Tu m'aideras ?

—Bien sûr, T.J., a-t-elle assuré en m'adressant un sourire.

J'avais été trop malade pour passer mon permis quand j'avais seize ans, aussi, pendant le mois qui a suivi, ma mère m'a donné des leçons de conduite. Dès que je rentrais de la fac, nous partions en banlieue avec son 4x4 Volvo à la recherche de parkings déserts et de rues tranquilles. Nous nous promenions pendant des heures. En la voyant si heureuse de passer du temps avec moi, j'ai eu honte de ne pas avoir été plus présent.

Un jour, assis derrière le volant, je lui ai demandé :

—Tu savais qu'Anna finirait par rompre avec moi ?

Ma mère a hésité une seconde avant de répondre :

—Oui.

—Et comment pouvais-tu le savoir ?

Et comment se fait-il que, moi, je n'aie rien vu venir ?

Elle a baissé le son de la radio.

—Parce que je t'ai eu à vingt-cinq ans, T.J., et je te désirais de tout mon cœur. Ensuite, il m'a encore fallu attendre cinq ans avant de tomber enceinte de Grace. Voyant que ça ne marchait pas tout de suite, je me suis d'abord inquiétée, puis j'ai vraiment paniqué. Deux ans après la naissance de Grace, Alexis est arrivée, et j'ai enfin eu le sentiment que ma famille était au complet. Anna est certainement prête à fonder un foyer, T.J.

—Je l'aurais fondé avec elle.

—Elle a sans doute pensé qu'il ne serait pas sage d'accepter.

J'ai gardé les yeux rivés sur la voiture qui me précédait.

—Je lui ai dit que j'avais envie de passer le restant de ma vie avec elle. Elle m'a répondu que j'avais des choses à terminer. Des expériences à faire.

— Elle avait raison. Le fait qu'elle n'ait pas voulu t'en priver en dit beaucoup sur elle.

— C'est ma décision, maman.

— Mais cette décision n'affecte pas que toi.

Frappé par une subite prise de conscience, je me suis garé, serrant les dents si fort que j'en avais mal.

— C'est pour ça que tu étais si cool avec elle ? ai-je grondé, le visage en feu. « Soyons gentils avec la petite amie de T.J. en attendant qu'elle le largue », c'est ça ?

J'ai martelé le volant de coups de poing.

Ma mère a tressailli, puis a posé la main sur mon bras.

— Non. J'aime beaucoup Anna. Je l'apprécie encore plus maintenant que j'ai appris à la connaître. C'est quelqu'un de bien, T.J. Mais j'ai essayé de t'expliquer qu'elle en était à une autre étape de la vie que toi, et tu n'as pas voulu m'écouter.

J'ai regardé par la vitre jusqu'à ce que je me calme, puis me suis de nouveau engagé sur la route.

— Je l'aime toujours.

— Je sais.

J'ai passé mon permis de conduire et me suis acheté un 4x4 Chevrolet noir.

Après les cours, je partais avec ma voiture, d'abord en banlieue, puis dans la campagne, tout en écoutant la station de rock classique.

Un jour, voyant un panneau « À vendre » fiché dans le sol au bout d'une allée, je me suis avancé pour me garer devant un petit pavillon bleu clair. Comme personne n'a répondu quand j'ai frappé à la porte, j'ai contourné la maison pour jeter un coup d'œil derrière. La nature s'étendait à perte de vue. J'ai pris un bulletin de documentation dans le présentoir en plastique fixé à la pancarte « À vendre ». Le numéro d'une agence immobilière y était inscrit. J'ai plié la feuille et l'ai glissée dans ma poche avant de repartir.

Chapitre 65

Anna

Bo et moi parcourions les rues de la ville pendant des heures. Un jour de septembre, sa laisse s'est détachée de son collier, et j'ai passé dix minutes à courir derrière lui comme une folle tandis qu'il galopait sur le trottoir, se faufilant dans la foule. J'ai fini par le rattraper et, saisissant son collier, j'y ai de nouveau fixé la laisse, soulagée. Un petit garçon m'observait, debout sur le pas de la porte d'un bâtiment donnant sur la rue. Sur le porche, une inscription indiquait « Foyer familial ».

— Est-ce que c'est votre chien ? m'a-t-il demandé.

Il portait un tee-shirt rayé et aurait eu besoin d'une bonne coupe de cheveux. Ses joues et son nez étaient constellés de taches de rousseur.

Je me suis levée, et j'ai conduit Bo jusqu'à lui.

— Oui. Il s'appelle « Bo ». Tu aimes les chiens ?

— Oui. Surtout ceux qui ont le poil doré.

— C'est un golden retriever. Il a cinq ans.

— Moi aussi j'ai cinq ans ! s'est-il écrié avec joie.

— Comment t'appelles-tu ?

— Leo.

— Eh bien, Leo, tu peux caresser Bo, si tu en as envie. Mais il ne faut pas faire de geste brusque, d'accord ?

— D'accord.

Il a prudemment passé la main dans le pelage de Bo en me jetant des regards en coin pour vérifier que je remarquais la douceur dont il faisait preuve.

— Je ferais mieux d'y aller. Henry m'a dit de ne pas descendre sur le trottoir. Merci de m'avoir laissé caresser votre chien.

Il a serré Bo contre lui et s'est précipité à l'intérieur du bâtiment avant que j'aie eu le temps de lui dire « au revoir ». Bo a tiré sur sa laisse pour le suivre.

— Viens, Bo, ai-je ordonné en le ramenant vers moi d'un geste ferme.

Il s'est éloigné de la porte, et nous sommes rentrés à la maison.

Le lendemain, je suis retournée au même endroit, seule. Deux femmes, l'une portant un bébé sur la hanche, bavardaient devant l'entrée.

— Hé, la Blanche, *Bloomingdale's*, c'est par là, a lancé l'une d'elles en pointant une direction du doigt, provoquant les rires de sa camarade.

Faisant mine de n'avoir rien entendu, j'ai passé la porte. Une fois à l'intérieur, j'ai cherché Leo du regard. Nous étions lundi, et il n'y avait aucun enfant. La législation fédérale garantissait le droit à l'éducation pour toute la famille, que celle-ci dispose d'une résidence permanente ou non. Heureusement, les parents du foyer semblaient profiter de cette loi.

Un homme s'est approché de moi en s'essuyant les mains dans un torchon. Il était âgé d'une cinquantaine d'années, et portait un jean, un polo délavé et des baskets.

— Est-ce que je peux vous aider ? s'est-il enquis.

— Je m'appelle Anna Emerson.

— Henry Elings, a-t-il déclaré en serrant la main que je lui tendais.

— Il y avait un petit garçon ici, hier. Je l'ai rencontré devant l'entrée. Il aimait beaucoup mon chien. (Souriant, Henry attendait patiemment que j'en vienne au but de ma visite.) Je me demandais si vous aviez besoin de bénévoles.

—Nous avons besoin de beaucoup de choses ici, notamment de bénévoles.

Il me considérait d'un regard bienveillant et parlait d'un ton doux, mais il avait sans doute déjà entendu ce type de discours. Femmes au foyer et membres d'associations caritatives devaient faire des apparitions de temps à autre pour pouvoir ensuite se vanter de leurs bonnes actions au sein de leur club de lecture.

—Nos résidents ont des besoins élémentaires, a-t-il poursuivi. Il leur faut un toit et de quoi manger. Ils ne sentent pas toujours la rose. Un bain n'est pas une priorité comparé à un plat chaud et un lit.

Je me suis demandé s'il m'avait reconnue grâce à mon nom ou aux photos qui avaient paru dans les journaux. Si c'était le cas, il n'en a rien dit.

—J'ai déjà été sale, moi aussi, et les mauvaises odeurs ne me dérangent pas. Je sais ce que c'est d'avoir faim et soif, et de ne pas avoir de toit au-dessus de sa tête. J'ai du temps, et j'aimerais en consacrer un peu aux personnes de ce foyer.

Un sourire s'est dessiné sur les lèvres de Henry.

—Merci. Nous apprécierions beaucoup.

J'ai commencé à me rendre au foyer tous les jours à 10 heures pour préparer et servir le déjeuner avec les autres bénévoles. Henry m'a encouragée à amener Bo.

—La plupart des gamins qui vivent ici adorent les animaux. Peu d'entre eux en ont déjà eu un.

Les enfants encore trop jeunes pour être scolarisés passaient des heures à s'amuser avec Bo. Il ne grondait jamais, même quand ils lui tiraient les poils ou tentaient de lui monter sur le dos. Après le déjeuner, je leur lisais des histoires. Leurs mamans épuisées et stressées m'ont peu à peu accordé leur confiance en voyant leurs tout-petits sur mes genoux. Quand les autres enfants rentraient de l'école en fin d'après-midi, je les aidais à faire leurs devoirs, insistant pour qu'ils les terminent avant de jouer aux jeux de société que j'avais achetés pour eux.

Leo restait souvent avec moi ; il adorait me raconter tout ce qui s'était passé en classe. Son enthousiasme ne me surprenait pas ; pour la majorité des enfants, l'école constitue un environnement rassurant, et c'est encore plus vrai pour ceux qui n'ont pas la chance d'avoir une maison. Au foyer, la plupart ne possédaient ni livres ni crayons, et prenaient un grand plaisir à apprendre des chansons en cours de musique ou à courir pendant la récréation.

— J'apprends à lire, mademoiselle Anna !

— Je suis très heureuse que ça te plaise, Leo, lui ai-je dit en le soulevant dans mes bras. C'est super.

Son visage s'est fendu d'un sourire jusqu'aux oreilles, mais il a très vite repris une expression sérieuse.

— Je vais apprendre à lire comme il faut, mademoiselle Anna, et ensuite, j'apprendrai à mon père.

Dean Lewis, le père de Leo, âgé de vingt-huit ans, était au chômage depuis presque un an. C'était l'un des deux pères célibataires que comptait le foyer. Quand je me suis assise à côté de lui après le dîner, il m'a considérée d'un œil méfiant.

— Bonjour, Dean.

— Mademoiselle Anna, m'a-t-il saluée avec un hochement de tête.

— Comment se déroule votre recherche d'emploi ?

— Je n'ai encore rien trouvé.

— Que faisiez-vous, avant ?

— J'étais cuisinier. J'ai travaillé dans le même restaurant pendant sept ans. J'ai commencé par faire la vaisselle, puis j'ai gravi les échelons.

— Qu'est-ce qui s'est passé ?

— Le propriétaire a traversé une mauvaise période. Il a dû vendre, et le nouveau patron nous a tous mis à la porte.

Nous avons observé Leo qui jouait au loup avec entrain en compagnie de deux autres enfants.

— Dean ?

— Oui ?

— Je crois pouvoir vous aider.

Il est apparu que Dean savait un peu lire. Il avait mémorisé certains mots courants – et l'intégralité du menu proposé par l'établissement dans lequel il avait travaillé –, mais éprouvait des difficultés à rédiger des candidatures, et ne s'était pas inscrit au chômage après son licenciement faute de pouvoir déchiffrer les formulaires. Un ami l'avait aidé à postuler dans un restaurant italien, duquel il s'était fait renvoyer au bout de trois jours parce qu'il ne comprenait pas les commandes.

—Est-ce que vous êtes dyslexique ? lui ai-je demandé.

—Qu'est-ce que c'est ?

—Les lettres ne semblent pas dans l'ordre.

—Non. Ça va. C'est juste que je ne sais pas les lire.

—Est-ce que vous avez votre baccalauréat ?

Il a secoué la tête.

—J'ai arrêté l'école en troisième.

—Où est la maman de Leo ?

—Aucune idée. Elle avait vingt ans quand il est né, et, lorsqu'il a eu un an, elle a dit qu'elle ne supportait plus son rôle de mère, qu'elle n'avait jamais vraiment assumé d'ailleurs. Nous n'avions pas les moyens de nous offrir le câble, mais nous avions une vieille télévision et un magnétoscope, et elle regardait des films toute la journée. Chaque fois que je rentrais du restaurant, Leo était en train de hurler et de pleurer, la couche trempée, ou pire. Un jour, elle est partie, et elle n'est jamais revenue. J'ai dû trouver quelqu'un pour garder Leo, mais je gagnais déjà à peine de quoi vivre. Après que j'ai perdu mon boulot, il ne m'a pas fallu longtemps pour ne plus pouvoir payer le loyer. (Dean a baissé le regard.) Leo mérite mieux que ça.

—Je pense que Leo a beaucoup de chance, lui ai-je assuré.

—Comment pouvez-vous dire ça ?

—Parce que l'un de ses deux parents tient à lui, au moins. Tous les enfants ne sont pas aussi bien lotis.

Pendant les deux mois qui ont suivi, j'ai travaillé tous les jours avec Dean, de la fin du déjeuner jusqu'à ce que Leo et les autres enfants rentrent de l'école. Je lui ai appris à prononcer les différentes combinaisons de lettres grâce à des manuels de lecture syllabique et, en peu de temps, il a réussi à lire *Les Trois Petits Cochons* et *Boucle d'or et les Trois Ours* aux tout-petits. Il avait tendance à se décourager, mais je le poussais à poursuivre ses efforts, nourrissant sa confiance en lui en le félicitant chaque fois qu'il franchissait une étape difficile.

Quand je rentrais à la maison après avoir servi le dîner, j'allais courir un long moment. Lorsque septembre a laissé place à octobre, j'ai ajouté quelques vêtements, et j'ai continué. Un jour du mois de novembre, je me suis arrêtée avec Bo pour ouvrir la boîte aux lettres. J'en ai sorti quelques factures, un magazine, et, enfin, ce que j'attendais depuis si longtemps : une enveloppe portant au dos le nom et l'adresse de T.J. en écriture manuscrite.

J'ai monté l'escalier quatre à quatre et, sitôt à l'intérieur, j'ai détaché la laisse de Bo. Quand j'ai ouvert l'enveloppe et lu la lettre qu'elle contenait, j'ai fondu en larmes.

—Ouvre cette porte, bon sang, Anna ! Je sais que tu es là ! a crié Sarah.

J'étais allongée sur le canapé, les yeux rivés au plafond. N'ayant pas répondu aux nombreux textos et messages que ma sœur m'avait laissés au cours des dernières vingt-quatre heures, j'étais certaine que, tôt ou tard, elle viendrait chez moi.

J'ai ouvert la porte. Sarah s'est ruée à l'intérieur de l'appartement, mais je l'ai contournée pour retourner sur le divan.

—Eh bien, au moins, je sais que tu es en vie, a-t-elle soupiré en se penchant sur moi. (Son regard est passé de mes cheveux en désordre à mon pyjama froissé.) Tu fais peur à voir. Tu t'es lavée, aujourd'hui ? Ou hier ?

—Oh, Sarah, je peux rester bien plus longtemps que ça sans me laver.

J'ai étendu une couverture polaire sur mes jambes, et Bo a posé la tête sur mes genoux.

— Quand es-tu allée au foyer pour la dernière fois ?

— Il y a quelques jours, ai-je marmonné. J'ai dit à Henry que j'étais malade.

Sarah s'est assise sur le canapé.

— Anna, parle-moi. Que se passe-t-il ?

Je me suis levée pour aller chercher l'enveloppe dans la cuisine.

— J'ai trouvé ça dans mon courrier, l'autre jour, ai-je déclaré en la tendant à Sarah. C'est une lettre de T.J.

Elle a extirpé de l'enveloppe la carte de visite d'une banque de sperme. Sous le numéro de téléphone, il était écrit : « J'ai pris des dispositions. »

— Je ne comprends pas, a dit Sarah.

— Regarde derrière.

Elle a retourné la carte, au dos de laquelle T.J. avait griffonné : « Au cas où tu ne trouverais pas le bon. »

— Oh, Anna…, a soufflé Sarah.

Elle m'a prise dans ses bras et m'a serrée contre elle.

Quand mes sanglots se sont calmés, elle m'a persuadée d'aller me doucher pendant qu'elle s'occupait du dîner.

— Alors, tu te sens mieux, maintenant ? a-t-elle demandé quand j'ai reparu dans le salon, vêtue d'un pantalon de pyjama propre en flanelle et d'un pull, mes cheveux mouillés peignés en arrière.

— Oui.

Je me suis assise sur le divan pour enfiler des chaussettes épaisses. Sarah m'a tendu un verre de vin rouge.

— J'ai passé commande au restaurant chinois, m'a-t-elle annoncé. Les plats ne devraient pas tarder à arriver.

— D'accord, merci.

Après avoir bu une gorgée de vin, j'ai reposé mon verre sur la table. Sarah s'est installée à côté de moi.

— C'est une sacrée offre que T.J. t'a faite là.

— Oui.

Les larmes m'ont de nouveau brûlé les paupières avant de rouler sur mes joues. Je les ai essuyées du revers de la main.

— Mais je ne pourrais jamais tenir dans mes bras un bébé qui ait ses yeux ou son sourire si lui n'est pas là avec moi. (J'ai porté mon verre à mes lèvres pour boire une gorgée.) John n'aurait jamais fait preuve d'une telle générosité.

Sarah a essuyé une larme que j'avais manquée.

— C'est parce que John était un crétin.

— Je retournerai au foyer demain matin. J'ai simplement traversé une période difficile.

— Ce n'est rien. Ça arrive.

— Je n'ai jamais aimé John comme j'ai aimé T.J.

— Je sais.

J'ai traîné le sapin de Noël dans l'escalier puis l'ai tiré dans mon appartement. Quand j'ai terminé de le décorer, le premier sapin que j'avais depuis quatre ans brillait de mille feux, croulant sous les guirlandes lumineuses et les boules scintillantes. Bo et moi avons passé des heures à l'admirer en écoutant des chants de Noël.

J'ai également aidé Henry à décorer l'arbre du foyer. Mettant la main à la pâte, les enfants ont accroché les flocons de neige que nous avions réalisés avec du papier et des paillettes.

Dean avait reçu un cadeau de Noël avant l'heure. Il avait postulé dans un restaurant du quartier qui l'avait engagé deux semaines auparavant. Déchiffrer les commandes que les serveuses lui jetaient sous le nez ne représentait plus un problème, et la rapidité avec laquelle il préparait les plats lui a très vite valu d'être considéré comme quelqu'un qui travaillait dur. Avec sa première paie, il a financé l'acompte pour la location d'un appartement meublé. J'ai cosigné le bail et réglé d'avance la première année de loyer. Au début, il a refusé, mais je l'ai convaincu d'accepter, pour le bien de Leo.

— Vous me rembourserez plus tard, Dean.

— Je n'y manquerai pas, m'a-t-il promis en me serrant dans ses bras. Merci, Anna.

J'ai passé le réveillon de Noël avec David, Sarah et les enfants. Nous avons regardé le papier voler tandis que Joe et Chloe ouvraient leurs cadeaux, puis avons consacré l'heure suivante à assembler les jouets et installer les piles. David a joué si longtemps à la PlayStation que j'avais offerte à Joe que Sarah a menacé de la débrancher.

—Comment se fait-il que les hommes se transforment en gamins dès qu'ils ont une console entre les mains ? a demandé Sarah.

—Je ne sais pas, mais ils adorent tous les jeux vidéo, non ?

Après avoir subi pendant une heure le son assourdissant de la guitare Barbie de Chloe, j'ai pris note mentalement de ne plus jamais lui acheter d'instrument de musique. Je suis allée chercher le calme dans la cuisine, où j'ai débouché une bouteille de vin.

Sarah m'a rejointe une minute plus tard. Elle a ouvert le four pour vérifier la cuisson de la dinde. Je lui ai servi un verre de vin, et nous avons trinqué.

—À ta présence ici avec nous ce soir, a déclaré Sarah. Je me souviens du Noël de l'année dernière, à quel point c'était dur, sans toi ni maman ni papa. Même avec David et les enfants, je me sentais un peu seule. Et deux jours plus tard, tu as appelé. Parfois, j'ai encore du mal à y croire, Anna.

Elle a posé son verre et m'a enlacée.

—Joyeux Noël, Sarah, ai-je dit en la serrant contre moi.

—Joyeux Noël.

Je me suis rendue au foyer à midi le 25 décembre, les bras chargés de paquets pour les enfants : des consoles de jeux portables pour les garçons, du brillant à lèvres et des bijoux fantaisie pour les filles, des peluches et des livres pour les plus petits. Les bébés ont eu droit à des couvertures polaires, des couches et du lait en poudre. Déguisé en père Noël, Henry a distribué les cadeaux. J'avais accroché des bois de cerf à la tête de Bo et attaché des clochettes à son collier, un accoutrement qu'il a eu bien du mal à supporter.

Je lisais aux enfants *Le petit renne au nez rouge* quand Henry s'est approché, une enveloppe à la main. Mon histoire terminée, j'ai envoyé les enfants jouer.

— Quelqu'un a fait un don anonyme il y a quelques jours, a déclaré Henry. (Ouvrant l'enveloppe, il m'a montré un chèque de banque d'un montant substantiel.) Je me demande pourquoi cette personne a voulu donner tant d'argent sans me laisser l'occasion de la remercier.

J'ai haussé les épaules.

— Je ne sais pas. Peut-être que cette personne n'avait pas envie d'en faire tout un plat.

Voilà pourquoi.

Après avoir servi le dîner de Noël, je suis rentrée à la maison avec Bo. Il tombait quelques flocons, et les rues étaient presque désertes. Soudain, le chien a bondi en avant, m'arrachant la laisse des mains. Je me suis élancée à sa poursuite et me suis arrêtée net quelques secondes plus tard.

T.J. se tenait sur le trottoir devant chez moi. Quand Bo l'a rejoint, il s'est penché pour le gratter derrière les oreilles en saisissant la boucle de la laisse. Je me suis approchée en retenant mon souffle, poussée à avancer par une force incontrôlable.

Il s'est redressé avant de venir à ma rencontre.

— J'ai pensé à toi toute la journée, a-t-il commencé. Sur l'île, je t'ai promis que si tu tenais bon, nous passerions ce Noël ensemble à Chicago. Je tiendrai toujours mes promesses, Anna.

Je l'ai regardé dans les yeux et j'ai fondu en larmes. Lorsqu'il m'a ouvert ses bras, je me suis jetée contre sa poitrine, incapable de parler tant j'étais secouée de sanglots.

— Chut, ce n'est rien, a-t-il murmuré.

Tandis qu'il me serrait contre lui, j'ai niché mon visage contre son torse, m'imprégnant de l'odeur de la neige, de la laine, de son parfum à lui. Au bout de quelques minutes, il a pris mon menton dans sa main et m'a levé la tête. Il a essuyé mes larmes, comme il l'avait déjà fait tant de fois auparavant.

— Tu avais raison, j'avais besoin d'être seul un moment. Mais il est déjà trop tard pour que je fasse certaines des expériences que tu voulais que je vive, et je ne peux pas revenir en arrière. Je sais ce que je veux, et c'est toi, Anna. Je t'aime, et tu me manques. Tellement.

—Je n'ai pas ma place dans ton monde.

—Moi non plus, a-t-il rétorqué d'un ton tendre mais décidé.

—Alors, construisons notre monde à nous. Nous l'avons déjà fait.

J'ai entendu la voix de ma mère dans ma tête, presque aussi distinctement que si elle avait été debout à côté de moi, chuchotant dans mon oreille. Elle répétait la question qu'elle m'avait déjà demandé de me poser au sujet de John : « Es-tu plus heureuse avec lui, Anna, ou sans lui ? »

À cet instant, sur ce trottoir, j'ai pris la résolution de cesser de m'inquiéter de ce qui n'arriverait peut-être jamais.

—Je t'aime, T.J. Je veux que tu reviennes.

Il m'a serrée plus fort contre lui, et mes larmes ont coulé de plus belle, mouillant son pull. J'ai écarté la tête de sa poitrine.

—Je dois pleurer plus que toutes les personnes que tu connais, ai-je hoqueté.

Repoussant les cheveux de ma figure, il a esquissé un sourire.

—Tu vomis aussi beaucoup.

J'ai souri au milieu de mes larmes. Il a effleuré mes lèvres d'un baiser et là, sur le trottoir, sous les flocons, nous nous sommes embrassés, Bo attendant patiemment à nos pieds.

Nous sommes entrés et avons parlé pendant des heures, allongés sur une couverture devant le sapin de Noël.

—Je n'ai jamais voulu personne d'autre que toi, T.J. Je souhaitais juste ce qu'il y avait de mieux pour toi.

—Tu es ce qu'il y a de mieux pour moi, a-t-il assuré en prenant mon visage entre ses mains, ses jambes entrelacées aux miennes. Je n'ai pas l'intention de m'en aller, Anna. C'est ici que j'ai envie d'être.

Chapitre 66

T.J.

J'ai jeté un coup d'œil à l'horloge un matin deux semaines plus tard. Encore en vacances de Noël, je n'avais pas repris les cours, et Anna et moi partagions un petit déjeuner tardif.

— Je dois sortir un moment, et ensuite, j'aimerais te montrer quelque chose, ai-je annoncé. À quelle heure est-ce que tu rentreras du foyer ?

— Je devrais être de retour à 15 heures. Qu'est-ce que tu veux me montrer ? a-t-elle questionné en posant son journal.

J'ai enfilé mon manteau et pris mes gants.

— Tu verras.

Plus tard, dans l'après-midi, je me suis garé devant chez Anna et lui ai ouvert la portière de la voiture. J'avais attendu avec impatience l'instant où elle prendrait place sur le siège du passager.

— Est-ce que tu conduis bien ? a-t-elle demandé alors que je me glissais derrière le volant.

J'ai éclaté de rire.

— Je conduis très bien.

Nous sommes sortis de la ville, la curiosité d'Anna ne cessant de croître. Une heure et demie plus tard, j'ai annoncé :

— Nous y sommes presque.

Je me suis engagé sur une piste de gravier après avoir quitté l'autoroute. J'ai ensuite de nouveau bifurqué, heureux de posséder un 4x4, car dix centimètres de neige couvraient la chaussée. Je me suis avancé jusqu'à une petite maison bleu clair, et j'ai coupé le moteur devant le garage.

— Viens, ai-je dit.

— Qui habite ici ?

Je ne lui ai pas répondu. Une fois devant l'entrée, j'ai sorti une clé de ma poche avant d'ouvrir la porte.

— Cette maison est à toi ? s'est étonnée Anna.

— Je l'ai achetée il y a deux mois, mais l'acte de vente n'a été signé qu'aujourd'hui. (Elle a franchi le seuil, et je l'ai suivie, allumant les lumières derrière elle.) Les précédents propriétaires l'ont fait bâtir dans les années 1980. Je crois qu'ils n'ont rien changé depuis, ai-je ajouté en riant. Cette moquette bleue fait mal aux yeux.

Anna a fait le tour de toutes les pièces, ouvrant les placards et commentant les détails qui lui plaisaient.

— C'est parfait, T.J. Tout ce qui manque, c'est un petit rafraîchissement.

— Alors, j'espère que tu ne seras pas trop déçue quand je vais la démolir.

— Quoi ? Pourquoi voudrais-tu la démolir ?

— Viens, ai-je dit en l'attirant vers une fenêtre de la cuisine donnant sur l'arrière du pavillon. Qu'est-ce que tu vois ?

— Des champs et des bois.

— Je suis passé plusieurs fois devant cet endroit en me promenant en voiture, et, un jour, je me suis arrêté pour jeter un coup d'œil. J'ai tout de suite eu envie de l'acheter, d'avoir un terrain à moi. Je veux construire une nouvelle maison ici, Anna. Pour nous. Qu'est-ce que tu en penses ?

Elle s'est tournée vers moi, un sourire aux lèvres.

— J'adorerais vivre dans une demeure construite de tes mains, T.J. Cet endroit plaira aussi beaucoup à Bo. C'est magnifique. Et calme.

— C'est la campagne. Tu auras de longs trajets à faire pour aller au foyer.

— Ça ne me dérange pas.

J'ai expiré, soulagé. Je lui ai pris la main, me demandant si elle remarquerait que la mienne tremblait légèrement. Elle a paru stupéfaite quand j'ai sorti la bague de ma poche.

— J'aimerais que tu deviennes ma femme. Tu es celle avec qui j'ai envie de passer le restant de mes jours. Nous pouvons vivre ici, toi, moi, nos enfants et Bo. Mais je comprends, maintenant, Anna. Mes décisions t'affectent, toi aussi. Alors, c'est à toi de faire un choix. Est-ce que tu veux m'épouser ?

J'ai retenu mon souffle, attendant de glisser l'anneau à son doigt. Ses yeux bleus se sont éclairés, et un sourire s'est épanoui sur son visage.

Elle a dit « oui ».

Chapitre 67

Anna

Ben et Sarah nous ont retrouvés au palais de justice de Cook County, un jour du mois de mars. Une tempête de neige s'abattait sur la région de Chicago, et T.J. et moi avions opté pour des jeans, des pulls et des bottes, privilégiant le confort au détriment de l'élégance.

Se marier devant un juge ne constituait certes pas le summum du romantisme, mais j'avais refusé toute cérémonie à l'église. Je ne m'imaginais pas remonter l'allée au bras de quelqu'un d'autre que mon père. David s'était proposé, mais ça n'aurait pas été pareil. Un voyage de noces dans un lieu exotique – une île, par exemple – était également hors de question.

— Ta mère ne va pas être contente de manquer ça, ai-je déclaré.

Jane Callahan avait étonnamment bien accepté nos fiançailles ; sans doute s'était-elle dit qu'il ne servirait à rien de s'y opposer. Elle m'avait accueillie comme une troisième fille, et je n'avais aucune envie de la blesser.

— Elle a encore Alexis et Grace, a répliqué T.J. en balayant ma remarque d'un geste de la main. Elle pourra aller à leurs mariages.

Tandis que nous attendions qu'on nous appelle, un homme dont on aurait dit qu'il avait superposé tous les vêtements qu'il possédait, les semelles de ses bottes maintenues par un morceau de ruban adhésif, circulait entre les couples présents pour essayer de vendre des fleurs flétries. La plupart des gens l'évitaient, prenant un air renfrogné devant sa longue barbe sale et ses cheveux hirsutes. T.J. a acheté toutes ses fleurs jusqu'à la dernière avant de me photographier avec cet énorme bouquet dans les bras.

Quand notre tour est arrivé, Ben et Sarah se sont placés à nos côtés, puis nous avons échangé nos vœux. La cérémonie a eu beau durer moins de cinq minutes, cela n'a pas empêché Sarah de fondre en larmes. Ben restait sans voix, ce qui, selon T.J., ne se produisait que très rarement.

T.J. a sorti les alliances de la poche avant de son jean. Après avoir passé l'anneau d'or à mon doigt, il a tendu sa main gauche. J'ai glissé la bague à son annulaire, un sourire sur le visage.

Le juge a proclamé :

— Au nom de la loi, je vous déclare, Thomas James Callahan et Anna Lynn Emerson, mari et femme. Félicitations.

— Est-ce que c'est le moment où je peux l'embrasser ? a demandé T.J.

— Allez-y, a répondu le juge en griffonnant sa signature sur l'acte de mariage.

T.J. s'est penché pour me donner un long baiser.

— Je t'aime, madame Callahan.

— Je t'aime aussi.

T.J. m'a pris la main pour sortir du palais de justice. De gros flocons tombaient paresseusement du ciel quand nous nous sommes entassés tous les quatre dans un taxi pour aller déjeuner au restaurant où travaillait Dean Lewis afin de célébrer notre union. Dix minutes plus tard, j'ai prié le chauffeur de s'arrêter.

— Je ne serai pas longue. Vous pouvez attendre ? (Il a acquiescé d'un hochement de tête avant de se garer devant un salon de manucure.) On revient tout de suite, ai-je assuré à Ben et Sarah.

— Tu veux te faire faire les ongles maintenant ? s'est étonné T.J. en m'emboîtant le pas.

— Non, ai-je dit en poussant la porte du salon. Mais j'aimerais te présenter quelqu'un.

Quand Lucy nous a aperçus, elle a couru à notre rencontre et m'a serrée contre sa poitrine.

— Comment va, ma chérie ?

— Ça va bien, Lucy. Et toi ?

— Oh, bien, bien.

Posant la main sur le bras de T.J., j'ai déclaré :

— Lucy, j'aimerais te présenter mon mari.

— Lui John ? a-t-elle demandé.

— Non, je ne me suis pas mariée avec John. Je me suis mariée avec T.J.

— Anna mariée ? s'est-elle exclamée. (Elle a tout d'abord paru confuse, puis son visage s'est éclairé et elle s'est jetée dans les bras de T.J. pour l'étreindre.) Anna mariée !

— Eh oui, ai-je confirmé. Anna est mariée.

Chapitre 68

T.J.

Trois mois plus tard, par une chaude journée de juin, Anna et moi avons pris place dans mon 4x4. Elle portait des lunettes de soleil et ma casquette de base-ball des Cubs. Bo était assis sur le siège arrière, la tête passée par la vitre ouverte. À la radio, les Eagles chantaient *Take it easy*. Anna a ôté ses chaussures, monté le son et s'est mise à fredonner tandis que je sortais de la ville.

La dalle de notre nouvelle maison avait été coulée tout récemment. Anna et moi avions apposé nos mains sur le béton frais, et, du bout du doigt, elle avait écrit nos noms ainsi que la date à côté des empreintes. J'avais engagé quelques hommes pour monter la charpente ; la bâtisse commençait déjà à prendre forme. Si tout se déroulait comme prévu, nous pourrions emménager avant Halloween.

À notre arrivée, je me suis garé avant de sortir le pistolet à clous du coffre. En riant, Anna m'a enfoncé un chapeau de cow-boy sur la tête. Au lieu des lunettes de sécurité que j'aurais dû porter, j'avais mis des lunettes de soleil aviateur. Nous nous sommes dirigés vers un tas de bois, duquel j'ai tiré deux planches.

— C'est un outil perfectionné que tu as là, dis-moi, m'a taquiné Anna. Je pensais que tu voudrais le faire à l'ancienne. Avec un marteau.

— Ah, ça non, alors ! ai-je répliqué en riant, levant le pistolet à clous. J'adore ce truc.

C'était Anna qui avait eu l'idée de ce que nous nous apprêtions à faire. Elle avait envie de me tenir les planches, comme elle l'avait fait quand j'avais construit notre cabane sur l'île.

— Oh, allez, fais-moi plaisir ! m'avait-elle imploré. En souvenir du bon vieux temps.

Comme si je pouvais lui dire « non »…

— Tu es prête ? lui ai-je demandé en positionnant la planche.

Anna l'a maintenue en place.

— C'est bon.

J'ai visé avant de presser la détente.

« Bang ».

Épilogue

Anna

Quatre ans plus tard

Nous vivons dans un pavillon de plain-pied vert sauge aux encadrements de portes et de fenêtres couleur crème entouré d'arbres. L'imposant garage abrite le 4x4 Chevrolet de T.J., le pick-up qu'il utilise pour le travail et mon 4x4 Nissan blanc, quasiment impossible à garder propre quand on habite au bout d'une allée en gravier.

Un salon éclairé par une grande baie vitrée jouxte la cuisine. L'un des murs, du sol au plafond, est couvert d'étagères garnies de livres. On me trouve souvent dans cette pièce, blottie dans un fauteuil douillet, les pieds sur le pouf.

La maison compte deux vérandas, une devant, une derrière. T.J. et moi passons beaucoup de temps sous celle de derrière, équipée d'une moustiquaire qui nous protège des insectes. Bo a toute la place dont il a besoin pour courir dans le jardin et, quand il ne poursuit pas les lièvres, il dort à nos pieds.

Notre pavillon de quatre chambres offre tout le confort moderne dont on peut rêver. Nous n'avons pourtant pas de cheminée. Ni de barbecue.

Ce soir, nous avons des invités. Tous nos proches se sont réunis pour fêter mon trente-huitième anniversaire. Ils sont toujours les bienvenus chez nous.

Ma belle-mère et ma sœur sont assises à l'îlot de la cuisine, échangeant leurs recettes en sirotant un verre de vin. Comme je ne suis pas autorisée à préparer le repas pour mon anniversaire, c'est Tom qui est chargé de prendre de quoi dîner à Chicago. Il arrivera bientôt, aussi n'y a-t-il pas grand-chose d'autre à faire que se détendre en l'attendant.

Les sœurs de T.J., Alexis et Grace, qui ont respectivement dix-sept et dix-neuf ans maintenant, sont assises sous la véranda de devant avec Joe et Chloe. Du haut de ses treize ans, Joe aurait bien aimé qu'un autre garçon lui tienne compagnie ce soir, mais il en pince tellement pour Alexis que rester avec les filles ne le dérange pas vraiment.

Je prends deux bières dans le réfrigérateur avant de me rendre dans le salon. Allongé sur le canapé, T.J. regarde la télévision. Je me penche pour l'embrasser, puis ouvre une canette, que je pose ensuite sur la table.

— Comment va la reine de la soirée ?

Il parle à voix basse, car notre fille dort sur sa poitrine, le pouce dans la bouche. Nous savons tous les deux que si Josephine Jane Callahan, « Joe » pour les intimes, se réveille sans avoir eu son compte de sommeil, elle nous le fera payer.

— Je peux la coucher dans son berceau, dis-je en chuchotant.

T.J. secoue la tête.

— Non, elle est bien là où elle est.

Cette petite fille fait ce qu'elle veut de T.J.

Je tends la seconde bière à Ben. Assis dans le fauteuil à côté du canapé, il semble parfaitement à l'aise avec Thomas James Callahan, troisième du nom, endormi sur ses genoux. C'est assez surprenant, car, quand Ben m'a rendu visite à la maternité après la naissance des jumeaux, il m'a affirmé ne jamais avoir tenu de bébé dans ses bras.

— Comment vous allez le surnommer ? a-t-il demandé ce jour-là, après s'être installé dans un siège, quand T.J. lui a confié notre fils avec précaution. S'il y a deux T.J., je ne saurai plus où j'en suis.

— Nous l'appellerons Mick, a répondu T.J.

— En l'honneur de Mick Jagger ? C'est cool !

T.J. et moi nous sommes regardés et avons échangé un sourire.

— En l'honneur d'un autre Mick, a précisé T.J.

Nous n'avons pas tout de suite essayé d'avoir un bébé. Je tenais à ne pas précipiter les choses, et si jamais il se révélait que nous avions attendu trop longtemps... eh bien, il existait de nombreux moyens de fonder une famille. Finalement, il nous a fallu patienter six mois, au cours desquels j'ai dû subir un traitement destiné à stimuler ma fertilité. La conception s'est déroulée dans un cabinet médical, comme nous l'avions toujours su, grâce au sperme que T.J. avait fait congeler quand il avait quinze ans.

J'aime croire que tout advient pour une raison, et je pense que les jumeaux sont arrivés au moment où nous étions prêts à les recevoir.

— Deux bébés, ce sera difficile, nous a-t-on affirmé.

Mais T.J. et moi savons ce qui est difficile, et avoir la chance d'accueillir deux nouveau-nés en bonne santé n'en fait pas partie. Je ne dis pas que c'est facile tous les jours. Il y a des hauts et des bas.

Les jumeaux ont déjà onze mois, et je me rends compte que l'adage est vrai : le temps passe très vite quand on a des enfants. Il me semble que c'était hier que je marchais péniblement, la main sur les reins, me demandant quand ils se décideraient enfin à arriver. Et maintenant, ils sont là, à courir partout à quatre pattes, bientôt prêts à faire leurs premiers pas.

Quittant Ben et T.J., je regagne la cuisine. David a rejoint Jane et Sarah ; il m'embrasse sur la joue.

— Joyeux anniversaire ! lance-t-il en me tendant un bouquet de fleurs.

Je coupe l'extrémité des tiges sous un filet d'eau, puis dispose les fleurs dans un vase que je place sur le plan de travail, à côté des roses que T.J. m'a offertes ce matin.

— Un peu de vin ?

— Je vais me servir, me répond-il. Toi, assieds-toi et repose-toi.

Je m'installe avec Sarah et Jane. Stefani est là également. Comme Rob et les enfants souffrent d'une gastroentérite, elle a préféré les laisser à la maison pour ne contaminer personne. Dans des moments tels que celui-ci, quand je suis entourée de tous ceux que j'aime, j'éprouve un profond sentiment de plénitude. Je regrette simplement que mes parents ne soient pas là, eux aussi. J'aurais voulu qu'ils connaissent mon mari, qu'ils tiennent leurs petits-enfants dans leurs bras.

Il n'y a pas si longtemps, j'allais encore au foyer trois fois par semaine, mais les trajets ont fini par avoir raison de ma détermination. Jane gardait les jumeaux les jours où je m'y rendais, mais il était temps de passer à autre chose. J'ai fondé une association caritative pour aider les familles sans abri ; je travaille à domicile, avec les jumeaux qui jouent à mes pieds. Ça me plaît énormément. Le foyer de Henry reçoit un chèque substantiel tous les ans, et cela continuera ainsi.

Je donne aussi des cours particuliers à quelques élèves qui m'ont appelée après avoir vu la petite annonce que j'ai affichée au lycée du quartier. Ils viennent à la maison le soir et, assis à la table de la cuisine, nous passons tous leurs devoirs en revue, un par un. Parfois, me tenir devant une classe me manque, mais je crois que mes occupations me suffisent pour le moment.

T.J. dirige une petite entreprise de bâtiment. Il construit un ou deux pavillons par an avec l'aide de ses salariés. Il n'est pas retourné à l'université après avoir accompli le premier semestre, mais ça m'est égal. Ce n'est pas à moi de décider. C'est à l'extérieur que T.J. est heureux.

Il consacre aussi une partie de son temps et de son argent à Habitat for Humanity, une ONG visant à offrir un logement décent aux plus démunis. Dean Lewis appartient également à l'équipe de bénévoles de l'organisation ; la sixième maison qu'il a aidé à bâtir était la sienne. Il s'est marié avec Julie, une femme qu'il a rencontrée au restaurant, et Leo adore sa nouvelle petite sœur, Annie.

Il y a quelques mois, j'ai apporté son déjeuner à T.J. sur le chantier. Le regarder faire ce qui lui plaît me rend heureuse, moi aussi. Un nouveau sous-traitant chargé des travaux de plomberie, ignorant qui j'étais, m'a sifflée avant de me lancer : « Salut, beauté ! » T.J. lui a tout de suite remis les pendules à l'heure. Je sais que je devrais me sentir offensée par les sifflets et considérer comme insultante ce genre d'attitude machiste, mais ça ne me dérange pas plus que ça.

Il y a deux ans, T.J. et moi avons appris quelque chose d'intéressant. Un policier de Malé nous a appelés pour nous poser quelques questions, espérant résoudre une affaire concernant une personne portée disparue. La famille d'un homme qui s'était évaporé dans la nature en mai 1999 avait récemment découvert un journal dans ses effets personnels. Owen Sparks, un millionnaire californien ayant bâti sa fortune sur Internet, y décrivait en détail son projet d'échanger son mode de vie stressant pour la tranquillité et la solitude d'une île des Maldives. Les enquêteurs avaient suivi sa trace jusqu'à Malé, mais la piste s'arrêtait là. Le policier désirait en savoir plus sur le squelette que nous avions trouvé. Il s'agissait certainement d'Oscar, même si rien ne permet de l'affirmer. Je me demande si Owen aurait survécu s'il avait eu un compagnon sur lequel s'appuyer, comme cela s'était passé pour T.J. et moi. Je suppose que nous ne le saurons jamais.

Je porte une carafe de limonade jusqu'à la véranda de devant et remplis les verres, m'imprégnant de l'odeur de l'herbe fraîchement coupée et du parfum des fleurs de printemps. Tom s'engage dans l'allée. Nous nous sommes dit qu'un buffet froid conviendrait tout à fait à une chaude soirée de mai comme celle-ci ; David sort de la maison pour aider Tom à transporter tous les plats du traiteur à l'intérieur. Stefani et moi disposons les assiettes sur l'îlot de la cuisine, et je m'apprête à inviter tout le monde à venir se servir quand Ben s'approche de moi, tenant Mick à bout de bras. Impossible de manquer l'odeur caractéristique de la couche sale.

— Je crois que Mick vient de nous faire un petit cadeau, me dit-il.

— Il y a des couches et des lingettes près de la table à langer dans sa chambre, et n'oublie pas de lui mettre de la crème, car il a la peau un peu irritée.

Ben reste là, pétrifié, se demandant comment se sortir de ce pétrin quand T.J., qui a assisté à toute la scène, éclate de rire.

— Elle se moque de toi, mec.

Ben m'interroge du regard, et je hausse les épaules en souriant.

— C'est si facile.

Son visage exprime un tel soulagement que c'en est presque comique.

T.J. tend les bras vers Mick.

— Joe aussi est sale. Je vais les changer tous les deux.

— Tu es un papa formidable, lui dis-je.

Et c'est vrai.

Ben abandonne Mick à T.J.

— Chochotte, lui lance T.J. en sortant de la pièce, un bébé dans chaque bras.

Je ne peux m'empêcher de sourire, parce que je sais que T.J. plaisante, mais aussi parce qu'il est heureux que son meilleur ami fasse partie de notre vie. À vingt-quatre ans, Ben pourrait très bien écumer les bars, au lieu d'être ici à pouponner. Il est engagé dans une relation sérieuse avec une jeune femme prénommée « Stacy » ; d'après T.J., c'est grâce à elle que Ben a gagné en maturité. Mais il a encore du chemin à parcourir.

Chacun remplit son assiette et trouve un endroit où s'installer. Quelques-uns optent pour les marches de l'entrée, d'autres pour la véranda de derrière, et certains, comme T.J. et moi, restent dans la cuisine.

Après avoir attaché les jumeaux dans leurs chaises hautes, nous leur donnons de petits morceaux de pain et quelques bouts de viande. Tout en leur faisant manger de la salade de pommes de terre à la petite cuillère, je mords dans mon sandwich et avale quelques gorgées de thé glacé. T.J. s'assoit à côté de moi après avoir rendu à

Joe la tasse en plastique qu'elle ne cesse de faire tomber, juste pour voir si son père va la lui ramasser. Ce qu'il fait toujours.

À la fin du repas, tout le monde chante « Joyeux anniversaire » à mon intention. Je souffle les trente-huit bougies que Chloe a absolument voulu mettre sur le gâteau. J'ai l'impression de lutter contre un véritable incendie, mais je ne peux m'empêcher de rire. À partir d'aujourd'hui et jusqu'au 20 septembre, date à laquelle T.J. fêtera ses vingt-cinq ans, j'ai quatorze ans de plus que lui, et non treize. Mais je ne peux rien y changer.

Tout le monde trinque en mon honneur. Je suis tellement heureuse que les larmes me montent aux yeux.

Plus tard, une fois nos invités partis et les jumeaux couchés, T.J. me rejoint sous la véranda de derrière. Il me tend l'un des deux verres d'eau glacée qu'il tient à la main.

— Merci, dis-je.

Boire de l'eau fraîche dans un verre n'a pas perdu l'attrait de la nouveauté pour nous. Je prends une longue gorgée, puis pose mon verre sur la table à côté de moi.

T.J. s'assoit sur la causeuse en rotin, puis m'attire sur ses genoux.

— Tu ne pourras peut-être plus me porter comme ça très longtemps, lui dis-je en l'embrassant dans le cou – ce que je fais souvent, pour deux raisons : T.J. aime ça, et c'est ainsi que je vérifie s'il a des grosseurs suspectes.

Heureusement, je n'en ai jamais trouvé.

— Bien sûr que si, me rétorque-t-il en souriant et en me caressant le ventre.

Nous avons décidé d'essayer de concevoir un autre enfant. Je suis tombée enceinte dès le premier mois, ce qui nous a surpris tous les deux. Cette fois, je n'attends qu'un bébé, et nous ne savons pas si c'est un garçon ou une fille. Le sexe nous importe peu, tant que le bébé est en bonne santé. J'en suis à cinq mois de grossesse, ce qui veut dire que les jumeaux n'auront que quinze mois quand j'accoucherai. Cela signifie simplement que, parfois, nos vœux se réalisent.

Je repense souvent à notre île. Quand nos enfants auront grandi, nous aurons bien des histoires à leur raconter.

Nous ferons quelques coupures, bien entendu.

Nous leur dirons aussi que cette maison, avec le terrain qui l'entoure, est notre île.

Et que T.J. et moi sommes enfin chez nous.

Achevé d'imprimer en avril 2013
N° d'impression 1303.0178
Dépôt légal, mai 2013
Imprimé en France
81120989-1